图书在版编目（CIP）数据

经侦在行动之黑金烈/朱恩涛，杨子著．—北京：群众出版社，2014.6
ISBN 978-7-5014-5245-3

Ⅰ.①经…　Ⅱ.①朱…②杨…　Ⅲ.①长篇小说—中国—当代　Ⅳ.①I247.5

中国版本图书馆CIP数据核字（2014）第141712号

经侦在行动之
黑金烈
朱恩涛　杨　子　著

出版发行：群众出版社
地　　址：北京市西城区木樨地南里
邮政编码：100038
经　　销：新华书店
印　　刷：北京通天印刷有限责任公司

版　　次：2014年6月第1版
印　　次：2014年6月第1次
印　　张：17.5
开　　本：787毫米×1092毫米　1/16
字　　数：323千字

书　　号：ISBN 978-7-5014-5245-3
定　　价：48.00元

网　　址：www.qzcbs.com
电子邮箱：qzcbs@sohu.com

营销中心电话：010-83903254
读者服务部电话（门市）：010-83903257
警官读者俱乐部电话（网购、邮购）：010-83903253
公安综合分社电话：010-83901870

本社图书出现印装质量问题，由本社负责退换

目录

第一章　迷雾笼罩东都

一、满城风雨

六月的江南正逢梅雨季节，连日的阴霾天气，把美丽现代化的东都市笼罩在雾气之中，江面灰蒙蒙一片……

江的对面是东都市公安大楼，楼门上面的警徽在雨水的淋刷下如夜航灯般时隐时现。

此刻，在东都市公安局会议室里，局领导和各支队领导正在聚精会神地听省厅领导召开的“严厉打击经济犯罪专项行动”电视视频会议。电视大屏幕上播放着谢宁厅长的讲话：“在通过国际刑警组织抓回的逃往海外的四百多名犯罪嫌疑人中，百分之九十都属于经济领域的犯罪，不少至今尚未抓回的犯罪嫌疑人中，属于经济犯罪的也占了绝大多数。大家可以试想一下，这将给我们国家带来的经济损失有多大？给受害者带来的严重后果有多大？给社会生活带来的不安定因素有多大？我们省属沿海经济发达地区，在这方面所面临和存在的问题显而易见。中央领导极其重视这个问题，我们应急党中央之所急，急群众之所急，以防为主，防打结合，尽最大的努力做好这项工作……”与会者都认真作着记录，表情严肃。

这时，民警张虎进来，在周峰局长耳边小声报告道：“周局，接待室里已经闹得不可开交了，他们一定要见您……”

周峰听后一怔，两道浓黑的剑眉紧锁，他小声地说：“会议马上要结束了，你跟他们解释一下，会议一结束我就过去。”

市局接待室里，来访的群众大声吵闹着，女民警肖力耐心地劝说着：“我们不是不管，周局对此事非常重视，你们没见人都抓了吗？”

“你们只会抓人！抓了人能不能把钱追回来？”一个粗壮的汉子拥上前，大声质问道。另一个戴眼镜的瘦弱者小声附和道：“对啊，追不回钱抓了人又有什么用？”

“东都市出这种事，你们管不管？”众人七嘴八舌地嚷嚷着。

肖力、冯凯等人极力想劝大家安静下来，却一点儿用也没有，急得他们满头大汗，人们大声叫喊着……

"让你们局长出来!"

"我们要跟局长当面谈!"

"不出来我们今天就不走!"

……

这时，张虎急匆匆地回来，他向大家摆摆手说："安静，请大家安静一下！我已经向周局作了汇报!"

众人一听，渐渐安静下来。

张虎抹抹头上的汗说："大家先别急，我已经把大家的要求向周局作了汇报，他正在参加一个重要会议，他说等会议一结束马上过来!"

可群众立即不依不饶地作出了反应……

"会议什么时候才能结束?"

"你们这是在玩缓兵之计！别要官僚主义!"

"有什么比群众的要求更重要?"

质问声此起彼伏，张虎等民警还是耐心地解释着。

会议室的屏幕上，谢厅长正在做结束语。

"我们的电视会议就开到这里，重要的是落实。我提醒大家，谁不把国家利益、群众利益放在心上，我们将作严肃处理！散会!"

会议结束后，与会者纷纷离去。周峰叫住了经侦支队长邢志军："志军，你留一下，我有话要和你说!"

邢志军高高的个子，形象俊朗，在人群中很显眼。

周峰走近邢志军，低声询问道："黄一瓜的案子审得怎么样了?"

"有进展，我现在就去看守所继续提审他!"

周峰叹了口气说："这案子在社会上闹得沸沸扬扬，今天受害者又来局里群访了。你们得根据省厅电视会议的精神，抓紧办案，尽快突破。"

邢志军看了一眼周围说："周局，您放心，我一定会对群众有个交代的！要不要我去向大家解释一下?"

周峰摇摇头说："你去审讯室吧！接待室那边他们指名要我去!"

周峰赶到接待室，听见里面仍在嚷嚷着："你们把黄一瓜抓了，他借我们的钱咋办?"

"他判了刑，我们的钱不也打水漂了?"

"这些都是我们的血汗钱啊!"

"你们快放了他吧!"

"对，把他放出来，我们的钱可能还有一线希望！非得出了人命你们才重视吗？真这样，我先死给你们看!"

一个老太太说着，突然将头朝墙上撞去，周峰忙拉住她，她一屁股坐在地上号啕大哭说："反正我也活不下去了！"

这时，来访者中有人认出了周峰，他用手指着周峰大喊道："局长来了，他就是周峰！周局长！"

老太太一听"扑通"一下跪在周峰面前哭泣着，众人顿时又冲着周峰喊起来……

"周局长，您可要为我们做主啊！"

"周局长，快把黄一瓜放出来吧！"

"是啊，周局长，放了他，我们好向他要债！"众人情绪又开始激动起来。

周峰扶起老太太大声地说："乡亲们，能静一下吗？听我说几句好吗？"

张虎也大声喊着："大家静一下，静一下，周局长亲自来接待你们了，他会对你们负责的！"大家终于安静下来。

周峰和颜悦色地说："大家都冷静一下，你们想想，黄一瓜的非法集资案是你们报的案，我们的经侦支队很快立了案，也下了很大的功夫，初步查实了一些情况，局里依法批准拘人审查。如今，你们又要我们放人，我不知道发生了什么事，让你们改变了主意。谁能如实说明一下，好吗？"

这时，来访的群众面面相觑，谁也不愿意开口说了。

周峰笑道："说吧，谁能代表大家把事情说清楚、把大家的诉求说清楚？别怕，我周峰在接待群众中，从不枪打出头鸟！你们都是受害者，我有责任解决你们的诉求，但首先得把事情说清楚！对吗？"

人群中，一个粗壮的汉子开口了："好，我说！以前，我们不懂法才向你们报的案。后来，我们明白了，黄一瓜借我们的钱不还，属于民事纠纷，我们只能通过民事诉讼的途径解决。把人抓了，反倒对我们不利，他来个死猪不怕开水烫，我们的钱咋办？"

戴眼镜的小伙子附和道："对，我们向谁要钱去？你们放了他，我们向他要去！"

周峰问道："他借你们的钱每月付多少利息？"

"百分之十……"

"比银行的高出好多，对吗？吸引力很大啊！所以你们才不顾一切地把钱放了进去，结果现在才知道上当受骗，来向我们报案，你们来报案是对的，是懂法的，我们立案审查，也是依法办事！而现在呢，你们又要我们放人，反而不懂法了，明白吗？"

众人一时哑口无言。

周峰继续说："你们以前贪小利，想多得利息才上当受骗，血本无归。从法律层面讲，这是集资诈骗，我可以负责任地对大家说，我们一定会认真查清此案，尽量追回你们被黄一瓜骗去的钱。你们呢，也应配合我们的工作，接受教训，以后不要再上当受骗。我可以告诉大家，此案已有了一定的进展，我们正在加紧审理，你们耐心些，给我们一点儿时间。吵着让我们放人，我们一放人，他跑得无影无踪了，对你们能有什么好处呢？”

众人三三两两地交头接耳起来，有赞同的，也有反对的……

周峰提高嗓门说：“我告诉大家，省厅对经济犯罪的案件非常重视。我们刚开过会议，此案是省厅督办大案之一，我们一定会抓紧办好的。现在，我们的经侦支队长正在审黄一瓜呢！大家放心回去吧，我们会对大家负责的！”

他见众人不说话，又问了句：“大家还有什么顾虑？”

粗壮汉子打破了沉默，说道：“周局长，我们也非常感谢您、相信您，但你们不放人，能保证给我们追回这些钱吗？”

有人哀求道：“周局，还是把黄一瓜放出来吧，他的家属说了，只要放人，黄一瓜出来后保证还我们的钱！”

“我爸得了癌症，还等着这钱去治病呢！”

这时，肖力进来对周峰耳语了几句，周峰一怔，忙随他出去。

肖力向周峰报告说：“刚才，曹市长亲自打来了电话，说有人闹到市政府去了，要求放黄一瓜。曹市长说，这样的民事纠纷还是让法院去解决吧，不能再把事态扩大化了。他还说‘两会’前，绝对不能出事，不然的话，他和你都没法向上面交代！”

周峰听后一时无语。此时，接待室内又传出吵闹声，张虎大喊着让大家冷静，却无法控制住场面。有人大声嚷嚷着：

“你们解决不了，我们就到市政府去！”

“市里解决不了，我们就到省里去！”

“省里解决不了，我们去北京上访！”

周峰转身进去严肃地说：“你们是报案人，如果你们现在一定要让我们撤案放人的话，我们可以考虑！但我还是请你们再冷静地想一想，你们真要放人？考虑过后果吗？”周峰还想争取挽回局面，但众人已经听不进去了，还是嚷着要放人，只有少数几个人在犹豫。

东都市拘留所，黄一瓜正蹲在监室一角晒太阳，他四十岁出头，狭长的脸上长着一双狡黠的小眼睛。一名警察走进监室，叫道：“黄一瓜！你家属送来的东西，签字！”说着，从窗外递进一个小包。

黄一瓜接过包裹赶紧签字，等警察离去后，他忙打开小包，众疑犯的目光一下子移向他。小包内是一些食品和几件衣服，黄一瓜把食品赶紧分送给他们，众疑犯高兴地抢吃起来。黄一瓜却悄悄躲到一角，仔细地检查着那几件衣物。忽然他发现一条新的衬裤上有个被剪去的小洞被补上了，他暗暗一笑。此时，他听到外面有警察在喊他的名字。黄一瓜忙藏起衣物，若无其事地应答着，随后被警察带走了。

拘留所审讯室里，邢志军和经侦支队年轻的民警胡林正在审讯黄一瓜。

胡林开门见山地说："黄一瓜，你比我们更清楚，被你骗的那些人大多是你的亲戚朋友，那些都是他们的血汗钱，你忍心吗？"

"不忍心。"黄一瓜低声地说。

"那你就好好交代，这些钱都到哪里去了？"

"我没有骗他们的钱！"

"你还说没有骗？你没有骗他们，他们怎么会报案？"

"他们误会了……"黄一瓜狡辩着。

胡林火了，大声说："误会了？一个人误会还能理解，可是那么多人来报案，有那么多人误会？"

"真的，他们误会了……我相信，这误会不久就会消除的……"黄一瓜不紧不慢地说着，一副死猪不怕开水烫的无赖样。

胡林一下被激怒了，他拍了一下桌子，正要发作时，在一边的邢志军用手势制止了他。

邢志军递给黄一瓜一支烟，自已也点燃一支，他看了黄一瓜一眼："说吧，怎么个误会法！"

黄一瓜猛吸了两口烟，说："那些钱是我向他们借的，用作投资，这不算犯法吧？而且我每月都付给他们利息的。"

"你付多少利息？说吧！"邢志军追问道。

黄一瓜沉默了片刻说："百分之……三。"

邢志军一笑："恐怕不止吧？"

"百分之……五。"

"群众报案时说的是百分之十，对吧？"邢志军两眼直视着他。

黄一瓜点点头，只好默认。

"那我问你，这么高的利率，你投什么资能还得起？说吧，有多少人因贪小便宜而受了你的骗？"

黄一瓜沉默着，两人对着抽烟。

邢志军厉声道："你可以沉默，但你的良心不能泯灭！"

黄一瓜的手颤抖了一下，似有触动。

邢志军趁热打铁地说："好好想想吧，你不能坑害你的那些亲朋好友呀。"

黄一瓜支吾着："反正我没犯法，也没存心去坑害他们……"

"高出银行那么多的利息，又有那么多人把钱存放在你那儿，这不是非法集资是什么？"

“我都是向亲戚朋友借的……”

“那他们现在急于用钱，让你还钱你怎么不爽快地还？”

“我借的钱都拿去投资了，暂时还不上也是正常的。况且，我向他们借钱时，也没承诺他们一定要什么时候还的。”黄一瓜狡辩着。

“你把这些钱都投到哪儿去了？”

“这是商业机密。”黄一瓜继续抵赖。

邢志军冷笑道：“你应该清楚这是什么地方！你不把集资款的去向说明白，能过得了关吗？况且，对你要摆脱这案子也不利！”

黄一瓜一时语塞。

此时，邢志军的手机响起，号码显示是周峰打来的，他暗示胡林继续审问黄一瓜，忙转身出去接听：“喂，周局，有什么指示？”

“审完了吗？”

“没有，还在审。”

“你听好，立即释放黄一瓜！”

“放人？”

“对，放人，有关手续我已经让局里办了，会立即送达的！”

邢志军一怔：“周局，这……也太突然了，怎么回事？我跟不上您的急转弯儿。”

“跟不上也得跟！”

邢志军用请求的口吻说：“是不是上面有压力？这事儿，您是不是等我回去汇报后再定……”

“现在你先服从命令，回头我再和你解释！”手机中传出周峰不容置喙的回应。

邢志军关掉手机，抽出一支烟欲点燃，又把烟捻散，烟丝从他指缝中散落，他克制住自己的情绪，转身回到审讯室，直视着黄一瓜问道：

“黄一瓜，想好了没有？能不能把资金的去向说个明白？

黄一瓜摇摇头说：“我不想说。”

“那好吧，你不愿意说，我也不能硬逼你，但有两点我再重申一下：借给你钱财的那些人大多是你的亲戚朋友和他们的亲戚朋友，对吧？”

黄一瓜点点头。

“他们的钱也都来之不易，可以说都是血汗钱，对吧？”

黄一瓜又点点头说：“我明白。”

“那么，如果我们放你出去，你能保证尽快还清他们的钱吗？”邢志军双眼直视着他。

黄一瓜一愣，用狐疑的目光看着邢志军，边儿上的胡林也一愣。

很快，狡猾的黄一瓜明白了将要发生什么事，忙说："只要放我出去，我一定保证还清这些借款！"

"一定？"邢志军盯着他问。

"一定，一定！"黄一瓜使劲儿点了两下头。

"那好，就信你一回吧！"说完，他向门口的看守警扬了一下手说："送他回监室，让他准备一下，放他回家！"

看守警押走黄一瓜，黄一瓜暗暗一笑。邢志军和胡林眼睁睁地看着看守警押着黄一瓜离去。

胡林急切地问道："邢队，这是怎么回事？"

"是周局下的命令……"邢志军低沉地说。

"他说是怎么回事了吗？"

邢志军摇摇头。

胡林脱口而出："这不是乱弹琴吗？让我们下面的人怎么干活？"

"别乱说！咱们走吧！"

胡林气呼呼地说："我没乱说，当着周局的面我也敢这样说！"

邢志军看了他一眼："就你英雄？"

胡林一笑："我知道，你也只能英雄气短，邢队，我不是替你出口气嘛！"

邢志军拍了他肩膀一下，笑道："别贫嘴了，下面还有任务！"

两人走出看守所，胡林不解地问道："眼看案情有了进展，怎么突然放人了？真叫人丈二和尚摸不着头脑！"

"这事我会向周局问个明白的，当务之急是要监控好黄一瓜！"

胡林点点头。

"这样吧，我去局里，你在附近吃点儿东西并通知刘刚，让他开辆车来，你俩负责监控黄一瓜！有情况及时向我汇报。"邢志军说完钻进车里，飞快地驶离看守所。

二、断了线的风筝

周峰在办公室默默地边抽烟边踱步，邢志军一头闯了进来。

周峰笑道："志军啊，怎么一点儿礼貌也不讲了？"

邢志军气呼呼地说："对不起！"

"怎么？兴师问罪来了？"周峰拍了一下邢志军的肩头，让他坐下，自己去沏茶。

邢志军没好气地说："局长大人，我哪儿敢啊？"说完，一屁股坐在会客的沙发上。

周峰把茶端上说："喝口茶消消气吧。"邢志军没说话，把头扭向一边。

周峰坐下来叹了口气说："是曹市长下的指示。"

邢志军一愣："曹明？"

周峰点点头说："正是你的那位贵同学！"他站起来冲邢志军说道："走，咱们一起去找曹市长'兴师问罪'！"

邢志军一愣。

"走啊，我打头炮，你开二炮！"

邢志军知道周峰这是在说气话，坐着没动。

周峰又坐下，一拍茶几："你想不通，我就想通了？"茶几上的茶杯被弹起，刚沏的热茶溢了出来……

邢志军看周峰急了，反倒冷静下来，说："周局，我明白了，放黄一瓜也不是您的本意……我误会了，您别生我的气……"

"你以为我在生你的气？"

"我知道省厅刚开过会议，要狠抓经济领域的犯罪问题，我们这边却在放人，你也不好向省厅交代。"

周峰叹了口气，说道："两头都难哪……两难之间，只能择其一，顾全大局……"

"不管是谁下的指示，我还是想不通，"邢志军皱了一下眉头。

"曹市长确实也有他的难处，'两会'前，谁都不想闹出事来，尤其是他……你不在其位，不明其道啊！"

"嘿，他无非为了把代市长的'代'字去掉！"

"别以小人之心度君子之腹。"

邢志军苦苦一笑说："我反倒成了小人？"

"别在这上面纠缠好吗？说说吧，下一步该怎么办？"

邢志军双手一摊："人都放了，还能怎么办？"

"对，随他去，再闹出什么事来，上推下卸，都算不成我们的账了！"周峰说此话时一脸的平静。

邢志军诧异地看了他一眼。

周峰站起来，伸了个懒腰说："回家去吧，好好陪陪郭蓉！唉，我也好久没和老婆、女儿吃顿安逸饭了，今晚也该早点儿回家了！"他装作去整理东西，邢志军却没动，默然点了一支烟，独自抽着。

周峰催促道："走啊，你不走我可走了！"他拿起公文包，做出一副要走的样子。

"周局，别再激我、气我了好吗？咱们还是好好商量一下。"

周峰笑笑，走到办公桌前，从抽屉里拿出一包烟回到沙发前，把烟丢给邢志军说："愿意谈正题了？那就好好说吧！我想过了，坏事也许能办出个好事来！"

"您有您的考虑？"

周峰点点头说："各在其位，各谋其政嘛！"

邢志军一笑："我知道，您不会就这么轻易放人的！"

周峰看了一下表说："走，咱们先去吃点东西再说！"

这时已是傍晚时分，两人来到食堂要了点儿剩饭吃起来。

邢志军夹了一口菜问道："您不怕黄一瓜成了断线的风筝？"

"他飞不了，肯定在你的视野之内！"

"我在这里，还能管得了他？"

周峰笑道："有你部下管着呢，不对吗？"

邢志军也不由得笑起来："你啊，早已把我摸了个透！"

周峰高兴地说："我知道，你这个智多星，在别人看来没有办法的时候，你总是有办法的。人放了，却始终在我们的视野之内，你能及时布置监控，很好！"

邢志军一笑说："我只是比较明白您的意思罢了，这可是您欲擒故纵的惯技！"

"不，不，这回是出于无奈！"周峰叹了口气。

"是啊，谁能知道，干我们这一行，也会有太多的无奈。你得明白，经济问题始终是与政治有关的，你还得明白，有句老话，有钱能使鬼推磨！我们干经侦这一行，说无奈，可能也正在于此！"

周峰思索片刻，问道："你估计下面还有什么好戏可看？"

"就看黄一瓜怎么表现了！"

黄一瓜被释放了，走出看守所已是傍晚时分。他抬头望着天空，吸了口新鲜空气。暮色中，一辆小奔驰开至他面前，开车的是一个面容姣好的女人——于玲玲，她摇开车窗，用一双大眼睛扫视了一下四周，低声对黄一瓜说道："快上车！"

黄一瓜忙打开车门钻进车里，小车迅疾驶离。

此刻，在一隐蔽处，早已候在车上的刘刚与胡林一直默默地注视着，他们的车和于玲玲的车既保持着一定距离，又紧紧地尾随着……

此时，于玲玲的车驶入了开往机场的公路上，刘刚和胡林的车紧紧尾随着，两辆车一前一后疾驰着……

黄一瓜从车里看着外面的景物，一心想着快点儿回家。突然，他发现小车行驶的方向不对，再一看指路牌，车已快速驶向高速公路了。他诧异地问于玲玲是怎么回事。

于玲玲用嘴努努车头上的装物箱说："里边有个牛皮信封，你拿出来看看就明白啦!"

黄一瓜茫然地打开装物箱，取出牛皮信封。

于玲玲看了他一眼说："今晚有个旅游团飞香港，老板已为你办好了一切手续!"

黄一瓜一怔说："那个，我……总该先回家看看吧?"

"来不及了！老板让你乘人不备立即蒸发！至于你家里的事尽管放心，老板让我亲自过问……"于玲玲说完，用手摸了一下黄一瓜的脸颊说："小乖乖，你总该相信我吧?"

"那我要是出不来呢，旅游团那边的钱不是白花了?"

"所以，你得相信老板，老板做事都是有把握的！要不是老板上下做了工作，你出得来？不趁早溜，下回再进去，就算老板也捞不出来你了!"

"那……我到了香港后咋办?"

"放心吧！到了那边自会有人安排好一切的，再说，老板也不会亏待你，打开信封看看吧!"

黄一瓜打开牛皮信封一看，里面除机票外，全是大面额的美钞，他放心地笑了，说了声："代我谢谢老板!"

"不谢我了?"于玲玲叹了口气说，"你解脱了，可别忘了我呀!"

"那当然，我出去后，站稳了脚跟，肯定接你出去！咱们是拴在一根绳上的蚂蚱。"

于玲玲瞪了他一眼："别说得那么难听，在刀尖上的日子可不好过……"

刘刚的车紧跟着于玲玲的车，胡林坐在他旁边，他们一直注意着前面的方位，看到于玲玲的车驶向机场高速。

胡林说了声："看来是想飞走？要不要向邢队报告?"

刘刚思索片刻说："看看再说!"

"那我们白辛苦了？事情就这么急转直下了?"

刘刚苦笑道："我看邢队气得够呛！他是不会就此罢手的!"

这时，于玲玲的车开始驶入机场，她注意着反光镜，把车驶向机场大厅门口。

刘刚开车紧紧地尾随着，他提醒胡林："注意车内那个接他的人!"

胡林点点头，睁大眼睛从玻璃窗中模模糊糊看出开车的是个女人。

于玲玲把车停下，她转身嘱咐黄一瓜说："老板把你的行李都准备好了，在行李箱里，你自己取一下。旅游就要像个旅游的样子，懂吗？好了，我不便下车送你了。"说完，她深情地注视着黄一瓜，亲了他一口："等着我吧，我们会再见的!”

黄一瓜下车，从后备厢中取出行李，和于玲玲挥手告别，然后快步进入大厅。

刘刚在小车内刚用手机记下于玲玲的车牌号，于玲玲的小车迅即驶离。

胡林对刘刚说：“看来咱俩得分头行动啦，你盯黄一瓜，我审过他，他会认出我的，我去盯车!”刘刚点点头跳下车。胡林则开车去追于玲玲。

天渐渐黑了。公路上，胡林开着车紧紧地尾随着于玲玲的车，于玲玲看着反光镜，发现后面的车一直跟着她，她冷笑了一下，索性来了个急刹车!

胡林没提防她这一手，幸亏他车技好，加上本能的反应，也及时刹住了车。

两车只差几厘米的距离，有惊无险。

胡林借机下车，想看清于玲玲的长相。而狡猾的于玲玲已揣摩到他的意图，没等胡林走到车边，她早已飞速地把车开走了……

胡林急忙返回车上去追，于玲玲已转入一个弯道。此时正赶上红灯亮起，胡林懊丧地使劲儿拍了一下方向盘……

机场大厅，刘刚双眼一直盯着黄一瓜，见他已跟随旅游团排到了去香港班机的签票处。黄一瓜悠然轻松地嚼起了口香糖，而尾随的刘刚却全神贯注。

此时，邢志军已接到胡林的电话，得知黄一瓜的情况后忙向周峰汇报。

周峰眉头紧锁说：“黄一瓜准备开溜了?”

邢志军点点头：“他一出看守所，就有人用小车接他直奔机场了，而送他到机场的是个女人，她甩开胡林溜走啦。周局，情况可能比我们想象得还要复杂。”

“你在刑侦队时处理的那些案子比这复杂多了!”

邢志军摇摇头说：“搞经侦绝不比刑侦轻松，正如你说的那样，好多人是有钱能使鬼推磨的!”

“有鬼出来推磨，咱们不就抓个正着!”

“那么又如你所说，还涉及政治呢?”

“法制，依法办事不就是政治吗?”

“你不会开软档吧?”邢志军向周峰发问。

“不会!”

“那好，有你这句话我就放心了！如果他真要开溜怎么办？我们可以再拘他吗?”

周峰摇摇头说：“此事还得慎重，你赶快通知刘刚迅速确定一下黄一瓜的去向。”

刘刚接到邢志军的命令，满头大汗地奔到机场办公室说明情况，工作人员看了一下他的证件，立刻查看电脑资料。电脑上出现了去香港航班的旅客名单，上面确定有黄一瓜的名字。

邢志军接到刘刚的电话，把手机扔在茶几上对周峰说：“小刘已确认，黄一瓜的航班是去香港！”

“他们安排得好周到啊！”

“周局，该下决心了！”

“下什么决心？”

邢志军一挥拳头：“抓捕！”

“上有市长的指令，下有我对上访群众的承诺，再抓捕黄一瓜，你让我如何做人？”周峰边说边在屋里来回踱步。

邢志军急了：“你怕曹市长，我不怕！曹市长那边我去跟他说！”说着，他从茶几上拿起手机。

周峰夺过了手机问道：“上访者那边怎么交代？”

“也由我向他们解释！一切责任都由我来负！”邢志军按捺不住自己的情绪。

周峰用缓和的语气说：“先别急，你再让我想想好吗？”

“周局，不能再优柔寡断了，下决心吧！”

“你让我再想想行不行？”

邢志军只得欲言又止。此刻，他的手机响起，他拿起手机，没好气地冲着听筒“喂”了一声说：“我是邢志军，你是谁？”

“我是谁，你都听不出来了？我是你爸呀！”

邢志军一听声音立刻软了下来。电话是他的岳父郭勇打来的。

“志军，我已陪小蓉去检查过了。医生说……她得立即住院，小蓉硬是不肯，说要跟你商量后再说……你快回来吧！”

邢志军听后一怔，他轻声地说：“爸，对不起！我现在暂时走不开，您再陪小蓉一会儿吧，我尽快……”邢志军的话还未说完，手机里响起电话重重挂掉的声音。邢志军一愣，无奈地摇摇头。

“老丈人生气了？”周峰关切地问道。

邢志军点点头。

“要不你先回去吧。”

“这怎么行！”

邢志军的话音刚落，手机又响起，这回是刘刚打来的，邢志军接听完，急急地向周峰报告：“黄一瓜快登机了，周局，现在实施抓捕还来得及，下命令吧！”

周峰没说话仍在来回踱步。

邢志军急了："那我可给小刘回话了。我们已放虎出笼，再不能放虎归山了！"

周峰却平静地说出两个字："放行。"

邢志军一愣："放行？"

周峰从他手中接过手机对刘刚说："我是周峰，放黄一瓜登机，你立即撤回，回家好好睡一觉，明天一早我再去你们队里布置任务！"

邢志军听后一下呆住了。

周峰把手机还给他说："走，我送你回家，我也该去看看小蓉，要住院的话，我们一起送她去医院治疗！"

邢志军气呼呼地接过手机说："周局，我家的事，不劳驾您费神了，还是多花些心思去想想那些受骗老百姓的利益吧！"说完他转身离去，把门"砰"的一声撞上。

周峰无奈地摇摇头，转身走到窗前，深情地凝望着窗外邢志军离去的背影，眼前浮现出和郭勇当年在部队时的情景，而刚入新兵连的邢志军则是郭勇一手培养起来的爱将。

夜已深沉，于玲玲接到一条短信，说黄一瓜已安全出境，老板让她多关照一下黄妻王惠。于玲玲立刻驾车来到黄家，王惠见到于玲玲，一把抓住她急切地问道："一瓜呢？"

于玲玲笑道："老板已通过各种关系把他从拘留所捞出来了。"

"那他为什么没回来呢？"

"他回来，那些追债的人上门讨债怎么办？所以老板让他先去香港待一阵儿避避风，你就放心好啦。"

黄妻哭泣道："家里就剩我一个人怎么办？"

于玲玲安慰道："老板让你留在家里先稳住来讨债的人，是为你好，懂吗？"

说着，她掏出一个信封塞给黄妻说："这里是一万元，你先用着，老板不会亏待你的。"

黄妻接过钱，心里才踏实了点儿，忙把钱收好。

于玲玲刚离开黄家，一群讨债的人就闯了进来，他们七嘴八舌地质问着黄妻……

"黄一瓜不是放回来了吗？"

"他到哪里去了？"

"你不是答应，黄一瓜一回来就还钱的吗？"

"要不是我们去闹，他能回来？！"

……

黄妻故作镇定地应付道："大家别急，一瓜回来后就去弄钱了，他说欠你们的钱一定会还清的。不过，总得给他点儿时间吧？"可那些讨债的人还是不依不饶地吵闹了半天，黄妻劝了好久，他们才离开。

三、七尺男儿不怕苦，怕窝囊

邢志军赶到家中，郭勇正给女儿郭蓉喂中药，邢志军轻声地说了声："爸，我来吧！"

郭父没理他，给郭蓉喂完药，又端起杯子让她喝了几口水。

"爸，您生我气了？"邢志军从郭父手里接过水杯。

郭父瞪了他一眼，气呼呼地说："我哪敢生市局经侦支队长的气？"

"爸，对不起，我刚才实在脱不开身。"邢志军解释着。

郭父埋怨道："我知道你忙，可现在小蓉生这么重的病，你还在单位里瞎忙！"

"爸，您别说志军了。"郭蓉声音微弱地劝父亲。

"爸，我承认，我不是一个好丈夫，但……但我并没有……"他无奈地叹了口气，"不说了，您老说得对，我是在瞎忙。"邢志军说完这话，心里充满了委屈和郁闷。他坐到床边，抚摸着妻子的手说："小蓉，对不起……我明天就去辞职，不干这一行了，以后我一定好好陪你，先把你的病治好，再陪你到处走走……"

郭蓉看着他，摇了摇头说："志军，我知道，你不会这样做的……别在乎我爸的脾气，我理解你……"郭蓉一番善解人意的话，让邢志军这个刚强的汉子忍不住流下眼泪。这既有工作中的无奈、憋屈，也有对妻子的内疚，各种心情交织在一起。

郭蓉温柔地安慰道："志军，别这样，我不会有什么事的，你安心工作吧。"说完，她艰难地举起手去擦拭他的泪水。

此时，外面响起了救护车的声音，门口出现了周峰和两个穿白大褂的人。

周峰走上前对郭父说："老郭，别生志军的气了，局里对您女儿的病很重视，我已联系好了东都第一医院，今晚就住院！"

郭父看了周峰一眼，冷冷地说："志军明天就不是你们局里的人了，我们自己想办法吧！"

周峰不解地看着邢志军。

邢志军低着头说："周局，我不想再干这窝囊活了，我这堂堂七尺男儿，现在弄得里外不是人……"

周峰一笑："好啊，明天我跟你一起递辞职报告！"

郭蓉急了，忙说："周局，别听他乱说，刚才爸对他发了火，他是在说气话。"她又转身对父亲说："爸，我求求您，您别再逼志军了……"郭蓉说着，艰难地起身对周峰说："周局，谢谢您，我住院去。"

邢志军连忙把她扶到担架上，众人帮忙把郭蓉送往东都第一医院。

郭蓉住进医院后，医生立即为她作各种相关检查，周峰和邢志军在走廊等待，周峰安慰邢志军说："你别急，我已经和医院沟通了，他们会重视小蓉的病情的，局里也会全力以赴的！"

邢志军摇摇头说："我已不需要、也没资格再让局里承担了。"

"此话怎讲？"周峰有点儿纳闷。

"我真决定辞职不干了。"

周峰一怔："为什么？"

"我真想好好陪陪小蓉……"

"这你放心，局里会安排人照顾她的。"

"我欠她的债，谁都代还不了！"

"志军，你跟我一样清楚，干我们这行的，难免对家人欠下还不清的债啊！"

"我不想再这么窝囊下去了！你知道吗，连我老丈人都骂我不像个男人了！"

"这么说，你还在生我的气？"

邢志军摇摇头说："我哪敢生您局长大人的气？"

"你连我的门都敢摔得直响，还有什么不敢的？"

"那好，我向您道歉！"

"那么，你跟我讲过的那句话呢？"

"什么话？"

"'还是多花些心思去想想那些受骗老百姓的利益吧！'临走时，你扔给我的，你不收回吧？"周峰看邢志军不说话，又说道，"这样好吗？明天我到你们队里来给你们布置任务，你听后再决定要不要辞职。"周峰说完，见医生们出来，忙对邢志军说："你去陪陪小蓉吧，我和医生沟通一下。放心，你妻子的病，我保证负责到底！"

邢志军回到病房坐在郭蓉床边，轻轻地握住她的手，郭蓉睁着一双丹凤眼看着他："问过医生吗？我得了什么病？"

"周局去跟他们谈了……你放心吧，局里很关心你的病，他们会负责到底的！"

郭蓉笑道："我又不是什么大人物，还谈什么负责到底的话，你告诉周局，别让局领导太操心了，不要紧的，有什么困难，我们尽量自己克服吧！”

邢志军听后深受感动，看着郭蓉苍白的脸，他的心感到一阵刺痛。郭蓉用纤细的手指摸摸他的脸说：“我爸那边你也别在意，你还不清楚，他就是这么个直性子，说过就没事了。况且，只要我不后悔嫁给你就行了，我嫁给你真的不后悔。”

邢志军抚摸着郭蓉的头发，哽咽着说：“小蓉，你是知道的，我再苦再累，甚至把命搭上，我都愿意，可我……有谁知道，对外，干得多窝囊，对内，又做不了一个好丈夫。你骂我几句，我反倒好受啊！”

郭蓉抹掉他脸上的泪水安慰道：“我住进来了，你就放心好了。这里有医生、护士，你尽管忙去吧。我知道，你没瞎忙，忙的都是大事……”

邢志军紧紧地把郭蓉拥在怀中，两人半天没说话，彼此感受着爱的心音。

天色已晚，郭蓉轻轻推开邢志军，催促他回去，邢志军摇摇头说：“不，今晚我陪你在这儿，哪儿也不去！”

郭蓉劝道：“这儿有医生和护士，你走吧。替我谢谢周局，别再把气撒到他身上了。看得出他也难……还有，你回家看看爸，把这儿的情况跟他说说，多往好处说，让他放心……”

邢志军知道郭蓉的脾气，只好起身恋恋不舍地说：“那我先去看爸，你安心在这儿治病，我每天都会来看你的！”

郭蓉善解人意地说：“你有空就来，但千万别耽误了工作！”

邢志军在她脸颊上亲了一下，轻声说：“谢谢你，我的好妻子！”

周峰从医生办公室出来在门口等候邢志军，医生的话在他脑中回旋着：“看来，要救这位患者的病，唯一的办法就是换肾了……你们得作好思想准备，换肾包括术后治疗等费用总共需30万元左右，而且肾源紧张，病人情况拖不起。”周峰表示一定积极配合医院尽快找到肾源，希望医生暂时不要把患者的情况向病人及家属透露。他见邢志军出来忙迎上去说：“医生说了郭蓉的情况，制定了治疗方案，你放心吧，我都安排好了，费用问题、治疗问题都不用担心！”

“小蓉患的到底是什么病？”邢志军急切地问。

周峰故作轻松地说：“是肾脏方面的问题吧……”

“这还用你说，周局，你实话告诉我，医生到底是怎么说的？”

“医生怀疑，怀疑可能是尿毒症。”周峰只好把实情讲出。

邢志军一怔：“尿毒症？”

“你先别急，可能需要换个肾。”

“要换肾？”邢志军吃了一惊。

周峰尽量放松口气说：“看看情况发展再说，总之，我都会安排好的，你总该相信我吧?”

邢志军克制住自己的情绪，对周峰说：“小蓉让我谢谢你……”

“别谢我，这是组织上该做的事！这段时间你要好好陪陪小蓉，多安慰安慰她!”

邢志军点点头说：“我得先去把老丈人安抚好……”

“那好，我送你去老丈人家，好好跟他说说，也可以让他老人家放心!”

车中，邢志军沉默不语，周峰看了他一眼问道：“还在为放走黄一瓜的事生气?”

邢志军坦诚地说：“您是知道的，从个人的关系来讲，我从未对领导不恭，尤其是对您!”

“我明白，你是对事不对人……对此事，我也怀疑自己是不是软了一点儿……你走后，我给谢厅长打了电话，作了汇报，他很重视这件事。让我连夜赶去商量对策!”

邢志军看了看表说：“这么晚了，您还要去省厅?”

周峰点点头说：“放心吧，我既没见硬就软，更无任何猫儿腻!”

“周局，这话您说重了，我可没有这个想法……”

“你不是要辞职吗？是你逼我这样表白的!”周峰故意用话激他。

邢志军叹了口气说：“我也是被逼的，您没见我焦头烂额啊!”

周峰一笑：“外人都以为我们活得很风光，真实的警察生活可并非如此啊。”

“再苦再累再难我都能承受，但我就怕窝囊，有力难使!”

周峰鼓励道：“放心吧，是英雄总有用武之地。”

说话间，车已到郭父家门口，周峰拍拍邢志军的肩头说：“代我向你老丈人问好，改天我再去看他!”

邢志军点点头下车，周峰用理解的目光送他走进楼门口。

此时，郭父一人正面对着郭蓉母亲的遗像喝闷酒，邢志军轻轻推门进来叫了声：“爸!”坐到郭父对面。

郭父用慈祥的目光看了他一眼，给邢志军倒了一杯酒递给他：“小蓉怎样了?”

“她已经住进医院了，周局安排好一切刚刚离开。”

“那你不留在小蓉身边陪陪她?”

“小蓉让我来看看您，她放心不下您……”

郭父看看老妻的遗像叹了口气说：“小蓉她妈在时，有她妈疼着我，她妈不在了，有她疼着我……可现在……”郭父说着，难过地摇摇头，干了一杯酒：“志军，不要笑我，我现在想想，我也不像个男人啊！在位时，总是工作、工作，从没想到过要好好去照顾自己的妻女。女人啊，常为我们付出一切，可我们男人呢？”他说着，双眼鼓满了泪水，又猛喝了一口酒。

“志军，小蓉她妈当年患的也是肾脏病，最后是尿毒症走的。那时你我都在部队里，正在军事演习，你是连长，我是团长，谁都离不开自己的指挥岗位，只有小蓉一个人送她妈走的……志军啊，我真担心会重蹈覆辙……”

郭父说着，不禁老泪纵横，邢志军安慰道：“爸，您别想得那么严重，现在的情况和以前不同了，医疗条件也好了，周局说，组织上会全力以赴的……”

“你都要辞职了，还有这个组织吗？”

邢志军看了郭父一眼，一时无语。

“如果是因为我说了你，你才有这个想法的，那么，你得把这个因素去除！”

邢志军用感激的目光看着郭父，倾吐着自己的郁闷心情：“谢谢爸的关心……不过，我想辞职也不是一时的冲动。别人看我干这个工作似乎很风光，可其中的辛酸尴尬，常人是难以理解的，除非你随波逐流或者醉生梦死……可我不是那种人啊！”

“你要是那种人，我能把女儿嫁给你？你明天替我向周局道个歉，好好跟着他，不辱使命，就是赴汤蹈火也在所不惜！记住，我们永远是军中的汉子！”

邢志军听了郭父的话，心里一下轻松了许多，脸上露出了笑容。

“怎么啦？笑我也对你说过气话？好矛盾的一个老头，是吗？你没有当过父亲，你感受不到做父亲的心情！”

“我当了丈夫，我承认没有尽好丈夫的责任……”邢志军不无歉意地说。

郭父一挥手说：“不谈这些了！咱俩再好好喝几杯，明天照样给我好好上班！”

周峰正在谢宁厅长办公室作汇报：“谢厅长，事情的经过就是这样。你召开的专题电视会议刚结束，我们正在按照省厅的指示精神，狠抓经济领域内的犯罪活动时，就发生了这样的怪事，不知我的处置是否妥当？如有什么问题，由我负全责！”

谢厅长听完周峰的汇报停顿片刻说：“你考虑得很周到，志军的火气也可以理解。此案的变故确有蹊跷，其中的底牌现在还很难说。我同意你的看法，越是经济大案，在没来得及布控张网之前，越不能过早地惊动水底的大鱼。否则，将会因小失大！至于黄一瓜的问题，我马上跟香港警方联系，请求他们协助监控。那头，你们就别担心了，你们的当务之急，是要顺着事态的进展，不动声色地瞄准大鱼，大鱼在哪？大鱼是谁？然后张开渔网！”

“你这样一说，我心中就有底了……”

谢厅长看了周峰一眼说：“志军不想在你那儿干了，要不让他到我这边来吧。省里的医疗条件也好些，对治小蓉的病更有利！”

周峰一听这话，反倒急了：“谁不知道他在说气话？只有正直的人才说得出这种话来！你又想趁机挖我墙脚了？谢厅啊，我求你断了这个念头吧！”

谢厅哈哈大笑说：“我知道邢志军是你的爱将，我不会夺你所爱的！”

“不过，小蓉的病真到了紧要关头，还需要厅里出面帮点儿忙！”周峰说着，表情一下凝重起来。

谢厅马上表态说：“对邢志军我们一定会从各方面支持关心，以后有什么需要厅里协助的，尽管来找我。对志军这样得力又正派的一线民警，如果组织上不去主动关心他们，那就是我们的失职！”

周峰点了点头说：“那曹市长那头，能不能给我交个底？”

谢厅长思索片刻说：“到目前为止，还不明底细，我们得先多作些了解。”

清晨，天空晴朗，多日的阴霾天气出现了阳光，东都市的公园和街头到处是晨练的人群。

在市政府会议室，曹明市长正在召集市工商局、规划办的领导和阳光集团的老总刘兰英开座谈会。

曹明身着灰色西服，他稀疏的头发梳得光亮，衣着得体地走进会议室，微笑着和大家打招呼，连声说道：“今天的天气真不错，阳光灿烂啊！大家请入座！今天，把你们三方找来座谈，事情只有一桩：你们一定要在‘两会’前把‘阳光’一条街工程建设完成！一个城市总要有一个城市的标志性风景线，东都市有不少老祖宗留下的东西，而到了我们手里呢，总得留下些什么吧？‘两会’马上要召开了，‘阳光’一条街一定要办成上海的南京路。当然，规模是很难企及后者的，我希望，只要大家承认它是小南京路就行！这样在‘两会’上，我们也好有话题说说……这里，我们得感谢阳光集团的老总刘兰英女士，为了建设这项工程，她全力以赴，以大局为重，把钱全都砸进来了。”曹明说着，朝工商局、规划办的几位领导看看：“你们呢，工商局、规划办得一路开绿灯，为阳光商业街的及早建成服务到位，明白吗？”

工商局长笑脸相迎地说：“一定，一定！我们一定全力配合！”

“我们自始至终都支持这项工程！”规划办的领导也积极表态。

曹明满意地点点头，又朝刘兰英看看说：“刘总，你还有什么要求吗？”

刘兰英微笑着，一双明亮的大眼睛闪着智慧的光，她用流利的普通话说：“有你们两方领导的全力支持，我还有什么要求呢？我只想改变人们对企业家为富不仁的成见！努力去做点对社会、对百姓有益的事……我以前是个穷人，没有改革开放，哪有我的今天！如果我还有什么要求的话，只是要求大家监督我，看看我刘兰英是不是在诚心诚意地为东都市的繁荣竭尽全力！”刘兰英的话赢来一阵掌声。

座谈会结束后，曹明把刘兰英叫住说：“刘总，你先留一下，我还有几句话和你说。”待工商局、规划办的领导走后，曹明转身对刘兰英说：“阿英，你知道吗？志军的妻子郭蓉病了，病得还不轻……”

刘兰英听后一愣：“你怎么知道的？”

“你还记得吗，当时我们班里的学习委员冯庆池？”

刘兰英点点头。

“他现在是东都第一医院的院长，是我点名提拔的他，这个情况还是他向我通的信儿……”

刘兰英焦急地问道：“郭蓉得的是什么病？”

“尿毒症！冯庆池说需要换肾，风险不小。”

刘兰英听后一时沉默无语，曹明让她去关心一下郭蓉，因为刘兰英和邢志军是同学，而且他俩曾经有过一段恋情，而此刻刘兰英的内心却很复杂，因为两人已好久没碰过面了。

在经侦支队会议室里，民警们等待着周峰和邢志军。

刘刚和大家议论着昨晚的事：“眼看黄一瓜要溜掉了，我急得心都跳到了嗓子眼，正想上前一把将他抓回，周局却亲自命令我放人！实在让人难以理解……”

民警小李问：“那邢队是什么态度？”

胡林接话说：“无奈呗！邢队一边去局里汇报，一边让我和刘刚监控黄一瓜。他本来就不同意放人的，想不到黄一瓜这小子一出看守所，就有人接他去了机场，乘上了去香港的班机，邢队比谁都急！”

民警小马说：“官大一级压死人呗！”

“不知其中的奥妙何在？”胡林说着摇了摇头。

此时，邢志军陪着周峰来到会议室，他面无表情，周峰却笑着接过话茬儿，用手指着胡林：“你说得对，其中奥妙确实不小！”

“周局，你想钓大鱼？”刘刚一下兴奋起来。

“想钓大鱼是一回事，这潭浊水到底有没有大鱼又是另一回事，只有这两回事碰到一起，才能钓得到大鱼！”说完他坐到了自己的座位上。

邢志军一脸严肃地说：“现在开会！今天的会是周局亲自布置召开的，我们欢迎周局做指示！”大家一起鼓掌，周峰摆摆手说：“我没有什么指示可做，同志们办黄一瓜的案子辛苦了，可黄一瓜又让我下命令放啦，让他借机溜到香港去了。我知道，大家心里的疑问肯定不少，首先你们邢队就想不通，他一气之下要向我递辞职报告……”

大家一听，都怔住了，一起向邢志军望去。

邢志军仍然面无表情。周峰看了一眼邢志军说：“这也难怪邢队啊，因为其中的原因，有的他知道，有的他不一定明白，所以，今天我是主动来说清问题的！”

民警们交头接耳地小声议论着。

“我呢，总得给大家个交代吧！否则大家的工作怎么干？换了我，也会递辞职报告的！我现在先来说说其中的奥妙……大家都知道了，我们侦破黄一瓜的非法集资案正有所进展时，那些当初来报案的受害者却又到市局、市政府去上访请愿，要求释放黄一瓜，其中的奥妙大家都明白吗？”

他看了众人一眼，无人敢贸然答话。

周峰把目光停在胡林脸上：“小胡，你说说！”

“那些人怕抓了人拿不到钱……”

周峰点点头：“这是一个原因，而我认为还有更深层次的原因！小胡，你给大家说说，你们审了黄一瓜多次，他交代了资金流向吗？他非法集资上亿元，这些钱都到哪里去了？”

“他说这是商业机密，始终不肯交代。”

“你们信吗？”

大家都摇摇头。

“好了，这就是深层次原因之一！还有，大家想过没有，为什么黄一瓜一出看守所，就有人接他去机场，之后随旅游团去香港，一环扣一环扣得很紧，安排得好严密啊！其中的奥妙又在何处？”

他看看刘刚：“小刘，你说说，这是为什么？”

刘刚快言快语回答道：“看来，黄一瓜的非法集资案不是个单独的、孤立的现象和案子，它背后还有更大的鱼，且组织严密，煞费苦心！”

周峰一拍桌子说道：“好！你回答得很好！现在，用不着我再多说什么了吧？这浊水中肯定有大鱼！”

他看看邢志军问道：“邢队，想通了吗？你们的任务是要钓出这条大鱼来，不是净捞些虾米！”

邢志军仍然沉默着不接话，周峰一点儿也不在乎，继续说道：“不钓出大鱼来，这浊水永远清不了啊！只要大鱼一扫尾巴，水就浊了！所以说，我们的任务是十分艰巨的，常去钓鱼的人都清楚，大鱼是不好钓的。你先得让大鱼上钩，然后再放长线，把它拖得筋疲力尽了，才能把它钓到手。你要是硬钓，非把线拽断不可。要么，你反被大鱼拖下水，丢了性命，这类事并不少见啊！我有个朋友，就是这样送命的，被大鱼钓了去，钓去见阎王爷了！”

大伙儿一下被逗笑了。

“不要笑，这可是件可悲的事儿！当然，不想钓大鱼的人，净捞些小虾米来混日子，也是可悲的！所以说，我们得有耐心，不能意气用事，更不能撂挑子，我不钓了总可以吧？”

众人看看邢志军，邢志军也不回应。

“邢队，你说说吧，这条大鱼究竟钓还是不钓？”周峰拿话激邢志军。

邢志军没好气地说：“谢谢周局，没说我是个卖葱姜的！”

众人想笑又不敢！

“卖葱姜的又怎么样？我丈母娘以前就在小菜市场卖葱姜度日！她没觉得丢脸，我也没觉得无脸见人，反而要感谢她养活了女儿，让我娶了个好老婆！”众人被周峰幽默的语言所感染，忍不住笑了起来……

邢志军一下站起来，大声地说：“我认为大鱼当然要钓，中鱼、小鱼也不能放跑！况且，放跑了中鱼、小鱼，也难钓大鱼！”

周峰一点儿也不计较他的话，只是淡淡一笑说：“你以为我真的会放走黄一瓜？他溜到香港，香港早已回归祖国的怀抱，他跑得了吗？昨晚，我已向省厅领导作了汇报，省厅已联系香港警方监控黄一瓜！天网恢恢，疏而不漏，他逃不掉的！”

周峰停顿了一下：“说实话，对于昨晚在机场要不要扣下黄一瓜，我也犹豫过，但权衡再三，我还是决定放行。不是别的原因，只是不想惊动他背后的大鱼！在我们东都市，非法集资猖獗，由此闹出不少事端，受害人不少，甚至发生跳楼事件，严重影响了社会安定。如果不连锅端的话，后患无穷。”

周峰提高嗓音，严肃地说：“重大的决策，我周峰一人也不敢自作主张，大家听明白了，我今天所讲的，都是省厅领导的意见！大家有没有信心和决心，把这些小鱼、中鱼、大鱼连锅端掉，不再让他们兴风作浪，维护好东都市的金融秩序，保障好老百姓的利益？”

大家齐声说：“有！”

周峰看看邢志军，邢志军淡淡地说：“你指示完了？”

周峰笑道：“不是指示，而是和大家探讨，我说完了……你说几句吧？”

邢志军则一挥手，说了声：“我没什么可说的，散会！”

散会后，周峰叫住了邢志军，他拍了一下邢志军的肩膀问道：“想通了吗？还想辞职吗？”

“你说呢？”

“我没用省厅领导来压你吧？”

“你厉害啊，把大伙儿的劲儿都鼓起来了，把我孤立了起来。我告诉你啊，我才不想当逃兵呢！”

周峰笑道：“我压根儿没想过你会当逃兵。你有气，我完全能理解，我何尝没有气呢？”说着，他严肃起来：“志军，凭我的直觉，这场大仗、硬仗，以后的情况可能会更复杂，我们大家都要沉得住气。”

“你说的大鱼是谁？”

“只能钓上来再看了！”

邢志军点点头：“你没把曹市长的来头说出来，是……”

周峰摆摆手，打断他的话说：“我们不要去瞎猜，尤其是对高层的领导，更不应该！”

“我是说，我了解曹明这个人，我们从小是一起长大的，昨晚不是我不敢去问罪曹市长，而是我理解他！”

周峰点点头说：“我明白……你说说，下一步我们该从哪儿着手？”

“昨晚把黄一瓜送去机场的那个人！”

周峰笑道：“志军啊，我知道，具体办案还得靠你！”

邢志军看着周峰说：“那你一定得撑着我！”

周峰语气坚定地说：“一定！目前，我们先把接黄一瓜那个女人的情况调查清楚，抓住这根线头别放！”

邢志军叹了口气，说：“女人啊……也真不一样……”

“咱们男人也不一样的！”

“有的女人让我们男人自愧不像男人……昨晚，我要陪小蓉，她却让我回去好好睡觉，今天还要我上班……我去看老丈人，他却面对着我丈母娘的遗像在喝闷酒……真想不到，我来上班又要去面对另一种女人！有时一下子真难转过弯来……”

“是啊，在经济大潮中，男人和女人都在经受着考验啊！”周峰看看表说，“我该回局里了，下面还有个会。”

中午时分，邢志军和胡林、刘刚在经侦支队食堂一起用餐。邢志军给胡林、刘刚布置任务，让他俩立即查明接黄一瓜去机场的那个女人的一切资料，并密切注视黄家的情况。

邢志军布置完任务，扒拉了几口饭就匆匆离去。刘刚看着他离去的背影问胡林：“看来邢队的气消了？”

“经周局这么一讲，谁还会不服？”

“刚才，我真怕邢队和周局顶起来……”

胡林笑道：“你还不了解咱邢队？他可是个服理的人！”

四、无事不登三宝殿

夏日的香港阳光很足，空气很好。黄一瓜正在随队旅游，他有点儿心不在焉，游客们都在拍照留念，他却形单影只，悄悄躲在一边发短信“我来港几日，却未见有人接应，甚忧。”一会儿，他接到了短信回复“别急，静等！”黄一瓜看后稍稍松了口气，快走几步随旅游团到另一个新景点观光。

香港警方接到内地警方传真，已派两名香港警方的便衣监视着黄一瓜的行动。一名便衣用手机向警务处长汇报情况：“到目前为止，黄一瓜活动正常，还尚未发现异常现象，也没有人跟他联系……”

警务处长下令：“继续监控，一定要配合好内地江南警方的行动。”

导游带旅游团又来到一个新景点。这时，黄一瓜接到一个和对方接头的暗号，接头人正欲上前接触时，突然发现了两名便衣，便装作若无其事转身离去，一下子消失在人群之中。黄一瓜等了半天也没见接头人，他感到一阵茫然，心生疑虑，慌了起来。

海边一个山庄式的别墅，豪华却不显眼。在临海的大阳台上，一个五十多岁中等个子的男人正边喝酒，边打手机。此人正是地下钱庄老板姚振海，人称姚叔，是方圆几十里无人不知的人物。

“你那里的情况我知道了，想通过你那女人跟我讨价还价？干脆点儿，开个价吧，让黄一瓜彻底蒸发！”

手机中传出一个男人嘶哑的声音：“老板，干这事难度很大，黄一瓜已被盯上了，我无法和他接头，你知道在警方的眼皮底下干活危险很大呀！”

“告诉你吧，于玲玲跟黄一瓜也有一腿，你不为钱，为情敌也该像个男人啊！”

“老板，这难度太大啦！”

“别废话了，我不会让你吃亏的，一百万元！怎么样？我先把五十万元打到你的卡里，剩下五十万元事成之后再给你！否则，你别想回来见我！”说完，姚叔一下挂断手机，把盘中的一块牛排扔给了边上的一条大狼狗，大狼狗贪婪地一口吞下。

姚叔又往杯中倒满了红酒，红酒如血。阳光照在姚叔黑红的四方脸上，他的嘴角露出一丝诡异的冷笑。他又打开手机发了一条短信：“速给于玲玲下命令……”

此时，于玲玲正在和江南东风服装厂的总经理孙海一起用餐。

孙海边吃边说：“这里的小牛排味道真不错。不但煎得嫩，而且十分可口，据说，这饭店的老板是从巴西回来的……”

于玲玲一笑：“孙总，你在百忙之中约我出来吃饭，就是想告诉我这些？有什么事直说吧，我们也打了几年交道了，你找我肯定有事吧？”

孙海吞吞吐吐地说：“于总，我……也没什么大事，最近公司签了笔大订单，要进不少布料，手头的钱一下周转不开，我存在你那儿的钱能不能抽出来？”

“你想抽多少？”于玲玲领悟地问道。

“我想全部抽出，实在是急于用钱，真不好意思。”

于玲玲笑道：“我给你那么高的利息，你就舍得丢掉了？”

“我实在是不得已，只好舍弃！”

“是不是听到什么风声了？”于玲玲用狡黠的目光盯着他问道。

孙海忙摇头说：“没，没有，尽管黄一瓜那案子闹得满城风雨，但我对于总还是信任的。每月的利息，你从不少给我，而且，总是按时付息。”

这时，于玲玲的手机响起，她起身到一边接听。手机中传出一个男人低沉的声音：“黄一瓜在香港已被监控，明白了吗？”

于玲玲听后一怔，随即镇定下来，说了声“明白了”，便收起手机。转身对孙海说：“孙总，你的意思我明白了，现在我有点急事要办。你的事尽管放心，不过，你再好好想想，我们改日再定好吗？”于玲玲说完，不等孙海说什么，向他招招手，说了声“拜拜”就匆匆离去。

孙海一时不知说什么好，呆呆地坐在那里。

于玲玲跳上自己的轿车，边开车边打手机向她的上司汇报：“喂，老板，我是玲玲，黄一瓜已被香港警方监控，你得赶快想办法。还有，刚才孙海约我吃饭，他要抽出全部存款，理由是接了一笔大订单，要大批进布料。我看，黄一瓜出事后，闹得满城风雨，他怕了……老板，得当心多米诺骨牌效应，如果出现这种情况，就一发而不可收拾了！还有，黄一瓜老婆那儿，昨晚那些人就冲到她家去找人要钱了！这个局面黄一瓜的老婆也撑不了多久的……这些问题都得尽快想法儿解决，不然的话，会翻车的！”

于玲玲刚收起手机，就有电话打进来，打电话的正是在港监视黄一瓜的那个人，也是于玲玲的相好。于玲玲高兴地问道：“有什么好消息吗？亲爱的，很想你！”

手机中传来对方焦急的声音：“玲玲，姚叔给我打电话了！”

“他怎么说？”

“他开了天价……”

“多少？”

“一百万元!”

“他让你……” 于玲玲声音有些颤抖。

“让黄一瓜人间蒸发!”

于玲玲一愣:“你干?”

“你说呢?”

“我觉得还是想其他的办法吧，事情不要做得太绝!”

“怎么，你舍不得他了?” 于玲玲的话一下子激怒了对方。

“你说这话是什么意思?”

“姚叔说，你跟他也有一腿……”

于玲玲恼火了:“随你怎么去想吧!我们都得给自己留点儿后路吧!”说完，她一下就挂断了电话。

手机铃声又响起，于玲玲没有接听，她的情绪一下低落下来。

下午，邢志军正在办公室看文件，突然接到传达室打来的电话，说有个叫孙海的人要找他，邢志军马上让人把孙海请进来。

孙海风尘仆仆地走了进来，邢志军忙起身迎接，笑道:“孙大老板，今天怎么有空来看我了?无事不登三宝殿吧!”

孙海一屁股坐在沙发上，有气无力地说:“一定要有事才能来找你?看看你不可以吗?当了支队长，忘了赤脚弟兄了?”

邢志军把一杯热茶推到他面前，笑道:“我才不指望你来看我呢，如今有几亿身价了吧?昔日的赤脚兄弟，现在我怎么追也追赶不上啰!”

“别贫了，跟你讲件正经事!”

“什么事?”

“你丈人今天一早给我打了个电话，唠叨了好长时间……”

“骂我了?对吗?”

“你啊，以后也该多花点儿时间、精力在家里!”

孙海说着拿出一张银联卡:“拿去吧，上面有三十万元，快想办法去给你媳妇换个肾!”

“换肾?你怎么知道的?”

“郭团长一早去了医院，凭他侦察英雄的出身，一下把小蓉的情况摸得一清二楚，是尿毒症!”

邢志军一怔。

“这病情是想瞒也瞒不住的，一定得换肾才有救!前后费用得三十万元!”他把银联卡递上说:“拿去吧，治病要紧!”

邢志军摇摇头说:“谢谢，这钱我不能拿!”

孙海火了：“怎么，怕我行贿你？我们是什么关系？你不放心就给我写个借条吧！”

邢志军还是摇摇头。

孙海长长地叹了口气说：“当官当不得啊，当了官，难道什么情都可以断？什么关系都不要了？你真六亲不认啦？连老同学都不信任了？”

邢志军用感激的口吻说：“孙海，我们从小一起长大，之后一起去了部队，又一起转业。这情永远也断不了，这关系也永远断不了。郭蓉的病，我们周局对我说了，由局里负责到底。昨晚，也是周局主动联系了医院，把她送去的。你明白，既然组织上把一切都安排好了，我就该听组织的！”

“那你一点儿面子也不给我？”

“若不是周局早作了安排的话，我当然不会去麻烦组织。你不送钱来，我也会上你家去借的！我会永远记着你的情，这事就到此为止吧，好吗？”

孙海摇摇头，收起银联卡说：“那就先放在我这儿，你什么时候需要就来拿！”

邢志军递了一支烟给孙海说：“哎，孙海，这几天，你们做生意的朋友中有什么说法吗？”

“什么说法？”

“比如，关于黄一瓜的事……”

孙海一笑：“你是说百姓去市政府、市局上访的事？每人不就借给黄一瓜那么点儿钱，有什么好闹的？当初还不是贪利息高嘛！谁让他们贪小利的？等发觉血本无归了就闹，让政府来负责？说得过去吗？”

邢志军摇摇头：“话不能这么说！虽说这些人也有点儿小毛病，但事到如今，政府还是要为他们做主的，不能全摊在他们身上不管。”

“听说你们抓了黄一瓜，又把他放了？”

邢志军点点头。

“何必多此一举呢？你们当初抓黄一瓜时，我就感觉到你们费力不讨好了！”

“为什么？”

“为什么？道理不明摆着吗？抓了他，谁去还那些钱？受害者是要钱，不是要抓他！当然，你们既抓了他，又能让受害者要回钱那最好了！可是能吗？”

“还有呢？”

“在咱东都市，非法集资这码事多着呢，水深得很，凭你邢志军就能蹚过去了？”

“我邢志军虽无三头六臂，但有党纪国法撑腰，再深的水终能蹚过去的！”

"你们掌握了多少情况?"

邢志军一笑。

孙海忙收回此话:"对不起,我问了不该问的……"

他起身告辞道:"好了,不影响你工作了,改日我请你吃饭!"他用手指指邢志军说:"记住,多花点时间、精力在你老婆身上,别人不清楚,我可清楚当初郭蓉父女俩是如何对你的!"

邢志军点点头说:"我会记着的。"

"费力不讨好的事尽量少干,好心不一定有好结果的,到头来家庭还是最温暖的港湾!"孙海说完转身离去,邢志军呆呆地目送着孙海离去的背影,叹了口气。

刘刚隐蔽在黄家周围一处偏僻地,见有一群人拥进了黄家,他们冲黄妻大声叫嚷着,让她说清黄一瓜的去向。其中一个粗壮汉子冲上前气呼呼地质问道:

"公安局不会说谎的,黄一瓜昨天放出来了,人到哪里去了?"

"你不是对我们说过吗,只要黄一瓜人一出来,他就会想法儿还清我们的借款。"

"你说,黄一瓜到哪里去了?"

"赶紧还我们的钱!"

黄一瓜老婆被逼无奈地躲到墙角解释着:"实话对你们说吧,他去香港找朋友筹款去了!你们急,他也急,我也急啊!"

"那你说,他什么时候回来?"

"总要几天吧……"一个中年汉子上前追问道:"那好,你说个天数,到时我们来拿钱!"

黄妻两手一摊说:"你们别逼人太甚了,连几天都等不及吗?等他从香港回来自然会解决问题的,你们现在逼我有什么用?"

刘刚躲在一边听着,观察着一切……

那帮讨债的人还在吵闹着,一个老妇人向黄妻跪了下来,哀求道:"我老头得了癌症,正等着这钱治病呢!求求你了,先还给我们吧!"

黄妻哭丧着脸说:"你逼死我也没用啊!这事都是黄一瓜做的,我一点儿也不知道,让我怎么还钱?"一个年轻人上前把老妇人扶起劝道:"老妈妈,也只能这样了,再等几天吧!"

他转身对黄妻说:"你快点儿联系上黄一瓜,让他早点儿回来还钱,明白吗?"

那个粗壮汉子威胁道:"不然,我们都上你家来吃饭!"

"对,我们都上这儿来吃饭。"众人附和着。

黄妻两手作揖，一副可怜兮兮的样子。她声音颤抖地说："父老乡亲们，饶了我吧！我比你们还急呢……我一定让黄一瓜早点儿回来！"

讨债人见讨钱无望，只好纷纷散去。

傍晚，邢志军急匆匆地赶到医院。

病房里，郭父正陪着郭蓉，喂她吃切成块的苹果。

邢志军来到门口，正碰上郭父出来丢果皮。郭父见邢志军一怔："你怎么来啦？"

邢志军小声地说："孙海来找过我了，他告诉我你已经知道了小蓉的病情。"

郭父点点头，小声说："孙海刚才给我打过手机，他说你不信任他。志军，你们既是同学又是同年入伍的战友，有些事别太见外了。"

"爸，干我们这行的，在经济上还是和这些人少沾边儿的好……"

"这些人？孙海是什么人？嘿，你连战友都不相信了？"

"不是不相信……我都跟他说明白了。既然组织上在管这事，还是依靠组织吧。"

"这也好。原本我想找战友来解决，让组织上少费点儿心。既然这样，就听你的吧！"郭父说完，朝病房努了努嘴："去看小蓉吧！"

"你对她说了吗？"邢志军小心翼翼地问。

"嗯，说了！我们都是军人出身，我相信她会挺得住的。对她的病情，遮遮掩掩反而不好！况且，她也有知情权！"

邢志军点点头走进病房，郭蓉正靠在床上翻看一本时尚杂志，邢志军深情地注视着她。郭蓉抬起头冲他一笑："你在偷看我。"

"因为你总是让我看不够。"

"别只拣好听的话说。"

邢志军坐到她身旁，轻轻地把她揽在怀里，半天没说话，郭蓉仰起头问他："上班时间怎么有空过来啦，没辞职吧？"

邢志军摇摇头。

"那我就放心啦，以后可别再发犟脾气了……"邢志军百依百顺地点点头。

郭蓉知道邢志军的心情，故作轻松地握住邢志军的手，调皮地说了声："亲爱的战友，紧握你的手！"这句话是当初他们恋爱时写信结尾常用的一句亲密话。邢志军的心此刻却一下被刺痛："小蓉，我欠你的太多了。"他轻轻放开郭蓉的手，紧紧把她拥在怀里。

此时，邢志军的手机响起，是胡林打来的。邢志军歉意地看了郭蓉一眼，接听手机，说了句："你们辛苦了，我一会儿就回办公室！"

郭蓉已猜出又有任务，催促他离开，邢志军深情地注视着郭蓉说："我再陪你一会儿。"

"工作重要，这里有爸陪我，你放心好了！"郭蓉善解人意地一笑。

邢志军吻了她一下，恋恋不舍地离开了病房。

邢志军来到办公室，胡林和刘刚正在等着向他汇报工作。

刘刚抢先说："看来，黄一瓜的老婆是知道黄一瓜去香港这件事的，她对来讨债的那些人说，黄一瓜是去香港向朋友筹借还款的。"

"那些受害者情绪如何?"

"起先有些冲动，听黄妻那么一说后，情绪慢慢平静下来，没出什么事。"

胡林插话道："是他们要求放黄一瓜的，就是黄一瓜溜了，他们也没话可说！"

邢志军反驳道："不能这么说，他们毕竟是受害者，我们不能因为他们受蒙骗而推卸责任！"

胡林不服气地说："我们也没有什么责任，那天，我们的审讯正要有结果时，是他们吵着要放人，让我们憋了一肚子气，差点儿气得你辞职，是他们太过分了！"

"先不提这些了，当务之急，还是要想办法解决好问题，说说你调查的情况！"

"经调查，那辆车是出租车行的，租车人用的是假身份证……"

"这么说，她有很强的反侦查能力?"

胡林点点头说："不过，我听出租车行的人描述了一下租车人的模样，跟我们见到的送黄一瓜去机场的那个女人很像，可以确定是同一个人！"

"你得尽快找到那个女人！"

刘刚虎头虎脑地调侃道："胡林就怕找女人，都三十岁了，找来找去还是找不到！"

"怎么啦，今天你们两个东拉西扯的，有什么想法直说，别打岔，这是工作、战斗，懂吗?"邢志军故意板起面孔。

胡林圆瞪着大眼看了一眼刘刚说："邢队，那我就直说啦！我们都憋着气呢。就许你闹辞职，不让我们说几句怪话了？你想让我们憋死啊！"

邢志军撸了一下他的头："好小子！还有什么怪话尽管说！说完了，再讨论工作！"

刘刚却"啪"地一个立正："报告邢队，怪话说完了，言归正传！"

邢志军被两个可爱的民警逗笑了，三人都笑了起来，气氛一下活跃起来。

邢志军问刘刚："你说说，如果那些受害者找不到黄一瓜，还会闹事吗？"

"估计这几天还不会有事，因为他们还存有侥幸心理，希望黄一瓜能筹到款后回来，他们也没有理由再到我们这儿来闹，毕竟人是他们要我们放的！"

"以后呢？我们都明白，所谓黄一瓜去香港筹款，只是一个借口，无非是拖延战术，但最终还是会暴露的。到那些受害者一切希望都落空时，还是会找到我们这儿来的。"

"那我们也有话可对他们说……"

邢志军摇摇头说："他们来找我们，也是出于无奈，更是对我们的信任。尽管人是他们逼着我们放的，我们还是要为他们做主。我们大家都辛苦些，抓紧时间，一定要把这个案子破了，至少可以让更多的人不再上当受骗！"

此时，他的手机响起，是周峰打来的。邢志军接听完手机后，对刘刚和胡林说："周局让我去他那儿，可能案情又有了新的进展……"

"我们等你回来！"两人异口同声地说。

邢志军摇摇头说："今晚你们好好睡一觉，明天集中精力一定要弄清送黄一瓜去机场的那个女人是谁。"

邢志军走后，天已黑了下来，胡林和刘刚没有回家，开始在电脑上制作于玲玲的模拟像。

胡林操作着，刘刚在一旁指点着："那眉毛还要长一些，对，对，眼睛，眼睛没那么水灵！"

"哎，你别用你想象中女朋友的大眼睛去代替她，好吗？她眼睛有那么大吗？"胡林调侃道。

刘刚反唇相讥："还说我呢，你自己把你想象中的女朋友的凤眼描上了！对，对，这样就可以了，对吧，我没说错吧？"

胡林看着调整后的眼睛："哦，是这样！"

电脑上逐渐模拟出了于玲玲的画像，两人击掌，高兴地打了个口哨。

第二章 深水中必有大鱼

一、“钓鱼”行动绝密进行

于玲玲在自己的住所和东都市城南发展银行行长陈双艺约会。陈双艺虽已五十多岁，但依旧风流倜傥，他和于玲玲是在一次舞会上认识的，于玲玲的美貌和妩媚一下吸引了他，于玲玲也想借机认识他，两人不久就同居了。开始时，于玲玲是想利用陈双艺，久而久之则对他有了感情。但陈双艺是有妇之夫，只是想和她有鱼水之欢，他虽不喜欢家中的黄脸婆，但又不想和老婆闹离婚，因为他的提拔是离不开老岳父的。

在柔和的光线中，于玲玲和陈双艺在床上行乐。她紧紧搂着陈双艺，不时发出快乐的呻吟。陈双艺行完事后，点燃一支烟，倚在床头，于玲玲小鸟依人地依偎着他，娇滴滴地柔声说道：“亲爱的，今晚开心吗?”

陈双艺似有心事地吸了口烟说：“不知道这种神仙般的日子还能过多久?”

于玲玲一惊：“怎么? 发生什么事了?”

陈双艺摇摇头说：“现在还没有。”

“那你……真扫兴!”于玲玲有点儿不高兴地扭过身子。

陈双艺把她扳过来吻了一下说：“玲玲，我是希望我们能长久好下去才说这话的。”

于玲玲仰起头问道：“此话怎讲?”

陈双艺摸了一下她的鹅蛋脸说：“我给你贷款没问题，但你一定不能坏账。一坏账，你我的命可都保不住了!”

于玲玲妩媚地一笑，说：“你对我还不放心?”

陈双艺边起床穿衣，边说道：“我只是提醒你一下，好了，我得回家去了! 太晚了，家里的母老虎又要盘问不休了!”

于玲玲伸出双手勾住他的脖子，用一双大眼睛深情地看着他，发嗲地说：“再亲亲我。”

陈双艺亲了她一口，于玲玲像条美女蛇紧紧地缠住了他的身体，他浑身的血液顿时被燃烧，一下又被她的美迷醉在床上，两人又亲热了一番。看看时间不早了，陈双艺赶紧离去。

于玲玲一人顿时感到孤单起来，她披上衣服点燃了一支烟抽着，看着桌上的台历，她突然想起今天是母亲的生日，赶紧拨通了老家的电话，电话里传出母亲带乡音的亲切话语："玲儿！"

"妈，生日快乐！对不起，我忙了一天，忘了给您打电话了。"

"妈知道你忙，我也好几年想不起过生日啦！"

"上次给您汇的那笔钱收到了吗？"

"收到了，那么多。"

"明天再给您汇一笔。"

"不用啦，你给的钱，妈这辈子也用不完，你自己留着用吧，也该成个家了！"

于玲玲苦笑道："我的事您别操心，好好照顾自己。"

她说完挂断了电话，心中突然感到一阵愧疚。自己光顾着行乐，却忘记了母亲的生日。父亲过世早，是母亲把她一手带大的，她也不时地寄钱给母亲，可母亲哪里知道这钱是她用青春美貌和肉体换来的。想到此，于玲玲忍不住哭泣起来。

此时，床头的电话铃声骤然响起，于玲玲抹了抹泪赶紧去接听。

电话中传出一个男人的声音："你可以放心了，黄一瓜再也发不出声了。"

于玲玲听后一惊，还没等她说话，对方电话已挂断。于玲玲放下电话，不禁浑身打了个冷战。她起身正准备洗漱，突然，门铃响起。于玲玲又是一惊。门铃不停地响着，她轻轻走到门口，隔着门问了声："谁？"

"玲玲，是我！黄一瓜的老婆，你快开门呀！"门外传来黄妻焦急的声音。

于玲玲犹豫了一下，把门打开。

黄妻冲进来，一把抓住于玲玲，问道："玲玲，黄一瓜到底在哪？他怎么了？"

于玲玲吓了一跳，以为她知道了黄一瓜的事，她试探道："什么怎么了？你那么紧张干吗？"

"那你说他到了香港怎么也不给我报个平安？"

于玲玲听后松了口气说："哎哟，就为这事你急成这样？他能给你打电话吗？你家的电话肯定被监听了。"

"我能不急吗？那些债主都逼上门来了！"黄妻气急败坏地说。

"你跟他们怎么说的？"

"不是照你嘱咐说的吗？黄一瓜去香港朋友那儿筹款了！"

"这不很好吗？你还紧张什么？"

"我……我心里总是不安宁，老做噩梦。而且那帮要债的人总来找我，昨天还把我家的一块玻璃砸碎了，我能不急吗？"

于玲玲敷衍道："别急，别急，一点儿事也不会有的，赶快回去睡觉吧！"她把黄妻挡在门口客厅不想让她久待。

黄妻一下火了，她脸一板说："于玲玲，你跟我明说，你是不是在骗我？黄一瓜是不是藏在你这个小妖精屋里？"

于玲玲也急了："哎，你怎么说这种难听的话？"

"你以为我不知道？黄一瓜落到这个地步，还不是被你这只狐狸精给迷害的？你得明白告诉我，他现在到底在哪儿？"黄妻已经失去理智，大声质问着于玲玲。

于玲玲压住火，低声说："不都跟你说了吗？他去了香港，还是我亲自送他去的机场！"

"我不信！你骗我！"黄妻一把推开于玲玲，径直往里屋冲去。她闯进卧室，见没人，又拉开大衣橱查看，连床底下、卫生间、阳台都查了个遍，也没见到黄一瓜的影子。

黄妻返回客厅，歇斯底里地指着于玲玲大骂："于玲玲，我告诉你，要是黄一瓜有个三长两短，你也别想太平！到了那时，我会去公安局给你们兜翻底的！"说完，她气呼呼地离去，把门使劲儿撞上。

于玲玲长叹一声，无奈地摇了摇头，脸色苍白地瘫坐在沙发上。

香港的夜晚景色迷人，霓虹灯闪烁着耀眼的光彩，来自内地的游客还在疯狂购买各种物品。此时香港警察接到报案，正在黄一瓜住的宾馆房间忙碌地勘查着。

黄一瓜直挺挺地躺在床上，地上有一块长布条。两名负责监控黄一瓜的便衣警察正在询问旅游团的领队。

"你们是什么时候发现他出事的？"

领队说："吃晚饭时，他没有来，我打电话上去也没人接，我不放心，就让服务员打开门进去看看，结果发现他吊在卫生间里……"

"你认为他会自杀吗？"

领队摇摇头说："不清楚……一般来说，不大会，他干吗要到香港来自杀呢？"

"旅游团内有他的仇人吗？"

"我们这个团都是散客，大家相互之间都不认识的，不会有什么怨仇吧。"

深夜，香港警方在一起研究案情，并把情况报告内地警方。周峰连夜把邢志军找来通报情况。

邢志军吃惊地问："他们下手这么快，杀人灭口？"

周峰说："据香港警方勘查，现场无搏斗痕迹。看来，杀手进入房间也是得到死者允许的……"

"你是说他们借着去接应黄一瓜，乘其不备，然后下手?"

周峰点点头："我判断是这样，黄一瓜也是个狡猾老练之人，他不会轻易让生人进入房间的。"

"那么，这杀人灭口，是早有预谋的，还是遇到突发事件，他们不得不下此毒手?"

"你把问题点到了要害上！我也在思考这个问题，谈谈你的判断吧！"

邢志军思索片刻说："得让我好好想想……"

周峰看看表，起身用开水泡了两碗方便面放到桌子上，对邢志军说："先吃点东西吧！"邢志军此时也确实饿了，端起碗，几口就把面吞进肚里。

周峰又沏了两杯茶，说："喝杯茶，解解乏。"

邢志军喝了几口说："周局，我琢磨着你刚才问的问题，这两种可能都有！但我还是倾向后者……"

"你说！"周峰兴奋起来。

"我认为，他们也是万不得已才下此毒手的。就算他们本来也想这么干，那么，干吗要在香港下手呢?为什么不把黄一瓜引到某一个国家后再买通黑社会下手呢?香港早已回归，对手难道不会考虑到香港警方一定会协助我们破案吗?"

周峰点点头。

"那么，剩下的是后一种可能，这就……有点儿可怕了！"

"你说，可怕在哪儿?"

"你上午刚向我们专案组通报了香港警方已协助我们在监控黄一瓜，晚上对方就下手了，难道其中没有什么关联吗?"

周峰听后沉思片刻说："我请你来，就是商量此事的。如果我们的专案组里有他们的人，那就糟了。当然，这还不能肯定，只是一种估计，但我们不得不防！"

邢志军点点头。

周峰拿出一份材料递给邢志军说："你看看，这是黄一瓜同监室的人揭发的材料。"

邢志军看后一惊："他被提审前，家里借着送东西的机会给他报过信儿?"

"你想想，好端端的，一条新短裤剪了个洞，再补上，什么意思?明明暗示他漏洞已补好，让他放心地守口如瓶，顽抗到底！"

"所以，审讯眼看要突破了，他就是死不交代任何问题。"

周峰点点头："然后又煽动受害者来逼我们放人！同时，竟还能推动曹市长出来说话，上上下下结合起来，让我们不得不放人！"

"周局，我明白了，这水确实很深。不过，我说过，对曹明我还是了解的，他绝不可能充耳不闻当他们的保护伞！”

周峰笑道：“保护伞？谁说的？我没说过啊！”

“我明白你的意思，从现在起，我们更要小心谨慎……”

“你说说，如果我们专案组中真有他们的人，那么，谁有这个可能？”

“在没有任何证据前，我不能怀疑任何一个人，但如果有，我会查出他是谁！”

“说说吧，下一步准备怎么下手？”

“我已让小刘、小胡去查实接送黄一瓜去机场的那个女人……而我，想去接触一下黄一瓜的家属，你看好不好？”

周峰点点头说：“是该接触一下了。”

“不过我先得把小刘、小胡排除在内奸的怀疑之列。”

周峰笑道：“在没有任何证据之前，我们不能怀疑任何一个人，是你说的。但从理论上讲，我们又不能把任何一个人排除在怀疑之列，这才是干我们这行该有的完整思考！”话音刚落，周峰的手机响起，是谢厅长打来的：“周峰啊，香港警方那边又有新的消息，他们怀疑是旅游团内部的人干的！”

周峰一怔：“有这个可能吗？”

“他们说种种迹象表明是有这个可能的，所以希望我们派人协助他们一起破案，我已让刑侦总队派人去了，你那边怎么样？”

“我刚想和你汇报呢，我已向志军通报了情况，他担心我们内部有人透露了消息。不过，你放心，他说如果有，他一定会查出来的！”

“让他别乱了自己的阵脚，要咬住目标不放！此案你们要把它作为东都市的第一大案来抓。不单单是经济大案，而且可能涉及黑社会性质的问题，你们的刑侦支队也要作好配合作战的准备！”

“我明白，我马上找刑侦队的张新一起来研究！”

周峰收起手机，和邢志军交换了一下意见，一起离开了办公室。

邢志军走到楼下，见经侦支队办公室还亮着灯，就又走了上去。

胡林和刘刚正在聚精会神地看电脑上制作好的于玲玲的模拟像，邢志军轻轻站在他们身后，拍了一下两人的肩膀说：“你们辛苦了，来，我正好有事要告诉你们俩。”

三人围坐到一处，邢志军小声说：“周局告诉我，香港警方传来快讯，黄一瓜在那边被人暗杀了……”

“杀人灭口？”胡林睁大眼睛反应迅速地追问道。

邢志军点点头。

“下手这么快？”刘刚看了一眼胡林。

胡林说：“准是对方知道了黄一瓜已被香港警方监控的消息！”

邢志军沉默片刻说道："当然，也有其他的可能。比如说，对手原来就有预谋，把黄一瓜骗到香港后再杀人灭口……不过，我也认为，你们想到的原因，可能性比较大些。"

刘刚看了胡林一眼说："难道我们专案组里有他们的内线？"

"什么内线，内奸！"胡林语气肯定地说。

邢志军脸色严肃起来："在没有找到证据前，千万别瞎怀疑人。周局千叮万嘱，别让对手搞乱了我们的阵脚！现在的情况我们都该留个心眼儿，但又不能相互猜疑，影响大家的团结，这事到你们两个人这儿就止住吧！明白吗？"

刘刚和胡林点点头。

二、初露端倪

在医院病房，阳光集团总经理刘兰英来看望郭蓉，两人在聊天。刘兰英穿着时尚，面容姣好，充满了活力，与病中憔悴的郭蓉形成鲜明的对比。

郭蓉用感激的目光看着她说："阿英，你怎么也知道我生病住院了？"

刘兰英一笑："是曹市长告诉我的！"

"曹明？"

刘兰英点点头说："我们班上有个同学，在这儿当院长，是他告诉曹市长的，你看，这么多人都在关心着你！"

郭蓉笑笑说："大家还不都看在志军的面上！"

刘兰英扫视了一眼病房，问道："志军今天来过吗？"

"下班后来过一会儿，后来有事又回支队去了……"

"他一天到晚在忙什么啊？这个时候就应该守在你身边。"

郭蓉笑道："他忙的事从来都没有给我透露过半点儿，我也不问他，但我明白，他确实是忙，并非心中没我……你们是从小一起长大的，你对他的了解肯定不比我少……"

刘兰英点点头说："我知道，他有他的为人之道……"说完，她微笑着起身告辞："时间不早啦，你安心地好好治疗！我会常来看你的！你不见外吧？"

郭蓉友好地一笑："哪会呢？"

"不见外就好！"刘兰英说着，从手提包中拿出一个大纸袋，放到郭蓉的枕边说，"这是我给你治病的一点儿心意，你一定要接受，让志军别担心你的医疗费，该用多少尽管用！我全包了！"

刘兰英不容分说地把纸袋一放就匆匆离去了……

外面下起了小雨，刘兰英的小车刚开出门，邢志军匆匆而至，他从玻璃窗隐约看见了正在打手机的刘兰英。邢志军一愣，瞬间，小车已快速驶离……

邢志军来到病房，雨开始下大了，他坐在病床前，喂郭蓉吃药。

郭蓉温柔地看着他说："这么晚了，你又来?"

邢志军笑道："事办完了，当然要来！爸呢？回去了?"

郭蓉点点头说："是我让爸先回去休息的！对啦，刚才兰英来这儿陪了我好久。"

"我在门口看见她了……"

"她没说什么?"

邢志军摇摇头说："她在车里打手机，一晃而过，可能没看到我……她对你说了些什么?"

郭蓉一笑："留下了一个麻烦……"

"麻烦？什么麻烦?"邢志军有点儿纳闷。

郭蓉用嘴努了努枕头边的大纸袋说："一大包钱……我不敢破你的规矩，让她拿回去，可她不容分说扔下就走了。我病成这样，又下不了床……拗不过她……"她看看邢志军说了声："对不起，给你留下了麻烦。"

邢志军坐到床边安慰郭蓉："别担心，这事儿我会处理的!"

"怎么处理?"

"还给她呗！孙海的钱我都没要，还能要她的钱?"

"还给她也该好好谢谢她，别伤了她的心……你们毕竟以前……"

邢志军打断她的话说："小蓉，这事儿我会处理好的，你放心!"他叹了口气说："不少人说，搞公安的人不愁没钱花，想不到我邢志军穷成这样，连老婆生了病也要到处让人同情，连婚前的情人也要凑热闹了!"

"志军，别这么想，不是还有组织吗？你要是富得流油的话，反倒让我担心呢！咱们清清白白地活着，不是挺好吗?"

"可老天也应长眼啊！干吗让你生这种病？你我都应该健康地清清白白地活着啊!"邢志军说此话时心里一阵难过。

"那也不应怪老天，吃五谷杂粮的人谁都免不了要生病，要生病还是让我生好，你可不能生病!"郭蓉反倒安慰起邢志军。

邢志军摇摇头，握住郭蓉的手说："小蓉，如果我能代替你就好了……我欠你的太多啦，我活得也太累了……只有累倒了才累不着!"

话音刚落，窗外雷声大作。郭蓉用手捂住邢志军的嘴："别说这话，你看，老天都不让你说呢!"

窗外电闪雷鸣，邢志军紧紧抓着郭蓉的手说："是啊，老天都不准我们说泄气话!"

“我知道，我是不会泄气的！志军，你不是常说吗，百姓是我们的天，老天是有眼的！”

“我现在还信！”

郭蓉笑道：“那我就放心了！”

一阵电闪雷鸣之后，外面下起了倾盆大雨。郭蓉不无担忧地看看外面说：“志军，下大雨了，你又没带伞，怎么回去？”

邢志军摇摇头说：“不回去了，今晚我陪你！”

“那怎么行？这里休息不好，明天你还要工作呢！等雨停了你就回去！”

邢志军松开郭蓉的手给她掖好被子，关切地说：“你别担心我，好好睡吧！”

深夜，有两个黑衣人在雨中匆匆溜到了黄家门前，他们从口袋中取出面具戴上，然后沿着窗户潜行，撬开了阳台的窗户悄悄潜入黄妻卧室。

黄妻正在熟睡中。两个蒙面人悄悄推开房门，来到床前，相互使了一个眼色。一个蒙面人迅速掀开黄妻的被子，跳上床骑在她身上，控制住了她的身体。黄妻从睡梦中惊醒，大叫一声，另一个蒙面人把早已准备好的毛巾塞进了她的嘴里，并抓住她的手臂，用针筒注射，黄妻一下没了反应。

两个蒙面人整理好现场，重新给黄妻盖上被子，小心地把窗户关好，悄然消失在雨幕中……雨继续下着，好像什么事情也没有发生过。

半夜，郭蓉被雨声惊醒，疼痛让她再也无法入睡。邢志军太疲劳了，此时伏在床沿上睡着了。郭蓉一阵心疼，吃力地把她的病号长袍盖在邢志军身上。邢志军正在梦境中：一群人来到经侦支队吵闹，吵着让他们赶快破案，为大家做主，要回被骗的钱。他怎么劝说都没有用，那群人吵得天翻地覆！他一下从噩梦中惊醒，发现了盖在身上的长袍。

邢志军揉揉眼，看看郭蓉，把长袍取下，盖在郭蓉的被子上，然后坐到床边，歉意地说：“小蓉，你没睡好？我居然睡着了。”

郭蓉笑道：“我已经睡了一觉了，刚醒！”她看看窗外说：“雨小了，天也快亮了，你赶快回家吧，还能再好好睡上两个小时！”

邢志军看见已经有病员起床走动，便说：“反正今天也没什么大事，只是约定了去看个人，不急。我先伺候你洗脸刷牙，再去给你买点儿可口的早点，你想吃什么？小笼包你最喜欢吃了，对吗？”

“随你给我吃什么，我都喜欢！”

邢志军一笑。

“你笑什么？”郭蓉歪着头问道。

“记得吗，我第一次请你吃饭，问你喜欢吃什么，你也说了这句话！给你买包子去喽！”

邢志军说完，三步并作两步跑到外面早餐馆买了一笼包子，又一路小跑回到病房。郭蓉高兴得像孩子般大口吃着，露出两排洁白的牙齿。望着柔美秀气的妻子，邢志军内心充满了幸福，他的眼前闪现出当年穿着军装梳着小辫的郭蓉和他一起在一家小店吃包子的情景。

清晨，于玲玲被一阵电话铃声惊醒，她忙去接听。电话中传出一个女人的声音：“玲玲，黄一瓜老婆那边的问题，老板已找人解决了，这下你放心了吧？”

于玲玲吃惊地问：“怎么解决的？”

“她被病了！”

“被病了？”于玲玲吓出一身冷汗。

“反正那边绝对没有事了！黄一瓜的这条线虽出了点儿问题，但总算被我们掐断了。玲玲，下边就看你的了！老板说，那些散户就不要去做了，麻烦事太多！你有很好的本钱，要做就找陈行长那样的大客户！”

“我……陈行长……”于玲玲浑身打战。

手机中的女人声音冰冷：“不多说了，我只是传达老板的指示，他让你迅速查证黄妻目前的情况。”说完，她一下挂断了电话。

于玲玲呆愣了一会儿，忙穿好衣服，草草洗漱了一下，直奔停车场。

早晨，雨渐渐停了，邢志军和胡林来到黄一瓜家询问黄妻，黄妻的神情显得有点儿怪怪的。

邢志军问她：“黄一瓜到了香港后给你打过电话吗？”

黄妻摇摇头。

“那有人来告诉你黄一瓜现在的情况吗？”

黄妻又摇头。

“你知道是谁让他去香港的吗？黄一瓜现在的情况你清楚吗？”

黄妻还是摇摇头。

邢志军拿出香港警方传来的黄一瓜被害的照片给她看：“你看看这个。”

黄妻看了一眼照片，神情木讷。

“你看出来了吗，这是谁？”

黄妻又摇摇头。

胡林早已忍不住了，大声地说：“你装蒜装得太过分了吧？连自己的老公都不认识了？我告诉你吧，他被人害死了！明白吗？”

黄妻还是木木的，眼睛发直，一点儿表情都没有。

胡林气极了，正要发作，邢志军制止了他。他发现黄妻的表情有点儿怪，轻声地问了句："那么，你能记得些什么？"

黄妻终于开口了，她慢吞吞地说了句："我什么都不记得了……"

胡林看看邢志军，邢志军仍然耐心地问黄妻："你真的什么都不记得了？"

黄妻点点头。

邢志军向胡林使了个眼色，两人走到阳台，胡林气愤地说："我看她是装的！"

邢志军摇摇头说："我看不像。她可能真的失忆了，医学上有这种病……"

胡林纳闷地说："昨天人还好好的，怎么一下会得这病？"

"从医学的角度来看，一个人突然受了强烈的心理刺激或外部撞击，都有可能突然失忆。有的是暂时的，有的一下好不了……"邢志军说着，他的眼睛突然停在一处窗口。他来到窗边查看，发现了被人撬过的轻微痕迹。

胡林走过来，也发现了这一细微之处，两人相视一眼。

邢志军肯定地说："昨夜肯定有人从这儿进来过。"

胡林点点头，他一转脸，突然发现阳台下有个女人正在察看什么，他飞似的从阳台跑到门外，抬眼望去，那个女人早已没了人影，而那个女人正是于玲玲。

邢志军在屋里仔细勘查着，他进入黄家卧室，黄妻仍然一点儿反应也没有。

邢志军在床边的地面上捡起了一根男人的头发，此时，胡林急忙进来报告：

"邢队，刚才我看到了那个接送黄一瓜去机场的女人，可又让她溜了。"

邢志军沉思着："看来，这件事不简单……你赶快送黄妻去医院检查一下，看看到底出了什么问题。我马上向周局汇报，看来得让刑侦队介入侦查了。"

胡林警觉地问道："你认为另有原因？"

邢志军若有所思地说："关于失忆，还有一种可能，那就是人为的。"

"她'被失忆'了？"

"医生会告诉我们原因的！"

"那我马上送她去医院！"

一会儿，一辆救护车来到黄家门口，胡林陪着黄妻上车。不远处的一个隐蔽处，于玲玲悄悄地观察着这一切，她看见黄妻两眼发直，面无表情地上了救护车，大吃一惊。原来她并没离开，而是换了一个角落盯着黄家。

救护车驶离黄家。于玲玲呆愣了一会儿，赶紧溜进车里，给她的联系人芳姐发短信，一会儿她收到了回复"老板指示继续等待，摸准情况。"于玲玲点燃一支烟猛吸了一口，继续观察着四周。

邢志军赶回市局立即向周峰汇报："黄妻突然失忆，什么都不记得了，我已让小胡送她去医院检查，看来情况非同小可。而小胡昨天一直混在讨债人中观察黄家的情况，黄妻当时一点儿异常的状态也没有，怎么过了一夜，突然会失忆呢?"

周峰思索着问道："你的判断?"

邢志军不假思索地答道："我认为，一、她肯定不是装的，我从小蓉那里学过点儿心理学，加上我的工作经验，我能肯定这一点!"

周峰点点头。

"二、如果没有其他的异常情况，那么，有可能是她受了强烈的精神刺激，在极度焦虑下所致，这完全是有可能的!"

"而你又排除了这一点?"

"根据我的初步勘查，昨夜肯定有人从窗户进来过!"

"你认为昨晚有人对黄一瓜妻子下了毒手？她是被人为失忆的?"

邢志军点点头说："这只是我的判断，我建议让刑侦部门立即介入调查，再核实一下。"

周峰点点头说："谢厅长早有指示，我已请邢队张新一会儿过来碰个面，真想不到，来得这么快!"话音刚落，张新就出现在了门口。见到邢志军，两人热情地打招呼。当年，邢志军在刑侦队当支队长，张新是副支队长，邢志军调到经侦支队后张新接任了支队长的职务，他俩曾是一对好搭档。

周峰对张新说："我把你请来是因为经侦部门在侦查一起案子中需要你们刑侦部门配合，案情你已经清楚了，现在你马上带人去黄一瓜家勘查一下，志军已发现她家昨夜有人撬窗进入的迹象，而今天黄妻又突然失忆了。小胡已送黄妻去医院检查，你和志军以前是搭档，以后还要继续合作，相互支持!晚上我们再碰个头汇总一下情况。"

"周局，请放心，我一定配合志军完成好任务。"身材高大、目光炯炯的张新说完给周峰敬了个礼，转身离去。

周峰表情凝重地对邢志军说："案情的发展越来越离奇了，越来越像电视剧中的情节了!"

"是啊，谢厅和你的判断是准确的，深水中必有大鱼!"

周峰用手指指邢志军说："见了大鱼来精神了，是吗？你可别忘了，要把大鱼钓上来更费神!"

"我不怕费神，掏尽心血都可以，就是怕受窝囊气!"

周峰笑道："看你，又来了……志军哪，你听我一句话，有人说，谁笑到最后才是胜利，那么反过来呢？谁窝囊到最后才是真正的窝囊废!"

周峰说着，收起了笑容："黄妻这条线你不用管了，让刑侦队去查。你这条线，该引起我们注意的是，为什么对方总走在我们的前面？"

"你是说，是不是又有人从内部泄露了消息？"

"你说呢？"

邢志军摇摇头说："这次不会，今天去接触黄妻的决定，只有我和刘刚、胡林知道，他们两个绝对不会！"

周峰点点头说："我相信你！那么，剩下的只有一个可能！"

"你是说与早上楼下出现的那个女人有关？"

周峰点点头。

此时，邢志军的手机响起，是刘刚打来的。

邢志军接听完手机，兴奋地对周峰说："刘刚那边也有了突破，已经查到那个女人的资料了！"

周峰高兴地说："你让他把资料复印一份后赶快带过来，当面汇报。"

邢志军点点头说："刘刚的突破非常重要！"

"总算抓住一条狐狸尾巴了！"

此时，邢志军的手机又响起，这次是胡林打来的。邢志军接听完向周峰报告："周局，胡林那边也有进展，医生经过检查后，证实有人给黄一瓜的老婆注射了一种叫 MK 的药水，它能让人失去记忆……"

周峰一怔："有这事？你快让他回来也当面汇报！再问一下他，刑侦队的人到了没有？让他们接听一下电话。"

胡林接听完邢志军的电话，让刑侦队的王山山接听。

"周局，我是刑队的王山山，请指示！"

"小王，你转告你们队长，对黄一瓜的妻子要实行 24 小时监护，除有关的医生、护士，没有我的命令谁也不准接触她，一定要保障她的生命安全，明白吗？"

"是！我马上向张队转达。"

"你们张队现在在哪儿？"

"还在黄一瓜家勘查！"

"好，那就由你转达吧！"

一会儿，张新把电话打到周峰办公室。

"周局，我是张新，小王已转达你的指示，我会照办的，你放心。这儿的勘查快要结束了……"

"收获大吗？"

"基本可以肯定昨晚有两个男人从阳台进入过，手法非常老到，我们已采集到指纹……会尽快破案的！"

“好！我等着你们的好消息！”

周峰放下电话，兴奋地说：“志军啊，既然狐狸已经露出了一条尾巴，我们就得抓住这条尾巴，走到他们前面去！”

“再跟着他们的尾巴走，太没面子了！”

“在这个案子上不要考虑面子问题，看来事情真不简单哪！以后情况可能会越来越复杂！”

邢志军信心十足地说：“一定得牵出那条大鱼来，水才不会再浑！”

“对，虽然赤膊下水放长线，形象难看点，但只要能钓上大鱼就是硬道理！”

此时，刘刚、胡林先后来到。

“你们辛苦了！”周峰热情地和他俩打招呼。

胡林敬了个礼：“不，是‘辛乐’！”

周峰笑道：“对，辛苦了，有成果了，就乐呵了。”

众人大笑。

周峰端上两杯茶说：“来，先喝点儿水再说。”

刘刚抹了一把汗，急着汇报说：“我今天去出租车公司和户籍处都查证了一下，租车处的人证实了我们的模拟像，正是那天来租车的女人，并给我提供了一些细节。我又到户籍处比对了上千张同类型的照片，证实了那个女人叫于玲玲，今年二十六岁，江南人，单身，高中毕业，无正当职业……”

邢志军问：“从资料上显示有没有前科？”

“没有发现，以前她当过业余模特，也在夜总会做过领班。”

“对她这几年的情况，你们尽快到她的住所地去查清，特别要注意她的经济来源和社会关系！”周峰说完又转向胡林：“小胡，你说说情况吧！”

“我到医院去查实了一下，医生说黄妻患了失忆症，是被注入了一种药液。医生说，国际医药界是有办法让这种病人恢复记忆的，只是这种解药很难买到……”

“你把药名记下了吗？”

“记下了！”胡林把一张处方递给周峰。周峰看了一眼说：“这事，我来想办法！志军你说说。”

“周局，我们是不是应对于玲玲采取一点儿措施，这可是当务之急！我怕于玲玲这条狐狸尾巴又让人斩断了……”

周峰思索片刻问道：“你的意思是立即拘捕她？”

邢志军摇摇头说：“这样做，可能会惊动她的后台，从最近发生的一系列事件看，她的后面肯定有个复杂、严密的团伙，单凭她一人，做不了这些事，她只是暴露在面上的一个点，一个小点儿！”

周峰赞同地说："我也在考虑这个问题，两难哪！不对她立即采取措施，一怕她溜掉，二怕她的后台老板又来个杀人灭口！"

"唯一的办法，只能若无其事地秘密监控。"

周峰点点头说："也只能先这样，一定得让她在我们的视野之内！志军，你看，这任务应该交给谁？"

"让胡林和刘刚来办很合适。"

周峰点点头，嘱咐道："这事到你们俩为止，一定要注意保密，邢队和张队，是我的左右手，而你们又是邢队的左右手，对吗？"

胡林赶紧说："周局，我们只是邢队的徒弟，我俩在警院实习时，就是邢队带我们的，一直带到现在！"

邢志军笑道："他们表现一直都不错，肯动脑筋，又吃得了苦！"

周峰看看手表说："一线的同志最辛苦了！走，我请你们吃饭！"

"不了，周局，我们得立即回队里商量一下，现在的时机，拖不得半点儿！"邢志军说着站了起来。

"那好！"周峰转对胡林和刘刚说："你俩先回队里，我还有几句话要和邢队说。"

待胡林、刘刚离去后，周峰用商量的口气对邢志军说："志军，随着案情的发展，要做的事还很多，我考虑是否再增加几个人，也不能总局限在他们两个骨干吧？"

"你是说我还没有放开手脚，发动全队人马一起来破此案？"

"这案子要求保密程度很大，一交上手就能感觉得到，对手的能力非同一般！一开始，专案组的人可少些，但以后人手太少也难以展开工作。"

邢志军点点头说："我明白，也正在考虑这个问题，我不是不信任队里的其他同志，只是目前队里人手少，每个人都有自己的事，但我会克服困难，依靠大家的力量来办好此案的！请相信我！"

于玲玲看到警车停在黄家门口吓了一跳，忙躲进车里，见四处无人，赶紧离开。她边开车，边打手机："芳姐，今天我一直在黄一瓜家附近观察，见警察把他妻子送往医院了，她表情呆若木鸡，愣愣的，真可怕……"

手机中传出芳姐冷冷的声音："你害怕啦？她不会危及你的。"

于玲玲惊恐地说："可我没想到她会病成这样。"

"具体情况我和老板也不清楚，是大老板一手操作的。"

"这是怎么回事？"

"什么怎么回事？这不是你应该问的事！"芳姐说完"啪"地关掉手机。

前方红灯亮起，在于玲玲前面的一辆车突然停下，于玲玲由于愣神儿没注意，赶紧急刹车，险些追尾！她吸了口气把车开进小区，警惕地注意着周围的动静，总觉得处处有人在监视她，心里充满了恐慌，她开着车，在院子里转了几圈没敢回家，又把车开出小区。

于玲玲把车停在一僻静处，用手帕擦了一下头上的汗，拿出手机拨打着：

“芳姐，刚才我还没把话说完。”

“还有什么事？你说！”

于玲玲支吾着说：“黄一瓜家去了不少警察，我这边，好像……也有人在监视着……”

“别疑神疑鬼的！要镇定！”

“可我真不知道该怎么办才好，我连家都不敢回了！”

“这样好了，我向老板汇报一下，咱俩中午见个面吧！”

于玲玲松了口气说：“好的，在哪儿见面？”

“就到南山的那个茶室吧！”

“好，我在那儿等你！”于玲玲说完收起手机，迅速地把车开走……

经侦支队办公室，邢志军与刘刚、胡林三人边吃着方便面，边商量着工作。

“你们下午立即去于玲玲的住处，一方面把她的情况摸清楚；另一方面对她实施24小时秘密监控，我暂时还定不了再派谁来协助你们，看来，只有让你们先辛苦点儿了！”邢志军边扒拉着方便面，边布置任务。

胡林笑道：“辛苦不止一回了，邢队就请我们吃方便面？”

刘刚在边上偷笑，邢志军无奈地摇摇头说：“我知道，周局为了我爱人的治疗费，背着我在发动捐款，你们都捐了不少钱，我也感到太亏欠你们了……只能用我的信任来回报！这是个光荣的任务，记住，这事要绝对保密，目前除我们三人外，不得让其他任何人知道！”

邢志军说完，挥挥手：“去吧，快去执行任务吧，我还得布置机场等地的监控！”

胡林、刘刚领命离去后，邢志军长长地叹了口气，琢磨着周峰的话。他拨通了经侦支队政委李阳的电话，请他过来一起商谈工作。李阳很快就过来了，他已快退休，瘦瘦高高的，但精力旺盛，是经侦支队的好参谋。

“李政委，昨晚周局提醒我要发动全队的力量来破这个大案，你是智多星，提点建议吧。”

李阳点点头：“周局说得对，你呢，也做得对。”

“老政委，你是经侦支队的创始人，你得替我掌好这个舵！”李阳爽快地说：“我们这支队伍还是可信的，但这个案子的保密性确实大。我同意你的做法，一开始，在核心案情上经办的人尽量少些，你放手去做吧，面上的工作我来抓，这案子打外围的人马我帮你一起定！”

邢志军高兴地说：“老政委，有你这话我就放心了！有件事我得向你汇报一下，昨晚刘兰英给小蓉送了一笔钱让她治病，我俩的关系你都清楚，尽管如此，我也不能收下，我得立即给她还回去。”李阳没多说什么，只是笑了笑说：“我知道了，但你的言辞要婉转些，可不能太伤了人家的心。”他叹了口气又说了句：“干我们这行的，往往会误解别人的好意，成了六亲不认、不食人间烟火的人啊。”

邢志军点点头领悟地说：“我会注意的。”

三、惊弓之鸟

雨后的阳光灼人，于玲玲从车上下来，戴着墨镜和一个宽边草帽来到南山。

这是一个风景区，很僻静，环境也很幽美，四周没什么人文景观和娱乐场所，所以很少有游客来。这里也是他们设的一个秘密接头点。

于玲玲走进茶室，茶室里只有两三个外国人在聊天，她的双眼一直注意着门外。

这时，一辆小车驶来，阿芳走下车。她梳着短发，很干练，三十岁出头，着一身休闲装，悠闲地走进茶室。茶老板立即上前和她打招呼，她看见了于玲玲向她招手。

阿芳微笑着向她走过去：“玲玲，对不起，让你久等了！”

于玲玲见她一个人来，有点儿失望，说了声：“我很想见见老板。”

阿芳笑道：“她原本要来的，但临时有急事来不了了，老板让我问候你，有什么话我可以转告老板。”

于玲玲心有余悸地小声说：“警方把黄一瓜老婆送到医院去了，她傻傻的，好像变了一个人，我弄不明白是怎么回事。”

阿芳一笑说：“是的，有人让她什么都不知道了。”

于玲玲一怔，一时无语。

“你怕了？”阿芳冷冷地盯着她。

于玲玲镇定了一下说：“我怕什么？我不还是一直忠心耿耿地为老板卖命吗？”她长长地叹了口气说：“连身子都搭进去了……”

“可老板对你也不薄啊！”

“老板以前对黄一瓜也不薄……”

阿芳笑道：“嘿，我知道，你是怕步黄一瓜的后尘，对吗？对黄一瓜，老板也够仗义的，你都清楚，老板不仅想尽一切办法把他救出来，而且送他出境……”

“可一出境他就从地球上消失了，对吗？”

“你怎么知道的？”阿芳有点儿吃惊。

“你以为世上真有不透风的墙？”

“快告诉我，你怎么知道的？”

“黄一瓜的老婆昨晚吵到我家里来了，我向老板一报告，结果，黄一瓜的老婆就成了废人……芳姐，你想想，我还能不怕吗？”

“黄一瓜一到香港就被香港警方监控了，你知道吗？”

“你怎么知道的？”于玲玲反问道。

阿芳一笑：“当然是有人向老板报告的！大老板怕出事，如果不让黄一瓜消失，他在那边再被抓起来，首先咬出的是你！上面为了保护你，不得不出此下策，你还不明白吗？”

“可对黄一瓜的老婆那样做，也是为了保护我？”

阿芳点点头说：“上面既要保护你，又不忍心再出此下策，费了老大的成本只让她暂时失忆。以后情况好转了，危机过去了，会让她再恢复过来的……”

“你们说得好听，为了保护我，其实，是怕我也出事，把你们咬出来！”

阿芳一笑：“你很聪明！但你想过没有，如果仅为此，把你除掉不就了事了？”

阿芳说完收起笑容：“再说，上面也不是没有这个意思……是老板硬阻止的，说你是有功之臣……老板只想做她的生意，可她的老板才不是这样的人呢！”

“那我怎么办？我发觉我也被他们盯上了！”于玲玲顿时毛骨悚然。

阿芳一笑说：“这你不用怕，老板让我来，就是为你安排这事的。放心吧，老板绝对不会亏待你的，更不会对你做出绝情的事来！”

于玲玲疑惑地看着她问道：“老板打算怎么安排我？”

“老板已经给你安排了一个安静的地方，既安全，又放心的地方。”见于玲玲一脸的疑惑，阿芳站起来拉了她一把说：“走吧，你的车跟着我的车开，一会儿你就知道了。”

阿芳、于玲玲各自上了车，两辆车一前一后地行驶在山路上。

车在山中行驶了半个多小时之后，在一座尼姑庵门前停下。四周一片寂静，但景色宜人。下车后，阿芳对于玲玲说：“不错吧，这么幽静的地方！老板让你在这儿住一段时间，好好静静心，谁也找不到你，老板给这儿捐过不少钱，这儿的师太跟老板是好朋友，你就放心在这儿躲一段时间吧，过点儿清静的生活。”于玲玲深深地吸了口新鲜空气，悬着的心终于放下来。

庵中出来一个小尼姑，把阿芳和于玲玲迎了进去。

庵内下榻处，小尼姑给于玲玲安排的床上铺上了干净的床单，于玲玲环视着四周，小尼姑铺好床后，致佛礼：“施主有事尽管吩咐。”说完离去。

“满意吗？”阿芳看着于玲玲。

“我来这儿不会被人怀疑吧？”

阿芳一笑：“这里常有居士来念经拜佛，一住就是好些天，有谁会怀疑？”

“不会在这儿让我也人间蒸发吧？”于玲玲先前还挺踏实，突然又有一丝担忧。

“怎么会呢？在这佛门圣地，谁会造这个孽？”

于玲玲默然，阿芳拍拍她的肩头说：“好好悠闲几天，呼吸呼吸新鲜空气，吃点素斋，清清肠胃，也没男人骚扰你……等风声过后，没有什么事的话，我再接你回去！”说完，阿芳和她告辞，开车离去。

室内只剩下于玲玲孤零零一个人，她突然有种被人抛弃的感觉，欲哭无泪。

张新从黄一瓜家勘查回来正在向周峰汇报：“这种案例，我还没遇到过，两个大汉撬窗进门，什么都没动，没去窃财，也没奸杀，只给黄妻打上一针就走人，算什么事儿啊！”

“室内什么都没动过？”

“不但没动过，还人为地想消除来过人的痕迹……当然，还是没逃过志军的眼睛，我们只是再次核实罢了。”

“这么说，指使这次作案的人是想造成一种假象，黄妻是让那些讨债人逼得患了神经官能症丧失记忆的？”

张新点点头说：“对，既要封住她的嘴，又不想暴露自己。”

“财大气粗，肯定花大成本了啊！”

“你们有把握能尽快把那两个蒙面人抓住吗？”

“我们会尽快！”

周峰点点头说：“看看他们背后到底有哪路高手？最好是秘密逮捕，尽量不惊动他们幕后的指使人……”

刘刚、胡林正在于玲玲住处的居委会了解情况。

居委会杜主任向他俩介绍着情况：“这个于玲玲二十五六岁，有点儿江海口音，人长得很靓，很妖艳，你们还想了解她什么情况？”

“你知道什么就说什么吧，凡是知道的，和她有关的情况。”胡林启发道。

杜主任想了想说：“于玲玲这个女人年纪轻轻的好像没有什么正当职业，

但她很有钱，穿着也很时尚，她住的小区都是有钱人住的地方，房价很高的！”

她看胡林、刘刚的表情都很凝重，怕担责任，赶紧说：“不过，我没发现她有什么问题啊，她在小区从不惹是生非，自顾自地过她的日子……”

“那你知道她平时都和哪些人交往？”胡林追问道。

杜主任摇摇头说：“她同周围的人基本上不来往，但进进出出对大家都很客气的。有一次，我去发选民证，她还特意给我泡了杯台湾的高山乌龙茶。据说，外面来找她的朋友，进出都是高档的自备汽车……”

刘刚问：“平时有哪些人找过她？”

“这，我一时也说不清，这也是人家的隐私，楼里面都有探头，保安工作做得很好的，如果有什么疑问你们可以通过保安部门去查看录像。”

刘刚会意地与胡林相视一眼。

俩人谢过杜主任，来到小区物业管理处了解情况，胡林出示证件说明来意，物业管理部门负责人积极配合，拿出近几个月于玲玲所居楼层的录像。

胡林和刘刚查看着，看到了陈双艺行长、黄一瓜的老婆曾来过。

他俩反复地看着这些录像，并用摄像机录制下来。

傍晚，邢志军抽空来到阳光集团找刘兰英。大堂设计得新颖、现代，豪华但不俗气，除了物品，墙壁一律是浅蓝色。邢志军浏览了一眼，请大堂值班经理拨打刘兰英的电话。值班经理一听邢志军事先未约，忙说：“先生，对不起，刘总不能接待你。”

邢志军笑着问：“为什么？”

值班经理有礼貌地回答道：“刘总很忙，每天的日程都安排得满满当当，要见她的人都需提前预约的！”

邢志军一笑：“请你通报她一下好吗？我叫邢志军！”

刘兰英确实忙，桌上有三部电话，她忙不迭地接听着，刚放下电话，另一部电话机又响起了。

“安排好了？好，没什么问题吧？这事就交给你了！”

“我不是告诉过你了吗？没有预约的人我一概不见！什么？是邢志军？”

刘兰英一听到邢志军的名字，马上兴奋起来，疲惫一扫而光，声音也变了调：“快请他上来！”

刘兰英放下电话来到卫生间，对着镜子整整着装，梳了梳头发，又补了点儿妆，镜子里的她一下变得容光焕发，此时门外传来敲门声。

刘兰英忙走出卫生间，开门把邢志军迎进来：“志军，什么风把你吹来了？快请坐。”她热情地招呼着邢志军，并给他沏了杯龙井茶。

邢志军环顾着她的办公室，见墙壁四周也是浅蓝色的，办公桌后面的墙壁上挂了一幅山海之恋的油画。画面很美，蔚蓝的天空中飞着两只海鸥，一望无际的海面上有一艘小船，沙滩上有几个孩子在玩要。邢志军一下被画面吸引住了，情不自禁地说了声：“好美啊。”

刘兰英走过来说：“这幅油画是我到俄罗斯花大价钱买来的，当时这幅画是展品，出多少钱老板都不卖的，我去了好几次，他被感动了，终于答应出手啦！”

刘兰英把茶递给邢志军说：“这是你喜欢喝的龙井茶。”

邢志军呷了口茶，郑重其事地把一包钱放到茶几上说：“刘总，我是给你送钱来的！”

刘兰英一怔：“你……”

邢志军笑道：“我和小蓉都非常感谢你，但这钱我不能收。”

“为什么？难道你我之间还要提防什么吗？”

“别误会！郭蓉的医疗费组织上已经给我解决了，如果我真需要的话，你不送来，我也会开口向你借的！”

“你我之间还用说‘借’字吗？”

邢志军摇摇头说：“那是过去的情况……”

“但人的感情是过不去的……”

邢志军忙转移话题说：“不谈这些了，请你把钱收下，我和小蓉都领你的情了！”

刘兰英知道邢志军的性格，笑道：“既然你不肯要，那就先放在我这儿吧，你要用钱时可一定像你说的，尽管来向我开口……借！”她看了一眼邢志军问道：“近来好吗？”

邢志军摇摇头：“不好！”

“为什么？”

“工作上很忙，家里……你都知道了，我也没当好一个丈夫……”

刘兰英看看手表说：“咱俩找个安静的地方，一起吃顿饭，好好聊聊行吗？”

邢志军也看了一下表说：“抱歉啊！今天没时间了，我还得赶回队里，有人等着我呢。”

“你是怕有人说闲话，对吗？”

邢志军一笑：“我怕什么？谁都知道咱俩以前的关系。我真有事！”

刘兰英无奈地摇摇头说：“你的事都是大事，我不勉强你。那改日我再请你吃饭，你总得给我个面子吧！这么久了，你还是第一次登我办公室的门。”

“你也挺忙的，吃饭的事别放在心上。”邢志军起身平静地说。

刘兰英的满腔热情一下被冷却了，她没再说什么，默默地送邢志军到电梯口按了按钮。电梯门开了，邢志军轻声说了句：“刘总，你留步吧，我自己下去！”

刘兰英向他招招手，深情地目送着他，电梯关闭的瞬间，刘兰英感到一阵失落，邢志军却有意避开她的目光。她从窗口默默地看着邢志军上了车，直到车驶离公司大门。

刘兰英转身回到办公室，泪水不禁夺眶而出。邢志军的到来，勾起了她许多往事，她的心一时无法平静下来。望着墙上那幅油画，她的眼前浮现出儿时在海滩和邢志军一起玩耍的情景……

海滩上，夕阳下山，晚霞如血，童年的刘兰英和邢志军、曹明、孙海在海边玩耍，突然涨潮了，潮水冲刷掉了他们堆积的各种沙器，他们飞快地向海岸上奔去，邢志军一直在刘兰英左右，守护着她……

一次放学后，在学校门前，有几个富人的孩子欺负刘兰英，邢志军带着曹明、孙海冲过去，保护着她……

儿时的记忆总是美好又难忘的，长大成人后，他们都各自选择了人生之路。邢志军以优异的成绩考上了南大，同时又报名入伍，结果大学录取通知书和入伍通知书都先后收到了。而刘兰英因为家境不好，父母有病，放弃了高考。当邢志军拿着录取通知书高兴地来找刘兰英时，却见刘兰英躲在竹林里默默流泪。

邢志军不解地问道：“兰英，你该为我高兴啊，我是双喜临门啊！”

“你决定去哪儿?”

“我经过考虑，还是决定去部队，实现我父亲的遗愿！”

“那你连南大都肯放弃?”刘兰英听完他的决定愣住了。

邢志军点点头，刘兰英却忍不住泪水，扭头向竹林外跑去。

邢志军一下呆住了，那时虽说还不懂爱情，可他突然觉得要离开刘兰英时，一种不舍之情油然而生……

正当刘兰英沉浸在回忆中时，电话铃响了，是孙海打来的，约她晚上去吃西餐，她欣然答应，情绪也慢慢平静下来。她给大堂经理拨了个电话，嘱咐说邢志军和孙海都是她的老同学，绝对不能得罪他们，以后只要他俩来公司，随时都立即放行！

刘兰英放下电话深深地叹了口气，转身坐到邢志军坐过的沙发上，那杯给邢志军沏的热茶已凉，她拿起茶杯呷了一口，慢慢地品味着……

傍晚，邢志军赶到病房，经侦支队的朱丽正在喂郭蓉吃晚饭，她看到邢志军，高兴地说：“邢队，今天郭蓉姐胃口很好！”

“小朱，辛苦你了，让我来吧！”他接过朱丽手中的碗说，“你快回家吧，这里有我和爸爸在。”

朱丽看看手表说："还有两小时呢，我们局机关青年志愿小组商定的，轮到谁照顾郭蓉姐，一定要到晚八点才能离开，如果需要的话，还要继续下去！"

邢志军感激地说："这笔债，让我怎么还啊？"

"周局说了，局里再怎么努力，也还不清欠你的债！"

"不能这么说！局里欠我什么债，大家都在尽应尽的责任和义务。"

郭蓉吃过晚饭后，郭父向邢志军使了个眼色，邢志军随郭父走出病房。

郭父小声说："今天医生查病房时对我说，如果再找不到肾源的话，拖下去会有危险……"

"周局正在请我们公安医院协助寻找。"

"你能催催他们吗？"

邢志军为难地说："爸，你都看到了，局里为了小蓉的病，已经全力以赴了，周局在努力，我实在不好意思再去催他们了！"

郭父默然。这时，邢志军的手机响起。他接听完歉意地看了一眼郭父说："爸，队里等着要我汇报工作，我得回队里一趟……您别急，肾源的问题，一定能解决的！"

郭父有点儿生气，没说什么转身回了病房，邢志军无奈地叹了口气，匆匆离去。

此时，他才感到饿了，从早晨到现在滴水未沾。他急匆匆地在路边买了些面包，边吃边赶到经侦支队办公室，胡林和刘刚在吃盒饭。

"嗬，你俩已经吃上了，我还给你们带了些面包来！"邢志军说着把面包放在桌上。

"邢队，别啃面包了，我们也给你买了一盒！"胡林把盒饭打开，里面的饭菜还热乎呢，邢志军也不客气，端起盒饭吃起来，边吃边说："味道真不错！"

胡林和刘刚都笑了。"你们笑什么？"

刘刚说："我们知道你准会说这话！"胡林学着邢志军的口吻说："味道真不错！"

三人都笑了起来。

"邢队，你这样下去可不行，每天忙得四脚朝天，营养跟不上，三餐不是吃方便面就是啃面包，这样身体要垮掉的！"刘刚关切地说。

"是啊，邢队，你再这样，我们得向李政委去汇报开党小组会帮助你了！"胡林也认真地说。

邢志军笑道："你们敢打我的小报告。"他匆匆吃完了盒饭，抹了抹嘴："说说今天的收获吧！"

刘刚和胡林拿出录像机，三人一起看复制的录像，画面上出现了于玲玲家门口显现的陈行长、黄一瓜老婆的图像……

刘刚说："居委会和小区物业管理部门都反映，于玲玲这个人很神秘，平时深居简出，来找她的人也不多。但这个陈行长是个例外，经常来找她，而且都是晚上，直到深更半夜才离开。黄一瓜的老婆只来过一次，就在她出事前的那天夜里……没发现有其他什么人来找她了！"

邢志军看完录像，又看了看复制的陈行长照片说："你们俩谈谈各自的想法。"

刘刚说："于玲玲住的小区，在咱东都市可算是高档小区中的头牌了！她那套房子现在值六百多万元，当初买下的时候也要三百多万元，一个年轻女人，又没有正当的职业，哪来那么多的钱？"

胡林说："邢队，你让我们盯住她完全正确！"

邢志军笑道："给我表功了，要表功的话我首先得给你们表功，是你们迅速地锁定了于玲玲，及时地查清了她，可现在还不是给谁表功的时候！说说吧，下面该怎么办？"

"动手吧，把于玲玲拘起来再说！"刘刚一挥拳头。

邢志军摇摇头说："周局说得对，这是个大案子，在没有搞清大致的面貌前，别惊动了幕后的人。况且，从现在掌握的于玲玲的情况来看，也不能拘捕她。"

"可把她放在外面，就怕夜长梦多……"

"现在只能走一步看一步……我们得先从外围开始调查！"邢志军说着，指指陈行长的照片，"这个人我认识，叫陈双艺，是城南发展银行的行长，你们明天先把他的情况调查一下。"

胡林和刘刚点点头。

"你们俩也得分一下工，今晚胡林监控于玲玲，明天调查陈双艺刘刚一个人去就可以了，胡林，你明天再好好补一觉！"

胡林笑道："邢队，你管得那么细干吗？"

"我可以放手让你们自己去安排，但有一点你们一定要注意，此案保密性强，在关键点上用的人不能太多。这个认识，我和周局、李政委都已经统一过了，所以你俩必须注意劳逸结合，始终保存着精力，明白吗？这几天你们一定要把陈双艺和于玲玲的关系调查清楚！"

四、外围入手，顺藤摸瓜

"贝贝"西餐厅，孙海正在和刘兰英一起用餐。

“阿海，你知道刚才谁来找我了吗？”刘兰英露出少有的甜蜜笑容。

“邢志军！”孙海一下猜准了。

刘兰英一愣：“咦，你怎么知道的？”

孙海笑道：“怎么知道的？一看你那美滋滋的样子就明白了呗！而且我还知道，你到目前为止，还爱着他！”

“是我欠了他的情，害得他这样……不说了，不说他了。”刘兰英情绪一下又低落下来。

“他来找你干什么？”

刘兰英沉默着。

“是不是旧情复燃了？”大大咧咧的孙海开玩笑地说。

刘兰英急了，把脸一板：“可不能胡说！他是来还我钱的！”

“还你钱？”孙海有点儿纳闷。

“我知道郭蓉住院了，要换肾，需要钱，就送了点儿钱过去，可志军一点儿也不领情，把我的钱都原封未动地送回来了……”

“唉，我不也一样！他也照样不领情！”

“是不是他对搞企业当老板的人都有一种……偏见，或者是戒备？连对咱俩也一样？”

孙海笑道：“你别太在意，干他们那行的，有严格的纪律，别误会了他！”

刘兰英长长地叹了口气说：“可连吃顿饭他都不给面子，也太绝情了。”

孙海笑道：“过去你是我们几个追求的目标。那时候，我、志军、曹明都喜欢你，曹明总想让我去和你说，可我胆小，不敢呀。志军一直呵护着你，可他从未向你表白，你却发自内心喜欢他，爱上了他。”

刘兰英打断他的话：“这些都过去了，不说了，总之，是我对不起他。”她调整了一下心态，问孙海：“你找我有什么事吗？”

孙海在切牛排，似乎难以开口。

“到底找我有什么事？你没事的话我就先走了，我还有几档‘节目’呢！”刘兰英的神态又恢复了刘总的高傲。

孙海有点儿为难地看了刘兰英一眼说：“兰英，是这样……我的公司呢，最近接了一笔大订单，要进口不少布料，这……”

“是不是头寸调不转？”刘兰英直截了当地问道。

孙海点点头。

“要多少？”

“大概五百万元吧。”

“这么多？”她摇摇头，“我最近手头也紧，曹明这家伙硬让我搞商业一条街，你知道，这要多少钱啊，他要亮成绩，争取在人代会上去掉代市长的

‘代’字，可苦了我……”

孙海失望地说：“我知道这事……你为难，我再想别的办法吧……”

刘兰英看了他一眼说：“你开口了，我总不能让你失望吧！这样吧，我给你介绍一家关系，保证能借到这笔钱，我给你担保就是了！”

“利息多少？”

“利息呢，稍为高些，应该是百分之十五吧？”

孙海倒吸了一口凉气：“这不是高利贷吗？”

刘兰英笑道：“把你吓着了？你去行内打听打听，要应急，都是这个数，还有百分之二十的呢！就这个数不熟悉的人还借不到呢，对方也有风险嘛，现在赖账的人可不少！”

“我总不会赖账吧？”

“我是相信你的，可怎么让人家相信你呢？”

孙海犹豫着，刘兰英看了一下手表说：“你再考虑一下吧，我得去赶下一档‘节目’了。你考虑好了，决定要借这笔钱的话，我马上帮你去办。对不起阿海，我先告辞啦。”刘兰英说完，匆匆离去。

孙海呆坐着，他感觉刘兰英已不再是当年的那个单纯、热情的女人了，过去那么熟悉的人此刻一下变得陌生起来……

傍晚，邢志军在办公室整理材料，周峰突然走了进来。

邢志军迎上去问道：“周局，您怎么亲自过来啦？”

周峰兴奋地说：“告诉你一个好消息，在我们公安医院的大力协助下，你爱人换肾的肾源找到了！我已经和院长打了招呼，他们已和专家会诊，明天就可以做手术啦！”

邢志军高兴地说：“太感谢了！”

“本来想让你早点儿回医院，可有些事还得和你商量一下。”

“周局，又有新情况啦？”

“黄一瓜蒸发了，他老婆又突然失忆了，这件事传得满城风雨，那些债主又闹起来了！”

“是他们吵着要放黄一瓜的，有什么可闹的！”

“当然，他们不好意思再到我们这里来闹，只好到市里去，市里又让我们来解决，我们的压力更大了。”

“不是曹市长让放人的吗？”

“此一时彼一时，你该明白，担责任的总是我们！”

邢志军一笑说：“我明白，责任最终会落到我们这一级，尽管我当时是不同意放人的！”

“有什么责任由我来担！”

“你以为我要推卸责任？”

“我知道，你当然不是这个意思，只是发点牢骚而已！但理由谁都可以讲出千万条，最终却只有一条，我们得保护好群众！”

“周局，你放心，我愿立军令状，非把此案破了不可！”

“军令状倒不必立，你先为我解一下忧好吗？”

“解什么忧？你说！”邢志军有点儿不解。

“明天，你出面接待一下债主代表，跟他们解释解释，让他们放心，同时，也可向他们了解一点儿情况……当然，这事让你去应对，有点儿滑稽，当初，你是坚决反对放人的。”

邢志军笑道：“一码归一码，这等好差使只能轮到我了！我做梦也会想到！”

“这件事让你去办，我最放心！不过，这类滑稽的事以后可能还会发生。说说吧，案情有什么新进展？”

“今天，胡林、刘刚去于玲玲的住处了解了一些情况，发现这个人疑点确实很多，她不仅送黄一瓜出境，而且，黄妻出事前曾去过她家！”

“哦，这个情况很重要，也就是说，黄妻的出事，可能跟她有关？”

邢志军点点头说：“你以前的估计是正确的，她的背景很复杂，后面一定有大鱼，而且是黑社会性质的组织，否则单凭她一个女人，能干得了这么多大事吗？而她只是暴露在幕前的一颗棋子，只是跑腿的！”

“暂时不惊动她是对的！”

“我们可先从外围着手，”邢志军说着，把陈行长的照片递给周峰说，“这个人，从录像显示，常去于玲玲住处，而且总是深更半夜才走。”

周峰看了一眼照片问道：“摸清他的情况了吗？”

“我认识他，在一件经济案中与他打过交道，他是城南发展银行的行长，叫陈双艺。我已让胡林、刘刚去调查于玲玲和他的关系了，不过……”

“有什么需要局里协助的，你说！”

“周局，他的问题能否由局里出面请有关部门协助调查一下。”

周峰点点头。

“但愿他不要掺和进去。”

“是啊，他一掺和准让国家受损，但这都不是以我们的意志为转移的！”

他看看邢志军问道：“对于玲玲的监控都安排好了？”

邢志军点点头。

傍晚，黑云笼罩着天空，开始下起了小雨，胡林来到于玲玲居住的小区偏僻处监视着。约半小时后，一辆奥迪黑轿车开进小区，停在于玲玲家楼下，车里走出的正是陈双艺。他下车后向四周扫了一眼，赶紧迈进楼门口。平时，他和于玲玲定好每周五晚约会，此刻，陈双艺悄悄走上三楼，熟练地用钥匙打开房门，见屋里黑着灯，他把门灯打开走进客厅见没人，又奔向卧室，还是没人，他怔了一下，赶紧给于玲玲打电话：“玲玲，我到你家了，你在哪呢?”

此时，于玲玲正在尼姑庵斋房内呆坐着，接到陈双艺的电话，她故作高兴地说：“亲爱的，我有急事在外地呢，可能这次出门时间稍长些，过几天才能回来。”

“你怎么事先没跟我说一声?”

“对不起，我走得匆忙，没来得及告诉你，等过几天我回去会联系你的。”

陈双艺有点警觉地问道：“没事吧?”

“亲爱的，我一切都很好！你不用担心！今晚你早点儿回去吧，陪陪你老婆。”

“那好，我回去了，玲玲，我很想你，早点儿回来啊!”

陈双艺说完挂断了电话，于玲玲接听完电话，心里顿时不安起来。

这时，她的手机又响了起来。是阿芳打来的。于玲玲镇定了一下，按了接听键：“芳姐，有事吗?”

“你还没关机?”

于玲玲突然感到自己已被控制，她小声说：“我只接该接的电话……”

“老板命令你从现在起立即关机!”

于玲玲呆愣了一会儿，关掉手机，伏案抽泣起来。

此刻，她的眼前闪现出阿芳告诉她黄一瓜已在人间消失的画面，闪过黄妻失忆后呆若木鸡的情景。于玲玲吓出了一头冷汗，她有点儿失控地跑了出去。她一口气跑到自己的小车边，打开车门，驾着小车迅速离去……

车飞快地驶出山路，不一会儿又驶上了公路，于玲玲擦了擦汗定定神，把车开进她居住的小区。她正想把车开到楼门口，突然发现了胡林的监控车，忙又把车倒回，转弯向另一条路飞快驶去。此时的于玲玲突然发现自己已无路可走，只好把车又开回尼姑庵。她回到住处，不禁伏在床上哭泣起来。不知什么时候，于玲玲睡着了。她梦见有两个黑影悄然走到她的床前，一把寒光闪闪的刀架在她的脖子上，她大叫一声，被噩梦惊醒，惊恐地环顾着四周……

邢志军已接到了胡林的电话，他向周峰汇报说：“陈双艺刚才去过于玲玲那儿!”

周峰“哦”了一声，注意地听着。

“据胡林的监控，今晚于玲玲还没回过家，陈双艺有她的房门钥匙，他在房间只待了一会儿，就离开了。”

周峰沉思了一会儿，说道：“这就有点儿麻烦了……”

邢志军说：“胡林分析有两种可能，一是于玲玲今晚没回来，事先陈双艺不知道；二是于玲玲已被惊动，或者她怀疑到了什么，躲起来了，或者让陈双艺来取什么东西？”

“机场等交通要道都布控了吗？”

邢志军点点头说：“连公路出关处都布控了，到目前为止还没有任何她逃跑的迹象！能否再请技侦室协助监控一下她的手机？”

周峰点点头，拿起电话迅速作了布置。

“周局，我一直在想一个问题，为什么我们的对手总是走在我们的前面？要么，我们这里确实一直有人在走漏消息，要么，我们的对手实在太高明了。前者，我难以相信，因为这案子，能掌握全部情况的只有你我二人，胡林和刘刚只在办局部的具体的事，我们已保密到最小范围了！对此，你还提醒过我，如何掌握好这个度，我也与李政委交换过意见，他也肯定了我们的做法。那么，如果是后者的话，这就需要我们多动动脑筋……并检查一下以前的工作，是否有疏漏的地方？”

“你说具体点儿！”

“比如说……我又要说了，您别生气……”

“你尽管说！”

“比如说，当初若坚持不放黄一瓜，或黄一瓜在出境时再把他抓起来，就不会有以后那些事！而现在，他死了，又给我们破案带来了不少困难！比如说，于玲玲接送黄一瓜时，我们若能把她及时控制起来，也就没有后面的那些事了，而且肯定对我们破案有利！再比如说，在黄一瓜出境后，我们若及时地把他的老婆控制起来，也……”

周峰一笑，接过话说：“不会有后面的事发生了？你在怀疑以前的那些处置不正确？”

邢志军摇摇头说：“我是对事不对人，况且，有些是我同意或主张要这样做的，我也在审视自己！”

“邢志军同志，你我都该明白，这里面既有人为的因素，更有法律的制约。我们有时不得不在这种夹缝中执法，难啊！圈外人不清楚，你我该清楚啊！”

“清楚了又有什么用？”

“一是要依法办案，二是要在客观条件给你的空间来办案。”

“三下五除二，剩下还有多大的空间？”

“智慧越大空间也就越大！”

“我智商不高……”

“谦虚的人，智商不会低!”

邢志军笑道：“也只是不会闹出‘躲猫猫’这类蠢事罢了！我真担心于玲玲的这条线又被断掉了。有些事我感到很无奈……也只能对您说说!”

“我何尝不是如此？但又能向谁去发泄呢？志军，我们只能从积极的方面去考虑问题，在这个过程中，我们的对手虽然钻了空子，不也看得出被我们逼得在逐渐暴露自己吗？从大局看吧，最终的胜利，总在正义一边!”

“从小局看，吃苦为难的总是在基层!”

周峰笑道：“我有时也只是三合板中的一层!”

邢志军神情凝重起来：“还是再说说于玲玲的事吧，如果她也消失了怎么办？如果她出现了又怎么办？”

“消失了只能再找，一定要查个水落石出！出现了，就不能再让她消失！说吧，明天你准备怎么去接触那几位债主代表?”

邢志军一笑：“我也会跟他们发牢骚，说的都是真话。”他看看周峰：“你不这样认为吗？我可从我部下的牢骚中了解到了不少他们内心真实的想法，我们要把心交给老百姓，只能先把自己内心的真实想法告诉他们……让他们也理解我们……”

周峰赞同地点点头。

“老百姓最恨打官腔说空话！当然，在与他们交过心后，我会让他们放心的！交心是为了彼此都放心!”

“你不是在批评我吧?”周峰故作严肃地说。

邢志军笑道：“批评您什么？我哪敢?”

“批评我不让你发牢骚?”

“你连下级的牢骚都听不到，能了解下情吗？你的下级有牢骚都不敢对你发，你就得自检一下原因!”

周峰看了一下表：“你说得对，时间不早啦，明天小蓉要动手术，我陪你去医院看看她。”

邢志军起身用感激的目光看着他说：“不用陪了，周局，您也赶快回去陪陪嫂子吧，她的身体也不太好。”

第三章 永失我爱

一、我只担心你

深夜，姚叔在他的山庄别墅阳台上，面对大海而坐，他品味着一杯红酒，一条大狼狗蹲在他的身旁。

他拿起手机给阿芳打电话。

“阿芳，那边情况怎么样了？”

“黄妻和于玲玲算暂时稳定下来了，你看下面该怎么办？”

“你们老板有什么指示？”

“你是大老板，我们老板哪敢指示？”

“那她怎么认为呢？”

“我们也该收敛一下了……”

姚叔哈哈大笑：“放下屠刀，立地成佛？”

“我们老板可从来不主张动刀动枪的……”

“坏事都让我一人做尽了！”

“你不要这样说话好吗？我是在转达我们老板的意思与你商量……”

“她的意思是？”

“及早抽身！一走了之！”

“我明白了，但现在先要做好两件事，一是继续稳定局面；二是再多积些银子吧！得沉住气！”

“好，听你的！”

“于玲玲那边你稳得住吗？”

“她还算听话。”

“其实也让她蒸发算了！”

“你总是走极端，以后谁还敢为我们办事？”

“你们如果不听我的话，以后会后悔的。”姚叔说完挂断了电话。

医院里，邢志军坐在郭蓉的病床上，握住她的一只手，两人说着话。

邢志军安慰着郭蓉：“明天下午要做手术，别害怕，换了肾后，一切都会好起来的！”

郭蓉深情地看了他一眼说：“我只担心你……”

“担心我什么？”

“如果我有个三长两短，你会好好活下去吗？”

“别瞎说！你会好的！”邢志军用另一只手轻轻捂了一下她的嘴，不让她继续说下去。

郭蓉柔声地说：“我跟了你这么些年，一切都很满足，就是有点儿遗憾……”

“遗憾什么？”

“没能为你生个小宝宝……”

邢志军笑道：“有你这个大宝宝就行啦，小蓉，别多想了，快睡吧，好好休息，我会陪在你身边的。”

郭蓉点点头说：“你还是早点儿回家吧！”

“今晚我陪你，哪儿都不去了！”

早晨，阳光灿烂，邢志军陪郭蓉吃过早饭、洗漱完毕，郭父来了。邢志军和郭父交代了一下，往市局赶去。他刚走进接待室，上访的群众代表就来了。

邢志军热情地接待着他们说：“今天，局里让我来接待大家，可能出现尴尬的局面，为什么呢？对于大家来说，黄一瓜是大家要求放的。我要告诉大家的是，那时，我正在审讯黄一瓜，眼看案情有了突破，可……我当时是想不通的，预料到可能出现现在的结局，可大家不单上访到局里，还上访到市里，直至惊动了市领导，我真佩服大家的能耐！”

一名代表面露难色地说：“邢队长，我们也没办法呀，黄一瓜老婆当时向我们拍胸膛作担保，只要放出黄一瓜来，他肯定会设法还清大家的债务……”

“还清了吗？”邢志军问道。众代表都沉默下来。

“那么，这个‘肯定’的结局是什么呢？如今大家都看到了！”

“邢队长，你说得对，今天，我们到这里来，是有点儿尴尬、没理，但我们相信，你们还是会原谅我们，为我们做主的！我们是有了这个相信，才厚着脸皮来的……”另一个戴眼镜的高个子抱歉地说。

另几个代表都附和着……

“对，我们相信你们！”

“你们一定会为我们做主的！”

“社会上都在说，邢队长是破案高手！”

邢志军幽默地说：“好，高帽子一顶顶都抛过来了！我颈椎不好，可别压坏了我！”

一句话把大家给逗笑了，气氛立刻缓和了。

邢志军看了众人一眼说："听大家这么一讲，我的尴尬就消除了！为什么这样说呢？我本来很担心，因为这个案子案情比较复杂，我全对大家说呢，对破案不利。不全说呢，大家又可能不满足。现在，我很高兴，因为大家充分信任我们，对我们办案很有信心，那么，我希望大家给我们一点儿时间好吗？"来访的群众代表都齐声叫道"好！"

不知什么时候，周峰来到这里，他走上前大声地说："我可以负责地告诉大家，省厅已把此案作为督办的第一大案！我们经侦支队的民警们正集中一切力量在日夜加紧办这个案子。邢队的妻子下午要动一个大手术，医院正等着他去签字，希望大家能明白我们对此案的重视，请大家对群众做做工作，给我们一点儿时间，我们一定会为大家做主的！"

代表们听后都拍手鼓掌，一场本属尴尬的接待随即化为乌有，大家催促着邢志军快去医院……

邢志军向代表们鞠了一躬，周峰高兴地说："我代表局党委谢谢大家的理解和协助！"

邢志军匆匆赶到医院，来到医生办公室，主治医生指指桌上的一张单子说："快签字吧，手术定在下午！"

邢志军认真地看了一下问道："医生，这手术没什么危险吧？"

"对于手术，一般来说问题不大，重要的是术后要过好几关，对异体的排斥，肾功能的恢复，体质的恢复等，大家一同努力吧！"医生的态度很温和。

邢志军向医生鞠了一躬："拜托了！"随后郑重地签上了自己的名字。

邢志军匆匆来到病房走廊，郭父正在焦急地等他，埋怨道："你怎么才来，把人急死了，下午要动手术的。"

"医生对我说了，我已经签了字。爸，您放心，不会有事的。"邢志军安慰着他。

郭父有点不满地说了句："我跟你把话明说了，下午你哪儿也不准去，一定得在这儿等！"

"爸，您放心，我把工作都安排好了，从现在起，我哪儿都不去，等着小蓉手术完好好照料她！"

"快去看看小蓉吧，你在她就踏实。"

邢志军"嗯"了一声，转身向病房走去。

郭蓉倚在床头梳了个马尾辫，用蝴蝶结扎上，秀丽端庄的脸庞虽略显苍白，但依然清纯美丽。

邢志军来到病床前，握住郭蓉的手，仔细端详着她说："小蓉，你今天很漂亮！"

郭蓉笑道："你很少这么夸我，签字啦？"

邢志军点点头安慰道："放松点儿，没事的！"

"如果有事的话，你也不要太伤心……"郭蓉平静地说。

邢志军握住郭蓉的手："别乱说，不会有事的！"

"世上的一切事都很难说……况且，我要做这么大的手术！志军，你听我一句话好吗？"

"你说。"

"如果我下不了手术台……你和兰英……凑合在一起过日子吧。"

邢志军忙用手捂住她的嘴说："别瞎想！更不要瞎说！"

"我知道，她心中始终是有你的……我真不明白，当初她为什么要离开你……"

"不要谈这个话题了好吗？"

"不，我得作点……安排，我最放心不下的就是你了……"

"小蓉，千万不要去想这些！我们之间也不应去谈这些！你知道我对你的感情。"邢志军哽咽道。

郭蓉点点头："好，我不说了！"

邢志军看着郭蓉苍白消瘦的面容，心里很难过，不知说什么好，他茫然地拿起一个苹果。

郭蓉笑道："医生嘱咐了，术前不能吃东西。"

"可以喝水吗？我给你……"

"医生说，水最好也别喝……"

"那，我给你擦擦身子！"

郭蓉一笑："手术前会全身消毒的……志军啊，能说几句安慰我的话吗？"

邢志军自嘲地说："看我，在你面前总笨嘴拙舌的……"

"当初，我就喜欢你这个样子！"

"那我在你面前永远笨嘴拙舌下去！"邢志军说着朝她做了个鬼脸，把郭蓉给逗笑了，郭蓉看了他一眼说："你回队里去吧，这里有医生，你不用担心。"

"我已经安排好了工作……陪着你把手术做完。"邢志军话音刚落，他的手机就响起来了，是周峰打来的。邢志军歉意地看了一眼郭蓉，忙到走廊去接听。

"志军，黄一瓜的老婆已恢复了记忆，她说了好多情况，张新让你过去一起听听。"

"好，我马上去。"邢志军本能地脱口而出后，马上感到有些后悔。

"又要食言了，对吧？"不知何时，郭父走了进来。

邢志军用歉疚的目光看了郭父一眼说：

“爸，实在对不起，有件急事，周局让我去处理一下……”

“那你快去吧，爸也不是不通情达理的人，我了解周局，他让你去你就该去！”

邢志军既感动又有种负疚感，他说了声：“爸，办好事后我马上回来！”

邢志军赶到南山医院神经科一个单间病房，看到张新正在讯问黄一瓜的老婆，刑警王山山在做着记录。

黄妻面容憔悴，表情显得痛苦不堪，她说着什么，突然病又发作，双手捂着头坐立不稳地欲倒下去，张新忙扶住了她。王山山赶紧按响警示铃，很快，医生和护士冲进病房对黄一瓜老婆进行抢救，他们三人则赶紧离开病房。

邢志军急匆匆地赶到病房的走廊。张新对他歉意地摇摇头说：“又犯病了！”邢志军从门窗向里面看了一眼问道：

“周局说，她讲了不少情况？”

张新点点头：“确实有人对她下了毒手……”

此时，一个护士出来对张新说：“张队长，医生让我告诉你，今天不能再对她问话了。”

张新点点头问道：“病人要紧吗？什么时候能恢复正常？”

护士摇摇头说：“这，我们也说不准……什么时候再恢复过来，我们会通知你们的，对不起。”说完，她转身又进了病房。

张新无奈地对邢志军说：“邢队，我们一起去周局那吧，我把情况向你们汇报一下！”

张新和邢志军来到周峰办公室。

张新汇报说：“今天黄妻的记忆力突然恢复了，她说那天好多人到她家中逼债，说她有意把黄一瓜藏了起来，她有口难辩，窗玻璃也被打碎一块。当时，又联系不上黄一瓜，吓得她连家也不敢回，于是，她就去找了于玲玲……”

周峰和邢志军交换了一下眼色说：“那么，黄一瓜出看守所后的去向肯定是于玲玲安排的，对此，黄妻是清楚的？”

张新点点头说：“黄妻说，一切都是于玲玲安排的，包括让她利用送东西给黄一瓜鼓气，让她向那些债主担保，只要能让黄一瓜出来，就能还清债等。所以，情急之下黄妻找于玲玲去要人！她说，那晚她回家后，在睡梦中被惊醒，有两个蒙面人摁住她的手脚，给她打了一针后，她就什么都不知道了……”

“她还说了什么？”

张新遗憾地说：“她正要再说下去，突然又犯病了，可能那些痛苦的事情刺激了她!”

“看来，她还知道不少情况?”邢志军若有所思地说。

张新点点头。

周峰看了一眼邢志军和张新说：“这案子局党委已作过研究，由你们两队联手来办，由于背景的复杂性，一定要注意保密！张新，你们要尽快把那两个蒙面人缉拿归案!”他又转对邢志军说：“上午你接待债主代表的工作做得很好，给我们破案赢得了时间，我们得好好抓住这个时间段，尽量争取在‘两会’召开前破案！省厅对此案也很重视，我得马上去汇报，争取他们的指导和协助!”

周峰说到这儿，看了下手表说：“啊，快两点了。”他忽然想起小蓉下午要做手术的事，忙问道：“志军，小蓉几点进手术室?”

“一点钟。”

周局一拍脑门，歉意地说：“看我……把这么大的事给耽搁了，你快去医院吧！有什么情况给我打电话!”

二、继续同对手赛跑

病房里，医生在给郭蓉做术前检查，郭父在一边守护着。

医生转头问道：“病人家属呢?”郭父应声而出。

“你是……”

“我是她父亲!”

“她丈夫呢？不是刚才还在吗?”

“他有急事……”

“再急的事还有这事急？不像话……”

郭蓉忙对医生解释道：“医生，我丈夫确实有比这还急的事!”

“着火了？他去救火?”

“比这还急!”

医生看了一眼郭蓉，转身对他的几个助手吩咐道：“一点钟准时进手术室!”

一点钟，郭蓉被推往手术室。

“等一下!”郭父突然喊了声，护士把手推床停下。

郭父俯下身轻声问郭蓉：“小蓉，你还有什么话要对志军说吗?”

“爸，我已经对他说了……爸，如果我有事的话，您千万别责怪他!”郭蓉说话的声音很微弱。

郭父点点头，向郭蓉招了下手，郭蓉向他微笑了一下。郭父心里一阵痛楚，护士很快把手推床推进手术室。

邢志军赶到医院手术室外，见郭父一人在焦急地等待。

“爸，手术开始了？顺利吗？”邢志军轻声地问。

郭父摇摇头说：“还不清楚……”

邢志军歉疚地说：“对不起爸……小蓉进手术室前情绪好吗？”

“还好，她说，如果她有事的话，让我别责怪你……”

听了此话，邢志军眼里顿时充满了泪水，两人都沉默不语。

此刻，邢志军脑海中翻腾起当年在部队的情景。他放弃了上大学，毅然从军，因为他是军人的儿子，在他心目中军人是最神圣又令人羡慕的职业，能从军也是无上光荣的。就在入伍前，他才发觉自己爱上了刘兰英，刘兰英更是对他恋恋不舍，充满感情。入伍前她对邢志军海誓山盟，还来部队看望过他，两人感情陷得很深，可后来不知何因，她竟没了音讯。

刘兰英莫名其妙地和他断了联系，邢志军跑回去寻找，而刘兰英留给他的却是一张分手的纸条，邢志军看后痛苦地在雨中狂奔，扭伤了脚……

邢志军失恋后深受打击，一下病倒了。在部队医院，郭蓉的父亲郭勇来看他，那时郭父是团长，邢志军是连长，他是郭父一手培养的爱将。邢志军受着爱的煎熬，可性格鲁莽的郭团长却批评他软弱，他指着躺在病床上的邢志军严厉地说：“一个大男人，为了一个女人，竟会病成这样，你说丢脸不丢脸！”

邢志军闷声不响，闭着眼任凭郭团长对他发火。

“你给我听着，从今天起，不要再想那个女人了！天下何处无芳草，喜欢咱军人的姑娘多得是！”邢志军被他激火了，“腾”地从床上坐起，大声地反问道：“团长，那你夫人病故已有好几年了，为什么到现在还不重组家庭？”

郭团长看他开口了，反倒笑了，他大声地说：“这是两码事！我批评你几句，你小子就往我心上捅刀子？”

“你知道吗？是那个刘兰英往我心上捅刀子！”

“别再提那个刘兰英了，我命令你，从今天起把她彻底忘掉！”

“这个命令我难以执行。”

“一定得执行，军令如山，你从军几年了还不懂！”

这时，站在边上的护士忍不住笑了起来，而这个护士正是郭团长的女儿郭蓉。

“小蓉，你笑什么？”

“爸，你别怪邢连长，感情的事，怎么可以用命令来解决？”

她不容郭勇再说什么，把他轻轻推出门外说道：“走吧，我的郭团长，你是来探病的还是来开帮教会的！这里是病房，你得听从我的命令！”

部队医院的花圃中，梳着两根小辫的郭蓉推着坐在轮椅上的邢志军边散步边交谈。邢志军终于把多日来憋在心里的话对郭蓉和盘托出，他把他和刘兰英相爱的过程对她倾诉。

郭蓉听后感动地说："邢连长，谢谢你对我的信任，把你们的事的前因后果都讲给我听……"

"这也是一种释放，讲出来了，就痛快多了，我会听郭团长的，从现在起不再去想她了！"

郭蓉听着，头一扭说："邢连长，我听后，有个直感，可以对你说吗？"

"你说吧。"

"刘兰英和你青梅竹马，你们相爱了那么多年，她突然中止了与你的关系，我认为，这里面肯定有她的难言之隐。"

邢志军默不作声地听着。

"爱一个人，就得体谅她的难处，你越逼着她说她越不会说，你得尊重她的选择。以后，你可能会明白，或许她确实是该被原谅的……"

"我太专一了？"

"我能理解你的感受，也钦佩你在感情上的专一，但你应该明白，有时放弃也是一种爱的表现！邢连长，我没说错吧？"

"我们当兵的，有时会一根筋直到底。"

"我不也是一根筋吗？"郭蓉笑道。

"不，你会换位思考。"

"我只是站在女人的角度来看问题罢了！"

"女人真有那么复杂？"

"你说呢？"

"我看你就一点儿也不复杂！"

两人都笑了起来，郭蓉终于看到了邢志军的笑容，而邢志军和郭蓉交心后，心情也好了许多。

几天后，邢志军出院了，医生和护士前来送他，邢志军向他们敬礼致谢，握手道别，他最后一个与郭蓉握手，郭蓉把一个小笔记本送给他作纪念。

邢志军上了来接他的吉普车，他打开笔记本，只见上面写着一行字："邢连长，我很钦佩你！"底下落款："喜欢一根筋的人——郭蓉。"

邢志军乐了，眼前又闪现出郭蓉清纯秀丽的倩影，两根小辫一甩一甩俏皮可爱的神情……

手术室的门打开了，术后的郭蓉被推出。邢志军从回忆中惊醒，忙起身和郭父迎上前去。

郭蓉还未从麻醉中醒来，女护士告诫道："别靠近她，病人得进无菌监护室！”说完，她迅速地加快脚步。

邢志军忙转身去问医生：“手术顺利吗？”

医生点点头说：“手术关总算过了，但下面还要看是否有异体相斥，更要防止感染，我们会努力的！”

郭蓉被推进监护室，邢志军和郭父默默地坐在室外的椅子上等候。

邢志军通过监护室的门玻璃向内探视着，模模糊糊地看见郭蓉满身都插着管子，安静地躺着。邢志军回头看了一眼郭父，关切地说：“爸，你回去休息吧，今晚我守在这儿！”

郭父用疼爱的目光看着双眼布满血丝的邢志军说：“你去休息吧，明天还要工作，我退休了，没事儿！”

邢志军摇摇头，在他边上坐下说：“我回去也睡不着。”

郭父长长地叹了口气说：“真想不到，小蓉会得这种病……当年她妈妈也是得这病走的。”

“爸，您别往那儿想，现在的医疗条件好多了，小蓉不会有事的。”

“都怪我，如果她当初没跟我一起复员，或许不会得这病。”

“爸，要怪只能怪我，是小蓉要跟着我一起到地方上来的……”

此时，邢志军的手机响起，是周峰打来的，邢志军忙去接听：

“周局，你从省厅回来了？”

“郭蓉手术顺利吗？”手机中传出周峰关切的声音。

“手术很顺利，谢谢周局的关心。我和我爸都在监护室外等待……有事找我吗？”

手机那边停顿片刻，传来周峰低沉的声音：“你还是留下来陪小蓉吧！”

邢志军了解周峰，听得出来他肯定有事，但他看了一眼郭父没作声。郭父已听到了他们的通话内容，他从邢志军手中抢过手机说：“是周局吗？你找志军肯定有事，让他去吧！”

周峰一下被感动了，充满歉意地说：“郭团长，我本来已命令志军今天什么事也不许干，什么地方也不许去，让他好好待在医院里，可我又食言了。”

“周局，小蓉的事已让你费了不少心，还得谢谢你！什么也不用说啦，这里有我守着，我马上让他去你那儿！”

胡林正在周峰办公室，周峰撂下电话对胡林说：“胡林啊，以后你找对象，也该找个能理解你的老泰山，不然，有苦吃呢！”

胡林笑道：“怕什么，我只要把老婆摆平就是了！”

周峰摇摇头说：“不，你不了解，当警察的，没时间顾家，收入又不高，就算讨到个老婆，将来老泰山因为疼女儿，也会跟你没完没了的！”

“那我不讨老婆了，也就不会有老泰山没完没了的抱怨和唠叨了。”

周峰笑道："如果谁都像你这样，那咱公安局不成寺庙了吗？"

"反正从咱这儿出去的人都说是进过'庙'的。"两人大笑。

此时，胡林手机响起，是刘刚打来的。刘刚听胡林说在周局办公室，开玩笑地说："今晚咱俩都升了一级，奉周局之命，能直接面对周局了！"

"你别净想美事，邢队马上就到，要不要我触一下壁脚？"话音未落，邢志军闯进门来。

"你想触谁的壁脚啊？"

周峰把一杯茶放到邢志军面前说："我命令胡林、刘刚今晚有事直接向我报告，不要去影响你，他俩正美着呢，说升了一级……"

胡林笑道："只升一夜也好！"

"都对不起你们了！志军，我食言了，有急事，只得硬把你请来。胡林、刘刚呢，一夜也美不了……"周峰说完，看了一眼胡林："你先把情况向邢队汇报一下。"

胡林言归正传："邢队，于玲玲已有两晚没回家了，刚才刘刚来电话说今晚又没见她的人影！"

邢志军一怔："有这事？你和那些监控的地方都联系过吗？"

胡林点点头说："李政委跟机场、车站等交通要道的出口处都联系过，都没出现任何异常情况，我相信，我们在那里的布控还是很严的！"

"这些外围的事有李政委管，我是放心的。"

"那她一下蒸发了？"

邢志军看看周峰问道："局里技监室监听到她的手机了吗？"

"技监室向我报告，于玲玲的手机已关闭，无法侦查到她现在所在的方位。"

邢志军摇摇头说："难道又走在我们的前面了……"

周峰一笑说："看谁笑到最后吧！胡林，你再把你了解到的情况跟邢队说一下！"

胡林看看邢志军说："我了解清楚了，于玲玲是陈双艺的情妇。在这之前她还跟别的男人有过关系，一直在以色骗贷，但从目前了解的情况看，她挺钟情这个陈双艺。"

"看来于玲玲是个角色……"

胡林点点头说："银行里不少人都知道陈双艺和于玲玲关系不正常，只是不敢说罢了。"

周峰插话道："胡林调查到的情况和局里通过有关部门去协查到的情况是吻合的……张新那边呢，也有了些眉目，只要把那晚到黄家作案的两个家伙抓住，就可能牵出幕后的大鱼来！志军，别灰心，我们继续跟对手赛跑，看谁跑在前头！”他话音刚落，张新的电话打了进来。

周峰接听完电话，兴奋地对邢志军说：“好消息，张新他们在‘飞天’夜总会麻将房内抓获了蒙面人中的一个！他们准备连夜审讯，让你们也派个人去听会儿。”

邢志军不假思索地起身说道：“我去吧！”

周局摆摆手，让他坐下：“我还有事要和你商量！让小胡先去听听。”

等胡林离去后，周峰神情严峻地说：

“志军，我急着把你找来是要告诉你几件重要的事情。一是局里通过纪检部门的协助已查实，于玲玲通过陈双艺向银行借贷了三千万元！”

邢志军一怔：“这个陈双艺真是官场败类……于玲玲是个无业人员，他竟如此无视法规！”

“他们虚拟了一个空头公司办成此事的，陈双艺被于玲玲迷昏了头，于玲玲这个女人不简单啊！”

“资金的流向呢？清楚吗？”

周峰摇摇头说：“看来得等于玲玲归案后才能弄清楚……志军啊，被你不幸而言中，看来，国家要受损失了……”

“他们的非法集资不但在民间悄悄地进行，还把黑手伸到了银行，严重地影响了国家的金融安全！”

“问题的严重性也正在于此，昨天，谢厅长找我去，传达了公安部的指示，一场‘经侦在行动’的战斗已拉开帷幕。所以，省厅已把此案列为我市的头号大案！谢厅长指示，一定要侦破此案，而且要牵出背后黑社会性质的团伙！”

邢志军听后不无顾虑地说：“看来这案子，单靠我们经侦支队是难以啃下的，它涉及的方方面面太广、太复杂了！”

“省厅也考虑到了这个问题，他们会有具体的指示和协助措施。志军，省厅准备给你派个助手来。”

“好啊，我一定在他的指导下尽快侦破此案！”

周峰摇摇头说：“他以后将担任副支队长，不过，此事暂不公开，我已通告了李政委，目前只有你俩知道！”

“为什么？没有个名分他怎么开展工作？”邢志军不解其意地问道。

“省厅考虑到此案的复杂性，而我们本地人又很难打入对方的内部，容易暴露，所以，一定要来个生面孔……”

“你是说，先让他去卧底？”周峰点点头说：“他只和你单线联系，至于什么时间来，这要等我们明确了大目标后再定。”

“明确了大目标以后再定？”邢志军感到有点儿遗憾。

周峰点点头说："你的助手正在省厅办交接工作，只要你们明确了大目标，他随时可以来！"

胡林赶到审讯室，张新和王山山正在审讯那个蒙面人。蒙面人叫丁强，是东都永县人。

"知道我们为什么要抓你吗？"张新直视着丁强。

"知道。"

"知道什么？"

"我们做了坏事……"

"什么坏事？"

"给一个女人打了一针……"

"还有呢？"

"就这事，除此之外我们没干过任何坏事。"

"真这样吗？"

"如果你们查出其他的事，可以处罚我！"丁强说完，低下了头，"都怪我迷上了赌博，输了钱，才走到邪路上去。"

"如果你真是初犯，我们可以宽大处理，但你必须把事情交代清楚！"

丁强连说："我一定争取宽大处理。"

"那好，你说，是谁指使你干这事的？"

"是一个叫姚叔的人，"丁强抬起头说，"那晚，我们输了很多钱，债主逼着我们还，说还不了就斩断我们的手指，是姚叔出来打圆场帮我们还了赌债，才救了我们的命。当时，我们跪下来直磕头，'姚叔，你让我们怎么谢你？以后，用得着我们的时候，让我们干什么都可以！'当时姚叔一笑，把我们扶起来，说'只要有你们这句话，我替你们还的那笔钱就一笔勾销了！'"

"姚叔叫什么名字？把他的情况说清楚！"

"我们只知道他叫'姚叔'，也是到棋牌室来打牌的，至于具体叫什么名字，我们也不清楚，其他的情况就更不清楚了，只知道他很有钱，出手很阔绰！"

"你还知道些什么？"

"就这些，如果我知道了不说，你们查出来可以加重处罚我。"

周峰和邢志军还在办公室交谈着。

邢志军说："现在能明确的目标暂时还只有于玲玲，而她又突然消失了，下一步，怎么去啃这根骨头？"

周峰思索片刻说："看看张新那边审讯的情况再说吧！"

"纪委准备对陈双艺怎么处理？"

“你想从他那条线下手？”

“如果那个蒙面人交代出有价值的线索，我们可以暂时把陈双艺放一下，否则，我们必须立即找到于玲玲，只能从她那儿穷追猛打了！”

周峰点点头说：“这可是一把‘双刃剑’啊，如果我们果断地从于玲玲这条线下手，可以明确主攻目标，但也肯定会惊动她的幕后人，你们以后的工作就会更加艰难……”

此时，邢志军的手机响起，是胡林打来的。

邢志军接听后对周峰说：“张新他们审问的蒙面人叫丁强，只交代出一个叫姚叔的人，他替丁强等人还了赌债，丁强他们为姚叔办黄妻的事，至于姚叔的其他情况，丁强一概不知，他们是在赌场里认识的……”

“又牵出个姚叔来……却不知道他的任何情况……”

“胡林回队里去电脑上拼凑模拟像了，他去寻找这个‘姚叔’的情况，张新他们会竭力协助的！”

“再努力也是在干大海捞针的活儿啊！”周峰神情严峻。

“你是说……等不及了？”

“我们不能在一棵树上吊死！看来得动一下陈双艺了，让他引出于玲玲……”

“你同意动于玲玲了？”

“你再把后果评估一下，然后我们再下决定！当务之急是必须要让于玲玲在我们的视线之内，否则后果是非常严重的！”

“好吧，那我明天就去接触陈双艺，你和纪委打个招呼，不会干扰他们的步骤吧？”

周峰点点头说：“这事我会去办，就这样定了，你快去医院吧。”

三、恶魔的红酒

傍晚，阿芳拎着好多东西来看于玲玲，她把水果和点心放到桌上说：“你看，老板多关心你，还让我给你带几本书来消遣消遣……我呢，也给你买了几件好看的内衣和睡裙。”

于玲玲呆呆地看着这些东西无动于衷。

阿芳问道：“手机没开过吧？”

于玲玲摇摇头说：“我总不能一直待在这儿吧？”

阿芳笑道：“这是暂时的，你在这儿住一段时间避避风头，这也是为了你的安全着想！老板说了，没什么情况的话再过几天就让你回去！”

“那要是有情况呢？”于玲玲反问一句。

“什么情况?”阿芳倒有点儿疑惑不解了。

“昨晚我想回去拿几件替换的衣服，发觉好像有人在那儿守候着，我没敢停留赶紧又把车开了回来。”

阿芳听后一惊问道：“没被他们发现吧?”

于玲玲摇摇头。

阿芳脸一沉说：“好险啊！跟你说了，哪儿都别去！替换的衣服我不给你带来了吗？你怎么擅自行动呢?”

于玲玲哀求道：“芳姐，我现在有家都回不去了，你让老板赶快想个办法，把我送出去吧！”

“好的，我会对老板说的，但你得听话！”

于玲玲忍不住发作了：“听话，听话，黄一瓜和他的老婆不都听你们的话了吗？哪一个有好下场了？现在又轮到我了。”说着她呜呜咽咽地哭起来，阿芳劝了好半天，于玲玲还是不停地哭，哭得很伤心。

山庄的夜晚静悄悄的，姚叔在别墅的大阳台上边喝着红酒边打手机。

“阿旺，你那边情况怎么样啦?”

“老板，我正想和你汇报呢，警方也真有办法，弄到了解药，今天，那个女人已开口说话了……”

姚叔一惊：“她说了什么?”

“谁能知道？警方控制得很严密，医院里的人一个也不让进！不过，那女人没说一会儿就又犯病了……”

“能让她永远不开口吗?”

“这难度太大了，我没法下手，弄不好就得丢命，这活不好干，你还是另想办法吧。不过这解药连服三天，那女人的记忆就会彻底恢复的！”

“我明白你的意思，阿旺，酬金给你加五万元，明天我就打到你的账号上！但你必须把事情办好，完事后你立即向我通报！”

姚叔放下电话，思索了一会儿，猛地喝了一大杯酒，决定亲自去探探风。他驾驶着汽车开出山庄，向“南山”医院驶去。

姚叔赶到医院，轻轻地走上医院的楼梯，假装探视病人。他手中拎着水果，一间间察看着病房。

一个值班护士上前问他：“你来看谁?”姚叔亮了亮手中的东西说：“看一个朋友！”病房内，黄妻正在治病，他见收治黄妻的病房外有便衣守着，假装找不到人，轻声说了句：“他妈的，这小子出了院也不告诉我一声！”说完迅速离去。

东都市第一医院郭蓉住的监护室外，医务人员进进出出，显得非常紧张。

郭父抓住一个医生的胳膊焦急地问道："医生，发生什么事了？"

医生只说了一句："病人排异反应很严重，正在会诊！"便往里去了。

监护室内，医护人员正在紧张地对郭蓉进行各种抢救……一会儿，郭蓉被推出，身上插着不少管子，医护人员拎着药瓶、引管，推车，七手八脚地忙碌着。

主治医生过来把郭父叫到边上轻声说："你女儿的排异现象十分严重，经过会诊，决定动第二次手术，你们家属同意吗？"

"有危险吗？"

医生点点头说："不过，也只有这样了，否则会有更大的生命危险！"

郭父的心一下被揪紧，他对医生说："可她丈夫还在赶往医院的路上。"

"等不及了！你同意的话就签个字吧！"

郭父咬了咬牙，颤抖着手签上了名字。这时，邢志军匆匆赶到医院，他狂奔上楼梯，郭父焦急地等着邢志军，邢志军气喘吁吁地问道："爸，小蓉怎么样了？"

"她要动第二次手术，等不及你，我代你签了字……"郭父边说边拉着他向手术室奔去。

邢志军想冲进手术室，被护士挡住。他哀求道："医生，我求求你们，你们一定要救活我爱人呀！"

郭父反倒镇定了下来："志军，别这样，这样会给医生增加压力……"

邢志军带着哭腔说："爸，我只能求他们了啊！"

"志军，有句话我不得不对你说，这次，小蓉可能是在劫难逃了，你得有个思想准备……"

"不，爸，小蓉会得救的！"

郭父默默地摇摇头。

"我相信她会得救的！"

"我们都希望她能渡过这一关，但你得有个思想准备！"

孙海因追不回欠款，公司业务受损，这几天很郁闷，急得团团转，觉也睡不着，很想找邢志军聊聊。可他打了几次手机，都没人接听，他突然有所预感，开车飞快地向医院驶去。

孙海一跨进医院手术室的楼道，就听到一阵哭声。

他循声而去，一下愣住了，只见郭蓉蒙着白布单从手术室里被推出，邢志军发疯似的追着推尸车哭喊着，直至推尸车被推进停尸室，大铁门哐当关上。

邢志军扑在大铁门上痛哭起来，孙海忙上前搀扶他。郭父也已是泪流满面，此时李阳也赶了过来，把郭父劝回家休息。

孙海陪邢志军回到家已是深夜，李阳和孙海帮着布置起简单的灵堂，邢志军挂着郭蓉的遗像，他呆呆地注视着，眼前又现出郭蓉秀丽的面容，耳畔又响起她银铃般的笑声，他抚摸着郭蓉的遗像，泪水再也忍不住地直往下流。

孙海安慰着他："志军，事情已这样了，你也别太伤心了，要节哀……"

邢志军哽咽着："你我当时都在部队里，我当时的情况你也都清楚，要不是小蓉……我真难渡过那一关！我对不起小蓉，没把她照顾好！"

"是的，小蓉对你是有恩的，兰英突然与你中断了关系，你一下崩溃了，那时的情绪真吓人！多亏了小蓉……志军，我们一起把她记在心中吧！"

邢志军点点头，他突然问孙海："你来找我，有别的事吗？"

孙海摇摇头说："不谈了，再大的事也没有你的事大！"

"说吧，你遇到什么难言之事了？"

孙海叹了口气说："我可能上别人的当了。"

"上谁的当？上什么当？"

孙海又长长地叹了口气说，"都怪我为了贪图点儿小利。当初，我手头有点儿余钱，有人来向我融资，答应给我月息10%，我贪它比银行的利息高多了，就借给她了。她呢，说实话，开始几个月月息倒也没少过我……最近，我接了个大订单，要进一大批进口布料，头寸较紧，想把这笔钱收回来，可……她先是敷衍我，后来，连人都不知道到哪儿去了。"

邢志军听后一惊："你怎么会这么糊涂，这种非法贷款，法律是保护不了的！"

"是啊，都怪我一时糊涂……"

"有多少！"

"三千万元。"

"这么多？对方是谁？"

"这……"孙海犹豫着。

邢志军急了："说啊，到这时候还犹豫什么，看看我能帮上点儿什么忙！"

"我可以告诉你是谁，但不是来向你报案的，你答应吗？这些天我夜夜难以入睡，今天实在憋不住了，打你手机没人接，我突然想起你肯定在医院陪小蓉，就赶到医院了。谁想会碰上这让人难受的场面，我觉得太张不开嘴了。"

"你不说，我怎么帮你？"

"可我一报案，你们抓了她，我向谁要钱去？"

“你还执迷不悟，再不说你可就‘人财两空’了！”

“那我就说了，她叫于玲玲。”

邢志军一怔：“于玲玲？又是她！”

孙海听了反倒吃了一惊：“你也认识于玲玲？”

邢志军认真地说：“岂止认识！孙海，你我是从小一块长大的，又是战友，我不得不对你说句话，以后可别贪这种小利了！”

孙海面有愧色地说：“我一定吃一堑长一智，但这次你得帮我忙，想办法让于玲玲把这笔钱还给我……”

“你跟我直说，你跟她还有什么猫儿腻没有？”

孙海摇摇头：“没有！我和她就是借贷关系！”

“你不报案让我怎么去办？私下里去找她？以我的身份吓唬她？”邢志军说着摇摇头，“我帮不了这个忙。”

“为什么？给她打个招呼总可以吧！”

邢志军严肃起来：“我现在还不能告诉你为什么，但以后你会明白的！我希望你正式举报此事，并把你知道的还有哪些人上过当也说出来，并动员大家都来举报。这样，或许对大家还有一丝希望。而且，以后也好让人少上些当！”

他对孙海语重心长地说：“老战友，你该是个有头脑的人，黄一瓜的案子你知道了吧？报上早炒得沸沸扬扬，你也该从中吸取点教训了。”

孙海默然，起身向邢志军说了声：“对不起，志军，今晚不应该再给你添乱，多保重身体。”邢志军送他出门，让他回去后好好想想。

四、心急吃不了热豆腐

姚叔从医院回来的路上，接到了阿芳老板的电话。

“怎么？那个于玲玲也闹起来了？你不是给她安排得很周到吗？”

“阿芳去看她，她精神状态很不好，吵闹得厉害，我真怕出问题。”

“早知如此，何必当初呢？你总是心太软，让她人间蒸发不就得了？包括黄一瓜的老婆也是这样，当初不留就没后患。”

“她情况怎么样了？”

“医院弄到了解药，警方让她开口了。”

“那怎么办？”

“你不必惊慌，有我呢！内线向我作了通报，暂时还不会有问题，我刚才到医院去看了一下。”

“这些我都管不了了，也一直不想管，我只是想快点儿离开这儿。”

“你放心吧，只要你不从中干扰，我会快刀斩乱麻的。”说着，姚叔的脸上露出杀气。

“我可不主张你杀人。”

“我一人做事一人当，谁也别管我！”姚叔说完关掉手机，拨了一个号码：“阿旺，你带两个人去尼姑庵，今晚就让那个于玲玲消失，注意要干得不露痕迹！”

尼姑庵里，众尼姑在为一丧家诵超度夜经，于玲玲在孤灯下打开手机查看外面发来的信息。她的眼睛盯在陈行长发的一条短信上：“玲，纪委正在检查那几笔贷款的问题，你到底在哪？急盼见面商谈，陈。”

于玲玲一遍遍地看着这条短信，心里充满恐惧，她想着夜长梦多必须赶快离开这儿，赶紧去见陈双艺。她迅速给陈行长发了条信息：“我们是该见个面，你约个地方吧！”

很快，她就收到了回复：“城南‘飞天’咖啡馆见面，现在你可出发！”

于玲玲看后赶快把信息删除，关掉手机。

第一医院的冯院长把电话打到周峰办公室，为没有救活郭蓉而感到悲痛，并对邢志军表示歉意。

“冯院长，你们已经尽力了，好些问题我们当代的医学科学也还未能解决，不能怪你们，我会向邢志军同志说明的，我现在就去看他。”周峰正欲出门时，电话铃又响起。是技侦处打来的，说他们发现于玲玲刚才开机并给陈行长发了短信，约定见面地点之后关掉了手机。

周峰思索片刻打电话给胡林、刘刚布置抓捕任务。

胡林和刘刚正在电脑上拼凑姚叔的模拟像。胡林接听完手机对刘刚说：“周局打来的电话！”

“什么任务？”

“陈行长约于玲玲在城南‘飞天’咖啡馆见面，周局让咱俩立即赶去拘捕于玲玲！”

刘刚忙收拾了一下材料锁进保险柜里，两人迅速出门。

车驶出市局大门，深夜里，马路上车辆稀少。

胡林对刘刚说：“周局叮嘱，先不动陈行长，待他们谈完分手后，秘密拘捕于玲玲！”

“他终于下决心了！”

“这也是万不得已，否则案情很难突破啊！”

刘刚忽然想起什么：“邢队他知道了吗？”

胡林难过地说：“周局说，邢队的爱人……走了……”

刘刚一惊：“走了？”

“周局赶去看他了，他让我们有事向他汇报，至少今夜，不能再去惊动邢队……”

刘刚长叹一声：“凭我们与邢队的关系，应在第一时间赶到他身边的，可我们又脱不开身！”

“等完成了任务，我们马上去看望他，唉，谁能知道我们警察的真正生活状态！”

深夜，于玲玲悄悄溜到尼姑庵门口，双手合十，向菩萨拜了拜，见四周无人，她飞快地跳上车，驶离尼姑庵。

城南“飞天”咖啡馆门口不远处，刘刚刚停好车，就见陈双艺的车到了。陈双艺停好车，向四周看了看，匆匆进入咖啡馆。

十分钟后，于玲玲驾车赶到，她着一身黑衣，用一双幽灵般的眼睛扫视一下四周，旋即闪进咖啡馆。

在小车内监控的胡林和刘刚发现了目标，两人兴奋地相视了一眼，紧盯着咖啡馆，监视着他俩的一举一动。

咖啡馆里人很少，只有几个外国人在聊天。陈双艺和于玲玲选择了一个角落坐定，要了两杯咖啡，一盘点心，待服务生离开，陈行长焦急地问道：“玲玲，你躲到哪里去了，真把我给急死了！”

于玲玲沉住气看了他一眼说：“你急什么，我躲到哪里，还不都是你的人？”

陈双艺摇摇头，轻声说：“你知道吗？我给你的贷款，上面在查了，你能不能先还回来，堵上他们的嘴再说，等风平浪静后再贷给你。”

于玲玲苦笑。

陈双艺急了：“你说呀，能不能明天就办？玲玲你明白吗，你得先保住我，留得青山在，不怕没柴烧！”

于玲玲长长地叹了口气说：“双艺，我和你明说吧，我这儿的麻烦比你还大！”

陈双艺听后一怔。

“公安局已经盯上我了，要不我早约你见面了。”

陈双艺听后大吃一惊：“为什么？”

“我一时也没法和你说清楚……总之，我已到了有家不能归的地步！双艺啊，这次我冒险来见你，你还不明白吗？我是希望你能给我想想办法的！”

陈双艺叹了口气说：“我现在是泥菩萨过河，自身难保，还能给你想什么办法？”

“那我们一起想办法吧！”

“事情已经到了这个地步，你说吧，有什么好办法？”

“我想了好几天，咱们走吧，一起远走高飞，一走了事！”

“走？往哪儿走？”

“去国外！只有这一条路可走了。”于玲玲冲动地一把抓住陈双艺的手说：“双艺，咱们走吧！从此就可以在一起了，用不着偷偷摸摸，用不着每天再担惊受怕了，离开这儿过我们自由自在的生活吧！”

陈双艺犹豫着。

“双艺，不能再犹豫了，给我们留下的时间不多了，不然的话，我们都可能成为阶下囚，或者死于非命。这几天，我左思右想，唯有这条路可走！”

陈双艺叹了口气说：“现在似乎也只有这条路可走了……可钱呢？我们出去了怎么活？”

“这你放心，这几年我积攒了不少钱，存在了国外的银行，够我们用一辈子的。趁你现在还有活动的余地，想想办法去办签证，咱们必须马上动身，越早越好！”

陈双艺终于下了决心：“好吧，我马上回去想想办法！你也作好准备！”

于玲玲看看四周和门外，小声说道：“你先走，注意安全，我等你的好消息！”

陈双艺点点头起身离去。

于玲玲一直目送着陈双艺，直到他开车离去，才松了一口气，她朝服务生招了一下手：“埋单！”

于玲玲从咖啡馆走出，快步走到自己的车边，正要上车时，胡林和刘刚一下从后面闪出。胡林向她出示了证件，对于玲玲厉声说道：“我们是警察，正在执行公务，请跟我们走一趟。”

于玲玲一下脸色苍白，浑身瘫软了下来。

邢志军刚送走孙海，周峰就走了进来。

邢志军强忍悲痛地叫了声“周局”，泪水不禁而流。

周峰一把搂住了邢志军：“志军，你得挺过这一关……”

邢志军看着周峰哽咽道：“那一刻，我真受不了……你说得对，我必须得挺过这一关！”

“冯院长给我打了电话，说他们没能把小蓉救过来，感到抱歉，让我和你道个歉！”

“不怪他们，院方已尽了最大的努力……”

邢志军给周峰沏了一杯茶。

“老爷子呢？他还好吗？”

“我让他回去休息了，他是老军人，还能挺得住。刚才，我让李政委过去再看看他，他们也是老战友。”

周峰长长地叹了口气：“真想不到……”

“周局，你和局领导都为小蓉努力过了，她生前一再叮嘱我，别为她而影响了工作，我心里很难过，再谈我会更难过的……”

“好吧，咱们暂且不谈这个话题，把对小蓉警嫂的怀念以及她对咱们工作的支持和敬意，深深藏在心中！”

他指指刚才孙海用过的茶杯问道：“刚才谁来看你了？”

“我的一个战友，他复员后下海了，现在是大老板，可也遇到了麻烦。”

“是吗？”

邢志军点点头说：“他也被于玲玲骗了，三千万元！”

周峰一怔：“有这事？”

“可能还有一些企业家上了于玲玲的当！周局，我正要找你，不能再让于玲玲逍遥法外了！”

周峰点点头说：“她会自投罗网的，不出意外的话，今晚就会不请自到！”

邢志军领悟地说：“周局，你已经布置了？”

此时，周峰的手机响起，是胡林打来的，周峰放下电话，兴奋地说：“我没说错吧，她已经到了！这样，今晚你先好好休息一下，我去会会她！”

邢志军马上表态说：“还是我去吧！反正我也睡不着。”

周峰摇摇头说：“不行，我对小胡他们都嘱咐过，今晚谁也不准打扰你，我怎么可以自己破了自己的命令呢！”

邢志军坚持要去：“周局，我和你一起去吧，你一个人去不合适。”

周峰犹豫着。

“周局，我领你的情了！我们该从大局考虑，就算是我破了你的命令，好吗？”

周峰点点头说：“好吧，我知道你的性格，那我们一起请小蓉再一次谅解吧。”

说完，他和邢志军一起向郭蓉遗像鞠躬……

上车后，邢志军沉默了一会儿问周峰：“周局，你怎么一下就得手了？”

“技侦室帮的忙，陈双艺发短信紧急约见于玲玲，想不到于玲玲关机了，并回了信息，约定在城南‘飞天’咖啡馆见面，得到情报后，我们就进行了布控，实施了抓捕方案！”

审讯室里，胡林和刘刚正在突击审讯于玲玲。

“你叫什么名字？”

于玲玲沉默不语。

“知道为什么把你‘请’到这儿来吗？”

于玲玲还是一声不吭。

胡林加重口气说："把你做过的事情好好说一下吧？"见于玲玲还是不开口，刘刚发火了："你以为你不说我们就什么都不知道？你以为你不说我们就定不了你罪？"

于玲玲还是沉默，眼睛微闭，故作镇定。

"你有权保持沉默，但以后在量刑时，因为你的顽抗，将会罪加一等！"胡林说完朝于玲玲看看，于玲玲像木头人一样双手合十呆坐着。

此时，邢志军陪着周峰来到审讯录像室，屏幕上出现于玲玲一言不发的镜头……

"看来，这个女人的嘴很难撬开！"周峰看着屏幕说。

邢志军看了画面一眼说："刚进来时，好多人都这样！"说话间，胡林走了进来："周局好！邢队，你也来了？对不起，我们正在执行任务，没能去看你……"

邢志军做了个不说这个话题的手势，问道："审得怎么样？"

"于玲玲一直保持沉默，连问她叫什么名字也不吱声……"

"邢队来了就好了，他是智多星！"周峰征询邢志军的意见，邢志军思索了一下，说道："晾她一会儿好吗？看来她今晚是不会开口的，我情绪也不好，怕一发火不好收场。我的意见是先晾她一晚，但要让她心中明白！周局，我们一起去会她一面，让她知道案情的严重性，我们也来个一言不发，让她摸不准我们掌握了她多少情况，你看好吗？"

周峰点点头："好吧，心急吃不了热豆腐！等明天攻一下那个陈行长再说。"

胡林带着周峰、邢志军走进审讯室，于玲玲见到周峰、邢志军一怔。

"认识他们吧？你好好看看，这位是周局长，这位是经侦支队的邢队长。邢队长的夫人今晚刚过世，他都赶来看你了，好大的面子啊！"胡林说完瞪了于玲玲一眼。

于玲玲一愣，向邢志军看了看。

胡林问道："你有话要对他们说吗？"

于玲玲似乎想说什么却又摇摇头。

"真不想说？你可别错过了机会啊！"

于玲玲终于张口了，对邢志军说了声："邢队长，对不起……"

"我在这个时候还赶来，只是想挽救你……你能明白吗？"

于玲玲点点头说："我明白……只是我现在心里乱得很，今晚什么都不想说……"

胡林厉声说道："该让你心里明白的都让你明白了！你什么时候想说了再

说吧！可时间是不等人的，押走！”

于玲玲身后的两位女警把她押走！

周峰和邢志军注意着于玲玲的神情，她的表情非常复杂，似乎有什么难言之隐……

邢志军对周峰说：“去我办公室坐一会儿吧。”

周峰点点头，他转对胡林和刘刚叮嘱道：“对于玲玲的被拘要绝对保密，你们快去实施一下，就说是我的命令，谁泄露就让谁脱警服！”

邢志军陪周峰来到办公室问道：“周局，你改变主意了？”

“什么改变主意？”

“没有耐心放长线钓大鱼了？”

周峰一时无语。

“其实，这次不抓于玲玲也是可以的，她既然已浮出水面，我们派人死盯监控就是看看她躲藏在哪里，背后都有些什么人。”

“这确实也是个方案，可……”周峰摇摇头，“等不及了……因为你爱人的情况……我怕你压力大，没告诉你。现在可以告诉你了，这案子，上面十分重视，对我下了死命令，一定要在‘两会’前破案！”

“是省厅？”

周峰摇摇头。

“省领导下的命令？”

“可能还要高些……你明白其中的深层含义了吧？”

邢志军点点头说：“涉及新的人事安排……”

“对手总是步步走在我们的前面，这次，既然于玲玲浮出水面了，不能再把长线放下去了，万一在这个过程中又断了线怎么办？不是说我们就此就破不了案了，而是时间拖不起啊！”

邢志军点点头说：“周局，我明白了……”

“或许我们抓了只烫手山芋，志军，审讯于玲玲就靠你了……得赶快把线头拉出来！”

“放心，这我有把握！从刚才于玲玲对我说的那句话中可以看出，她良心未泯，尚可挽救！但不知陈双艺那边怎么处理？”

“你放心，市纪委会马上实施行动的，他们也接到了上级的指示，命令他们全力协助我们侦破此案！”周峰说着站起来，“走吧，我送你回家！今晚让你出来，我太残忍了！再代我向小蓉鞠个躬，请她原谅！”

“不，是我主动要来的，该请小蓉原谅的是我！”

周峰用车把邢志军送到家门口，邢志军上楼抬头一看，只见门口站着刘兰英，她穿着一身素装，还带来了一个花篮，邢志军怔了一下。

刘兰英语气沉重地说："我去医院看小蓉，知道了情况赶来看你，没想到在这个时刻，你还在忙……"

邢志军没说话，开门把刘兰英请进屋。

刘兰英在郭蓉的遗像前敬上了花篮，恭敬地鞠了三躬。

邢志军不想让她久留，连茶也没泡。

刘兰英却想多待一会儿，她不请自坐，说了声："志军，我渴了，在你家门口足足等了一个小时，能给我倒杯水吗？"

邢志军拎起暖壶摇了摇，冷淡地说："对不起，热水没有了。"

刘兰英长长地叹了口气："真想不到，小蓉走得这么快。"

"谁都没想到……"邢志军心里一阵悲伤。

刘兰英关切地问道："志军，有我可以帮忙的地方吗？"

"局里都包下来了……"邢志军淡淡地说。

"我知道，你是什么事都不会让我沾边的……对我记恨到现在？"

邢志军摇摇头，他眼前闪过郭蓉对他说的话，"爱一个人要理解原谅她的难言之隐。"

"你在想什么？"

"小蓉对我说过，不要恨你……"

"小蓉也嘱咐过我，让我以后好好照顾你……"

邢志军打断她的话："我们还会有以后吗？"

刘兰英一怔，呆呆地望着他。

邢志军看着刘兰英一字一顿地说："我想告诉你的是，小蓉在我心目中永远都抹不掉！谁也替代不了她！"

刘兰英的心一下被刺痛了："我知道，在你最痛苦的时刻，是小蓉给了你温暖和爱，而你心灵的创伤，是我造成的……"

"这一切都过去了，不说了吧……兰英，你回去吧，我只想独自待会儿，谢谢你来看小蓉和我……"邢志军再次打断刘兰英的话示意她离开。

刘兰英知趣地起身告辞，说了句："那好，你赶快休息吧，多保重！一切以后再说吧，我相信我们还会有以后！"

邢志军只是苦笑了一下，送刘兰英到楼下，目送刘兰英上车驶离小区。他正欲转身上楼时，刘刚、胡林带着经侦支队的一群人，骑着自行车而至，他们一下围住了邢志军。

邢志军一愣："你们……"

"邢队，大家知道嫂子的事后，都要来看你！"

邢志军赶紧把大家迎进屋，众人都在郭蓉遗像前鞠躬。胡林和刘刚跪在地上哭泣着："嫂子，我们来看你啦！可你怎么不说话呀。"

邢志军上前强忍悲伤扶起他俩说：“嫂子最不喜欢你们掉眼泪，你们看，嫂子住院前炒了好多花生，说是哪天请大家来喝酒的。”他指着桌上的一盘花生，再也控制不住地和胡林、刘刚拥在一起哭出声来，大家心里一阵悲痛，眼泪都忍不住地流了下来。

第四章　隐约法网

一、最响的警钟长鸣

城南发展银行小会议室正在开每周例会。行长陈双艺在向中层干部训话：

“现在，金融界有些情况很严重，在贷款上坏账不少，原因呢？我不说大家心中也有数！所以嘛，我们必须防腐蚀，严格掌握贷款守则，不该贷的款一律不得假公济私，谁坏账，要负全部责任！轻则开除公职，重则移交公检法查办！在座的各部门负责人一定要严格把关，严防死守，不仅要管得住自己，还要管得住部下……”

这时，有人进来对他耳语一番，他转对边上的代理副行长说：“分行有人来找我，我去接待一下，你接下去说！”

陈双艺来到办公室，推门而入，见市行的纪委书记及两张生面孔坐在那里，一脸的严肃。他一怔，随即镇定下来，探问道：“李书记，找我有事？”他边说边忙着要给大家沏茶。

李书记一挥手说：“陈行长，别忙活了！我来给你介绍一下，这两位同志是市纪委的。”

陈双艺吃了一惊，但仍故作镇定地看了他们一眼，点了点头。

市纪委的人向他出示了“有关”证件：“陈双艺，经市纪委批准，决定从现在起对你实施‘双规’！”

“为什么？我触犯了哪条党纪国法?!”陈双艺看后吃了一惊，但很快提出抗议。

“昨晚你去城南‘飞天’咖啡馆干什么去了?”

纪委的人点了他一下，陈双艺一听知道事情败露了，立即瘫软了下来……

“不用再多说了吧？请吧!”陈双艺不情愿但又不得已地被带走了。

此时，那位代理副行长仍在继续主持着会议：

“该说的，陈行长都已经说了，他是语重心长哪，我们都应该好好记住他的话，警钟长鸣!”他的话音刚落，门被推开，有人进来向他耳语着什么，他听后大惊失色，忙镇定下来，改口严肃地说：“可惜啊，陈行长却口是心非。”与会者一惊，生怕自己听错了。代理副行长高声地说：“我要告诉大家的是陈双艺同志刚才被市纪委的人带走了，他的下场该是最响的警钟长鸣哪！”

李阳政委把邢志军叫到办公室亲切地说：“志军，你老丈人那边我已经安排人照顾他了。昨晚，我和他谈得很交心，他还是理解你的。”

“你们都曾是我的老首长，以后还要多请你们指点。”

“案情有了进展我也高兴，你去忙吧，面上的工作我先顶着。”

邢志军起身握了握李阳的手说：“让你辛苦了！”

“谁都看在眼里，队里最辛苦的是你！”李阳送邢志军到门口，拍拍他的肩头说了句：“多保重！”

邢志军从李阳办公室出来，来到经侦支队办公室，胡林正在准备审讯陈双艺的器材。

邢志军问道：“准备好了吗？”

“准备好了！”胡林说完向邢志军敬了个礼。

邢志军点点头说：“走吧，看我的眼色行事，今天一定要把陈双艺拿下！”

市纪委专案组的人陪着邢志军和胡林走进“双规”处一间屋子，之后陈双艺被带了进来。

市纪委的人严肃地说：“陈双艺，这是市公安局经侦支队的邢队长和小胡同志，他们有情况要问你，你必须如实回答！”

陈双艺点点头，心惊胆战地在他们面前坐下。

邢志军向陈双艺看了一眼说：“陈行长，我们请你来，想先给你看几段录像，帮你回忆点儿事情。”陈双艺惊恐地避开他的目光。

胡林打开录像机，屏幕上出现了几段夜间陈双艺去于玲玲家的镜头。

陈双艺看后吓得出了一头冷汗。镜头关闭。

邢志军问陈双艺：“你有什么话要说吗？”

陈双艺一副痛悔的样子说道：“我是犯了生活作风腐化的错误，养了个小蜜，辜负了党的培养，我愿意接受党纪处分……”

邢志军直视着他问：“只是党纪上的事还用我们来吗？就这些？”

陈双艺还想掩盖支吾着：“我是犯了生活作风不检点的错误。”

邢志军给胡林使了个眼色，胡林又换了盘录像带打开，屏幕上出现了陈双艺和于玲玲互发的两条手机短信……

“玲，纪委正在查那几笔贷款的问题，你到底在哪？急盼见面商谈，陈。”

“我们是该见个面，你约个地方吧！”陈双艺看后大汗淋漓，屏幕上又出现了陈双艺和于玲玲在“飞天”咖啡馆见面的照片。

邢志军指着照片问道："只存在生活腐化的问题吗？"

陈双艺赶紧说："我交代，我是被这只狐狸精给迷住了，昏了头，利用职权，非法给她贷了不少款……"

"就这些？"

陈双艺点点头说："我一生清廉，就犯了这两个错误，我后悔极了，一直在后悔，我辜负了党的培养教育，我愿意接受审查，承担党纪国法的处分！"

"那好，我最后再给你看段录像，你再继续表演好了！"胡林又把录像机打开，屏幕上出现了于玲玲受审的画面，声音已作过处理。

邢志军厉声道："陈行长，你听好了，你不彻底交代，有人会交代！"

在事实面前，陈双艺的心理防线一下垮了，精神彻底崩溃，他一下瘫软下来，连声说道："我彻底交代！我保证竹筒倒豆子，争取宽大处理……"

"我们也希望能给你宽大处理，这要看你的表现了！"

陈双艺连连点头说："你们放心，我一向表现很好的……"

他自知失言，尴尬地摇摇头说："我明白，时至今日，只有好好地把事情说清楚，减少国家的损失，才能赎罪。"

"那好，你把你知道的情况和犯罪的事实如实地写下来，争取宽大处理。"

邢志军审完陈双艺来向周峰汇报。

"陈双艺简直昏了头，他给于玲玲的几笔非法贷款加起来竟达三千万元！加上被骗的其他人和从孙海那边骗取的三千万元，于玲玲的案底肯定超过上亿元！"

"那么多的钱流向哪里了？"

"所以说，于玲玲幕后的案子会更大！她想通过陈双艺逃往国外，躲避法律的制裁，幸亏你处置及时，迅速采取行动，否则，后果不堪设想！"

"看来该出手时就得出手！"

"对黄一瓜的事，后悔了？"

周峰笑道："还记着那事的成败得失，等结案后我们再一起好好总结！你说说看，于玲玲归案后采取沉默态度的原因是什么？"

"我昨晚想了一夜，我认为，除了案情重大，她认为坦白不坦白都是一回事外，还有，正因为她身后有个巨大的黑幕，她也深知这个黑幕的厉害，她怕说了可能会死得更快！"

周峰点点头说："我也想了一夜，答案也是这样！"

"我们如何对症下药？而且必须及时，一旦走漏了风声，后果也是不堪设想的！"

周峰果断地说："一、异地关押于玲玲、陈双艺，采取绝对保密措施；二、制造假象，他们已经逃往境外；三、集中兵力，攻破于玲玲；四、不露声色地调查清楚那个姚叔的背景。你看行吗？”

邢志军点点头说：“这案子绝不能有半点疏忽！”

“这样，我立即向谢厅长汇报，其一，得由省厅来办，其二，由局里来办，其四，让刑队张新去办，你呢，就集中办其三！这难啃的骨头丢给你了，这也是攻破此案的关键！你还得装作若无其事，不能惊动黑幕中的那些角儿……”

邢志军点点头说：“我明白！”

“志军，还有件事我要通知你，局党委刚开过会，决定由局里出面，为郭蓉开个隆重的追悼会！”不等邢志军开口，周峰接着说了句：“这是局党委的决定！”

“局党委的决定我服从，但我不希望这事再花大家更多的精力和时间……”

“局党委认为，不开好这个追悼会，更对不起我们的警嫂们了！”

邢志军长叹了一口气说：“是啊，当我们警察的妻子真不容易哪……可死后的殊荣又有什么用呢？”说完此话，他立即控制住了自己的情绪，转移了话题。

“周局，我什么时候再去接触于玲玲？”

“等办好了她异地关押的手续再去吧，在这里审讯一透风就糟了，还有，在这里于玲玲更有顾虑，你可以再去接触一下陈双艺，把情况掌握得细一些，心中更有数！”

孙海这些天一直在筹钱，还是没有着落，只得硬着头皮来找刘兰英。

“兰英，我跑了几天实在没办法，那个钱我还得借，你给我安排吧！”

刘兰英一笑说：“上次你走后，我给那个老板打过招呼了，希望他能少收点儿利息。孙海啊，你的事我是一直放在心上的！”

“老板他怎么说？”

“他说只要真是我的朋友，他会考虑的，具体情况等我安排你们见面时再说吧，总之，肯定不是上次说的那个数！”

“那太感谢你了！”

“你我之间还说什么谢？要不是我头寸也调不转，早借你了，一个百分比的利息也不会收你的！”她看看孙海问道：“最近见过志军吗？”

“你还不知道？”

“知道什么？”

“郭蓉走了……”

刘兰英点点头：“这我知道了……我是问，志军的……现状……”

“唉，他总是忙呗！”

“能忙出个啥名堂吗？”

“这你还不清楚，工作对他来说是第一位的。”

刘兰英叹了口气说：“只是可怜了小蓉……”

“你在庆幸自己？”

“我是这种人吗？”

“可我觉得你现在像变了一个人似的。”

刘兰英苦笑道：“人长大了都会变的，什么时候开追悼会？”

“明天下午两点钟吧，志军这个人啊，什么都不说，还是他们局里我的另一个战友告诉我的，怎么，他也没对你说？”

刘兰英苦笑道：“你想他会对我说吗？他能对我说……就好了……”

“那你去吗？”

刘兰英点点头说：“我当然去，我再通知曹明一下吧，让他也一起去，也算给志军撑个场面！”

“再有场面又有什么用呢？”

“所以嘛，我们这几个赤腿兄妹应多帮衬着些，有时不要太认真了，你多劝劝志军。”

孙海摇摇头说：“志军这人跟我们不一样，做人做得太累了。”

郭蓉的追悼会，开得简朴而又隆重。

谢厅长和局里的领导都来了，大家向遗体告别后依次同家属郭父和邢志军握手安慰。

周峰双手握住郭父的手歉疚地说：“老团长，对不起，我们没能把小蓉救过来，她可是位好警嫂啊！”

郭父感谢地说：“你们已经尽了力！”

“可以对志军谅解些吗？”

“这我心里清楚，他也尽心尽力了……”

李阳、胡林、刘刚、孙海一个个同郭父和邢志军握手慰问，刘兰英一袭黑衣，走了进来。她轻轻握了一下邢志军的手，低声说：“曹明要我向你致哀慰问，他有个重要会议，来不了了，请你谅解……”

邢志军头也不抬地说了句：“我理解。”

夜晚，邢志军独自坐在客厅里，默默地凝视着郭蓉的遗像，他的耳边响起郭蓉的遗言：“如果我下不了手术台……你和兰英……凑合在一起过日子吧。”

邢志军摇了摇头，对着郭蓉的遗像在心里说：“小蓉，你安息吧，不要担心我，我的事我自己会处理好的，我现在可以告诉你，我和刘兰英完全没有这个可能！你永远在我的心中！”

门铃响起，邢志军去开门。门外站着曹明、刘兰英和孙海三人。

邢志军一怔：“市长大人，想不到你会光临寒舍。”

曹明抱歉地说：“志军，在生我的气？我不是让兰英给你带信儿了吗？省里来人，我实在走不开，真对不起！”

邢志军有点儿冷漠地说：“我知道你忙，像你这样级别的人，不管在哪个公开场合露面，都是要看对方身份的，小蓉是个平民百姓，够不上。”

孙海忙打圆场：“志军，别怪曹明了，这不，他一得空，赶紧让我和兰英陪着一起来看你了。”

曹明走到郭蓉遗像前恭恭敬敬地鞠了三躬。

刘兰英帮邢志军烧了壶开水，四人默默地喝着茶。

曹明转了个话题说：“咱们几个人碰在一起也不容易，谈谈小时候的事吧！真留恋小时候能常见面，长大了各自都忙碌着，凑在一起真不易。记得小时候写作文，常要用上‘光阴似箭’四个字，其实，那时候懂得什么叫‘光阴似箭’啊！如今，懂得了，小时候的情景却一去不复返了！在工作烦恼时常想，若能回到那无忧无虑的小时候该有多好！”

刘兰英接过话头：“阿明说出了我们的心里话，我也常这样想的！”

曹明摇摇头说：“这些都回不去了！所以，志军，对发生的事，不要太牵肠挂肚了，一切都已过去，一切都会过去，好好过剩下来的日子吧！”

孙海也安慰道：“志军，阿明说得对，你节哀吧，有些事，是谁都没有办法的！命运，命运就是如此！你知道，我也有不少麻烦，每个人都有不少烦恼、不幸，忘掉已不幸发生的那些事吧！”

邢志军此时还沉浸在失去郭蓉的悲痛之中，默不作声。

曹明自顾自地说：“你们该承认吧，我的烦恼比你们更多。俗话说，高处不胜寒，此寒又难以向别人去发泄，全靠自我承受、自我消化！”

“阿明，我知道你的难处，所以，我总是全力支持你的工作。志军、孙海，我们都得好好支持阿明！”刘兰英说完看了看邢志军。

邢志军淡淡地说：“曹市长是一市之长，我是他部下的部下，我只有在他领导下好好工作的份儿……”

“志军，这你就见外了，如果阿明摆谱的话，他会这么晚一定要抽出空约我们来看你？以后只要我们四个人在一起，谁都不许摆谱，还得像小时候一样。”孙海接过话头。

曹明一挥手：“对，孙海说得好！以后不管谁发生什么变化，都要这样！”

孙海看看邢志军和刘兰英问道：“能做得到吗？”刘兰英点点头，邢志军默然没有回答。他觉得，儿时的伙伴儿此刻在他面前突然变得陌生起来。曹明见状突然提议："哎，诸位，咱们一起去幼时常玩的地方转转吧！"

刘兰英说："你疯了，这么晚了？"

孙海却响应说："走，我赞成！到那个地方去拾起我们童年的回忆！"邢志军面无表情地摇了摇头，但曹明和孙海却不容分说地拉起了他，邢志军不情愿地随他们而去，刘兰英的内心一阵惊喜。

海边，雨水把海藻和污泥都冲刷到沙滩上，海浪澎湃起伏着，一阵阵凉意袭来，曹明、孙海、刘兰英三人在海滩上奔跑起来。

而邢志军一人却迎着海风站在海边，海水打湿了他的鞋子，几天的疲倦让他眼前一阵发黑，突然，邢志军似乎看到了郭蓉浮站在海面上，他本能地一下冲向海水，大声地呼叫着："小蓉！小蓉！"

刘兰英三人见状，马上跑过来拼命地拉住他，四个人筋疲力尽地坐在沙滩上，浑身都湿透了。海风慢慢地小了，海水也渐渐平静下来，而此时，他们每个人的心里却都变得不平静……

二、知而不语

清晨，于玲玲被押送到离东都市一百多千米的南阳市监狱。

邢志军和胡林、刘刚一起审讯于玲玲。于玲玲还是低头沉默着，一副死猪不怕开水烫的架势。

邢志军耐心地开导她："于玲玲你听好，今天我来，不期望你开口说些什么，只是本着对你负责的态度，对你说明三个问题。一是为什么要对你实施异地关押。我们知道，你的幕后有能人，有能力让我们释放黄一瓜，有能力让他在香港蒸发，有能力使黄一瓜的老婆失忆。你当然担心如果你开了口，他们也有能力让你蒸发，所以我们对你实施异地关押，是出于对你的保护，你明白吗？"

邢志军直截了当，于玲玲想不到他会如此开诚布公，不由得抬头看了邢志军一眼。

"我要告诉你的第二点，你自己先看吧！"

邢志军朝胡林使了个眼色，胡林打开录像机。录像里出现了陈双艺瘫坐在椅子上，哭求要彻底交代，保证竹筒倒豆子，争取宽大处理的场面。于玲玲看着似有震动，但仍故作镇定。

"看清楚了吧？"邢志军说完，又吩咐胡林再放一遍。

胡林又放了一遍录像，于玲玲看完呆愣了好久，说了声"是我害了他！"说完，双手捧脸，泪水从指缝中流出……

邢志军和胡林、刘刚相视了一眼，默默地等待着她能再说些什么，可于玲玲又陷入了沉默。

邢志军加重语气说："我要说的第二点，你都看到了，我想告诉你的是，你必须丢掉幻想，你就是什么都不说，我们也能用证据定你的罪，而且抗拒还要罪加一等！听清楚了吗?"

于玲玲情不自禁地点了点头。

"现在，我要向你说明的最后一点是，你该明白，你还年轻，以后还有好多日子可过。我们完全清楚，你只是幕前的一个卒子，只要你把问题交代清楚了，立功赎罪了，你是能够得到宽大处理的！你还会有你的前途，我们念你年轻才如此对你负责，你也该对自己负责，明白了吗?"

于玲玲说了声："谢谢！"

"那好，你既然已愿意开口，就好好说吧！"

于玲玲却又犹豫起来……

邢志军默默地等了一会儿，站起身来说："你现在还不愿说，那就再好好想想吧，想明白了，什么时候想说了，再告诉我们，好吗?"

邢志军一直耐心地劝说着于玲玲，可还是没成功，他按了一下电铃，进来两个女警押走了于玲玲。

担任记录的刘刚摇摇头，抖了抖没记几个字的审讯记录，苦笑着说："邢队，你那么苦口婆心，心平气和，连我都被感动了，她却像块石头。"

邢志军没有吱声，若有所思。

刘刚和胡林收拾好东西正要离开时，两个女警又把于玲玲押了回来。

刘刚和胡林怔了一下。

女警报告道："邢队，她说她愿意说了，现在就说。"

邢志军看了于玲玲一眼，不露声色地问道："是吗?"

于玲玲点点头。

"那好，晚说不如早说，你明白了这个道理，体会了我们对你的诚意和苦心，对你的回心转意我们表示欢迎！"

于玲玲点点头，突然说："我可以提个要求吗?"

"可以，你提吧！"

"有些情况我只想对你一个人说。你们可以录像，可以录音，但我只想对你一个人说，可以吗?"

她直视着邢志军。

邢志军向刘刚和胡林示意，两人会意地离去。

胡林和刘刚来到审讯室外的长椅上，胡林摇摇头说："这个女人花样真多！"

刘刚笑道："你不是常说女人头发长，见识短吗？"

"我是说我以前的那几个女朋友，嘿，她们看不起我这个穷警察……"

"其实是个绩优股，对吧？"

"别把我比作股票，我最讨厌炒股了！投机心理！连交代都要挑对象！"

刘刚一笑："你怎么又扯上于玲玲了？"

审讯室内，只剩下了于玲玲和邢志军。沉默片刻后，于玲玲开口解释道："邢队，请转告你手下的那两位，我不是对他们不恭和不信任，我实在是被吓怕了……"

"你怕什么？"

"自从黄一瓜出境人间蒸发以及他老婆遭人暗算失忆后，我明白了，我的下场随时随地都可能如此……上面让我送黄一瓜出境时说得好好的，让我们不要担心，他们会对我们负责到底的，可到最后还是在境外杀人灭口了……"

"黄一瓜为什么会有这个后果，你明白吗？"

于玲玲摇摇头说："黄一瓜的老婆找我吵闹，向我要人时我才知道的……"

"那黄一瓜老婆失忆的事呢？"

"这与我有关，她那晚找我吵闹要人后，我没有办法，只得向老板求救，想不到老板当夜就派人对她下了毒手！"

"你们的老板是谁？"

"有两个，一男一女！男的叫姚叔，女的……"

"女的是谁？"邢志军追问道。

于玲玲看了邢志军一眼，犹豫着。

"说吧！"

"她是阳光集团董事长、总经理刘兰英。"

邢志军听后大吃一惊，但他很快让自己镇定了下来。

于玲玲似乎发觉了什么，说道："你也吃惊了，她可是市里的大名人、大红人哪！市里好些事都要请她撑场面，大家都知道，连市长都是她的哥儿们！"

"你还知道她什么？"

"她说，你也是她的……"

"哥儿们？"

于玲玲点点头，有点儿挑衅地看着他。

"所以你只想对我一个人说！"

"你明白我的意思吗？"于玲玲反倒质问了一句。

"你的意思是要么照顾我的面子，要么指望我把这案子抹掉？"

“我只知道你是个铁面无私的人，人家都这么赞美你！”于玲玲带点儿讥讽的口吻说。

“那么我也谢谢你告诉我这些！”

于玲玲松了口气看着邢志军说：“邢队，这下你该明白我的担心不是多余的了吧？因为我知道他们的事情太多啦！我实话实说吧，我和黄一瓜都是刘兰英的融资员，但刘兰英从不出面，和我们联系的主要是阿芳。阿芳本名叫钱芳，我们都称呼她‘芳姐’。钱芳是刘兰英的外甥女，也掌管着刘兰英公司的财权，是她的得力助手。她让我们以百分之八的月利去向民间和各界融资，付给我们百分之五的雇金……”

“也就是说你们融到一百万元，可以拿五万元的雇金？”

于玲玲点点头。

“这么高的利息和这么高的雇金，她拿什么去维持？”

“开始，我们也没想到这个问题，完全被高雇金迷住了，拼命地帮她去融资，这么高的利息也容易融到资金……”

“人家会相信你们？”

“刚开始，我们只是在亲戚朋友中进行，由于老板能按月付息，一传十，十传百，我们得心应手，越做越大了。当然，要得到大笔的钱还得另动脑筋，民间的资金毕竟有限，一万两万，十万，几十万，上百万就到顶了。有一次，钱芳说老板暗示我得把手伸向银行……”

“你也敢？”

“起先，我不但不敢，而且也没有门道和关系，我这么年轻，银行会相信我吗？钱芳对我说，年轻女人有年轻女人的本钱，而且，你又那么漂亮……我明白，她指的是什么……我推说哪一个银行的行长我都不认识，这事干不了！可老板早已调查好了全市各家银行行长的底细，她知道城南发展银行的行长陈双艺贪色，就给我创造机会，认识了他……”

邢志军严肃地说：“老板让你用美人计，你也就干了？我希望你实事求是地说清楚，是你愿意干的，还是老板逼着你干的？”

“这二者都有，一方面我已下了水，不干不行；另一方面我也财迷心窍，想得到更高的雇金……”

“好的，我很欣赏你实话实说的态度，那么，你知道你正在干的这些事都是违法的吗？不怕受到法律的制裁吗？”

“一开始，钱芳让我们融资时，用的都是私人之间的借条，借条上也不写明给多少利息，我想，谁也抓不住我的把柄，定不了我什么罪的……”

“那你通过陈双艺贷了那么多的款呢？”

“钱芳给我虚设了一家公司，我是通过这家公司的名义去贷款的……”

"这叫骗贷，你明白吗？"

"当初我不明白，后来，我越来越明白了……"

"你什么时候才明白过来的？"邢志军追问道。

"黄一瓜那边出事后……还有，我的债主也开始催我还本金了……"

"说明白点儿。"

"我曾向东风服装厂的总经理孙海融资过三千万元，他最近接了一笔大订单，要进口大批国外布料，头寸调不过来，想让我还他本金，可钱芳让我拖延……通过这两件事我才明白，钱芳让我们去融资，而她是根本不想去还这些钱的！"

"你明白，这是什么行为吗？"

"既是非法集资，又是骗贷、诈骗……哪一项都能判罪的！"

"你的老板钱芳明白这些吗？"

"我想，她应该比我更明白！"

"能谈谈阳光集团的情况吗？"

"刘兰英把这个集团捂得很严，外人是很难知道他们的真实情况的，连我也不知道，只知道他们有曹市长的背景……还有一个卢老师在做她的顾问。"

邢志军听后又是一怔。

"据说卢老师也是曹市长的老师……其他的情况我就不太清楚了，我只是她们的融资员，我说了和我联系的是刘兰英的助手钱芳，刘总我是见不到的……"

"你平时对你所干的事不担忧吗？想过没有总有一天会穿帮的，穿帮了怎么办？"

于玲玲长长地叹了口气："说真的，我虽然分得了好多钱，但一直生活在焦虑和恐惧中，到今天，我才算摆脱了！邢队，你们对我能宽大处理吗？"

邢志军语气肯定地说："只要你都如实交代了，还会有你的未来的！我能想象，这样的日子你肯定不好过……"

"是啊，黄一瓜被蒸发，他老婆又被下毒手，我也被你们盯上了，心里很恐慌，感到世界末日已经到了……是大老板派她的助理钱芳，把我安排到了一个尼姑庵避风头。"

"那你怎么又出来与陈行长相会了呢？"

"钱芳叮嘱过我，让我关掉手机，不准与外界联系。我待在尼姑庵越想越不对头，他们虽说是为了保护我，可我感到是在坐以待毙。那晚，我打开了手机，想与陈行长联系，请他想个办法，正好看到他发来的一条短信，就约了他在咖啡馆见面。"

"你们两个人在咖啡馆都谈了些什么？"

"商量一起逃跑的事。是我提议的，这个罪应由我来负，总之，是我害了陈行长……"

"你有你的问题，他有他的问题，从某种角度来看，你同时也是一个受害者，你明白吗?"

"我也是受害者?"于玲玲用疑惑的眼光看着邢志军。

邢志军点点头说："你是受了老板的害!"

"你真这样看待我?"

"我再重申一遍，只要你能把一切交代清楚，主动立功赎罪，是可以得到宽大处理的！再说说那个姚叔的情况吧?"

"我只知道姚叔是刘兰英的合伙人、保护人，他们的关系既亲密又奇特，姚叔这人挺神秘的……"她看看邢志军，"其他就不清楚了……"

"对姚叔就知道这些?"

于玲玲点点头。

"那好，你再好好想一下，把你的非法集资款一笔笔都写下来。今天先谈到这儿，我负责任地告诉你，我们会绝对保证你的安全的！你主动立功赎罪还是有出路的!"

于玲玲点点头说："我一定好好交代，立功赎罪!"

女警把于玲玲押走，邢志军点燃了一支烟，独自沉思良久。

审讯室外，刘刚和胡林还在耐心地等候着，见邢志军出来，刘刚忙迎上去急急地问道："邢队，于玲玲搞的是什么鬼名堂?"

"她交代了吗?"胡林也追问着。

邢志军点点头，淡定地说："她都交代了，案情大有进展!"

胡林兴奋地说："还是邢队你有办法！你下指示吧，下边怎么干?"

"下面我该出局了，你们该怎么干，听新主办人的指示吧!"

刘刚和胡林听后都大吃一惊，以为邢志军是在开玩笑，而邢志军却独自走出门外，转身又严肃地对他俩说道："我去周局那儿一趟，你们好好听着，不管谁来接替我主办此案，你们都要好好协助!"说完，他转身离去。

刘刚和胡林丈二和尚摸不着头脑，本能地追出门去，邢志军已驱车而去。刘刚和胡林面面相觑，片刻，刘刚问胡林："哎，你想明白了吗？邢队说这话是啥意思?"

"我想只有一种可能，那就是这件案子在人事上涉及他，他必须回避!"

刘刚点点头说："我也这么想，可也没想明白!"

胡林叹了口气说："是啊，邢队说的是啥意思呢？于玲玲落网了，谁来主办此案?"两人都纳闷了。

三、掉入迷魂阵

东都市“阳光”一条街，在代市长曹明的支持下正式开业。

街上彩旗飘飘，锣鼓喧天，人声、汽车喇叭声、音响声混成一片，整条街上处处洋溢着喜庆热闹的气氛，车流人流挤成一团。

在这条街上，有不少小店已开张，“阳光洗车行”、“阳光洗衣店”、“阳光建材城”、“阳光婚纱行”、“阳光家纺城”、“阳光大酒店”……各式商店商场，应有尽有，大门口不是挂着红绸，就是摆着一排排的花篮，它们都使用着同样的“阳光”品牌作招牌。

在各个商店门口，人潮涌动，有很多人手中拿着广告传单，拼命地想往里挤，有的人则手中拿着礼品高兴地从人群中挤出。

维持治安的保安们忙得不可开交，高声叫着：“大家排好队，排好队，别挤，别挤！礼品多着呢，每个人都会有的，别挤，别挤！”

可人们还是争先恐后地蜂拥而至。

阳光大酒店前面的广场，人头攒动，布置得很显眼。气派的台子，背景牌上挂着阳光集团的标志，下面是一行大字：“阳光一条街开街仪式”，前面是一个充气拱门。

省内各路媒体记者都在抢占着有利位置，准备采访拍照……

刘兰英陪着曹明等一行人从阳光大酒店中走出，胸前都别着礼花，刘兰英很有风度地请曹市长等领导上台，乐队齐奏。

刘兰英走到麦克风前，用手示意了一下，乐队停止了演奏。她穿一身米色的西服套装，系一条彩色围巾，大方而端庄。她用洪亮流利的普通话开场：“各位领导，各位来宾，各位朋友，女士们，先生们，你们好！感谢各界朋友的光临！今天是阳光集团的好日子，我们在市委、市政府的领导和支持下，终于把东都市的标志性工程阳光一条街建成了！”

曹市长带头鼓掌，台下掌声如雷。

“现在，我宣布，阳光一条街开街剪彩仪式开始！下面让我们用热烈的掌声恭请‘阳光’一条街的总设计师曹市长致辞并领衔剪彩！”

曹明西装革履在热烈的掌声中走到麦克风前……

剪彩仪式圆满结束，刘兰英把曹明领进阳光大酒店贵宾室，两人愉快地交谈着。

刘兰英笑盈盈地说：“阿明，怎么样？我又给你制造了东都市的一张名片！”

“不错，想不到你在这么短的时间内把这件事办成了！”曹明满脸春风笑呵呵地称赞着。

“我是个明白人，也太了解你啦。这事一定要在‘两会’召开前办成的！阿明，你放心，等你把代市长的这个‘代’字去掉后，我会更支持你的！”

“我们大家一起努力，为东都市的经济发展办点儿实事吧……”

他忽然想起什么似的转了一下话题：“兰英，你别多心，我有个问题要问一下……”

“你问吧。”

“据我了解，你们阳光集团发展时间不长，你现在一下圈了这么多地，开了这么多家公司和门市，这么大的投资款你是从哪里搞来的呀？”

刘兰英一笑，似早有准备地答道：“阿明，我的底细你该是一清二楚的，我不是读书的料，也不是做官的料，你们在大好前程上发展时，我只能做做美容业，从小做大，开了几家美容院，还做了一些广东的美容器械和美容产品的代理，生意都很好！”

曹明点头：“这些，我都有耳闻……”

“后来，有段时间期货市场很火，一个很有经验的朋友介绍我做期货，我在期货上赚了一票，再后来我还做过化工贸易什么的，都赶上好时机了，赚了不少钱……总之，牛吃糠，鸭吃谷，各人自有各人福呗！”

曹明很佩服地说：“兰英啊，你也真不容易，真令人刮目相看！”

刘兰英笑道：“我哪能和你比呢？要说不容易，你最不容易。还有志军，你们都置身主流社会，尤其是你，当了高官，前途无量哪！”

曹明看着远处说：“只要大家在各自的领域里刻苦努力，都会有前途的！”

刘兰英笑道：“市长大人，还有什么疑问吗？”

曹明赶忙说：“兰英，别误会，我也是……”

“我知道，在这个社会上，你老没出息，默默无闻，谁也不会来关心你什么，只要你做出一些成绩，就会有人眼红，就会鸡蛋里挑骨头，就会提出各种古怪的问题。古人早就说了，树大招风，木秀于林，风必摧之！”

曹明一笑：“古人还说过，林子大了，什么鸟都有，你在乎有人怪叫几声什么？他们奈何得了你？”

“我很在乎你的信任！只有你的信任，别人才奈何不了我！”

“我们从小是一起长大的，我当然信任你，我之所以问了你这些问题，也好让我心中有个数，好去对付别人的各种猜疑和说法！是吗？”

“阿明，我对你实话实说吧，还有人在猜疑我是利用了你的关系发的大财呢！”

曹明哈哈一笑：“我说了，让人说去吧，都是摆不到桌面上的，谁敢摆到桌面上来说，你可以付诸法律解决嘛！”这时，门外传来有礼貌的敲门声。

刘兰英说了声："请进！"

只见一个七十多岁知识分子模样的人走了进来对刘兰英说："刘总，准备好了，请曹市长入席吧！"此人名叫卢钧，曾是刘兰英、曹明和邢志军中学时的老师。曹明怔了一下，刘兰英忙作解释说："卢老师是我请的顾问。"

卢钧谦逊地说："是这样，我退休后，兰英怕我失落，让我解解闲气，就让我到她这儿帮帮手。曹市长，兰英让我备了桌便饭请你赏个光！"

曹明一把扶住卢钧说："卢老师，你以后可别这样叫我，兰英都还叫我阿明呢，何况我还是您的学生。走，今天我借花献佛，敬您三杯酒！"

卢老师引领曹明和刘兰英往阳光大酒店豪华间走去，经过一个长长的廊道，曹明用嘴努了努前边的卢老师："你把他摆平了？"

刘兰英小声说："不是你吩咐的吗？免得他退休后无所事事，经常带人来找你的麻烦！"

曹明笑道："卢老师就是这种性格，好仗义执言！"

刘兰英摇摇头说："那是他闲得慌时……如今呢，已成了我的左右手之一，卢老师在生意场上也是很精明的！"

"那你还得谢我的推荐之恩哪！"

"我不一直在感谢你的关照吗？"

两人都笑了起来。他们来到华丽的包房内，钱芳已在门口迎候，她穿着一件碎花连衣裙，显得雅致大方，刘兰英给曹明介绍着钱芳："我的助理钱芳，十分能干！"

曹明笑道："强将手下无弱兵嘛！"

钱芳彬彬有礼地说："谢谢曹市长！"她指着主席台的位置："请曹市长入座！"

曹明谦让卢钧道："卢老师，我和兰英都是您的学生，您应该坐主座，我俩坐您旁边！"

卢老师忙退避说："哪能呢，这可不是我的位置！"

刘兰英发话道："曹市长，别客气了，今儿是公务用餐，您是主角！"

曹明只得坐下："好，好，以后另找日子，我们老同学聚一聚，再请卢老师上主席台！"

卢老师笑道："你们这几位学生都有大出息了，聚会时能想到我已满足，哪敢再坐什么主席台！"

众人大笑，他们边吃边谈，气氛十分热烈。

曹明喝了点儿酒兴奋地说："卢老师，您还记得吗，我有篇作文，您给了我满分，还让我在全班同学面前示读。高中毕业考大学填志愿时，我就填了中文系，梦想着将来当作家呢，现在想想真幼稚，作家可不是谁都能当的！"

卢老师也喝多了点儿，说话滔滔不绝："我当然记得，我出的作文题目是'一天'，全班同学都把它写成了记叙文，记叙某一天发生的事，唯有你写成了政论文，只把某一天发生的事作为引子，文章的核心放在议论上，不但从是非层面去评判，而且上升到了政治的层面，真有点儿高瞻远瞩的感觉，让人悦目舒心！"

曹明故作谦虚地说："卢老师您过奖啦，其实，我现在回想起来，那篇作文写得还是很幼稚的，十几岁的娃娃，懂什么政治啊，充其量也只是初生牛犊不怕虎！"

刘兰英笑道："阿明，同学们当时就私下里议论，你将来肯定会当上大领导的！"

曹明受到刘兰英的夸奖很高兴，他摆摆手说："我只是从小就想，等长大了做出点儿事业来而已，这事业是多样的，兰英，你不也成了大企业家了吗？还有志军、孙海，都在自己的岗位上有所成就……卢老师，您教过的学生不少都出了名，光我们这一班，就出了不少人才！"

卢老师自豪地说："我送走过好多毕业班，唯独对你们班的印象最深，而在你们班中，就对你们这四个人印象最深。"

刘兰英喝了点儿酒，脸上泛起红晕，显得更妩媚动人，她给曹明和卢老师又各斟满一杯酒，笑道："卢老师，在我们这四个人中，就对阿明印象最深，对吗？"

卢老师高兴地说："对，对，那时，我最看好曹明了！"

曹明突然问刘兰英："今天你干吗不把志军和孙海一起请来？大家可以好好聚聚。"

刘兰英神情有点儿黯然，说了句："我请得动吗？"

"为什么请不动？"

"志军当了经侦支队的队长，一天到晚神乎乎的，在他眼中好像谁都有不良企图似的，这孙海呢，无事也不会登三宝殿的！"

卢老师笑道："看来，阿明，只有你才请得动他俩。"

曹明马上表态说："好，下次我来做东，我出面一定把他们俩请来！"

刘兰英说："你对志军算是给足面子了，他夫人故世，你亲自上门去慰问，他都不领这个情。"

曹明哈哈一笑说："当时，志军的心情不好，我也能理解！兰英啊，到了这时候，你得加点油啊，不要再阴差阳错，错过机会了！其实谁不知道你心里最在意的还是志军。"他看看表说："时候不早啦，下午我还有个应酬，先告辞啦！"

刘兰英和卢老师、钱芳把曹明送到门口，刘兰英和曹明握手道别："曹市长，谢谢你的赏光，以后还需多多指导。”

曹明看看卢老师说：“卢老师，您看，兰英这个人哪，太客气啦！兰英，今天是我们师生小聚，别再市长长市长短了，我们在卢老师面前都是学生，在卢老师眼中，我和你是同学对吗？”

卢老师笑道：“那要看什么场合了，该称市长时还得乖乖地叫，不仅刘总，我也是如此！”

曹明笑着上了车，挥手和大家告别，卢老师走到车边对曹明小声说：“曹市长，我还有句话，不知道该说不该说？”

“您说吧，别客气！”

“外人都知道我是你的老师，所以嘛，好多人都来求我办事……兰英嘱咐过我了，不要再给你惹麻烦，我呢，有时也是盛情难却，只得在当事人面前给你打电话，以后如果有这类电话，你听过就算啦，不要在意！”

曹明笑道：“卢老师，您可越来越聪明了！”

下午，刑侦支队的张新正在向周峰汇报工作。“姚叔本名叫姚振海，这人的经历很复杂，他原先是个杀猪的屠夫，在社会上有一帮三教九流的朋友，别看他是个粗人，但脑子很聪明。他靠朋友们的帮助，办了养猪场，靠养猪发了财。后来，又突然关闭了养猪场，隐居了起来，好多人都不知他在做什么生意，只知道他很富裕，阔气得很，有个山庄，养了好几条狼狗，谁都不敢接近，也不清楚他在忙些什么。据周围的群众反映，凡是进出他山庄的都是清一色的高级轿车，很神秘。”

周峰边听汇报边看着手中姚叔的照片，沉思片刻问道：“怎么会突然掺和进来这么个人？张队，你有什么见解？”

“我也有点儿奇怪……是不是，邢队他们那个大案的主犯买通他去干那些事的？”

周峰摇摇头说：“不像，从你介绍的情况来看，那个姚叔不会充当这么个角色，他有得是钱，干吗还要冒着风险去赚这种小钱？”

此时，他的手机响起，是邢志军打来的，周峰接听完后对张新说：“是志军打来的，他那里有了突破性进展，要向我报告。这样吧，你们再继续把姚叔的情况查清楚，注意千万别惊动了他！不然的话，会打乱整个局面的！”张新领命而去。

周峰边等邢志军，边翻看着当天的报纸，一条醒目的新闻映入眼帘：“银行行长与情妇逃往境外”。周峰若有所思。

邢志军的车从郊区往市区的公路上疾驶着，当车驶入市区的入口处时开始拥堵起来。此刻，望着车窗外远处的海，他的脑中翻腾起一股巨浪。于玲玲被攻下来了，可他的心里有块沉重的石头却压得他喘不过气来。

此时，他的手机响起，是刘兰英打来的："志军，今天曹明来参加'阳光'一条街的开街仪式了，可惜你没来，我真想和你说说话……"邢志军心中烦闷正欲拒绝，转而又想利用这个机会找刘兰英试探点儿情况，就敷衍道："好啊，我有空给你打电话吧。"

邢志军赶到周峰办公室时已是傍晚时分，他抱歉地说："周局，对不起，堵了一会儿车，让你久等了！"

周峰递上一杯热茶说："喝茶吧！"他又指指桌上的那份报纸："先看看这个！"

邢志军看了一眼文章的大标题，笑道："他们会信吗？"

"信不信随他们了，陈双艺和于玲玲已到了咱们手中，不摆个迷魂阵怎么行？"周峰说着，看邢志军情绪有点儿低落，问道，"怎么，这段路不好走吧？你来回跑一趟辛苦了。于玲玲只能异地关押，信息能封锁多久就封锁多久，这样也能为我们多争取一点儿时间！"

邢志军面带难色地摇摇头说："看来也难……"

"为什么？"

"我觉得，我已经掉入了迷魂阵中……"

周峰一怔："你不是说大有进展吗？"

邢志军看着周峰直言道："于玲玲供出，她和黄一瓜的背后老板竟然是刘兰英，他们都是为她非法集资的！"

周峰听后又是一怔："刘兰英？阳光集团的董事长、总经理？"

邢志军点点头。

"你以前的同学？"

邢志军不置可否地说："不仅如此。"

周峰听后吃了一惊，他知道邢志军过去和刘兰英有过一段交往，也知道刘兰英是东都市十大杰出人物和纳税大户，可他万万没想到她和这个案子有关联，这将给邢志军开展工作带来很大的阻力。

周峰和邢志军各自沉思着，两人默默地抽着烟，一点儿也没有案件进展后的快乐。一会儿，周峰打破了沉默："说说审讯的情况吧！"

邢志军平静了一下说："于玲玲归案后的种种顾虑和畏惧让她先是不开口，最后开口了也只肯对我一个人说，现在看来是完全可以理解的，我们的对手确实有让人惹不起的感觉。"

周峰沉默着。

"他们下的种种毒手，让于玲玲不寒而栗啊！她只肯对我一个人说，她知道很多内幕，连曹市长准备为刘兰英的'阳光'一条街开业剪彩她都清楚。"

“确实如此，曹明还要拉我一起去，我推说省厅有事，让王副局长代我去了……”

“刘兰英也请过我……”

“案情的进展确实出人意料……”

“张新那边怎样？”邢志军问。

“张新那边也有了进展，那个叫‘姚叔’的人也不简单，这两个不简单的人又有着怎样的关联呢？真难想象，他们是怎么扯到一起的？”

“还有与曹市长的关系，他是不知道他们的底细，只是利用他们的资金来为自己制造面子工程，以示自己的政绩呢，还是有着更深层的利益关系？都很难说清和把握，而要把这案子办下去，肯定最终要涉及这根儿上！”

“所以，上面对咱东都市的人事安排特别谨慎，此案一定要在‘两会’召开前告破！”

周峰说着摇摇头：“难哪……可再难也要办！”

邢志军说了句：“那就只能另请高手了……”

周峰一惊：“为什么？难道你也打退堂鼓了？”

邢志军沉默不语，周峰急了：“说啊！你真的也要打退堂鼓了？我不信你会这样！”

邢志军长长地叹了口气说：“周局，我只能这样……”

周峰气得一拍桌子说：“算我瞎了眼，看错了人，你走吧！就算剩我一个人，我也要把这案子办下去！”

“周局，你没听明白我的意思，不是我不想办，更不是我不敢办，而是我不能办！”

“说啊，什么意思？你给我说明白！为什么你不能办？”

邢志军平静地说：“我和刘兰英是从小一起长大的，我们以前不但是邻居，而且从小学一直到高中……”

“青梅竹马，对吗？这是理由？桥归桥，路归路呗！”

“后来，我参军了，我俩一直保持着恋爱关系……”

周局一怔，认真听着。

“她爱我，我也爱她，我们曾山盟海誓过，我非她不娶，她非我不嫁，要不是突然发生了一件事，我俩早成夫妻了。那一年的八月十五，我在部队里当连长，她突然来部队看我，她只住了一个晚上，我们一起到海边赏月，憧憬美好幸福的未来，周局，你别笑我……就在那个晚上，她把什么都给了我……我俩商定，春节回家探亲时，我们就成亲……可她走后，我在枕下发现了她留给我的一封信，信上只写了一句话，她说，她把爱已经给了我，如果我真爱她的话，让我以后别再找她，也不要去追究为什么。”

周峰用疑惑不解的眼光直视着邢志军问道："你不是在写小说吧？"

邢志军长长地叹了口气说："为此，我跑回去冒着大雨到处找她还扭伤了脚，可连她的影子都没见着。我当时真是百思不解，深受打击，回到部队就大病了一场，多亏当时的郭团长和他的女儿小蓉救了我一命……"

"那以后你真的没有去追究过原因？"

"她已经做到这份儿上，说到这份儿上，我还能去违背她的意愿吗？我也是有自尊心的人！况且那几年，我一直没有她的音讯。"

"以后呢？她当上了公司的老总，你真的一点儿也不知道当初分手的原因？"

邢志军摇摇头说："我已经不想知道了，所以也更不想再去追问。况且我也有了小蓉，和小蓉的感情一直很深。周局，我和她有这种关系，你说，这案子，我该不该回避？"

周峰一时无语。

"我对组织忠诚老实得把自己的隐私都说出来了，你拿主意吧，我听从组织的决定！"邢志军说完后心里轻松了许多。

周峰默默地点燃了一支烟，在室内踱起步来，邢志军的一番话确实令他吃惊不小，他知道邢志军和刘兰英过去曾有过一段恋情，可没想到这么复杂。

邢志军真诚地说："周局，我复员后，一直跟着你在刑侦队干，后来，你当了局长，我调到经侦支队，还是在你的直接领导下干活，你该了解我，我不是那种怕得罪人的人。干我们这一行，如果怕得罪人还是不干为好，但干我们这一行的有我们这一行的规矩。"

"这我清楚……更不用你来提醒！现在，我要问你一句：如果要你继续办这案子，你感情上受得了吗？"

周峰提的问题邢志军还没来得及考虑，他一时难以回答。

"如果你感情上受不了，对你是一种折磨的话，我不会勉强你，小蓉刚走，你心里肯定不好受，我不应再在感情上折磨你，雪上加霜了！如果你能挺过这一关的话，那你所有的顾虑就不必有，至少可以说，我是绝对信任你的！"

邢志军苦笑道："周局，这件事你我就能拍板吗？"这回轮到周峰无语了，他思索片刻说："这样吧，你也先想想，我需要把这些情况反映到局党委，最终根据你的意见，由局党委来作决定，好吗？"

邢志军点点头。

周峰用信任的眼光看着他说："案子能查到这地步，你是费了不少心血的，也是有功的。不管你以后是否继续把这个案子再办下去，局党委对你前一段的工作都是肯定的。所以，不论最终如何决定，你都不要有任何包袱！"

“谢谢局领导的理解！正好我也想休几天假，静静心。”

“好，我准你假。这几天好好休息一下吧，把小蓉的后事办好。还有，好好照顾一下你岳父，松弛一下，也好麻痹对手！”

邢志军神情凝重地说：“不管这案子以后谁来接手，周局，都得抓紧啊！凭刘兰英在社会上的关系，我们的迷魂阵是摆不了多久的，他们一旦警觉，马上就会开溜，到那时，谁都交不了账的！”

周峰点点头说：“谢谢你的忠告！”两人的手紧紧握在一起，四目相视，尽在不言中！

四、新闻中的玄机

姚叔正坐在山庄别墅大厅的高级沙发上翻阅着报纸，突然被一条新闻所吸引，大标题赫赫在目：“银行行长与情妇逃往境外”……

此时，他的管家向他报告：“姚叔，东风服装厂的孙总来了。”

姚叔淡淡地说：“请他进来吧！对啦，你等一下。”他递上那份报纸，指着上面的头条消息说：“你去查一下这消息的真实性。”

管家领命后拿着报纸离去，孙海走了进来。

姚叔边抚摸他身边的大狼狗，边接待孙海。那条大狼狗不时地伸出舌头，发出一些呼声，虎视眈眈地盯着孙海。

姚叔喂了狼狗一块肉：“别这样，别这样，这是阿英介绍来的朋友，他可是阿英的老同学呢！”

说来也怪，狼狗听了主子的话，立刻安静了下来，眼神也开始友善起来。

姚叔看了孙海一眼直言道：“孙总，兰英已跟我打过招呼了，想调多少头寸，尽管讲吧！”

孙海试探着问道：“谢谢老板，这利息……”

姚叔一笑：“利息的问题，好说，好说！我办这个钱庄，本意也是想为我们的中小型民营企业家服务的，你们这些人可怜哪，从银行那边很难贷到款，就是能贷到，也少不了私下里去敬财神，各个环节打点下来，算作利息的话，总利息也不少吧？弄不好出事了，要定你个行贿罪！而我这里呢，事情就没那么复杂了，利息稍为高些，也不用去冒什么风险了，权当你做生意少赚些钱罢了，对吗？现在做什么事，都得讲究个双赢嘛！”

孙海还是试探着问道：“那你收多少？”

“这样好吗，我只收你百分之十三的月息，从我这儿出去的钱，从来没少于百分之十五月息的，看在兰英的面子上，我少收你两个百分点，你满意吗？”

见孙海还在犹豫，姚叔哈哈一笑："这样吧，百分之十三不好听，我再少收你一个百分点，百分之十二，好吗？这点儿月息，你从哪儿去借钱！"孙海见和姚叔已没有再讲条件的余地，忙向他表示谢意。

姚叔递张支票给孙海说："三千万元！你写个借条吧！"

孙海一怔："不签个协议？"

姚叔一挥手说："搞那么复杂干吗？朋友嘛，相交在于信任！"

孙海写好借条递给姚叔，姚叔接过借条看了一下说："哎，你干吗把月息百分之十二这一条也写上了？去掉，去掉，重写一张吧！"

孙海有点儿疑惑地说："你不怕我到时候赖掉这月息？"

姚叔笑道："我只会上人一次当！并且这个当，别人也不会让我上的，明白了吗？朋友之间连这点儿信任都没有，还交什么朋友！"

孙海重写了一张，姚叔接过看看点点头说："对，就这样！"他收起纸条，装作无意地问孙海："孙总，有件事你顺便帮我打听一下好吗？"

"什么事？"

姚叔把茶几上的一张报纸给他，指着那条新闻说道："这个陈行长是怎么回事？他拿了我一个朋友的钱却不办事，现在好了，人都跑掉了，一点儿都不讲江湖上的规矩！"

孙海看了一眼报纸说："为这事？好吧，我帮你打听一下，不过，你劝劝你那位朋友吧，他的钱多半是打了水漂！"

"为什么？"

"这不明摆着吗？陈行长肯定犯事了，他若不逃也会被公安抓住，抓住了，他一交代，你那朋友还属行贿呢！"

姚叔哈哈一笑："对，对，还是跑了好，跑了好，我那朋友也算是破财消灾吧！"

钱芳找刘兰英汇报情况，两人走进酒店咖啡厅找了个角落坐下，服务生马上笑脸迎上问道："刘总，要茶还是咖啡？"

"来两杯龙井吧！"待服务员离去后，钱芳拿出一份当天的报纸递给刘兰英低声说："于玲玲有消息了！"

刘兰英一怔，接过报纸，钱芳指着那条新闻给她看："喏，'银行行长与情妇逃往国外'。"

"这么说，于玲玲在尼姑庵的突然失踪，终于有了下文？"

"这小妖精比谁都精！"

刘兰英一笑："这可能是最好的结局……但这事还需要核实一下！"

"我去尼姑庵作过调查了，绝没有警察去抓过她，是她深夜开着自己的车逃离的。”

“是陈行长为她安排的?”

“也是为自己逃命呗！正好，这个黑锅让他们俩背走了!”

刘兰英不放心地说：“你再去核实一下吧！如果真是那样，也是天公成人之美了!”

钱芳领命正欲离去，刘兰英又叫住了她说：“你给姚叔打个电话，问问孙总去他那儿了吗?”

钱芳打完电话转告刘兰英说：“孙海去过了刚走，姚叔说谈得还可以。”

刘兰英点点头，对钱芳叮嘱道：“以后办什么事都得小心点儿，留好后路。”钱芳领悟地点点头。

等钱芳离去，刘兰英心里突然不安起来，她很想和邢志军见个面摸摸底叙叙情，于是拨通了邢志军的手机。邢志军在电话中不冷不热，说他现在还没空，等过几天休假和她联系。刘兰英心里很纳闷，一向忙碌的邢志军怎么要休假？她百思不得其解，又拿起那份报纸看了看，决定去山庄找姚叔。

刘兰英驱车来到姚叔的山庄，那几条大狼狗见了她十分亲切，向她摇着尾巴，刘兰英拍拍它们的脑袋，算是打过了招呼。

山庄的总管向她报告说：“刘总，姚叔在游泳，要不要去叫他?”

刘兰英摆摆手说：“不用啦，我去找他，你忙你的吧!”

刘兰英在室内换好一件紫兰花的泳衣来到姚叔的私人游泳池。她猛地扎进水里，击起的水花吓了姚叔一跳，姚叔见到刘兰英高兴地说：“你来怎么也不事先说一声。”

刘兰英笑道：“我啥时来通知过你，还得和你请示吗?”

姚叔哈哈笑道：“这儿也是属于你的地方呀，你可有段时间没过来了，今天咱俩好好畅游一会儿吧。”

刘兰英边游边戏弄道：“我家乡的大江大海才能畅游呢，这小小的泳池怎能施展我的泳姿。”

姚叔欣赏着刘兰英的泳姿，脸上现出少有的笑容。而从小在海边长大的刘兰英此时沉浸在海的意境中游了好久，直到尽兴了才到竹椅上休息。暮色降临，姚叔早已在上面等她，他让侍从送上杯热咖啡递给刘兰英。

山庄的傍晚很美，夕阳西下，彩霞满天。刘兰英深吸了几口新鲜空气，感慨道：“世外桃源的生活真好！自由自在!”

“你会自由的，阳光一条街，你很风光啊。”姚叔笑呵呵地说。

“不都是托你的福嘛!”

“曹市长来了?”

刘兰英点点头。

“那你的‘阳光一条街’就更阳光了！”

“他在致辞中还说了不少好话……”

“有钱能使鬼推磨呗！”

“可真要让他把这磨推下去，也不容易……”

“为什么？”

“你不了解他……这人很聪明……我们从小一起长大，我太了解他了！”

“再聪明的人在金钱面前也会愚蠢的！”

刘兰英摇摇头说：“我发过几次令子，不露声色地想让他赚点儿钱，他都不接。我知道，他是一门心思要在仕途上发展。他明白，要在仕途上发展，一不能搞女人，二不能贪财，不少当官的腐败就腐在这两点上，败也败在这两点上！”

“有些人别看他装腔作势，其实是为了当上更大的官，拥有更多的财富和美女。”

“你说得有道理，但曹明例外，对曹明，也只能走一步看一步了，他呢，其实也在看我们……”

“此话怎讲？”

“今天，他不露声色地问我资金的来源……”

“你怎么回答他的？”

“还不照你教的说吗！不过，你有好多事也做得太狠、太过分，而且自作主张。”刘兰英有些不悦地说。

姚叔笑道：“现在的世界你不强，就会被吞掉，有些事我不告诉你是怕你担心，你不知道也好，什么事也别扯上你，我一人做事一人当！”

刘兰英一下拉住他的手说：“我可不愿你有事，你是我的救命恩人。”

晚霞如血，大海在晚霞的映照下如一幅美丽的油画，刘兰英和姚叔在山庄别墅的阳台上喝着红酒，红酒也如血。

刘兰英有点儿醉意蒙眬地说：“今天报上的那条新闻看到了吗？”

姚叔点点头。

“你认为是真的还是假的？”

“两种可能都有，我已让人去核实了。”

“我也让钱芳去核实了。”

“你当初没听我的话，快刀斩乱麻，留下个后患，那时，把于玲玲干掉不就完事了！可惜我晚了一步，等我派人到尼姑庵，她已无影无踪了……”

刘兰英摇摇头说：“姚叔，你现在不比当年，已经很有身份了，要改改以前的脾气，不要动不动就玩刀子！这种事干得太多了，会遭报应的……”

“我才不信呢！我杀过那么多的猪，遭了什么报应？”

“那是杀猪！杀人可又是另一回事了！”

“在我看来杀人和杀猪差不多……”

刘兰英有点儿生气地说：“你又来了，再这样，不跟你说话了！”

姚叔一笑：“好，好，不说笑话了，我听你的，全听你的！”

“我不要你全听我的，你也不会全听我的！我只是让你也留条后路！”

姚叔摇摇头说：“我已没有什么后路了，难办的事让我去办吧……”

“邢志军那儿的工作做得怎么样？”

“工作？”

“那怎么说呢？直说了你又要说我讲粗话了！”

刘兰英有点儿黯然神伤地说：“我和他的关系我也不知怎么说好……说是去做他的工作吧，我内心有点承受不了……你知道，我负过他的情，欠过他的债……”

“不管怎么说，只要你能把他拿下，会对我们有利的！”

刘兰英无语，猛地喝下一杯红酒。

太阳渐渐落下海面，刘兰英仍与姚叔喝着酒，她面无表情地问了句：“孙海的事办了吗？”

姚叔点点头说：“他也不是个省油的灯，给他扣去了三个百分点，我说是买了你的面子。”

“借了多少？”

姚叔举起了三个手指说：“正好是他被于玲玲坏掉的数字！”

刘兰英幽幽地说：“他知道底细后肯定要恨死我了！”

“谁让他色迷迷的。”

“他可不是这种人。”

“你怎么知道？”

“我问过于玲玲，她没有跟他上过床……”

姚叔“嘿”了一声：“哪一个男人不沾腥？我就不信，他那样精明的人，会把三千万乖乖地交到一个小妮子手中？”

“你不也不沾女人吗？”

“你啊……越来越不像话了……”

刘兰英反倒高兴地“咯咯”笑了起来……

此时，一艘游艇开至海边，姚叔一挥手说：“走，兰英，兜兜风去！今晚我们好好尽尽兴，散散心。”说完带着刘兰英上了游艇，游艇驶向海面，刘兰英一看到海就兴奋了起来，她放声地大笑着，脸上现出天真烂漫的神情，姚叔也露出了平时少有的笑容，这些年他很少看到刘兰英这么开心，他让掌舵人索性把游艇朝刘兰英家乡的方向开去。

游艇开到了刘兰英最熟悉的那片海滩，她的眼前闪现出儿时和伙伴们一起拾好看的贝壳、堆砌各种沙器的情景，突然，她发现了海堤上坐着一个熟悉的身影，她忙让游艇停下来。游艇在附近海面停下，刘兰英拿起望远镜向远处望去，望远镜中出现了默坐在沙滩上的邢志军。刘兰英以为出现了幻觉，揉揉眼又向海堤上看去。

边上的姚叔纳闷地问道："你在看什么呢？"

刘兰英头也不回地说："一个人……"

姚叔抢过望远镜来看，他也看到了邢志军，奇怪地问道："这么晚了，他来这儿干吗？而且是孤身一人？"

刘兰英摇摇头说："你不会知道的！"

姚叔一笑："你知道什么？难道是旧情复燃？"

刘兰英却无心和他开玩笑，急着让游艇靠岸。

游艇飞快地向岸边驶去，刘兰英还没等游艇完全停稳就跳上了岸。她疯狂地向海堤边奔去，姚叔紧跟其后。刘兰英不顾一切地向四处寻找着，却早已没了邢志军的身影……她放声大喊着邢志军的名字，奔向海滩边喊边寻找着。海浪涌来，打湿了她的鞋子，她全然不顾。姚叔目睹着这一切，他见刘兰英已失控，忙追上去猛地拽住了她，轻声劝道："兰英，你这是怎么了？"

刘兰英幽幽地说："我真怕他出事……"

"能告诉我吗？到现在他还能让你如此牵肠挂肚？一切都不能回到过去了，你得冷静面对现实！"

刘兰英哭泣道："是我对不住他，也没资格和他再谈什么感情，这你都清楚，可他刚死了妻子。"

"哦，我明白了，你本善良，何况……"

"你明白什么？你什么都不会明白的！"刘兰英不等姚叔说完就打断了他的话。

姚叔也不生气，耐心地劝她回去。刘兰英不情愿地往海堤走去，上堤后，又忍不住转身向海滩望去，这里有她太多太多儿时的美好回忆。

她的眼前又浮现出她和邢志军、曹明、孙海在海边嬉戏玩耍的情景，大海中回荡着他们欢乐的喊声和笑声……可定下神来，出现在她眼前的却是朦胧的海滩和黝暗的海水……

刘兰英抑制不住自己的感情突然扑在姚叔的肩头大哭起来，姚叔轻拍她的后背安慰着她，像哄孩子一般，充满父爱。

刘兰英又突然双拳击打起姚叔来："都是你害了我，我恨你！"而姚叔却任其击打，默不作声，内心充满了复杂的感情。

第五章　意　外

一、心如乱麻

这是一个漫长而不平静的夜晚。此刻，局党委会议室，周峰正在主持召开局党委会。他神情严峻地说："今天把大家请来，是因为有件急事需要听取大家的意见，及时作出决定。"周峰把邢志军主办大案遇到的情况向大家作了说明。

与会者都在全神贯注地听着……

"这件事来得突然，谁都难以预料！在对待这件事情上，邢志军同志非常讲原则，一是如实向组织汇报；二是正确地表明了自己的态度；三是听候组织的决定……"

会议室里一片寂静，灯火通明，气氛却很紧张。

周峰扫了众人一眼，接着说道："这个大案相当复杂，是经济大案，又是刑事大案，有黑社会背景，又涉及高层领导和银行界的领导，省厅把它定为我市的一号要案来办，完全是有预见的！现在，在经侦支队和刑侦支队的努力下，尤其是志军同志的努力下，此案进展很大，却偏偏遇到了这么个难题！志军同志在这个难题面前，对组织是襟怀坦荡的。今天的局党委会主要的议题，是讨论让志军同志仍然担当侦破此案的主角呢，还是另外换人？这事，我已向省厅领导汇报了，他们让我们局党委先拿出个意见来，最后，由省厅党委讨论决定！好，大家各抒己见吧！"

有人首先发话道："周局，你是什么意见？"

周峰坦荡地说："我不先定框框，也没有框框，虽说大家都知道邢志军是我的爱将，但在这件事情上，我绝不会感情用事的，还是先听大家的意见。"

会议室里又是一阵沉默。

党委委员陈小打破沉默说："我谈点儿看法。邢志军同志从复员来我局工作到现在近十年的一贯表现，证实他是值得组织信赖的一位好同志，也是我局的一位后备干部。但我们公安工作有它的特殊性，也有自己的特殊纪律。鉴于此，邢志军同志主动向组织说明情况，主动提出回避此案，也是值得肯定的，当然，也是应该的！"

另一位党委委员丁勇立即问道："你到底是什么意见？"

"我刚才不都说了吗？"

"结论是什么？你应该明确表态，同意换人还是同意让邢志军继续侦破此案？"

"我不是说了吗？我赞同他自己的态度！"陈小脸上现出不悦的表情。

又一位党委委员常瑞表态说："我和陈小意见一致！可以明确地说，我赞赏邢志军同志对组织的襟怀坦荡，但鉴于我们工作的特殊性，我也同意他回避此案！这也是对他的爱护！"几人争执起来。

丁勇态度鲜明地说："我不同意在侦破东都市第一要案的节骨眼上换主将！我的理由有四条：其一，这是大家所一致肯定的，那就是邢志军同志是一位值得组织信赖的好同志，相信他一定会处理好各种复杂关系，而不会感情用事；其二，他与刘兰英的关系早已过去，早已结束，以后又无任何纠葛，没有藕断丝连。所以，这种关系已成为历史，不涉及我们的特殊纪律；其三，此案从毫无头绪，至侦破到刘兰英，我们不仅可以看到邢志军同志的努力，同时也可以证明，他一直在秉公办案，我们没有任何理由，在这个节骨眼上再去更换主将！如果这样处理，不但对侦破此案无益，而且，对邢志军同志也是不公正的！"丁勇说到此有点儿激动，他稍停顿片刻，又接着说："我要说的最后一点是，我认为，正因为邢志军与一些涉案人有过历史关系，反倒有利于他去自然地接近这些人，更利于侦破全案！"

丁勇的发言赢得了大多数人的赞同，他们也都先后表态支持邢志军继续办案。

邢志军从审完于玲玲，心情一直难以平静，他把一切都向周峰坦露，得到周峰的理解。从周峰办公室出来，他很难过，驾车到儿时生长过的海滩静坐。他一个人静静地思索着，和大海倾吐着心中的苦闷，回忆着儿时的欢乐和成长的烦恼，他的心情如起伏不平的大海在上下翻腾。他怎么也想不明白，这么多年和刘兰英的情缘已了断，可命运又把他和她联系在了一起，而他不愿意也根本没想到的是，自己面对的刘兰英已不仅仅是感情上的事，而是她形成自己的对立面！刘兰英怎么变成另外一个人了？这是他百思不解的。他不愿相信这是真的，可他又必须面对现实。警察的职业告诫他，必须抛开个人的一切感情因素，做执法守法的人民警察。邢志军理了理头绪，开车返回市区买了一些食品去看望郭父。

郭父在厨房里正准备做饭，邢志军提着酒和几包熟菜走了进来。

郭父见他回来，忙亲切地和他打招呼："志军，正好我准备给你煮点儿面呢，我知道你肯定没吃饭。"

邢志军用感激的目光看着郭父，亮了下手上的东西："正好，爸！我先陪您喝几杯！"

他把熟菜和酒放到桌上，熟练地从碗橱拿出碗碟盛菜，郭父神情黯然地坐在一边儿。

邢志军打起精神关切地问道："爸，这几天您休息得好些了吗？"

郭父摇摇头说："我硬让自己不再去想小蓉的事，可晚上老是梦到她……"说着他叹了口气。

邢志军打开酒瓶，给郭父斟上酒说："爸，你梦到小蓉在干啥？"

"一切都是蒙蒙眬眬的，她好像跟她妈妈在一起……"

"那好，这样，你我可放心了，她在阴间回到妈妈的身边了。"邢志军安慰着郭父。

"哪有阴间？你别宽慰我啦，我知道你心里更不好受！志军啊，我们怎么如此命苦，都在中年丧妻……阎王爷怎么不把我收了去，却硬是把你俩拆散了？"

邢志军见郭父十分伤感，忙举起酒杯来："爸，今晚咱俩好好喝点儿，一醉解千愁！"郭父举起酒杯老泪纵横地和邢志军干杯，一饮而尽，邢志军又为他斟满了酒。

郭父抬头看了他一眼问道："今夜不会有任务了吧？"

"不会啦！周局让我休息几天好好陪陪你，把小蓉安葬的事安排好。"说完，邢志军又干了一杯。

郭父边喝着酒，边说道："墓地我看好了，我也不想让你夜夜陪着小蓉的骨灰盒伤心，明天你去看看，要是满意的话，早点儿把这事办了。"

邢志军摇摇头说："爸，我就不去看了，我全听您的。"说完，他又喝下了一杯酒。郭父见邢志军不停地喝酒，问道："志军，你……好像有什么心事吧？"

邢志军摇摇头掩饰道："没有，没什么事！"

郭父笑道："邢连长，你以为老团长真的老了，没用了？"

"爸，我真的没什么事！"

郭父表情严肃起来："我告诉你，有事就直说，你知道我的脾气，我向来不喜欢吞吞吐吐的人！"

邢志军赶紧说："我心里不好受，爸，总觉得对不起小蓉，也对不起您……"

郭父一挥手："还提这些干吗？"他举起酒杯："来，干了这杯酒，以后再不许说这话了，我能理解你！"他干了酒，温和地说："志军，原谅我，以前总怪你……你知道吗，我太在乎小蓉了！"

邢志军也干了酒说："爸，您也知道，我更珍惜和小蓉的感情。"

郭父摆摆手说："这爸当然清楚！唉，不说了，不说了！说说你现在的难处吧！看看老团长还能帮上点什么忙？"

邢志军给郭父又斟上酒说："爸，我真的没事，您放心吧，有事我会对您说的。"他的话音刚落，手机响起，来电显示是一个私人号码，邢志军去接听。手机里传出刘兰英的声音："我是兰英，你在哪儿？我在你家门口等你呢！"

邢志军一听是刘兰英，并已到了他家门口，吃了一惊，他有点儿不自在地对郭父敷衍道："爸，我接个电话。"说完转身走到门外，他将手机紧贴着耳朵，询问刘兰英找他有什么事。

刘兰英说："我是怕你出事！"

邢志军一愣："怕我出事？我会出什么事？"

"你还瞒我？我都看见了，你一个人在海边坐了很久很久……我过去就不见你的影子了！"

邢志军根本没想到刘兰英会看到他在海滩，又偏偏在这个时候打来电话，他急了："我什么事也没有，我要关机了！"

刘兰英也急了："哎，我告诉你，我就在你家门口等着，我要亲眼看到你，等不到你我是不会走的！"

邢志军赶紧关掉手机，这突如其来的事情令他一下不知所措。当他转身回到屋里时，郭父正铁青着脸盯着他。

邢志军镇定了一下，端起酒杯说："爸，咱俩接着喝，我再敬您一杯，祝您身体健康……"郭父闷闷不乐地一下把酒干了。

邢志军又给他斟酒，郭父突然推开他的手厉声问道："刚才谁给你打电话了？说实话！"

邢志军支吾道："一个……朋友……"

"男朋友还是女朋友？"郭父故意追问，语气咄咄逼人。

邢志军怕说出刘兰英会让郭父误会，忙说："爸，我们不去管她，反正今晚我哪儿也不去了，陪您喝酒。"他刚端起酒杯，郭父猛地一挥手，打掉了他手中的酒杯，酒杯掉在地上摔得粉碎……

郭父摇摇晃晃地站起，手指着邢志军喝道："姓邢的，你听明白了！小蓉走前也曾嘱咐过我，希望我劝说你尽早重组家庭，因为你工作忙，需要人照顾。想不到你，这么早就……"他说着一跺脚，用力把桌上的碗碟全掀到地上，摔得粉碎！

"爸，您别误会……"邢志军正欲解释，郭父打断他的话说：

"我误会？你以为我听不出来是谁？是那个刘兰英，对吧？我不是老封建！但你们也不能这么急巴巴啊！更不要瞒着我啊！小蓉尸骨未寒，你们就要……”

郭父越说越生气，急脾气一下爆发，他朝邢志军“呸”了一口，转身进了卧室，使劲儿甩上了门，“砰”的一声如重拳击在邢志军的心口！他一下蒙了，不知如何去向郭父解释，他想点燃一支烟，手却不停地颤抖着，点了好久才点燃。

邢志军默默地抽着烟，望着满地的狼藉杯盘，长长地叹了一口气，郭蓉的故去，工作的阻力，亲人的不解都让他喘不过气来。但性格刚强的邢志军又振作了一下，掐灭烟蒂，来到卧室门前，轻轻地敲了敲门。

“爸，您开开门，让我解释解释好吗?”

里面没有反应，邢志军又敲敲门说：“爸，您不要误会，我知道，您爱您的女儿，我当然更爱我的妻子，小蓉虽然走了，但我永远不会忘掉她的!”

卧室内，郭父的气一直未消，痛苦、气愤、失望、不安一起涌上心头。

他使劲地抽着烟，看着桌上郭蓉笑容满面地和邢志军拍的结婚照。他愤恨地拿过剪刀，从立框中取出照片，一剪刀把邢志军的那半剪掉，扔到地上还踩了一脚!

门外，又传来了邢志军的哀求声：“爸，您开开门吧……”

郭父酒性发作，大声吼道：“滚！你给我滚！今后再也不要上我的门了！算我和小蓉都看错了你!”

邢志军无奈地从身边拿出记事本来，撕下一张写道：“爸爸：以后您会知道我遇上了什么事，更会知道我是一个什么样的人！您是培养我成长起来的老首长，相信自己，相信我吧！我永远是光荣老三团一员的邢志军。”

他把字条放在桌上，收拾了一下地上的杂物，悄然离去。

邢志军徘徊在马路边的一条偏僻小路，不知往何处去，突然他想到了周峰，此时他也只能求得周峰的帮助了，而且他必须把刘兰英打电话的事报告周峰。

局党委会即将结束，周峰正在作总结：“此案的关键在于刘兰英的巨额款项能否追回。如果追不回，东都市的老百姓不会答应。我个人意见是继续由邢志军做刘兰英的工作，并将这个意见上报给省厅批准。今天的会就到此结束，会后我把党委讨论的意见向省厅汇报，最后由省厅来决定！我还要嘱咐大家一句，今天的会只局限在党委成员内部，希望大家保密。”

局党委会刚结束，周峰看到了邢志军给他发的短信：“周局，这么晚了找你，是有件急事向你汇报。”周峰忙拨通邢志军的手机，里面传出邢志军略带嘶哑的声音：“周局，我刚才陪同我岳父喝酒时，接到了刘兰英的一个电话……”

周峰边听边踱着步：“那你的意见呢？是去见她，还是回避?”

“我的意见是，如果我刻意回避，可能引起她的怀疑，这是由我的特殊身份所决定的！同时，我也不清楚她找我的目的是什么？如果去见她，可摸一下她的意图……”

“你是倾向于去见她？”

“我也拿不准，如果我去见她的话，对我个人来说，有百弊而无一利，以后可能会说不清！如果我考虑个人利害关系的话，当然不见她为好！”

“那你最后的意见呢？”

“我想说的全说了，最后我绝对服从组织的决定！”

周峰思索片刻说：“我个人也代表不了组织的决定。不过，局党委已达成了一致意见，等省厅同意后会立即向你下达的！在今晚这件事上，咱俩共同下决心，共同负责好吗？”

“我的倾向已明白无误地向你汇报了，我是当事人，如果你同意我去见她的话，一切后果该由我来承担。”

周峰坚定地说：“志军，我们都信任你，你去见她吧！我完全明白你的意图，我们该对社会负责，该对人民负责！个人利害关系都要服从于此！”

夜深了，郭父却一点儿睡意都没有，他发现了桌上邢志军留下的那张字条，心情慢慢平静下来。

他的脑中闪现出当年部队练兵场，担任团长的他在连队视察实弹演习。

突然，一名战士失手，在投手雷时掉在了地上。手雷冒着烟，战士慌乱得不知如何是好，这时任连长的邢志军眼疾手快，猛地奔上前，一脚把手雷踢开，同时把战士按在地下，用自己的身体保护着他。顷刻间手雷在空中爆炸……那情景如同电影镜头，有惊无险，当时他就喜欢上了这个勇敢机智的年轻人，心想，如果将来能把自己的女儿嫁给他就好了。谁想，天赐良机，他的想法成真了，邢志军真的成了他的乘龙快婿，他既高兴又自豪……

郭父回到卧室，从地上拾起那一半照片，拼凑到原来的立框中，他呆呆地凝视着女儿、女婿的照片，老泪纵横……他拿起电话，拨通了邢志军的手机：“志军，对不起……爸是老糊涂了，一时冲动，原谅我吧……”

邢志军刚和周峰通完话，听到郭父的声音，他高兴极了，大声说：“爸，是我对不起您，您让我明白该怎么做人，尤其该怎么做一个真正的男人！”

“可我老是……不说冤枉，至少也是误会，对吗？我怎么会变成这样，脾气也越来越不好了……志军，我真担心我不再像以前的老团长了……”

“爸，生活中有些事确实比战场上难以判断，您永远是我钦佩的老团长！”

听到这儿，郭父的泪水再也忍不住地流下来。

邢志军接听完郭父的电话一下轻松了许多。这个世界上，爱情、亲情、友情是至高无上的，他失去了爱他的小蓉，无论如何也不能再失去郭父的亲情了。

邢志军和周峰、郭父通完电话后心情好了许多，他驱车回到家门口，调整了一下自己的情绪，整了整衣领走上楼去。

刘兰英还坐在梯阶上等他。两人相见，一时无语。

邢志军不冷不热地说："对不起，让你久等了……"

刘兰英对他笑笑，伸出手说："拉我一把吧，坐久了站也站不起来了……"

邢志军没理她，把门开开，冷冷地说："你不该随便打我手机，刚才小蓉的父亲对我大发脾气。"

刘兰英面带愧色地进屋，轻声地说："对不起，我不知道你们在一起，只是担心你……"

"可你知不知道你给别人造成多大麻烦，我岳父正沉浸在小蓉去世的悲痛中，包括我失去她后痛苦的心情！"

刘兰英赶紧解释："对不起志军，在这个时候我不应该打扰你，可今晚我看见你在海边坐着，怕你为小蓉的事想不开，很担心你，所以就想来看看你，谁想到引起了你岳父的误会。"

邢志军摇摇头说："你放心，我不会跳海的，小蓉走了，我确实很难过，也很内疚，她跟我这么多年，没过上一天安稳的好日子……但这些都已过去了，我会挺住的……"

刘兰英环视了一下冷清而杂乱的屋子，充满歉意地说："说真的，这些年来，我一直对你很愧疚，要不是我……你也不会如此……"

邢志军打断她的话说："别再提以前的事了，一切都过去了……小蓉当时就劝我，真爱一个人就得尊重她的选择，她说你当初作出这样的决定，肯定也是有你的原因的。"

刘兰英看着郭蓉的遗像感慨道："小蓉真好，她太值得你爱了！"

"兰英，时候不早了，你回去休息吧，谢谢你的关心！"邢志军开始对她下逐客令了。

刘兰英却不请自坐，看着邢志军说："就这么催我走了？"

"还有事吗？"

"那你能告诉我今天你为什么要去我们当年常玩的地方？"

"你说呢？"

"我知道，你嘴上说一切都过去了，可你心中是过不去的，你一直在恨我、怨我，对吗？"

邢志军强颜一笑说："你别这么想，我哪会如此小肚鸡肠呢！"

"那你想知道我当初离开你的原因吗？"

邢志军果断地说："不想！"

“为什么?”

“这是你的隐私，况且都已经过去这么多年了，我心早就平静如水了，根本不想也不会去追问为什么了。”

“你好高尚!”

“你尽管嘲讽吧！随你怎么说！但我真的不想再谈这个话题了!”

刘兰英的满腔热情被邢志军冷冰冰的话语浇灭了，她失落地站起哽咽道：“志军，你变啦，对谁都一样铁面无情！你连让我消除误会的机会也不肯给，那好吧，我走，我太让你厌恶了。”

说完，刘兰英转身往门口走去，她多么希望邢志军此刻能挽留她，邢志军却一动不动无语地站在那，头也没回。刘兰英哭着跑了出去，邢志军跌坐到沙发上长长叹了口气。他心情烦乱地点燃一支烟，打开了电视机，里面不是搞笑娱乐场面就是武侠剧，邢志军心不在焉地转换着频道，突然被一条滚动新闻所吸引。

画面上，东都市的江边好多人正在观潮。潮水在水天一际处犹如一条白带汹涌地向江边卷来，十分壮观。观潮的人们都被这奇特的景观深深吸引住了！而当潮水快要涌到一处江堤时，观潮的人们突然惊呆了。只见不远处有两个小学生正在欢呼嬉戏着，一点儿也没有感觉到没顶之灾即将来临!

潮水飞速地卷向他俩，观潮者被惊醒了，开始大声呼喊起来。“小朋友快跑！快跑!”说时迟那时快，只见旁边闪出一个人影，跳过堤坝，从最短的距离向两个小孩儿奔去……邢志军一下惊呆了，目不转睛地盯着屏幕。随着镜头的延伸，他看清了屏幕上向两个小孩儿奔去的竟是位三十出头的女性，她穿着时尚，身手却异常敏捷，潮水已近在眼前。她看着潮水，一点儿也不慌张，双手拉起两个小孩儿，拼命往前面的水文塔冲去。当他们奔跑到水文塔顶时，潮水正无情地冲过那一条堤坝，把两个孩子的书包卷入浪里……海面上行驶的船过来把那个女子和两个小孩儿接上岸来……

“好险啊!”邢志军看到此悬着的心才放了下来。

片刻，电视中出现了记者采访那个女子的镜头。

“这是记者在拍摄观潮新闻时偶然抢拍到的一个惊心动魄的场面！现在，让我们来采访一下那位勇敢而机智的女性，听听她当时是怎样想的。”

记者把话筒伸到那位女性的面前，随着画面的拉近，邢志军看清了那位勇敢救人者是位端庄、秀丽的女子。

她操着带有江南口音的普通话，微笑道：“我冲下去的时候看了一下，两个小孩的位置刚好在离塔三分之一的地方，肯定是跑到塔上用的时间要少得多，虽然我无法确定能不能跑过潮水，但在这个时候救人要紧，也顾不得那么多了，只能先冲下去再说了!”

记者用钦佩的目光看着她说：“你好勇敢，身手不凡啊！面对观众，你还有什么话要说吗?”

女子伸出一个手指：“我只有一句话要说，那就是我们的家长们请注意，在这种场合千万要照顾好自己的孩子！”

电视中的新闻已结束。此时邢志军才觉得疲惫不堪，他关掉电视机，起身准备去休息。一转身突然发现门缝下有一张纸条，他走过去拾起，只见上面写着一行字：“我的真爱只有你一个人，能再给我一次机会吗?”

邢志军心情很复杂，为了摸清刘兰英的底细他才决定见她，非但一无所获，反而给了刘兰英一个机会。他心情郁闷地把字条攒成一团，心如乱麻地扔到纸篓里。此时外面下起了大雨，邢志军到卫生间用冷水淋浴，想把所有的烦恼冲去。

邢志军冲完澡，困意全无，他默默地站在郭蓉的遗像前，和郭蓉进行着心灵对话。

“小蓉，我现在是四面楚歌啊……这个案子还要不要我查下去？即便还让我查下去，我又该怎么去查？你绝不会想到我要查的对象会是你劝我和她重归于好的刘兰英！谁能想到这个世界会如此复杂？你爸爸对我的误会虽然有些缓解了，但我知道，老团长为我没能当好他的女婿，心中的疙瘩是很难一下解开的！小蓉，你在时，我心中有愁还可以向你倾诉，由你化解，可现在，我又能找谁说呢?”此刻，邢志军的双眼充满了泪水……

二、这个女人不寻常

刘兰英在游艇上意外地看见了海堤上的邢志军，她兴奋至极。可当她怀着旧情向他奔去时，却遭到冷遇，她的内心受到了深深的伤害，此时她身心疲惫地泡在浴缸里暗自流泪。电话铃响起，刘兰英拿起浴缸壁上的电话接听，电话是姚叔打来的。

“阿英，你总算回来了，这回该我担心你啦!”

“我已不是过去的无知女孩儿了，不用担心我。”

“他没留你过夜?”

“你吃醋了?”

“我从来没吃过醋，因为我从没想过吃天鹅肉!”

“还有事吗?”刘兰英有点烦了。

“从邢志军那儿打听到什么情况了吗?”

“没有！你那儿有什么情况吗?”

“报上登的那条新闻是公安局新闻科发的通稿，不可信!”

“那于玲玲、陈行长他们究竟在哪儿？”

“现在还证实不了他们的去向，我们对此还是要留个心眼儿！”

“对那个陈行长，就不要去管他了，他和我们不沾边儿，就是到了公安的手里，也只能招出于玲玲来！”

“可这个于玲玲如果落入他们手中就不得了了……”

“不是已经说好了吗？从现在起不再在电话中谈论这些事了！”

姚叔知道刘兰英心情不好，提醒道：“阿英，我明白，可我还是想提醒你一句，邢志军已不是过去的那个人了，你可得清醒点儿，不能感情用事！”

刘兰英没说话，挂断电话，起身从浴缸中出来，她坐在沙发上点燃了一支香烟，望着窗外的大雨愣起神来。

此时，茶几上的电话铃响起，是曹明打来的。

“曹市长，有什么指示？”

“兰英啊，我什么时候对你作过指示了？”

“我把你的每句话都当作指示来听！”

“你啊！总是这样真真假假的，让人捉摸不透。”

“这么晚了，有什么事吗？”

“我是想告诉你一些反馈的信息，阳光一条街开业后，社会上的反响十分强烈，舆论基本是一面倒的，都赞扬东都市在市场经济上又跨出了一大步，不但方便于民，而且对发展东都市的经济肯定会起到重要的作用！”

“这些，我都没曾想过，阿明，你要知道，我只是想为你的政绩添砖加瓦，在‘两会’上帮你去掉那个‘代’字！”

“我明白，我明白。”

“只要你明白这点就是了！其他还有什么反响吗？”

“当然也难免有些刺头儿会发难的……”

“发什么难？谁会像我这样无私地为东都市作贡献？”

“还不是老问题，怀疑你资金的来源，市里倒给我解释清楚了，就是社会上还有些议论，我决定明天在市政府新闻发布会上，让你来说一说好吗？”

刘兰英思索片刻道：“说就说吧，反正我是光明正大的！”

“那好，这样也可以扩大你的影响，让大家都看到，市里是支持你的！这对你以后事业的发展很有利！”

“阿明，我明白你的苦心，谢谢了，你明天出席吗？”

“我想了一下，还是不出席为好，不然，会让人感到这是政府行为了，还是点到为止好，你说对吗？”

刘兰英有点儿不悦地说：“我可没想那么多，在我看来，你能出席当然最好！既然你有为难之处，也不勉强了……”

“兰英，别误会，你给我留个余地吧，新闻发布会后如果社会上不再有异议了最好！如果再有人说三道四，我再出面说话吧！好，祝明天一切顺利，晚安！”

刘兰英放下电话，摇摇头苦笑道：“官真是越当越精了。”

此时，电话铃又响起，是钱芳打来的，她急急地问刘兰英：“刘总，今晚的电视新闻你看了吗？”

“没看！什么事，说吧！”

“我犯了一个错误。”

“什么错误？”刘兰英有点儿纳闷。

“今天下午放学后，我去接大毛、小毛稍晚了会儿，结果他俩偷偷跑到江边去观潮了，差点儿出事，多亏有人救了他们，他们回来也没敢和我说，我看了电视新闻才知道……一会儿你看看我录的新闻吧，在电视机下面的抽屉里。”

刘兰英听后吓了一大跳，责问道：“你怎么这么大意呢？孩子呢，他们好吗？”

“睡了，哄了半天才睡着，他们一直闹着要等你回来，说一个礼拜没见你了……”

刘兰英打断她的话说：“明天你把他们送过来吧！以后可得小心点儿，千万不能再出意外了，一定把他俩看好。”

刘兰英放下电话，松了口气，赶忙从抽屉里找出录像带打开录像机，画面上出现了青年女子奋不顾身救两个孩子的镜头。

刘兰英紧张万分地看完录像，松了口气，她又拨通了钱芳的手机，让她一定要尽快找到那个救孩子命的青年女子！

深夜，雨还在不停地下着，刘兰英躺在床上，双眼呆呆地望着天花板，她回想着晚上与邢志军见面的情景，觉得邢志军和过去已判若两人。

一晃几年过去了，当初她一直不想告诉邢志军分手的原因，可现在当她想告诉他时，邢志军却连消除误会的机会都不给她，而苦果是自己造成的，只能自己咽下。她想起当年去部队看望邢志军，准备和他诀别时，她的心痛极了，可又不能告诉他真相。在分别的那个晚上，她决定以身相许，把真爱给他。不知真情的邢志军却满怀着期待，憧憬着结婚那一幸福时刻的到来，但等到的是一纸分别书，那时她已没有了人身自由，也可以说是她自己给自己套上了枷锁。

她在心里说，“志军，难道你已经知道我就是你要追查的对象？可你又知道了多少呢？当你知道了全部真相后你又会怎样呢？”此刻，刘兰英再也控制不住自己的感情，痛哭起来……

太阳升起，又是新的一天。周末，钱芳领着大毛、小毛来到刘兰英住所，两个孩子一见到刘兰英，忙扑向她怀里……

“妈妈，我们想你！”

“妈妈，一个星期我们都没见着你了，太想你了！”

刘兰英搂着两个孩子轻声埋怨道：“嘿，你们两个小淘气还不听话，让你们等着阿芳姐姐来接，你们却偷偷跑到江边去了，差点儿见不到妈妈了，是吗？”

大毛埋怨地说：“妈，谁让你不带我们去观潮的？”

小毛也吵吵着：“妈，那潮水真厉害，可那个救我们的阿姨更厉害！”

“我们长大了也要学她去救人！”大毛说着做了个救人的姿势。

刘兰英笑着摇摇头说：“现在你们得先听话！”

她转对钱芳说：“找到那个救命恩人后送她一辆好车！”

钱芳点点头，大毛、小毛吵着要刘兰英带他们去玩，刘兰英认真地说：“妈上午要去市里开个重要会议，你们在家先把老师布置的作业做好，让阿芳姐姐检查，如果你们表现好的话，妈下午陪你们去踢球，好吗？”

俩孩子连声说：“好！我们一定听话！”

周峰上午处理完手头一些急件，来到邢志军的住所找他聊天。

“那天刘兰英给你打电话的事，老丈人知道了？”周峰已猜到邢志军当时尴尬的处境。

邢志军点点头说：“是误会了，他当时很生气。”

“误会？误会在哪里？你说说！”

“我接到刘兰英电话时，正在老丈人家陪他喝酒，他以为我这么快就旧情复燃了，对我发了很大的脾气……当时我也不知道该怎么跟他解释！”

周峰笑道：“就这事？好办！我去和他解释，替你说清楚！”

邢志军摇摇头说：“没什么，我也能理解他当时的心情，他后来又给我打了电话，误会基本上消除了……”说着，邢志军长长地叹了口气，“我本以为和刘兰英的事早已成为历史，想不到，十多年后又牵上了公事、家事……让我两头都说不清！周局，你说是不是我前世欠了她的债？”

周峰哈哈大笑：“谁欠谁的债总会有搞明白的时候，也终归要还的！志军，你要相信组织，相信你老丈人！”

“我并不在乎他是不是信任我！我在乎的是这个大案刚有了头绪，下面如何搞下去？由谁来搞下去！”

“你！”

邢志军一愣：“我？”

周峰点点头说：“我来找你也是要正式告诉你，昨晚，我们专门为此事召开了局党委会。这是局党委的决定，并已报省厅领导同意。其实，省厅领导早有安排，上次对你说过的要给你派个助手来，她已来市里三天了，先在社会上摸摸情况，一会儿她就上你这儿来报到！”

邢志军一怔，还没等他问话，门铃响了，周峰前去开门，只见门外站着一位穿着时尚的秀美女性，她向邢志军敬了一个礼：“报告邢队，陈敏奉省厅领导指示，前来向你报到，请多关照！”

邢志军一看，呆愣住了，眼前的陈敏不正是那天在大浪下救孩子的人吗？

邢志军称赞道：“没想到是你！大智大勇，身手不凡哪！”

这下，轮到周峰怔住了：“你们认识？”

陈敏摇摇头。

邢志军却点点头说：“在电视里见过面。”他热情地招呼陈敏入座，边给她沏茶边说：“真不愧是咱们的警花，一来我市就立下一功哪！”

周峰不解其意地看了陈敏一眼，陈敏却不好意思地低头笑了笑。

邢志军指着周峰说道：“真是官僚主义哪！连这么大的社会新闻都不知道，连已成为你部下的警花救了两条人命的大好事你都不知道！”

周峰说他昨晚开了一夜的会，没顾上看新闻。

陈敏轻描淡写地说：“周局，是这样，昨天下午，我路过江边，救下了两个观潮的孩子，碰巧被电视台的记者拍下了……”

她转对邢志军说：“这也不能怪周局官僚，电视台记者再三追问我的单位，我怎么能暴露身份呢？只能一溜了事！”

邢志军笑道：“你溜得了吗？”

“也正巧被你在电视新闻中看到了……”

“周局，我们应该为陈敏请功！”

“应该，应该，但现在陈敏有特殊任务在身，暂时还不能为她请功。”

周峰起身对邢志军说：“你们具体商量一下下一步的工作吧，我得去你老丈人家帮你消除误会去，否则，让他看到你和这么漂亮的姑娘在一起又该产生新的误会了！”他又转对陈敏说：“一会儿，你先把省厅领导的指示精神给邢队传达一下！”

陈敏点点头。

邢志军调侃道：“你这么轻巧？说走就走了？”

“那你要我怎样？”

“不是我要你怎样？是你把我往火上烤啊！”

周峰听后哈哈大笑：“不要紧，你的助手刚从大潮中来，有的是灭火的水！”

三人都大笑起来。

周峰走后，陈敏向邢志军传达了省厅领导的指示精神后说：

“邢队，我首先得向你明确，我的任务是来当你的助手的！”

“不，是副手，你不但要与我一起侦破这个大案，以后还要留在我队任副支队长，共同战斗！周局早就跟我明确了！”邢志军诚恳地说。

“总之，是在你的领导下工作，这一点必须明确！我来之前，省厅领导亲自找我谈了话，明确了我的任务是想办法打入对手内部，摸清整体情况后，再一锅端！在这之前，绝对不能惊动对手！”

陈敏说话干脆利落，反倒让邢志军一时不知说什么好了！他沉默片刻后对陈敏说：“你担当的角色是十分危险的，明白吗？”

陈敏点点头。

“我们的目标是谁？你明确了吗？”

“大致情况周局已给我介绍了，这三天，我初步也摸了点儿情况……”

她看看手表说：“市政府的新闻发布会就要开始了，能不能打开电视，见识一下我们对手的表演？”

邢志军不明其意地朝她看了一眼。

陈敏说：“我得到确切消息，在今天市政府的新闻发布会上，刘兰英要回答记者的提问……”

邢志军一怔说：“真想不到，你刚来东都，消息就这么灵通。”他边说边打开电视机。

画面上，市政府的新闻发布会快要开始了，记者们纷纷进入会场，新闻发言人随着刘兰英一起走上发布台。

刘兰英身着一套白色西装，里面的玫瑰红衬衣将其白皙的脸映得更美丽，她明眸皓齿、神采飞扬地说：“非常感谢市政府给了我这样一个机会，能与记者朋友们见面，同时，也感谢记者们对我们‘阳光’一条街的支持和报道。据说，大家还有一些疑问，今天，我尽量满足大家的要求，有什么问题，请大家自由提问吧！”

一位记者举手站起说：“刘总，社会上都在议论你们阳光集团的资金来源，据传你们跟东南亚的军阀有关系，在帮他们洗黑钱，是真的吗？”

刘兰英笑道：“谢谢你向我讲了一个天方夜谭！这实在是抬举我了！我可以告诉诸位，我这个人，从小到大，直到今天，还没出过国门！连香港特区都没去过，到哪里去认识什么外国的军阀啊？我一没背景，二没后台，军阀们就是要找人洗钱，也不可能找我这样的人哪。我的钱都是靠自己这么多年辛辛苦苦赚来的，如果东南亚的军阀们会跑到咱东都市来找我，那你们每个人都有这个机会了，大家说是不是？”

又一位记者起身问道：“请问刘总，你们现在的资金量有多少？”

刘兰英莞尔一笑说：“我们具体有多少资金，这属于商业机密，在这里不便透露。不过我可以负责任地告诉大家，现在我们整个集团的资产已经超过了十个亿，而且发展迅速，一年就可以翻一番以上。”

下面一阵唏嘘声。

“那么，刘总，你可以告诉社会你资金的真实来源吗？”

“我也可以负责任地告诉大家，我的资金来源绝对都是合法的、清白的！我靠做美容行业挖到了第一桶金，而我最大的收益是在做期货生意上，我在做期货生意的三年里，收益超过了一个亿。而我目前的资金来源主要是投资收益，还有一部分是亲戚朋友的投资，因为他们相信我，看好我！”

又有记者提问：“请问刘总，你们阳光集团在哪些方面投了资，收益的情况如何？”

“大家都清楚，一个企业的投资，不都是可以公开的，但你们都已看到，这阳光一条街，全是我们集团投的资。大家以后还可以看到，我们对阳光一条街的投资既方便了东都市的百姓生活，又为咱东都市的市政建设增添了一张响亮的名片，同时会有大的经济回报！我们的投资不但要双赢，还要争取三赢、四赢、大家共赢！走共同发展富裕的路！”刘兰英口齿伶俐，对答如流。

而记者的提问既尖锐又直白：“那么刘总，社会上都在传市里有大人物在背后支持你，请问这是不是事实？”

刘兰英笑道：“这个问题还是请市政府新闻发言人来回答吧！”

新闻发言人赶紧上前，声音洪亮地说：“市委、市政府对所有的民营企业一视同仁，要说支持都支持，绝不会对谁特殊对待！大家应该相信市委、市政府！”

新闻发布会还在继续，又有记者提问道：“刘总，你是不是涉及非法集资？”

这个问题一提，令刘兰英吃了一惊。

会场气氛顿时紧张起来，人们把目光都投向刘兰英，刘兰英喝了一口水，脸色严肃起来：“你这么说有证据吗？如果有的话，可随时去向公安局举报！记者朋友，我也提醒你一下，你们的职业道德是尊重事实。这可不能乱说！”底下一阵掌声。

又有记者提问：“刘总，听说有不少公司愿与你们合作投资，你们从没同意过，这是为什么？”

“这要从两方面去谈清这个问题：第一，我们并不缺钱。第二，我们也并不愿与人合作。我要找合作伙伴，不是看他有多少钱，而是看他与人合作的态度，没有合作精神的投资商我是肯定不会与之合作的！我的投资，常以配合市容建设为主，以回报社会为主，谁愿意与我一起奉献，我肯定与他合作!”刘兰英的话赢得了全场热烈的掌声!

“刘总，我还听说因为你们的洗衣店、洗车店推出免费服务，已经让好多同行无法生存了，你对这个问题怎么看？你们有什么解决的办法吗?”

“这个问题我是这么看的，我们推出免费服务，就是为了回报社会，让利于社会，我们以后还会推出更多回报社会的活动，让大家一起来分享我们的成功，让每个人都能得到实惠。一个成功的企业家要有社会责任感，我们现在这个社会，不是回报太多，而是索取太多了，我希望我的举动，能唤醒更多人的奉献意愿，让我们这个社会充满更多的爱。至于你说的因为我们的让利活动，使一些同行感到了压力，这不是我们的过错。各行各业都会存在竞争，强者生存是自然界的规律，如果他们生存不下去了，可以来和我们谈收购，我们绝对不会让他们吃亏的!”

会场又一次响起了热烈的掌声，主持人宣布发布会结束，刘兰英带着胜利者的微笑向大家点头致谢。

新闻发布会圆满结束，邢志军关掉电视机，陈敏合上记事本感慨道：“邢队，这些记者真厉害，提问也尖锐，不过这个刘总很会说话，人长得漂亮也有气质，男人们都会喜欢她的!”

邢志军看了她一眼说：“你不是在揶揄我吧?”

陈敏不明其意地问道：“此话怎讲?”

邢志军坦荡地说：“我过去的事周局没告诉过你?”陈敏摇摇头。“那么，在我们正式商讨工作之前，我必须先让你明白我和刘兰英之间的一些瓜葛，免得以后让你难以开展工作。”

陈敏听后反倒非常理解，她真诚地对邢志军说：“其实，你不说，我也会信任你的。”

“为什么?”

“我在省厅时，早闻你大名，来这儿时，省厅领导又千叮万嘱，一定要在你的领导下好好工作，听清了没有，是在你的领导下……省厅领导对你是绝对信任的，据我所知，他们几次想把你调往省厅，是周局硬把你留下的。他说，你和刑侦队的张新是他的左右手，少了哪一只手都不行!”

邢志军听后只是一笑，说道：“咱们以后好好合作吧，但一切必须从工作出发。你先说说对于刚才的新闻发布会有何感想?”

陈敏思维敏捷地说：“第一，我认为这个会是有人刻意安排的，目的是堵住社会上怀疑刘兰英资金来源的众多议论，能把她安排在市政府的新闻发布会上，这足以说明，市政府领导是支持她的！这也是我们侦破此案的一个大难题!”

邢志军点点头："你想过为什么吗？"

"至于为什么？我想无非有两个原因：一是支持她的人与她有特殊的关系，如有，此案的背景就更复杂了；二是市政府领导为了利用她的资金为市政府支撑面子工程，这是我看过这个新闻发布会的第一个感想。"

"看来开这个会的目的是想一箭双雕吧！"邢志军想听听陈敏的看法，也想试试她的能力。

陈敏敏锐地答道："邢队，你是在考我吧？我的第二个感想是，刘兰英这个人虽然文化程度不高，但社会经验却非常丰富，她对那些记者的尖锐甚至刁钻的提问，应付自如，一点儿也不打奔儿，看来她是深思熟虑，有备而来的。所以，要攻破她不是一件容易的事！"

邢志军点点头问："还有什么感想吗？"

陈敏摇摇头说："就这些，我算是抛砖。"

"下面你该说要听我高见了，要引玉了，对吗？"

陈敏点点头说："是的，我想听听你这个'智多星'的高见！"

邢志军拿出烟来想抽，又放下了。

陈敏笑道："抽吧，女警察对二手烟是刀枪不入的！"

邢志军还是忍住了，他一脸严肃地说："刘兰英说事先作了准备，但她还是露了不少马脚……"

陈敏认真地听着。

"她当众讲了她的资金来源，也为我们提供了又一个突破口，我们可以暗中去查实这些资金来源是否属实，若是谎言，终会攻破的，这也是我们证据链中的一环！她还当众说她的一些亲友都愿意向她投资，这其实是她心虚的表露，也是在为自己铺垫后路……"

"把非法集资说成是亲友自愿投资？"

邢志军点点头说："在这一点上，她清楚已被我们抓住了尾巴！"

陈敏摇摇头："很难说。"

"为什么？说说看！"陈敏率直地说："刘兰英是通过黄一瓜、于玲玲非法集资的，她已斩断了黄一瓜一条尾巴，于玲玲虽已被我们掌控，但单凭她的交代，也很难定刘兰英的罪！"

邢志军点点头说："你了解案情了？"

"我来之前，省厅领导把你们汇报的材料都给我看过了，领导交给我的任务是想办法打入他们的内部，弄清楚那个姚叔和刘兰英的关系！"

邢志军赞同地点点头说："对，只有这样，才能一锅端！可难的是你如何打入。"

"这事，省厅已作了周密的安排，但仍然得看机会！一切都得顺理成章，不露痕迹。"

"那么外围的工作由我来做，把包围圈缩小！"邢志军看了一眼陈敏说："对手已在明处了，就看我们如何取证实施攻破了！咱们俩呢，我在明处，你在暗处，一明一暗好好配合工作吧！"

"还有什么嘱咐吗？"

"我希望在这种配合中咱俩一定得互相信任！"

"你对我有怀疑吗？"

邢志军一笑："你是省厅派来的，你说你看过有关此案的所有上报材料，你不会不知道我与刘兰英的瓜葛……"

"这可是你自己要重新说一遍的！"

"我是说你把此案难办之处，只点了一下而已，是怕我难为情吧？"

陈敏赶紧解释道："没有，邢队，我只想到刘兰英这个人不好对付。"

"可由我主办更有不少不可知的因素！"

"我只想到有利的因素！"

"真的？"

"我对自己的同志从不说假话！"

"那我能交给你一个额外的任务吗？"

"你说！"

"在以后的进程中，希望你能督促帮助我修正可能随时产生的感情偏颇……"

陈敏笑道："这话听起来有点儿拗口！"

"而发生起来有可能就在那一瞬间！"

"我明白你的意思……但我更相信你的为人！"

"不，人有时是难以控制自己的，所以必须有人监督！"

"这是一个大话题，我们暂且不去说它，作为你的副手，我保证完成这个其实不需要我完成的任务！"

邢志军笑道："你啊……到底是省厅派来的高手，说出来的话既有原则又让人听着高兴。"

"邢队，你这是在表扬我，还是在挖苦我呢？"

邢志军半开玩笑地说："你这个女人不寻常哪！"一下把陈敏给逗乐了。

三、背后传来一声枪响

参加完新闻发布会，刘兰英开着豪华小车往家赶，钱芳的电话打了过来。

"刘总，两个孩子的作业早就做完了，一直吵着要你回来……"

“你让他们听电话！”电话中传出大毛、小毛抢接电话的声音。

“妈，我们听话的，作业早做好了！”

“妈，你快回来吧！”

刘兰英高兴地说：“妈正往家赶呢，十分钟，十分钟后就到家了，一会儿妈带你们去吃比萨，然后咱们一起踢足球！不过我得先检查你们的作业！”

大小毛都抢答道：“妈，我们不怕检查，都做好了。”

刘兰英关掉手机，脸上现出无比的喜悦。

这时，她的手机响起，是姚叔打来的。“兰英，刚才的电视我看了，你说得好极了，怎么，过来吗？我请你吃大闸蟹！”

“改天吧，大毛、小毛在家等着我呢！”

刘兰英加快车速向自家小区驶去，刚下车又接到曹明的电话。

“兰英，我在办公室等你，你来一下吧！我有事找你！”

刘兰英犹豫了一下，立即说道：“好，我马上来！”她朝楼上自己的房间看了一眼，拨通了钱芳的手机。

“阿芳，我已经到家门口了，可曹市长突然来电话让我立即去他那里，你跟两个孩子说一下，先陪他们去吃比萨吧！”

刘兰英来到曹明办公室，不请自入。曹明热情地迎上去：“兰英啊，今天的发布会你说得真好！这帮记者也真厉害，可你比他们更厉害！兵来将挡，滴水不漏！这就好，这就好，一劳永逸，免得外界再议论纷纷了。”

刘兰英笑道：“新闻发布会的直播，你都看了？”

曹明点点头说：“当然，这是我的工作嘛，市政府每一次新闻发布会的直播我都从头看到尾的，就是有会议冲突，我也会看录像的……尤其是这次，都是我安排的嘛，不看哪行？也对不起你，对吧！”

“谢谢曹市长。”

“你看你，兰英呀，跟你讲过多少遍了，只要不在公众场合，我们还是保持小时候的称呼，听起来也舒服！”

“谢谢，我明白，你还是很怀旧的……不像有些人……”

“怎么，谁又让你受气了？”

“没什么，”她忙改口道，“阿明，你叫我来有事吗？没事我就回去了，今天是双休日，我得回去好好陪陪两个孩子。”

曹明笑道：“像你这样的大老板，还很讲究双休日，我啊，日历中早没双休日这个概念了！”

刘兰英直截了当地说：“我知道，如今的领导也不好当，说吧，又碰到什么难处了吧？”

“那我就明说了？”

“说吧，别见外了！”

“是这样，市里要为贫困地区增建一百所希望小学，现在还有几所没落实，我想，在‘两会’召开前把它落实下来……”

“说吧，让我包几所？”

“十所，行吧！”

“行，回头我就让钱芳办！”

曹明高兴地轻轻拍了下桌子：“好，我就欣赏你的爽快劲儿……兰英，跟你透露个好消息，这次市政协开会时要增补几个常委，名单中有你，明白吗？”刘兰英看了一眼曹明，却兴奋不起来，心里沉甸甸的。她起身和曹明告辞：“阿明，谢谢你！你忙吧，我该回去了，两个孩子还等着我呢！”

曹明看她情绪不佳，关切地问道：“兰英，你身体不会不舒服吧？我还有句话要说，志军那边要不要我去牵牵线？”

“你千万别去！”刘兰英马上制止他。

“为什么？”

“他心中早已没我了……”

“他还对以前的事耿耿于怀？你放心，只要我和他说清楚，他会原谅你的，况且……”

“这事你就别管了好吗？求求你了！”没等曹明说完，刘兰英就打断了他的话，说了句“再见”转身而去。曹明望着她离去的背影，不解地摇了摇头。

周峰去拜访郭父，郭父正在家中庭院修剪花枝，周峰见状忙上前帮郭父边浇花边聊天。

他开门见山地说：“我今天来是替志军和你解除误会的。郭团长，志军在部队里一直是你的爱将，后来又成了你的贤婿，在男女关系上，你难道还信不过他？”

“不说这了，我可能误会他了，可他……”郭父说到此摇摇头，看得出他内心很苦闷。

“还是说说吧，把心底的话都说出来，以后就不会再有误会了！”

“周局，我的老战友，你不是不知道，难道我的脑袋就那么封建吗？小蓉走了，志军迟早得重组家庭的，这我支持！可也不能这样急啊！小蓉的尸骨还未寒呢！”

周峰笑道：“看来，你的误会还没消除呢！”

“我误会什么？我都听明白了，有个女人早在他那等着他，他又急着要回去，我也知道那个女人是谁，深更半夜的，会有什么好事？我事后原谅了他，可这阴影一时散不去！”

周峰摇摇头说："你误会了！真的误会了！"

"你说吧，我误会在哪儿了？志军也说我误会了，可又不跟我解释清楚。"郭父说着，拔掉了几根杂草，"你知道，我这个人是容不得一点残枝杂草的！"

"老团长，你还相信我吗？"

"相信你跟相信他是两回事！"

"老战友，我只能告诉你，志军是在工作，在战斗！"

听了此话，郭父一怔："他也这么说……我还以为是……"

"是哄你对吗？我现在以组织的名义告诉你，他在执行任务，我只能说到这儿了！"

郭父放下手中的活儿，呆呆地看着周峰。

周峰笑道："你这个老革命，就那么不开窍了？走，咱们进屋聊吧。"

两人来到客厅，郭父给周峰倒了杯茶，周峰喝了一口，用充满信任的眼光看着他说：

"老团长，我现在应该告诉你的是，志军接手的这个案件是省厅督办的东都第一大案，他的压力可重哪！"

"嘿，他可什么都没对我说！"

"他能说吗？我可以告诉你，他是被三座大山压着办这个案子的，一是感情上，他背负着小蓉重病、亡故之痛哪！二是精神上，他有着各种难以言说的负担！第三，才是这案件本身的复杂性！我相信，只要我们一起帮他卸掉前面的两个负担，就案子本身来说，他一定会破得非常漂亮的！我和你是老战友，咱们一起帮他减减压力好吗？"

郭父默默地点了点头。

邢志军和陈敏谈完工作，正欲送陈敏下楼，郭父走了进来，他看了一眼陈敏，邢志军有点儿尴尬，刚想解释，郭父却笑道："你们在谈工作？那我晚上再来……"郭父说这话时，脸上现出理解的神态。

邢志军一下轻松了，给陈敏介绍道："这是我老丈人。"

他转对郭父掩饰地介绍说："爸，她是我在省里的一个朋友，出差顺便来看看我。"

陈敏有礼貌地和郭父打了个招呼，邢志军送她出门说了句："我们分头去干吧，有事再一起商量！"

陈敏点头离去。

邢志军回到屋内一怔，见郭父已把带来的几包熟菜分放在几只碗碟中，并打开了一瓶酒，正往两只酒杯中斟酒。

"爸……"还未等邢志军说什么，郭父一把将他按到椅子上。

"来吧，咱爷儿俩把昨天的酒继续喝下去！"

“爸，你这是……”邢志军在老丈人面前还是有点儿胆怯。

郭父笑道：“你以为我将一直误会你到底？”

他说着用手指点点邢志军：“你这小子，也会向周峰去告黑状！嘿，来，先罚你三杯！”

邢志军明白周峰已去做了老丈人的工作，心情一下放松了，高兴地举起酒杯说：“好！爸，我向您老人家赔罪！”说完连干了三杯。

郭父也干了一杯酒说：“我跟公墓那儿联系好了，下午我们一起去把小蓉安葬好，你我也可了了一件心事。以后呢，你还是要安心工作，好好考虑考虑自己的事……”

邢志军摇摇头说：“我不想考虑……”

“为什么？小蓉以前也叮嘱过你的，那个姓刘的不合适，就另找一个，天涯何处无芳草！”

“爸，您别再说啦！我再也不想去连累任何人了……”

“怎么可以这样讲？你也是在为社会的安宁而忙，总会有理解你的人的！”

“爸……”邢志军动情地说，“我这辈子没对不起过任何人，只是小蓉，我太亏欠她啦，这辈子我再也遇不上像小蓉这样的人了……”

郭父听后，长长地叹了口气……

陈敏正在向周峰汇报工作。

周峰问道：“怎么样，你们谈得好吗？”

“非常好！邢队什么都跟我说了，还让我监督他，他办此案怕在感情上出偏差……他是个襟怀坦荡的好警察！”

“你有这个感觉就好……”

“周局你放心，我现在绝对信任他！”

“谢厅长在拿主意时，也真有点儿左右为难，如果换一个人接办此案吧，还真找不出比邢队更合适的人选，况且，对他也不公平！让他接着办吧，我们没理由不信任他，但又怕给他的压力太大，加上你要打入对手的内部，容不得出现半点儿偏差，好在他已预先考虑到了这些，并警惕着自己……”

“周局，我会向谢厅长汇报的，我绝对相信邢队能办好此案！像他这样既襟怀坦荡，又有高度的认知力和魄力者，很少见！”

周峰笑道：“那好，你这么说我也就放心了！哎，你可别说得太好了，不然，厅里又要来挖他了！”陈敏一下被逗笑了。

“还有什么需要沟通的吗？”周峰问。

“对姚叔这条线，刑侦队那儿有没有进展？”

“据张新报告，他们已盯住了两个蒙面人中的另一个！那边如有什么新情况我会及时告诉你的，你以后切入时心中也有底！”周峰的话音刚落，电话铃响起，张新报告说，他们已抓到了去黄妻家的另一个蒙面人。

南山医院的草坪上，化装成护士的便衣女侦查员王倩正在陪着黄妻散步，黄妻的精神状态不错，记忆力已开始恢复，正向王倩诉说着：“那晚，我正在睡梦里，突然在床边出现了两个蒙面人。起初，我还以为是在梦里，他们一下按住了我的手脚，给我打了一针，以后……以后我就什么都不知道了……”

“你知道他们为什么要那样干吗？”

黄妻摇摇头说：“我一点儿也不清楚。平时，我跟谁都无冤无仇，我想，都是黄一瓜惹的祸！”

“你认识一个叫姚叔的人吗？”

“不认识！”

“你丈夫认识他吗？”

黄妻想了想说：“也没听他提过……”

说话间，两人来到一个长椅上坐下。王倩开导她说：“你再好好想想，黄一瓜和你说过谁是幕后指使吗？”

黄妻叹了口气说：“我恢复记忆后，也一直在想这件事，好像他说过是刘兰英使的邪！”

“刘兰英？”王倩听后大吃一惊。

黄妻点点头说：“刘兰英是阳光集团的董事长、总经理，别看她那么风光，她手中的资金都是非法集资来的，她手下有两个得力的所谓融资人，一个是于玲玲，一个就是我老公，我老公出事后，于玲玲曾上门来找我，让我借送东西时悄悄告诉我老公一句话，叫他别怕，老板会设法救他的。开始我并不知道他们指的老板是谁，也是于玲玲被我逼问时失口说出的，但刘兰英是从不出面的，都由她的助手阿芳代理。”

“你给黄一瓜送了条短裤，剪了个洞再补上，就是这意思？”

黄妻点点头说：“那时，只要能救出我老公，我什么事都愿意干的。想不到，人倒是出来了，却肉包子打狗一去不回了……”说着，她呜呜咽咽起来……

王倩安慰她说：“别伤心，黄一瓜既坑害了那么多人，同时他自己也是个受害者，冤有头，债有主，我们一定会把事情查清楚，也好对大家，对你老公都有个交代！”

黄妻点点头，擦擦眼泪说：“我明白，我老公的出狱和出境看来都是于玲玲安排的，但背后操纵的人肯定隐藏得更深。后来，我吵到了于玲玲那儿，当夜他们就对我下了毒手，你们一定要为我做主啊……”说着，她又伤心地哭了起来。

王倩扶起她说："你放心，我们一定会查清此案的，不过还需要你好好配合我们。这几天再好好回忆回忆，想起了什么重要的情况立即告诉我们！"

黄妻点点头，两人正欲离去，突然背后传来一声枪响，黄妻一下中弹倒地。

王倩忙拔出枪，朝枪响处看去，只见一个穿着白大褂的人正向远处逃去。

王倩边追边向天鸣枪，院子里的人们惊恐地四处逃离。王倩看那人将要逃离医院，瞅准机会连开几枪，将其击倒在地……

王倩赶回局里向周峰和张新汇报，意外事件的发生让王倩心里很不好受。

她用低沉的声音说："本来在医护人员的努力下，黄妻的记忆基本恢复，她也愿意与我们合作，不料她被暗枪击中要害，我眼看凶手要逃出医院，他手中有枪，一到马路上后果将不堪设想，只得把他击毙……"王倩说到此沉默下来。

"这条线就这样断了？你再说说你们谈话的情况吧！"张新提醒了她一句。

王倩振作了一下说："她基本上把她知道的情况都对我说了。她回忆起那夜被害的情况，和两个蒙面人的口供是一致的，她还说，黄一瓜和于玲玲都是阳光集团的融资人……"

"谈话内容你都作了录音？"

王倩点点头说："今天发生的情况实在太意外了，我失职了，没有保护好黄妻的安全，请求组织处分我！"

周峰鼓励道："你已经做了大量的工作，也有成效，这种突发的事件谁都难以预防，而且事发后你处置得当，没让群众受到伤害，别背包袱！这样吧，你马上查一下，黄妻还有些什么亲属，做好善后工作！"王倩走后，周峰起身对张新说："咱们去院子里走走，透透气吧！"

两人在院子后面边散步边交流。张新向周峰汇报说："我们抓到潜入黄一瓜家的另一个蒙面人并对他进行了突击审讯，但也没审出什么有价值的线索，他俩的口供基本是一致的，后者只是为了朋友义气，帮他干的，那家伙说他连姚叔的面都没见过，也不知道有姚叔这个人！"

"你认为杀黄妻的那个凶手是姚叔这条线上的吗？"周峰问。

"有这个可能，我们会尽快破案的，但难度也很大，而且对志军那边开展工作也会有影响。黄妻被打死，我也有责任！"

周峰叹了口气说："影响肯定是有的，至少导致志军那边少了一个证人，而且影响肯定还不止这些，社会影响会更大！光天化日之下，打起枪来，还发生在医院里，让我们如何向社会交代？"

"周局，我请求组织上处分我！"张新心情沉重地说。

“要处分也得先处分我！我们现在不是谈这个问题的时候，要想办法尽快查清姚叔的问题!”

张新点点头说：“单凭一个人的口供，我们目前还不能对姚叔采取什么措施!”

“要拘捕他完全可以!”

“为什么?”

“香港警方在黄一瓜一案上已有突破!”

“凶手也与姚叔有关?”

“凶手已查清是那个旅游团的所谓‘导游’……黄一瓜在港的一举一动，周围动态全在他的视野之内，他发觉黄一瓜已受到香港警方的监控，便立即采取了行动。他乘黄一瓜不备，从后面勒死了他，然后制造了黄一瓜自杀的假象!”

“是姚叔指使的?”

周峰点点头说：“凶手一落入香港警方手中就招供了，姚叔事先买通了他，给了他五十万元，先是让他帮助黄一瓜逃往东南亚某国，后来他报告说黄一瓜已被香港警方监控，姚叔又往他卡上打了五十万元，让他想办法一定除掉黄一瓜，答应事成后再付他五十万元!”

“既然如此，周局，你签发拘捕令吧，我立即把姚叔缉拿归案!”

周峰摇摇头说：“问题是，目前我们还没有搞清他与刘兰英的关系，也没有查清刘兰英的问题，所以暂时不能动他!”

“怕惊动刘兰英?”

周峰点点头说：“弄不好会影响大局，姚叔与刘兰英的关系由经侦支队负责去查清，你们要全力配合他们！任务是严密监控好姚叔，以防发生任何意外!”周峰说到此又重复了一遍，并加重了语气：“我们不能再发生任何意外了，否则，谁都难以承担责任!”

张新领悟地说：“周局，你放心，我保证不会再发生任何意外。”

周峰点点头说：“你们不仅要监控好姚叔，还要摸清他手下那些人的情况，谁再敢轻举妄动，先斩断了那些‘蟹脚’再说!”

“我明白你的意图。”

“另外，你们也要及早作好准备，派便衣打入姚叔山庄内部，想办法摸清他可能潜逃的路线，待归案时要做到万无一失!”

“好，我会立即去实施的。”

“至于王倩，就不要再给她施加任何压力了，黄妻的死，责任还在我们领导身上，在保护措施、防备手段上还不那么严密!”

“是我大意了……”

“也好，给了我们一个教训，让我们明白我们面对的是怎样凶残狡猾的对手!”

第六章　措手不及

一、危机四伏

邢志军和郭父已把墓地安置好，邢志军在郭蓉的墓碑前默默地抽着烟，郭父轻轻地唤道："志军，咱们回去吧，时候不早啦！"

"爸，我再陪小蓉一会儿，我真不忍心让她一个人待在这儿……"话音刚落，他的手机响了，邢志军木然地接听，里面传出胡林的声音："邢队，你在哪儿？不是和我们约好了六点钟到你家？"

邢志军看看手表，时钟已指向六点整，他说了句："我马上到。"转对郭父说："爸，我忘了今天约小胡、小刘晚上谈工作的事，他们已经到我家了！"

郭父忙催促道："快回去吧，工作要紧！"

邢志军恋恋不舍地抱了抱墓碑说："小蓉，以后我会常来看你陪你说话的！"此时夕阳正照在墓碑郭蓉的照片上，郭蓉在向他微笑着……

胡林和刘刚坐在楼梯口向外张望着，等待着邢志军。

胡林摇摇头纳闷地说："嘿，邢队也有忘记自己所说的话的时候！"

刘刚说："好像今天他要和老丈人去办他妻子落葬的事……"

"哦，是这样。他怎么没和我说？"

"我也是听说的，邢队没告诉我们，我们知道了肯定都会去的！"

此时，邢志军匆匆赶到，他亮了亮手中的几包熟菜说："对不起，让二位久等了，今天我请客，不吃方便面了！"

他把东西塞到刘刚手中："拿着！我开门！"刘刚接过来，眼睛一亮："哈，太阳从西边出来了！"

胡林调皮地说："傍晚了嘛，太阳就照到西边来了！"

"别贫嘴，让你嫂子听见会找你们麻烦的！"

胡林吐了吐舌头，邢志军打开门，两人跟了进去。

刘刚把熟菜放到桌上，邢志军取来碗筷说："我刚从西天那儿来，你们的嫂子说，给这俩小子弄点儿好吃的吧！我已经不能亲自下厨啦……"

胡林嗔怪道："嫂子下葬了？干吗不告诉我们？我们也该送她一程啊！"

"是啊，我们可没少吃嫂子烧的菜！也让我们和她道个'谢'啊。"刘刚动情地说。

“嫂子让你们好好工作就是了！”邢志军转移话题拉开凳子说，“来，咱们边吃边谈吧！”

胡林和刘刚却谁也没动筷子。

邢志军问道：“最近，队里大家有些什么反应？”

刘刚说：“都觉得有点儿闷……”

“为什么？”

“总觉得像湿手抓了一把面粉似的扔也扔不掉，却又难以下手！”

胡林说：“社会上对阳光集团的议论较多，但迄今为止，我们抓到的把柄不多，主要是难以一下敲到他们的软肋！”

刘刚接过话头说：“刘兰英上面有市领导罩着，在社会上风光得很，传说即将召开的‘两会’上，她还是增补市政协常委的热门人选！”

“嘿，还有这样的传说？”

“传说可多着呢！”

“还有哪些？”

胡林看看刘刚，直言道：“还说你和她是从小一起长大的……”

邢志军哈哈大笑：“把我也扯上了？这样好啊，我们索性全队一起下去走访一番，把群众的反映摸个透！”他收起笑容，严肃地说：

“我们得抓紧时间，明天分头到一些公司去了解情况，看看从中能否发现些线索，要特别注意这些公司和阳光集团是否有经济上的往来，还有，他们对阳光集团有些什么反应，尤其是对‘阳光’一条街开街的情况和刘兰英答记者问的反应。”

胡林和刘刚点点头，邢志军看着他俩又叮嘱道：

“一切都要装得若无其事，只是在例行公事，绝不能惊动他们，让他们有所猜疑，我们的目标越来越明确了，但要把他们连锅端，办成铁案，可不是一件容易的事，这就得靠我们掌握他们的大量罪证。我们已办过不少经济案件，可这类案件的证据是很难掌握的！”

胡林说：“是啊，就说于玲玲，当初明明知道她是犯罪嫌疑人，却无法去抓她！”

刘刚笑道：“是啊，就是抓到了，她还要摆架子，只肯找当官的谈！”

邢志军知道他俩话里有话，说道：“于玲玲这样做也有她的理由，以后你们会慢慢明白的……这案子确实复杂……”

“那邢队，上次你审过于玲玲后，说的那些话是真的吗？”

“我说过哪些话了？”

“邢队，你不想回答这个问题可以，但不能赖啊！那天，害得我俩一宿都没睡好！似乎世界末日到了……”

“有那么严重吗？我能告诉你们的是，此事已过去！今天我找你们谈此案的工作安排，就证明我还在主办此案，明白了吗？”

刘刚和胡林同时说：“不明白！”

“还不明白？”邢志军转了个话题，“哎，我说你们的肚子都不饿啊？嫂子可有意见了，说你们不吃她的饭，她就不高兴啦。”

胡林和刘刚马上说：“邢队，我们明白啦！嫂子，我们饿啦，这就吃！”

邢志军被他们逗笑了，三个人大口吃起来。

邢志军突然问道：“张队那边有进展吗？”

胡林说：“邢队，你听说了吗？上午他们那边出了点儿事。”

“出什么事了？”邢志军一怔。

“有人枪杀了黄一瓜的老婆！”

“有这事？那凶手呢？”

“当场被击毙了！”

邢志军又吃一惊：“那……不又断了线索？”

刘刚说：“不仅如此，社会上反响可大了！”

此时，邢志军的手机响起，是周峰打来的。

邢志军接听完手机，对胡林和刘刚说：“周局有急事找我，他正好路过这儿，你们就先回去休息吧！”

胡林有点儿不情愿地说：“难得两天出一次太阳，又让周局搅局了！”

邢志军把手机递给刘刚半开玩笑地说：“那你跟周局说请他改日再来。”

刘兰英和两个孩子在草地上踢足球到傍晚，她显现出少有的母爱和温柔。

钱芳走来，刘兰英让两个孩子自己玩会儿，钱芳走到她身边低声说：“姚叔来电话让我告诉你，黄妻那边没事了。”

刘兰英一怔：“什么意思？”

“他就让告诉你这句话。”

刘兰英沉思片刻问道：“于玲玲的事查清了吗？”

钱芳摇摇头说：“还是没有确切的消息……”

“难道她真的和陈行长一起逃往国外了？”

“总之，东都市的看守所内都没有他俩的身影……”

“果真如此，倒也谢天谢地了！”

“如今，黄一瓜老婆那儿也彻底解决了，更没事了！”

“她万一已经讲出了些什么呢？”

“刘总，这你放心，即便她恢复了记忆，也咬不出来什么的！”

“真的？”

“不要说你没和她打过照面，连我也从未与她谋过面。这点，我是很注意的。以前有什么事，我只找黄一瓜，现在黄一瓜蒸发了，谁还能扯上我们？”

刘兰英摇摇头说：“既然如此，姚叔这么做不是多此一举了！”

钱芳笑道：“少一个证人总是好事！”

刘兰英叹了口气说：“但肯定又会惹上新的麻烦！阿芳，这段时间千万要谨慎小心，融资的事暂时放一放！一会儿，我得赶紧去姚叔那一趟，你陪孩子们再玩一会儿吧！”刘兰英过去和俩孩子打招呼，大毛、小毛都嚷嚷着不让她走，刘兰英哄他们说：“妈有大事得出去，一会儿回来陪你们。”俩孩子只好随钱芳玩去了。

刘兰英上楼冲了个澡，换好衣服，开车向姚叔的山庄驶去。

姚叔正在射飞镖，刘兰英见到姚叔第一句话就说：“你把黄一瓜的老婆怎么了？”

姚叔一边抛射着飞镖一边答道：“雇人把她做了！”

“做了？”

“他们让她恢复了记忆，不做掉怎么行？”

“你雇的人呢？让他们抓住了咋办？他肯定会供出你来的！”

“他已经被他们打死了！”

“这么大的事他们肯定会查个彻底的。”

“查吧，有本事就查吧！”姚叔面无表情，一副满不在乎的样子。他若无其事地继续抛射着飞镖，镖镖中的。

刘兰英火了，一跺脚说：“你怎么老是动刀动枪的，杀的人多了老天爷也会给你报应的！”

姚叔冷笑道：“我杀的人肯定不会超过我杀的猪！”

刘兰英更火了：“猪怎么可以和人比！”

姚叔诡秘地一笑，说：“反正我早已习惯在刀尖上过日子了！”

刘兰英一下用身体挡住了飞镖靶，气呼呼地说：“射呀！干脆你也把我做了吧！”姚叔见刘兰英真生气了，赶紧扔了手中的飞镖，过来哄她。

“阿英，我这都是为了你，谁要咬上你我就把谁做了！”

“可你也不能去冒这个险呀，明白吗？你出了事让我怎么办？”

姚叔近乎无语地立在那儿说：“我已经够本啦。”

刘兰英一把抱住他，大声地说：“你出了事我还能活下去吗？你出了事我活不下去的，就是还能活下去也是活不好的，你懂吗？当年你救我不也是为了让我活得好吗？”

她大哭着，姚叔顺从得像哄小孩似的轻轻拍拍她的后背：“别哭，别哭。阿英，我不会出事的，出了事也绝不会牵连你的。”此时的姚叔像一位慈父，完全变成了另外一个人。

刘兰英却越哭越伤心，姚叔哄了半天才把她哄好。

姚叔把刘兰英领到阳台藤椅上，茶几上早已摆放好了酒和茶点，阳光很好，可刘兰英此时的心情却一片阴沉。

姚叔打开洋酒倒了两杯，两人对饮起来。

刘兰英慢慢恢复了平静，她劝导着姚叔说："听我话，以后千万别再干这种事了，你对我的好，我会永远记在心里的，香港那边有消息吗？"

"你放心，他们查不出的。"

"那两个给黄一瓜老婆打针的混混儿呢？"

"他们拿了钱，我让他们远走高飞了！"

"这两件事一直是我的心病，现在又加了一件……有句老话叫多行不义必自毙呀！"

姚叔笑道："你放心吧，出不了事的，就是查到我身上，我也是死猪不怕开水烫的。阿英，你可以不相信任何人，总该相信我吧？"

刘兰英摇摇头说："你怎么还不明白……难道我只是怕引火烧身？我只是不想让你出任何事，明白了吗？"

姚叔见她又要发火，忙说："我明白，我听明白了，你心中是有我的，是为了我好！"

"这就对了，我今天来就想对你说这句话！那边我已让阿芳暂停融资了，你也偃旗息鼓一阵子，看看情况的发展再说，好吗？"

姚叔顺从地点点头。

刘兰英看看表起身说："我该回去了，俩孩子还等着我呢！"

姚叔没挽留，起身送她，问道："大毛、小毛好吗？"

刘兰英点点头说："俩孩子懂事了不少，但他们总是嚷着要爸爸……"

"你怎么回答他们？"

"还是那句话呗，在海外工作呢。"

"你没和他俩说过我是谁？"刘兰英摇摇头说："我可不想让他们有个杀人犯的伯伯！"

姚叔听后也不生气，只是笑着摇了摇头。

"真希望他们快长大……"刘兰英幽幽地说。

"再坚持两年，等他们读中学时就送他们出去吧。"

"我也是这样想的。"两人边说边走出长廊。

姚叔送刘兰英到车边，突然说了句："亲我一下吧兰英，这是多年来我对你最高的要求。"

刘兰英轻轻地亲了一下他的脸颊说了声："多保重！"然后跳上车，姚叔目送着她驱车远去，不禁叹了口气。

大毛、小毛还没睡，正在床上偷偷地玩迷你游戏机。听见门外有脚步声，他俩忙关掉灯，把游戏机藏好。

刘兰英推门而入。见两个孩子已睡，她走到床边轻轻地为他们掖被子，发现了游戏机，她拿起正要离去。

俩孩子突然从床上跳起嚷嚷道："妈妈，不准没收我们的游戏机！"

刘兰英装作生气的样子说："原来你俩是在装睡呀？"

大毛表态说："妈妈，我马上睡觉，保证明天按时起床！"

"妈妈，好妈妈，把游戏机还给我们吧……"小毛也哀求道。

刘兰英坐在床边爱抚地摸着他俩的头说："爱读书的孩子才是好孩子，妈不是不让你们玩游戏，学习的时候要好好学习，玩耍的时候好好玩耍，而睡觉的时候呢，就该好好睡觉，将来你们长大了，工作的时候更该好好工作，懂吗？"

大毛、小毛异口同声地说："懂了！"

"懂？你们什么时候真能懂事啊？周五放学时，让你们好好等着阿芳姐接你们回家，你们却自己跑到江边玩去了，嘿，差一点送了命！还不吸取教训吗？以后一定要听妈妈的话哦！"

两个孩子都点点头。

大毛睁着一双明亮的大眼睛问："妈，那个救我们的阿姨找到了吗？"

"妈，你一定要好好谢谢她！"小毛也从被窝里爬出来。

"你们放心好了，妈会好好报答她的，赶紧睡吧！"刘兰英把没收的游戏机放到桌上说，"妈相信你们，把游戏机放在这儿，你们下星期回来时再玩。"

两个孩子点点头，和她道了声"晚安"。刘兰英把灯关掉，轻轻地关上了门。

回到客厅，她看见茶几上手机有未读短信，赶紧拿起手机查看，只见屏幕上显示着："睡了吗？我有急事要找你。姚。"看完短信，刘兰英心里很纳闷，她知道姚叔不轻易来这里，他来肯定有什么急事。

刘兰英立刻回了个短信："还没睡，来吧！"

姚叔送刘兰英离开山庄后，就接到手下一个电话，说害黄一瓜老婆的俩人被抓了，姚叔独自一人饮着酒，他突然觉得这事必须立即告诉刘兰英，于是他给刘兰英发了短信后开车向市区驶去。

姚叔开着车，到刘兰英小区附近时放慢车速，从反光镜中注意着后面的动静。

后面正好有辆小车驶进小区，姚叔有意把车停在一处观察，见后面那辆小车毫不犹豫地超越他，停在不远处一幢小别墅的门口，车上下来一个中年妇女进了楼门。

姚叔在车中注意地看着，一直等那个妇女进屋亮了灯，他才放心地把车开到刘兰英的别墅前。他看看没人跟踪，下车后迅速来到刘兰英住的楼层，轻轻敲了几下门。

而姚叔先前见到车上下来的妇女，正是张新派的侦查员王莹，给她开门迎她进屋的是居委会主任杨玲芳，此时她俩正从窗口窥视着对面刘兰英的客厅窗口。

王莹小声问道："你知道那一家的情况吗？"

"她是赫赫有名的阳光集团的刘总，平常只看见她和她的两个孩子住，还有她的一个外甥女，没见外人来过。"

一直注意着门外动静的刘兰英迎姚叔进屋，她已给姚叔准备好了他爱喝的茶，以熟练的手法为姚叔倒了一杯端到他面前问道："这么晚了又有什么急事了？不是说好了，有急事我去找你嘛！"

姚叔轻声说道："你刚离开，我就得到重要信息，想和你商量一下。本来想让你去，可你难得陪孩子们一次，我怕你离开不方便就来了。"

刘兰英不知所措地看着他问道："有麻烦了？"

"嗯，那两个笨蛋都让警方逮住了！"

"你说的是去黄一瓜老婆家的那两个！"

姚叔点点头。

刘兰英听后心里七上八下地扑腾着，脸色一下子阴沉下来。

姚叔沉默了一会儿，神情凝重地说："还有，那个'导游'也出事了……"

刘兰英有点沉不住气了，她着急地问道："那他们会不会把你招出来？"

姚叔呷了一口茶，皱了皱眉头说："我估计会。"

刘兰英一下呆愣住了，两眼直视着姚叔，屋里的气氛一下沉默了。

姚叔打破沉默嘱咐道："我来是跟你打个招呼，别怕！从今以后你再也不要跟我直接通话了，更不要到我那儿去了，明白吗？"

刘兰英无语地给姚叔斟满了茶。

姚叔轻声和缓地说："阿英，如果我出事了，绝不会连累你的，听明白了吗？千万不要相信任何人说我招出了你什么，不要上他们的当！他们是惯用挑拨离间的手法各个击破的！"

刘兰英仍然沉默着，不知说什么好，这事来得太突然，她思想上一点儿准备也没有。

姚叔喝了口茶安慰着刘兰英说："不管发生什么事有我顶着呢，好好把大毛、小毛抚养大……万一我有个三长两短，千万不要到监牢里来看我，就是我被杀了头，也不要为我收尸，免得让他们抓住一点儿把柄！"

刘兰英听着，泪水不禁流了下来。

“阿英，别哭！黄一瓜夫妻都死了，于玲玲也已逃到国外去了，和你有关的两条线索都断了，他们把我一抓，我都会揽下来的，从现在开始，你就好好地做你的生意，过好你自己的生活吧！”

姚叔说着起身告辞又叮嘱道：“我刚才说的你得千万记住！”说完，他走向大门，正要拉门离去时，刘兰英却冲上前去，一把抱住了他，动情地说：“你是我的恩人！姚叔，天大的事我也不能让你一个人扛！我不能这么自私！不能这么绝情！我不能没有你！”说完伏在姚叔身上轻声哭泣起来，姚叔轻轻拍拍刘兰英的背说道：“好好照顾俩孩子，以后的路还长着呢！”说完他又拉门欲走。

刘兰英拉住了姚叔的手臂说：“你先别走，听我说说我的想法好吗？”

姚叔犹豫了一下，坐到沙发上说：“我不能在这里待得太久，你快说吧！”

刘兰英推开大毛、小毛的卧室，见两个孩子都已熟睡，她放心地轻轻关上了门，坐到姚叔的身边，轻轻拉起他的手，抚摸着他的手背说：“姚叔，我没有你那么多的处世经验，但我也没有那么悲观，其实，事情也没那么严重，可你说的话像是在安排后事，反倒让我心里不安。姚叔，我对你是绝对相信的，也会永远记着你的恩情。我也同意你所有的叮嘱，我们暂时不再通话，不再往来，也停止以前的那些业务，可是，你说的话那么重，好像世界末日快要来临。”

“我是让你要有充分的思想准备，被他们抓到的那些人肯定把我咬出来了！”

“那他们干吗没马上也把你抓起来？”

“我看——快了，也许我跑出这个门就会被他们抓起来，刚刚来时，似乎就有人紧盯着我！”

刘兰英摇摇头说：“我看一下子不会的！”

“为什么？”

刘兰英用肯定的语气说：“他们还没搞清你和我的关系，如果他们真要动真格的，那么，最大的目标应该是阳光集团，应该是我！不过要动我也没那么容易，我们还有别的办法和对策。总之，我们还有足够的时间准备，重要的是要利用好这段时间，你不是早就催我离开这里吗？实在不行我们就一起走吧。既要作好走的准备，一走了事！又要做好转危为安的工作，看情况，能干多久就干多久！这样行吗？”

姚叔见刘兰英镇定自若，感到她已经很老练成熟了，满意地点了点头说：“好吧，你去作走的准备，其他的事由我来办！”说完他起身告辞。

刘兰英恋恋不舍地扑向他的怀抱，微闭着眼，等待他的亲吻，可姚叔像以往一样，轻轻推开她，说了声："多保重!"闪身出门，迅速上车掉头驶离小区。

在一隐蔽处，刑侦队的小王和小沈从车窗里看到姚叔开走了车，不露声色地跟踪上去。

刘兰英从窗户看到了一切，她忙打手机告诉姚叔，让他注意后面的尾巴!

姚叔从反光镜中看到后面跟着的车，他放慢速度，小沈他们的车故意超前，驶向了和他相反的方向。

他立刻给刘兰英发了条短信："放心，不是尾巴，好好休息吧!"

发完短信，车猛地向山路开去，漆黑的夜里，姚叔眼中露出一丝凶狠的光。

刘兰英松了口气回到客厅沙发上，思绪像团乱麻，她疲惫地走进浴室，泡在浴缸中，双眼呆呆地望着天花板出神。

姚叔的到来，让她惶惶不安。刚才虽说在他面前表现得镇定自若，可此刻她突然感到危机四伏，不知所措。她突然想到了邢志军，过去他们是那么相爱，可现在成了一对冤家。她真想把真相告诉他，可又不能，况且邢志军根本就不给她解释的机会，她此刻需要邢志军的帮助，但她也知道这个忙邢志军也帮不了。她绝望地叹了口气……

大毛翻了下身，突然大叫一声："爸爸，爸爸！我要爸爸!"

刘兰英吓了一跳，赶紧走过去，见大毛又沉睡了，知道他是在做梦，心里一阵痛楚。

二、缩小包围圈

夜深了，周峰接到张新电话得知姚叔去了刘兰英家，他下令注意监控，但千万不要轻举妄动，打草惊蛇，之后，他决定立即找邢志军商量对策。

此时，邢志军也没睡意，正坐在郭蓉遗像前抽烟，见周峰这么晚来赶紧把他迎进屋。

"周局，这么晚了还没休息?"

周峰快步跨进客厅，坐在靠门的沙发上，急急地说："上午发生的事知道了吧?"

邢志军点点头，给周局倒了杯水。

"刚才张新报告，姚叔去过刘兰英家了!"

邢志军一愣。

"看来，谁都没有睡大觉啊！我找你来是想和你谈谈对下一步工作的想法。上午突发的事件确实也给我们敲响了警钟，我们以后的工作得更严密些、周全些。不过，我们的对手也越来越明确了，凸显了，他们要斩断可能牵出他们的那些线头，我们偏偏要扯住它们不放，一定要扯个明白，扯到底!”

邢志军插话道：“张新他们的工作还是卓有成效的!”

周峰点点头说：“是的，张新他们的工作很有成绩，现在姚叔那条线，由他们负责监控和继续查明。你呢，一要查明阳光集团的情况；二要把重点放在刘兰英的身上。时间很紧迫，因为我们逮住了那两个蒙面人，香港警方又破了黄一瓜的案，姚叔势必被惊动，他很有可能会出逃。他要出逃，我们只能立即抓捕，这样，又势必会惊动刘兰英那条线。如果那样，对你来说，开展工作的难度会更大!”

邢志军笑道：“既然现在可能已经惊动了姚叔，姚叔不会不把这些情况告诉刘兰英的，刘兰英也不会不作些准备，我们要查清她，已经很难了……何况，上面还有曹市长罩着她……”

“那你有什么打算?”

邢志军思索着，没有立即回答。

周峰紧追不舍，抓住问题单刀直入：“是不是想收网?”

邢志军还是没有立即回答，却反问道：“你的意见呢?”

周峰抬起头来看了邢志军一眼说：“我一时还拿不准，左右为难，所以才赶来听听你的意见!”

邢志军只好表态说：“我还是那句话，心急吃不了热豆腐！我的意见是我们先按兵不动，让他们误认为我们急于动手，然后再看看他们要什么花招。”

“你是说欲擒故纵?”

“不是我说的，是你经常对我们说的!”

周峰思索片刻，认真地说：“志军，你得明白，这次，我们是无可奈何，只得把你请出……”

“我明白。刚才小胡、小刘在我这儿，他们也憋得慌，觉得有劲儿使不上。”

“是啊，经侦这一块确实难搞，我们在这方面以前没有积累多少经验，只能摸着石头过河，何况此案还涉及复杂的人事关系!”周峰说着看看邢志军，“志军，你得充分估计到可能遇到的困难和阻力，作好充分的思想准备，我们暂且美其名曰‘欲擒故纵’，这复杂的人事关系随着案情的深入会在这个过程中凸显，有时可能会让任何人都措手不及……”

“我明白，我时刻准备接受更为复杂的各种考验！只要组织上能信任我……”

周峰斩钉截铁地说：“这是绝对的!”

“于玲玲那头情况最近怎样?”

“她写出了好多材料，把她所经手的非法集资的所有明细账目都写出来了……估计她不会再保留什么！”

“如果真是那样，结案时我们得考虑从宽处理！”

邢志军点点头说：“如今谁都不愿当谁的殉葬品……不过，我们得注意，不要又让她被殉葬了，否则不但又少了一个证人，对结案不利，也对不起她本人。”

“这你放心，我早已下令，若她那边出了问题，看守所这条线上的人都得被撸下来，这可是上面钦定的大案！你看看，还有什么问题要提醒我的？”

“我该说的都说了，下面得听你的指示了！”

周峰笑道：“什么指示不指示的，咱俩是在一起商量工作！哎，陈敏那头怎么样？”

“我已和她商量好了，她暂时不来我们支队上班，用她的有利条件设法打入阳光集团内部，摸清更多的情况！我这边刚才和小胡、小刘商量了一下，走群众路线，从外围多掌握些情况，逐渐缩小包围圈，由外向内攻击。”

周峰点点头说：“搞这类案子的难点一是取证，二是尽量让国家和受害者减少损失，而不仅仅是侦破得快慢，你很快破案了，结案了，钱收不回来有什么用呢？所以，陈敏那头的工作也是非常重要的，如果她能很快打入他们的内部，取得刘兰英的信任，弄清真实情况，事情可能会好办得多！”

“我相信她能完成任务的！”

邢志军向周峰汇报着如何安排陈敏打入阳光集团内部的策略和具体的行动方案，周峰嘱咐邢志军道：“对方肯定也会在我们身上下功夫，我们在刘兰英身上打主意，派陈敏打进去，刘兰英也会考虑她们下一步的路怎么走？下一步她肯定要来找你帮忙摸情况，你对她的态度太生硬就等于告诉她，我们已注意上了她！另外香港警方破案后，那个‘导游’交代出了对黄一瓜监控的事是他通报给这边的，我们应排除我们内部是否有人泄露的推测……我们这支队伍还是过硬的！”

邢志军听后兴奋地说：“周局，有你这句话就行了，我明天将会投入更多的警力，去走好群众路线，破这样的大案要案，还是得靠大家，走群众路线！”

周峰起身告辞道：“我该为你做的都做了，该和你讲的也都讲了，下面就看你的了！”

邢志军笑道：“就看我如何在火上烤了？”两人顿时都笑起来。

邢志军送周峰走，到门口时说了句：“对姚叔他们，我们也该实施一点特殊的侦查手段。”

周峰点点头说：“我已给技侦部门布置过啦，从现在起对刘兰英、姚叔实施通信监控。”

邢志军送走周峰后返回屋内，电话铃响起，他忙去接听，电话中传来刘兰英的声音：“志军，我是兰英，睡了吧，打扰你了……”

“这么晚打电话，有急事吗?”邢志军镇定地问道。

“哦，是这样，我想问问小蓉落葬的事办了没有？我这儿有块墓地很好，想和你……”

邢志军立即打断她的话说：“谢谢！已办好了，是我岳父一手操办的。”

“你怎么没告诉我？我也该送送她啊！这样，明天你陪我去一下墓地好吗？我该去看看她！”

邢志军一时拿不定主意，犹豫着：“明早我有会……”

还没等他答复，刘兰英就打断了他的话说：“好吧，就这样定了！我上午十点来接你，明天见面时再说！”说完，她一下挂断了电话。

邢志军放下电话，心里一下又沉重起来。这么多年他一直不想再和刘兰英有半点儿瓜葛，可上天似乎有意捉弄他，又得和她接触了，而小蓉又走了，自己肩负着重担和使命，怎样把握好尺度？把握好底线？他忍不住拨通了周峰的手机，向他汇报和请示道：“周局，是我，有件事我要报告一下，你刚走，刘兰英就来电话了……”

周峰还没到家，在车里接听电话，他果断地说：“去吧！志军啊，我们不是都讲定了吗？对刘兰英绝对不能意气用事，稍处理不好，就会惊动她，去吧，既然组织上信任你，让你继续办此案，那这些问题以后就不必总请示我了！你认为怎么对办好此案有利，就怎么办！”

邢志军打完电话，躺在床上辗转反侧怎么也睡不着，周局和组织上对他的鼓励和信任让他感动，也感到温暖和力量，他想着明天一早找李阳政委谈谈心，几天来的疲劳让他昏昏入睡。七点钟，闹钟把他吵醒，邢志军穿好警服，洗了把脸，啃了几口面包，就急忙赶到局里。正巧上电梯时碰上了李阳，李阳热情地把他请到办公室，两人交谈起来。

邢志军一脸诚恳地说：“李政委，有些事我得向你汇报一下。”

李阳笑道：“这么正儿八经的干吗？你们那案子是谢厅、周局直接抓的，他们俩知道了就行！”

“不，李政委，我也得让你知道。”

李阳问道：“周局和你谈了省厅和局党委的决定了吧?”

邢志军点点头说：“谈过了，谢谢领导们对我的信任，更要感谢你的支持！”

李阳一挥手说：“谢我什么？我对你还不了解？当初把你从刑侦队调过来也是我推荐的嘛！”

“这阵子，面上那么多事都让你挡着，辛苦你啦！”

“不说这些了好吗？谈谈下面的事，还有什么要我办的？”

“省厅派人下来的事你知道了吗？”

李阳点点头说：“周局跟我说了，我知道一下就行，一切都按省厅、周局的指示办。”

“昨晚很晚了，周局还来我家，他作了如下指示：一是此案既要在‘两会’前破掉，弄清背后的黑幕，又要把国家和受害者的损失减到最低；二是从案情的进展上已证明，我们这支队伍是可信的。所以周局指示，为了达到以上两个目的，要我们发动全队的力量！”

李阳点头说：“是啊，大家都已憋得发慌了，有劲儿使不上啊！”

“我想今天上午召开全队会议，作一下动员，一起开展此案的面上工作，尽可能多取到些证据，迅速缩小包围圈，然后再瓮中捉鳖！”

李阳赞同地点点头。

邢志军向李阳建议道：

“李政委，我们点上的工作，除了胡林、刘刚、我和省厅派来的陈敏，能否再增加大杨和老宋两个。”

李阳马上表态说“好啊！大杨肯动脑，老宋沉稳，好人选。”

经侦支队会议室里，已经坐满了人，邢志军环顾了一下四周说：“今天我们开个短会。大家都清楚，我们这个部门是在新形势下才独立办案的，随着经济发展，各种问题也逐渐暴露，银行骗贷、金融诈骗、非法集资、偷税漏税等，当然，还有大量的行贿受贿、贪污案件。我们经侦部门不仅担负着侦破这些案件的重任，为经济发展保驾护航，还要做大量的预防犯罪的工作。而我们这个部门的同志又都是从各个部门抽调来的，只能在战斗中磨炼，在工作中学习。周局指示我们，要搞好这项工作，还得保持和发扬我们的光荣传统，要走群众路线。只有发动群众，才能得到各种线索，有利于我们破案！到群众中去，宣传普及有关经济运行中的各类法律常识，才能预防犯罪。这个月，我们集中精力，分条块下去，不带任何偏见，认真地听取群众的意见，发现问题随时向队里汇报……”邢志军讲到此，突然他的手机振动了，他看了一下手机屏的显示，是刘兰英打来的，邢志军赶紧结束讲话：“好，我要说的就这些。”他看看李阳说道：“李政委，你说几句吧！”

李阳是个不善言谈的人，他说了句：“大家分头下去吧，这项工作由我分工来抓，我和大家一起下去！散会！”

众人纷纷离去，邢志军让胡林、刘刚、大杨和老宋留下。他则立刻给刘兰英回了个短信：“刘总，请稍等，我马上下来！”

此时，胡林等几人走了过来。邢志军对大家说：

“经过政委和我研究决定，省厅督办的我市第一号大案专案组，增添了大杨和老宋两位同志！老宋是老刑警出身，以后多负点责任，大家也要多向他请教。大杨呢，也是从派出所基层干起的优秀民警，大家要互相配合，尽快进入各自的角色。具体的案情，胡林和刘刚介入得较早，由他俩再向老宋和大杨作详细介绍。我只强调两点：其一，这个案子涉及面广，案情复杂，大家一定要加强保密；其二，此案件涉案金额巨大，不仅涉及国家利益，而且受害群众面广，我们必须站在对国家利益和受害民众负责的立场上去努力办好此案，维护社会的稳定！大家都必须明确肩负的重任！”

老宋、大杨、小胡和小刘异口同声地说：“是！保证完成任务！”

邢志军点点头，用信任的目光看着他们说：“至于各人的任务，由我直接安排！今天，大家先随面上的同志一起下去搞调研，重点放在‘阳光’集团上……”

邢志军布置完工作匆匆走出市局大门口，见一辆黑色奔驰轿车停在一边，刘兰英站在车旁向他微笑招手，那条围在脖子上的素花丝巾随风摆动着。

邢志军面无表情地上了车，刘兰英把车迅疾开走。

老宋、大杨、胡林和刘刚推着自行车正好出来，看到了这一幕，老宋和大杨都一怔，相视无语，而胡林和刘刚也觉得有点儿纳闷。胡林小声问刘刚：“这是怎么回事？邢队让我们把重点放在‘阳光’集团上，他自己却……”

刘刚打断他的话，转对老宋和大杨说：“我们先找个地方，我和小胡把情况向你俩作个介绍。”

车上，刘兰英对邢志军说：“真不敢相信，这次你会答应我……”

邢志军一笑：“看在你能对小蓉那么尊重的分上。”

刘兰英试探道：“那你不怕被你的部下看见？”

“我有什么可怕的？”

刘兰英笑道：“不怕就好！最近忙吗？”

“我们这工作嘛，可忙，也可不忙，但总体上说还是忙。”

“此话怎讲？”

邢志军淡然地说：“你睁一只眼闭一只眼嘛，就可少忙些。你认真嘛，就会忙得四脚朝天！”

刘兰英哈哈笑道：“那你呢，属于哪一种？”

邢志军反问道：“你看呢？”

刘兰英摇摇头说：“我看不出，不过你已经变了个人，完全不像以前了……以前你什么话都对我说，可现在，我们彼此像陌生人一样。”

“那你希望我怎样？”

刘兰英深情地看了邢志军一眼说：“我希望你活得快乐，不要太拼命，要换种活法！”

“每个人都有每个人的活法，但命运是上天注定的，无法改变。”

刘兰英笑道：“你的话有道理，但命运也是可以改变的，就看你自己是否愿意。”

邢志军听后默然无语，两人都沉默着。刘兰英开着车，心绪很纷乱。她很想借此机会和邢志军好好交流几句，但又不知从何谈起，车驶向郊区，刘兰英转了个话题，问邢志军：“前几天，我在市政府新闻发布会上答记者问的直播，你看到了吗？”

邢志军摇摇头说：“没有，很抱歉！我实在太忙了，对这类事没顾及，下次你再上电视时预先告诉我一声，我一定领略一下你的风采！”

刘兰英笑道：“你以为这种机会会常有？”说着，她歪头瞅了邢志军一眼。

邢志军脸上露出了让人不易察觉的笑容，半开玩笑地说：“你不已成了咱东都市的明星人物了吗？以后肯定还会有更多的机会！”

刘兰英苦笑道：“高处不胜寒哪，你又不肯助我一臂之力。”

邢志军也自嘲道：“俗话说，隔行如隔山，就像你帮不了我忙一样，我也帮不了你的忙。如今，我也是泥菩萨过河，自身难保啊！”

刘兰英不解其意地看看邢志军说：“那你能给我点儿安慰我就满足了。”

邢志军笑而不语，他心里想的是怎样摸清刘兰英的蛛丝马迹，又不失男人的底线；而刘兰英则琢磨着怎样能用温情打动他，让他找回昔日的恋旧情怀。

过了会儿，刘兰英长叹了一口气说：“我时常会冒出这样的念头，不想干了……太累了……真的，太累了……”

邢志军试探道：“想见好就收了？”

刘兰英又叹了一口气说：“我现在也好不到哪里去，不是人们看到的女强人，也不是人们想象中的完美女性，我现在只想做个普通人，平平淡淡、安安静静地生活。”

“可你能吗？你能做到吗？现在你是公众人物，你是市里企业界的一面旗帜，曹市长亲自树起来的典型，你能停下脚步吗？”

刘兰英听出邢志军话语中的讥讽意味，摇摇头说：“也有好多人都想看着我跌得粉身碎骨呢。”她停顿了片刻，突然反唇相讥道：“志军，你想看到这一幕吗？”

邢志军微微一笑：“我要这样想的话，就不会坐上你的车了！”

刘兰英的脸上露出了笑容，语气和缓地说：“谢谢你，志军，我想问你一句，真到了那时，你会拉我一把吗？看在当初我们相恋的分上！”

“你扯到哪儿去啦，过去的事早已过去了！况且，你的事业如日中天，你怎么突然悲观失望，说这些让人摸不着边的话呢。”邢志军话中有话，神色一下子低沉了下来。

刘兰英顺势说道：“我是希望你能忘记我过去对不住你的地方，但希望你能记住我们过去……”

邢志军打断她的话说：“我会忘记该忘记的，记住该记住的！”

“志军，你的话听着好拗口，其实有好多误会，但你不给我机会也不想听我解释。”

说话间小车驶到公墓前，邢志军说了声：“公墓到了。”刘兰英停下车，邢志军从车上下来。

刘兰英从车后座上捧出了一束鲜花，来到郭蓉墓碑前。

刘兰英在郭蓉的墓碑前献上了鲜花，并恭敬地三鞠躬，然后她蹲下身来抚摸着墓碑低语道：“小蓉妹妹，兰英来看你了，我一定记住你的话，照顾好志军，他也在旁边，如果你地下有知的话，你该告诉志军，你是不是这样嘱咐我的！”

邢志军站在刘兰英旁边，两眼注视着墓碑，思绪万千。他听着刘兰英的话语，低声说道：“小蓉，你生前也对我说过，但我不需要任何人的照顾，我感觉你一直在陪伴着我。”

刘兰英听了邢志军的话，心一下被刺痛了，她觉得邢志军太绝情了，以前他们之间毕竟有过一段刻骨铭心的恋情，可事到如今，他对自己还是充满了怨恨，但刘兰英也理解邢志军失去小蓉的痛苦心情，她控制住自己的情绪劝慰着邢志军：“志军，我知道你对小蓉的感情很深，但人死不能复生，我们都应该正视这个现实。”

邢志军长长地叹了口气，摇摇头说：“我不敢正视，请理解！”

“我理解，那就慢慢来吧……但你又能理解我多少呢？我也有不少不敢去正视的问题，尤其是我们以前那段感情……”

“这些都已过去了，对以前的事，小蓉说得好，你肯定有你的难处，我不怪你。”

刘兰英听后眼睛一亮，似乎有了希望：“这么说，你都听进了小蓉的话？小蓉希望你能重新接纳我？”

邢志军一时无语，没有回答刘兰英。刘兰英急了，大声地说：“你回答我啊！志军，你能当着小蓉的面，正面回答我的问题吗？”

见邢志军不说话，刘兰英又转对墓碑哭泣道：“小蓉，你都看到了，听到了，我厚着脸皮照你的嘱托办了，可志军他根本就不理睬我，你劝劝他吧！”

说完此话，刘兰英头也不回地愤然上车，猛地一踩油门，把车驶出墓区。

邢志军一下不知如何是好，呆呆地站立着，掏出烟点燃一支，默默地抽起来，他想起周峰对他说的话，让他在与刘兰英的接触中，绝不能意气用事，目的是要摸清所有的问题，否则会后患无穷！看来得先把刘兰英稳住，他赶紧拨通了刘兰英的手机，用道歉的口吻说道："兰英，对不起，我可能误会你了！"

手机中传出刘兰英气呼呼的声音："邢志军，你太过分啦！"

邢志军听出了刘兰英话语中的不满和气愤，他沉住气，态度缓和地说："你知道，小蓉走后，我心中很乱，一切等我平静下来后再说，好吗？"

"我知道你心里还记恨着我！你什么时候不记恨我了再说吧！"刘兰英气还未消，说完"啪"的一声关掉了手机。

邢志军无奈地摇了摇头，坐在郭蓉的墓碑前。他深情地注视着郭蓉的遗像，心里默然地说："小蓉啊，这件事真的难办，不是我不听你的临终嘱托，因为你不知道我是绝不能和刘兰英这种人凑在一起的。况且，你不知道刘兰英现在有了问题，组织上让我去查她，我头上戴的是警徽，不能感情用事。难办的是要让我应付她，接近她，目的是要去查她的案，你要能和我商量就好啦！"

邢志军起身又抚摸了一下墓碑，转身孤独地离开墓地，走出墓区。

一阵秋风，卷起满地落叶，邢志军的心里一阵悲凉，他想起了陈敏，决定约她谈谈。

三、等待最好的结局

老宋、大杨、胡林和刘刚身着便衣，骑自行车来到一个公园的僻静处席地而坐。

刘刚说："我们这个案子办得也真不容易，前边刚牵出一些线头，一下又被剪断了，对手总跑在我们前面！我曾怀疑我们的人里有他们的人，所以，我和小胡小心谨慎得很……"

大杨笑道："大家都说你俩一天到晚神秘兮兮的！"

"我们也无奈啊！后来呢，案子有了进展，排除了有内奸的疑问，却又把邢队自己给牵进去了。"大杨、老宋听后一怔。

胡林摇摇头说："谁都想不到，我们千辛万苦明确了主攻方向，目标却是邢队以前的恋人！"

大杨一笑说："这下我明白了前些日子邢队情绪反常的原因了。"

"邢队提出了出局回避此案，后经局党委研究决定，并报请省厅批准后仍让他主办此案！"

大杨和老宋相视一笑说："我明白了，他和刘兰英接触肯定是工作办案的需要。”

老宋看了看表对大杨说：“我们分头行动吧。我和小胡，你和小刘，咱们边干活边向他们请教，争取尽快熟悉案情！”

陈敏正在“阳光”一条街踩点，街上看似很热闹，来闲逛的人不少，但购物者寥寥无几。

陈敏似在逛市，实在熟悉情况，她听见走过身边的一对中年夫妇在议论着什么，就脚步放慢轻轻地跟在后面。那个男的说：“刘兰英，这个女人以前穷得叮当响，现在怎么如此风光起来了？”

女的埋怨道：“人家风光起来有什么不好？你拼了这么多年，怎么也风光不起来！”

“你不觉得我们这样过日子挺好的，心中踏实吗？”

“踏实有什么用？没钱，逛街什么都不敢买，多寒酸哪！”

陈敏跨上一步去搭讪：“你们对刘兰英很熟悉？”

女的没好气地指指男的说：“他以前和刘兰英是邻居！”

陈敏转问男的：“这个人怎么样？”

男人看看陈敏说：“人还是可以，很讲情义……怎么，你对她这么感兴趣？”

陈敏笑道：“我随便问问，大家都在说，她很不容易，创业很艰难！”

男人快人快语地说：“嘿，一夜暴富的人，还谈什么创业，只知道她家境贫寒，其他我也不清楚了。”说完此话，男人拉着女人赶紧离去。

陈敏思索着他们的话，感到肩上的担子沉甸甸的，此刻她接到了邢志军的短信，让她速去海堤会面。

海堤边，邢志军一个人孤零零地坐着，等待着陈敏。他脚下已有好几个烟蒂，但他仍然抽着烟，在他眼前不时闪现着童年时，他和曹明、孙海、刘兰英一起在海滩上堆沙器的镜头，儿时的童真无邪、欢声笑语和现在他的烦恼苦闷心情形成了鲜明的对比。此刻，陈敏乘一辆出租车赶到海堤边，她下车后看到了不远处在海边坐着的邢志军，快步向他走来。

陈敏向四周看看问道：“有什么急事？怎么约了这么个地方？”

邢志军头也没回地叹了口气说：“小时候，我跟曹明、孙海、刘兰英常来这儿玩……”

陈敏“哦”了一声说：“我明白了，又有什么事触景生情了？先吃点儿东西吧！”陈敏说着坐在邢志军旁边，递上点心和一瓶矿泉水给他。

邢志军摇摇头说：“谢谢，我不饿。陈敏，我急着把你找来是想告诉你，刚才，刘兰英约我一起去了郭蓉的墓地，她借着小蓉生前的嘱托，要和我破镜重圆……”

“目的是试探你的态度?”

邢志军点点头说:“我说我忘不了小蓉,也不想再听她解释什么,她听后很生气,拂袖而去……我想到周局一再叮嘱我,在和刘兰英关系的处理上,出于把案子办好的目的,绝对不能意气用事……我把情况向周局汇报后,做了一点儿弥补工作,也无济于事……”

“你是怎么弥补的?”

“我给她打了手机,解释了一下……”

“你是如何解释的?”

“我说小蓉走后我心中一直很乱,等心情平静后再好好聊聊。”

“有效果吗?”

邢志军摇摇头:“她说我一直还在记恨她……我也琢磨不透她内心真实的想法,不好对症下药啊!所以只好把你请来支招!”

陈敏笑道:“其实,你已琢磨透了!要不,你也不会约我到这个地方来!刘兰英约你到小蓉墓地,逼你表态,有在案情上试探你的目的,同时,也有她真诚的一面。你的困境在于,要不露痕迹地去应付她,办她的案,所以你极力回避‘感情’的字眼,可对和你曾经有过深厚感情的女人来说,我觉得你的处理方式无论对她,还是对你,都太无情。”

邢志军一时无语,陈敏深知邢志军的难处,也很想助他一臂之力,帮他解开感情上的纠结。她沉默片刻缓缓地说:“我也想告诉你一件事,我的先生也是名警察,他在办案中也有过这样的经历,我也有过他用生命换来的经验和教训,这也许是厅里派我来做你助手的一个理由……”

邢志军惊奇地看了她一眼,等待着她的叙说,但陈敏没展开,她看了一眼邢志军说:“这些以后再和你细说,我们这个案子的进展谁都难以预料,我一说我先生经办的那案,怕先入为主,会影响你的决策,情况是复杂的、多变的,我现在想告诉你的是,根据案情的进展,我们得努力去争取一个最佳的结果!”

“这个最佳的结果你能说得详细点儿吗?”

陈敏点点头说:“要三赢!一是让国家和受害者的损失降到最低,让国家和受害者都满意;二是让你仁至义尽,办过此案后心中不留下伤痕或少留下些伤痕;三是……”她看看邢志军,“这或许也是你想要却又难以言说的……”

“你说!”

“让刘兰英也能有个最好的结局!”

邢志军听后没表态,却拿起那袋点心吃起来。

陈敏打开一瓶矿泉水递给他笑道:“你终于饿啦,刚才说的是我的一些想法,不知是否与你的想法吻合?”

“问题是如何去争取这三赢。”

“目标定了，我们共同去努力……邢队，这几天我在走访调查中发现，有一个人你是可以去做做工作的！”

“谁？”

陈敏看了看邢志军说：“卢老师！卢钧！你该熟悉的！”

邢志军点点头说：“我们念中学时，他是我们的班主任老师，后来刘兰英一直聘他做公司的顾问，他肯定知道不少事情……但我和他的关系一直有着距离，尤其是他到刘兰英公司后。”

“听说他常会帮别人来找你办事求情，对吗？”

邢志军一愣：“你怎么知道的？”

陈敏笑道：“对这样的人也要用一分为二的观点去看，他好吹嘘，要面子，也许里边还有些利益驱动，但他乐于助人之心还不泯哪！”

“还要摸清他在刘兰英那里都介入了什么？”

“能把他拔出来为我们的三赢出点儿力吗？他毕竟曾经是你的老师……”

邢志军思索片刻说：“我会考虑你的建议，但对卢老师的工作，要在适当的时候才能进行，过早了，会惊动一些人……”

“你是说此人身上的关系复杂，还是说目前没有把握？”

“两者都有！你知道吗，连曹市长也是他的学生，而且是得意门生！况且好多情况得靠多方面的力量摸清，我会考虑的！”

陈敏点点头说：“我明白了！”

“你那头的工作怎样？”

陈敏叹了口气说：“难度不小，有了切入口，但又切入不了……邢队，要不先让我归队吧！也能做点儿事，现在我是有劲儿使不出。”

“别急，再等等机会吧……你站在局外，头脑清晰些，有什么想法可随时提醒我。”邢志军看了看手表起身说：“时候不早啦，我得回队里开会了，这次跟你交流，受益匪浅哪！”

陈敏也起身笑道：“不是在损我吧！”

邢志军认真地说：“不！你让我思考了一个问题……”

“什么问题？”

“一个很重要的问题，那就是如何在坚持原则的基础上人性化办案！”

他俩踩着沙滩边说边往海堤上走去。

陈敏突然说道：“邢队，还有件事想告诉你，你知道吗？刘兰英还有两个孩子，是一对孪生兄弟！”

邢志军有点儿惊讶地“哦”了一声说：“那她也不容易……”

“正巧，我那次救上来的俩孩子就是她的孩子！”

陈敏的话让邢志军又吃了一惊：

“这是真的吗？怎么像说戏一样？”

“事情就这么巧，我刚才说的切入口可能就在这儿！好多人都说，刘兰英这个人是很讲情义的，也是个知恩必报的人……”

“她还没有找到你？”

“我在等待着，我想我们会见面的！”

邢志军有点儿兴奋起来：“如果那样，对我们查清案件会更有利！对了，陈敏，我这里又增加了两位干将，都是很有经验的老刑警！你需要什么协助，尽管对我说！”

陈敏点点头说：“那太好啦！我这里暂时还不需要，有什么新情况我会及时向你汇报的！”

四、摸底

胡林和老宋来到阳光一条街，胡林找到做服装生意的温州小老板周三，周老板见到胡林，笑脸相迎，忙把他俩请进店里。在这之前，为了便于开展工作，胡林曾到店里买过几身运动装，慢慢地和周老板熟悉起来。周老板边沏茶边说：“小胡啊，今天什么风把你吹来了？我可一直是正正经经地做生意啊！”

胡林喝了口茶，笑道：“在这个行业内，谁不知周老板的为人！我和我的朋友今天顺路来坐坐。”

周老板端起茶杯呷了一口茶，摇摇头说：“现在的生意可是越来越不好做啦！”

胡林问道：“为什么？”

周老板摇摇头说：“市场经济的秩序在逐渐完善，那种暴利时代一去不复返了，就靠谨慎小心地去赚点儿微利……”

“这不也挺好吗？”

“可竞争越来越激烈了，尤其是我们这种小公司，很难接到大的单子，就是偶然接到一单，投进去的钱呢？到哪儿去找啊？”

“可以找银行贷款啊！”

周老板摇摇头，滔滔不绝地说：“小胡同志啊，我们这种公司找银行贷款实在是难，就是能贷到，等各种手续办下来，时机也早错过了！所以呢，只好咬咬牙去找地下钱庄借！这地下钱庄的利息真够厉害，我们的生意简直是给他们做的，弄不好，赚的利润连还利息都不够！”

“利息多少？”

"月利百分之十五!"

"这不是典型的高利贷吗?"

周老板点点头说:"是啊,所以,你们该好好去查一查,整一整啊!"

"从哪儿下手查呢?你愿意给我们提供些线索吗?"

周老板摇摇头说:"我不敢去借这种钱,所以也提供不了具体的线索。"

"你是怕惹麻烦吧?"

周老板一笑说:"怕惹麻烦我就不和你讲这事了!"

"那你能给我们提供一下了解具体情况的人吗?"

周老板想了想说:"我听说东风服装厂的孙总为了进一大批布料借了高利贷,结果,还是错过了时机,上家订单不给他了,搞得他走投无路!"

"有这事儿?"

"行内都在传!"

"那不更糟了吗?"

"是啊,他现在连利息都还不上了!"

"他叫什么名字?"

"孙海。"

"那他现在怎么办?"

周老板两手一摊说:"谁知道怎么办?他借的高利贷听说是由和他从小一起长大的朋友介绍的,利息还稍微低些。"

"多少。"

"百分之十二。"

"这还低啊!"

周老板一笑:"相比较嘛!"

胡林探问道:"这不也要连累到那位朋友吗?"

周老板摇摇头:"说不准他的那位朋友还是地下钱庄的连裆裤呢!现在好些事,都是败在所谓的'朋友'手上的!不过这些事我也不想掺和,多一事不如少一事啊。"

老宋没说话,在他们对话时,他早已按下了手机录音键。

胡林见周老板不愿深谈了,也就没再追问下去,他和老宋对视了一眼,两人起身随意看了看前台橱窗展销的时装,和周老板告辞。

此时,刘刚和大杨正在"阳光"一条街的一家电器商店与俩店员聊天。

"怎么样,开张这些日子以来,生意好吗?"刘刚问道。

高个子店员摇摇头说:"看的人多,买的人少。"

"为什么?"

"现在到处有方便店、大卖场,老百姓出了家门就可买到东西,干吗非要赶到这儿来买呢?”

“那这街上其他店的情况如何?”

矮个子店员接过话头说:“大多如此,尤其是那些卖高档商品的店,一天下来做白板的都有!”

“那长此下去,怎么维持?”

“上头下了死命令,一定要维持到开过‘两会’后再说!”

“上头是谁?”

“阳光集团的刘总——刘兰英呗!她的来头儿可硬呢!”

“来头儿?”

“后台呗!”

“后台是谁?”

店员摇摇头:“不好说……”

刘刚笑道:“不敢说吧。”大杨递了两支烟给店员:“哎,你们说说,这刘总怎么会有那么多钱来打造这‘阳光’一条街?如果生意不好,垮掉了,她怎么收场?”

高个子店员一脸神秘地说:“刘总怎么会有那么多钱?她不是在市政府新闻发布会上都回答了记者的提问了吗!谁的口都堵住了,你的口还没堵住?小老弟,那可是市政府的新闻发布会,可权威呢!”

矮个子店员瞅了刘刚一眼,接着说道:“你管她生意好不好?垮掉了怎么收场?干吗皇帝不急太监急?”说完,他哈哈大笑起来。刘刚也装作若无其事地跟着笑起来,大杨在一边沉思着,他看了看手表对刘刚说:“时候不早了,晚上我还要去体育馆看球赛呢。”刘刚会意地附和了一声,起身和店员告别,两人骑着自行车赶到和胡林约好的茶室会面。

胡林和老宋已到,他们要了一壶茶和简单的茶点,边吃边汇总情况。

胡林抹了把汗说:“走了一上午,累死了!”

老宋笑道:“收获还是有的。”

刘刚笑道:“你累什么?跑公司那一块,跟老总们喝茶聊天。我们才累呢,跑‘阳光’一条街,连坐的机会也没有!”大杨笑笑没说话。

胡林调侃道:“跟老总们聊天才累呢,他们个个都是精明人,你要向他们了解情况,他们得先向你摸底呢:你来这儿干什么?摸清了底,他回答你要问的问题,也总是只说半句!”

“怎么没请你们吃饭?我还等着你打电话来一块去呢!”

“都请了!他们巴不得跟我们套近乎呢!”

“干吗不去?”刘刚故意问道。

胡林圆眼一睁:“我可不敢!你敢?谁都不敢去冒犯邢队定下的规矩!”

他拿起一块茶点，塞到嘴里说：“还是老老实实吃饼干吧！”

几个人都笑了起来。

老宋说：“我们在‘阳光’一条街走了一趟，发现这水可深得很呢！几位老总跟我们谈的情况也挺复杂的。”

大杨说：“我们这些跑腿的摸不清上面的关系，到最后可要吃苦头的！但我们还是要做好我们的工作，在法律面前人人平等，不管涉及谁，都得查清楚！”大家都赞同地点点头。四人离开茶室。老宋和大杨在路口和小胡、小刘分手，刘刚和胡林一路骑车说着话，刘刚小声问胡林：“哎，你对我们早上出门时见到的那一幕怎么看？邢队怎么上了刘兰英的豪华轿车？”

胡林摇摇头说：“弄不明白，你是想套我的话吧！别耍滑头！”

刘刚直言道：“这年头儿连邢队都嘴上说的是一套，私下做的又是一套，让我们还能相信谁？”

胡林说：“是啊，真搞不明白，他让我们去查刘兰英，自己却私下里跟着她去幽会了……不过，刘刚，这事可能并非我们想得那么简单！”

“你是说……”

胡林一笑：“我该说你是在套我的话了吧？”

“别贫嘴了，有什么高见，说吧！”

“邢队嘛，可不是那种人！”

刘刚点点头。

“会不会是工作需要？”

“你是说他是在稳住刘兰英？或者说趁着幽会交交手？”

胡林点点头说：“什么可能都有……”

“那么，另一种可能呢？”

“他真与刘兰英有说不清、道不明的关系？”

“从理论上说也有这种可能。”

“如真这样，就糟了……”

“那你说，这案咱咋办？”

“是啊，摸不准情况就很难办了！只能走一步看一步了！”

刘刚摇摇头说：“眼看对象就在前面了，前面却是个迷宫。”

“咱们经侦的事怎么这么难办啊！”

“因为直接涉及利益的驱动与引诱……”

“咱就不信邪！真有问题的话，我们就直接向周局汇报！”他见刘刚不语，故意问道：“怎么，你不敢？”

刘刚摇摇头说：“我不是不敢，我还是相信邢队不是那种人……”

“那怎么办？”

"我的意见是有机会直接向邢队问个明白，真有疑问的话再向周局汇报也不迟。"

胡林笑道："邢队没看错你，还是你比咱政治上成熟！"

刘刚给了他一拳："去你的！还想考验我？"两人笑着骑车加快速度前行。

夜晚，经侦支队会议室灯光通明，大家在汇总白天各自走访的情况，胡林和刘刚做记录，邢志军认真地听汇报。

侦查员老吴说："我跑了几家银行，发现前段时间，骗贷现象时有发生，但他们在谈论这一现象时，总是吞吞吐吐的……"

有人插话道："为了保自己呗！"

"对，银行普遍存在要保自己的问题，有的发现了骗贷案件也不报案，悄悄地作了坏账处理。"

"能让人家骗贷得逞，银行内部肯定也有问题，拔出萝卜带出泥，牵连出不少人来，当行长的脸上也无光。"

"就怕行长自己也有问题，那个陈行长只是暴露出来的一个！"

邢志军认真地听着记着，不时地用红笔在小本上画着红杠杠。

老吴讲完了，民警大李汇报说："据我走访的群众反映，咱们东都市地下钱庄活动猖獗！高利贷高得吓人，已发生了好几起借了高利贷最终搞得家破人亡的事件，大家都呼吁，让我们好好抓一抓，管一管！"

老宋说："我们在走访中也听到这样的反映。"

"有没有线索？"邢志军问。

大李说："矛头比较集中的就是那个姚叔，他不但开设地下钱庄，而且养了一帮讨债的，你若借了他的高利贷到期不还，就别想安逸！"

老吴插话道："我到一家公司去走访时，就遇到了一帮人在逼债，老总吓得躲在卫生间里不敢出来，我去了，那帮人才散去……老总感激得要跪下给我磕头呢！"

"你怎么不带他来报案！"

老吴扑哧一笑："我说了！他一听又要给我磕头！"

"为什么？"

老吴脸色一下子沉了下来说："那个老总求我千万别让他报案，一报案弄不好他全家都会遭殃，明枪易躲，暗箭难防哪！"

邢志军听后若有所思，他又问民警小赵："你说说吧！"

小赵清清嗓子说："黄一瓜和于玲玲案发后，加重了社会上的一些不安定因素，不少债主可能在酝酿又一轮的上访。他们说，上次邢队说了，希望给咱们点儿时间，但他们的等待也是有限度的。也有人担心，邢队是在敷衍他们，敷衍过'两会'而已……"

"还有什么动态吗?"

"看来，如在'两会'召开前不帮这些债主解决问题的话，他们很可能在'两会'召开期间闹事……"

"这样吧，你再让他们推选出几名代表，我再和他们座谈一次!"

小赵点点头说:"好，我去办，这类事还是预防在先为好!"

大李插话道:"我在走访中，大家对'阳光'一条街的疑问较多!"

邢志军问:"有哪些疑问?"

"第一，大家都说，这是一个面子工程，对便民来说意义不大！第二，有人怀疑这里面有官商勾结各取所需的问题，当官的需要有钱的商人为他们撑面子，有了政绩好升官。商人呢，为当官的撑了面子，可得到好多方便，赚到更多的银子!"

"有没有人反映，当官的给了'阳光'一条街的投资者哪些方便?"

大李摇摇头说:"这……倒还说不上来。"

邢志军严肃地说:"我们要有证据，没有证据先别盲目地讲!"

此时，正在做记录的刘刚和胡林听后对视了一眼。

大李又接着邢队的话茬儿说:"我要汇报的群众反映的第三个问题是，虽然上次在市政府的新闻发布会上，阳光集团的刘总回答了记者的各种提问，但在群众中，还有不少人仍然怀疑他们的资金来源……至少，还没有证据来证明他们资金来源的合法性!"

下面不少人附和着大李的话。

"我也听到关于这方面的不少反映!"

"有人说，他们的钱都是骗来的!"

"搞这'阳光'一条街是为了求得保护伞!"

"谁也不清楚曹市长与刘兰英有什么交易!"

……

李阳见大家发言很踊跃，高兴地说:"今天跑了一天，大家都很有收获。看来，在我们办案过程中，走群众路线的光荣传统是应该继承发扬的!"

他说完看看邢志军问道:"邢队，你有什么指示呢?"

邢志军刚想说些什么，他的手机响起，是周峰打来的，邢志军接听完后对大家说:"周局对我们的走访社会活动十分重视，明后天，我们继续走访群众路线，认真把这一工作做好，明天晚上再在这里汇总，一会儿散会后专案组的同志留一下。"

会议室内只剩下了邢志军、刘刚、胡林、大杨、老宋和李阳。

邢志军对李阳说:"我们专案组再把情况汇总一下，你一起听听吧!"

李阳说:"我还得再找些人聊聊，你们研究吧!"

邢志军看看手表，对大家说："一会儿周局要来听汇报，还有点儿时间，你们把了解的情况简单跟我说一下吧！"

刘刚和大杨相视了一眼说："我和大杨跑了'阳光'一条街，店员们说，生意并不好……大家都在埋怨说这是面子工程，并说刘兰英是在为曹市长贴金，曹市长又充当她的后台。"

"有什么证据吗？"邢志军问。

刘刚摇摇头说："老百姓嘛，只是一种直觉……"

大杨插话道："我们再深入走走，摸摸情况。"

邢志军转问胡林和老宋："你们呢？"

胡林说："我们跑了几家公司，有人也反映了地下钱庄的问题，有条线索，他们说连东风服装厂的老总孙海都去借钱了！"

邢志军一怔说："有这事？好，这条线索很重要！你整理记录时补充上去！"

"还有更重要的一条线索……"

"你说！"

胡林说："在我们的调研中，不止一家企业反映了向银行借贷困难，而不得不转向地下钱庄，看来，向姚叔借高利贷的绝不只孙海一个！"

邢志军点点头说："能再收集些证据吗？"

老宋说："他们反映情况说话都说半句，看来对姚叔很畏惧，我认为，随着我们打击力度的加大，一切都会浮出水面的！"

此时，正好周峰一脚踏进门来，说了句："好啊，一切都浮出水面了，什么问题就都解决了！"

邢志军给周峰沏了杯茶说："周局，专案组正在汇总情况。"

周峰兴奋地说："好啊，我也听听。"

邢志军对老宋说："你接着说吧！"

老宋谦虚道："我和大杨刚介入，情况了解得不多，还是由小胡和小刘多说说吧！"

胡林机灵地说："周局，我们就不浪费你的时间，一会儿，我们把发现的情况一并整理到记录中，待会儿交您自己看吧！"

邢志军说："那好吧，你们赶快去整理吧，一会儿送来，周局等着看呢！"

四人离去后，邢志军向周峰汇报说："同志们经过一天的走访还是了解到了不少情况：第一，掌握了地下钱庄的一些线索。第二，群众对'阳光'一条街的疑问还是有很多，当然，主要还是集中在刘兰英的身上。第三，银行被骗贷的问题看来不少，只是怕拔出萝卜带出泥，捂在那儿而已，银行业中像陈双艺那样的蛀虫有待我们去挖出！还有，在群众中非法集资所带来的社会不稳定因素并非就到此为止了，那些被骗的债主可能会在‘两会’召开时上访闹事……”他摇摇头，叹了口气说：“真想不到，干经侦的活儿，有这么大的难度，还有这么大的压力！”

周峰笑道：“你更明白了吧，为什么我们要把你调到这个岗位上来?”

“我皮厚，不怕火烤，对吗?”

周峰哈哈大笑：“说说吧，今天刘兰英找你，你得到了哪些信息?”

邢志军摇摇头说：“一无所获……”

“为什么?”

“她的所作所为所说似乎一点儿也不涉及此案的事，只停留在感情的纠葛上……周局，我干这活儿倒不怕任何困难和压力，可在这案子上，我真怕与刘兰英面对面地接触，尤其是只有我们两人时……”他摇摇头接着说，“人是有感情的，这感情又是复杂难言的，我俩有着这种特殊的关系，现在又让我去主查她的问题，还要装作若无其事，千万不能惊动她，实在太难了！”他看看周峰说：“周局，如有更合适的人选，我还是回避吧！”

周峰一摆手说：“这个问题你别再犹豫了好吗？既然局党委作了决定，又经省厅领导同意，你就得认真执行！当然，按照惯例，你应该回避。但这个案子有些特殊，你还是参与为好，反正由我来挂帅主抓，而且有陈敏当你的助手，你的工作也是由我布置的，你怕什么?”

“我这个人在一些问题上是不是总有反复?”

“这不怪你，谁碰到都会这样！人嘛，总是有感情的，一点都不讲感情的人反倒可怕，只要不违反原则还是尽量讲点感情为好！”

“有你这句话我心中就有底了！”

周峰一愣：“又怎么啦?”

“与刘兰英见过面后，我心中有种说不出的滋味，我约陈敏出来交换了一下意见，她提出了把此案办成三赢的目的！”

“三赢?”

邢志军点点头说：“我真佩服陈敏能洞察我的内心，并因势利导地提出了人性化办案的问题……”

周峰笑道：“这么说，前面你所说的‘反复’其实是在试探我，对吗?”

邢志军倒一脸严肃地说：“因为陈敏提出的三赢中，第一赢是原则，是根本，一定要严惩罪犯，让国家和受害者的损失减到最低，而其他两赢都涉及了我……我从心里是同意的，但……”

“怕别人误会?”

邢志军点点头。

“志军啊，其实是你误会了陈敏的意思……”

邢志军一愣："是我误会了？"

"至少不完全了解！她所说的其二、其三的目的，其实是在坚持原则的前提下，我们办案人员也要考虑到对自身的保护，不仅是不作无谓的牺牲还要调整好自己的心态。同时，要尽最大的努力去挽救犯罪嫌疑人，因为犯罪嫌疑人也是一个人！"

邢志军听后恍然大悟道："周局，我的目光还是短浅了……"

"其实，这三者之间是有关联的，志军啊，现在的年轻人真了不得，能用当代的新思维去考虑问题！"

"真得感谢谢厅把人才输送到我们基层来！"

"我希望你俩好好合作，把此案办成一个成功的典范！"

邢志军点点头说："看来陈敏做了好多工作，她了解到我和刘兰英、曹市长的班主任老师卢钧现在在刘兰英的公司当顾问，她认为对此人可做点儿工作……"

"这个意见可以考虑！"

"可我还不知道卢钧陷得有多深，只能摸摸情况再说，你意见如何？"

周峰说："具体工作由你定！不过，陈敏的思维确实值得我们学习，只有开阔了视野，各类问题才能迎刃而解！"

邢志军点点头。

"志军，有件事要同你商量一下……"

"你说。"

"张队他们在监控姚叔中发现，他有准备开溜的迹象，你认为现在就把他抓起来好呢，还是等一段时间再说？"

邢志军认真地听着，想了一下说："还是立即采取行动吧！不要再等了！"

"为什么？"

"第一，我们已有抓他的足够证据。第二，看来他也已发现我们盯上了他，这个人的能耐极大，万一让他溜掉了，我们对上对下都不好交代。第三，抓他也可起到敲山震虎的作用，看看刘兰英这条线有什么反应。第四，也好让群众知道我们是在积极地行动，我对那些准备再次上访闹事的债主做起工作来也容易些。所以说，对于这种人不但该抓，而且已到了非抓不可的时候了！"

"你再好好想想抓了他对你这条线的利弊。"

邢志军说："抓了姚叔，对我这条线上的弊端我还没有好好想过，会出现的各种情况，也不是我都能预料到的。当然，把他掌控住，等时机成熟后再一锅端最为理想了。但时不我待，'两会'马上就要召开，我们一定要赶在'两会'前破案，不然，有些事就不好办！"

“比如……”

“周局，说真的，我不把在‘两会’前破案的压力看得太重，我是想把有些人的面目搞清楚，免得爬上高位后对党和国家造成的损失更大！”

周峰神情严峻地说：“我明白，那么，我们共同努力吧！我来你们这儿之前，已和张队商量过，张队对姚叔这个人作了深刻的分析，据张队说，他们已初步查明，姚叔的地下钱庄不但放了大量的高利贷，而且下面设有讨债队，收罗了一些解除劳教人员和街上的混子，无恶不作，已形成了黑社会性质的地下组织。但最近忽然又只收不贷，似乎发觉了什么动静，在作另外的打算……张新怕姚叔滑脚开溜，问我能不能对他采取行动，他们现在的布控能不能保证不会让姚叔开溜？”

邢志军沉思片刻说：“张队这么说，应该说是可以保证的，但也不排除发生特殊情况的可能。”

周峰点点头：“我对张队说，这事我和邢队商量一下后再定，让张队先加大布控警力，绝不能再发生特殊情况了！同时，对姚叔手下的那帮人也要控制住，必要的话先把他的那些‘蟹脚’掰掉！让他成为光杆司令，抓住时机，该出手时就出手！”

“该出手时尽管出手！我这边没问题！”

“好，我会抓紧布置行动！”周峰又问道：“陈敏那边怎么样？”

“已有了切入口，还在等时机切入……刘兰英精明得很，身边的人一个是亲外甥女，一个是老师，从不让外人近身！”

“让她沉住气！”

“我也是这样对她说的，可是她还有些想法……”

“她想归队？”

邢志军点点头。

“那你的意思？”

“我嘴上没同意，心里是同意的……”

“为什么？”

“万一我不适合再搞下去，就由她来继续！”

周峰笑道：“你干吗老是在考虑这个问题？”

邢志军真诚地说：“周局，在这一点上，请你不要以为我总是患得患失，你得有这个思想准备，万一……不要搞得大家都措手不及！”

周峰不解其意地问道：“你说明白点儿，这个‘万一’是指什么？”

邢志军摇摇头说：“我也说不明白，我只是有这个预感……”

此时传来敲门声，胡林和刘刚走了进来。

胡林递上一份材料说：“周局、邢队，会议记录整理好了！”

邢志军向他努努嘴，让他把记录稿递给周局。周局接过记录稿，起身说：“辛苦你们啦，早点儿回去休息吧，我还得回局里准备给厅里的汇报材料！”

邢志军送周峰下楼，周峰站在车前嘱咐道：“对那个姚叔的处理，我同意你的意见，等我向厅里请示过后再作决定！你要提前作好准备，应对逮捕姚叔后刘兰英这条线上可能出现的情况，至于你说的那个‘万一’，我会好好考虑的，希望‘万一’不要出现。”

邢志军没说话，替周峰关上车门，目送他的车驰离。

陈敏正在电脑前看大毛、小毛的照片，接到周峰电话：“陈敏，听邢队说，你们今天商谈过一次工作，他受益匪浅哪！”

“周局，你可别听邢队瞎恭维，在他面前，我还是小学生！”

“不，邢队是说得很诚恳的，据他的汇报，我也觉得你提出的三赢，对我们的办案，尤其是那些非重大恶性案件，是有普遍意义的！我想和你说的是，邢队建议让你归队作接替他工作的准备！”

“不行！我马上能切入刘兰英那边了，我们谈得好好的，邢队怎么又提出这个问题了？”

“我也同他谈得好好的，可他突然又提出这个问题，我也感到有些纳闷……但细细一想，我们还是得作好这方面的准备！”

“周局，疑人不用，用人不疑！我是绝对相信邢队能办好此案的！”

“我也绝对相信！我只是把此事向你作个通告，彼此以防万一吧！我们这个工作不能在万一时手足无措的，明白吗？”

陈敏接听完周峰的电话，陷入沉思中……

邢志军送走周峰，返回经侦支队专案组办公室。老宋、大杨、胡林和刘刚还在工作着。

老宋给邢志军递上一杯茶水问道：

“周局走了？”邢志军点点头。

“有什么指示吗？”

邢志军说：“局里和你们想的一样，可能要加大打击力度和速度。”

刘刚问道：“要收网了？”

邢志军点点头说：“先收姚叔那边的网！”

胡林急了：“那会不会触动刘兰英，逼她狗急跳墙？”

刘刚说：“要收网干脆一起收，把他们都抓起来，不怕他们不开口！”

大杨说：“就怕这一网收不回国家的损失和受害者的血汗钱。”

邢志军看了大杨一眼：“大杨，你接着说。”

“我和老宋刚介入此案，情况还不熟，但根据小胡、小刘对案情的介绍和今天我们所摸到的情况，以及我以往办案的经验和教训，我认为，我们的对手很不简单。他们不但知道我们已盯住了他们，而且一直与我们赛跑，前几个回合甚至还跑到了我们的前面。另外，刘兰英与上面的这条线的关系我们还没搞清，如及早全面收网，刘兰英肯定还指望上面有人出来为她说话而死不开口，上面若有人出面追问此事，我们的处境会很尴尬的！”

刘刚说：“姚叔落网后，不怕他不交代刘兰英的罪行，到时候，就是刘兰英上面有人，罪证一公布，谁还敢为她说话？”

老宋说：“万一姚叔什么都不说，什么都往自己身上揽呢？”

刘刚说：“这只是万一！”

邢志军则严肃地说：“这不是万一，而是有可能的事！”

众人听后都沉默下来。

邢志军问大杨道：“大杨，说说你最终的意见吧？”

大杨直言道：“姚叔杀人打毒针什么坏事都做得出，且手下又有一帮人，黑社会性质基本已定，在外面危害性很大，而且可能会不断干扰我们侦破刘兰英这条线。所以，我赞同局里的意见，赶快做好对他这条线的收网工作！”

邢志军认真地听着，又征求老宋的意见。

老宋说：“我同意大杨的意见，尽快对姚叔收网，而我们这条线，收网的时机还不成熟，一是对刘兰英的真实状况未摸清；二是对刘兰英的处置好坏，涉及国家利益、受害者的利益，一定得慎重考虑，在不成熟前，贸然拉网弊多利少，我和大杨商量过这些问题。我们刚介入此案，虽对案情了解不多，可能会有些新鲜感！想法不一定正确，仅供大家考虑！”

邢志军听后用赞许的口吻说：

“老宋和大杨介入案情的时间虽短，但他们分析得很深刻，小胡、小刘和我接手此案较早，做了不少工作，也很辛苦，以后还要好好向老同志学习，勤思考，多从全方位去考虑问题。明天你们还是分组行动，老宋和刘刚，你俩继续深入群众去摸情况，大杨和胡林，你们到银行那边重点调查一下资金外汇的情况，到时再汇总一下情况。”

第七章 困兽之斗

一、早作打算

刘兰英站在办公室窗前，呆呆地望着窗外，只见“阳光”一条街上，又有一些人在围着卢钧说事。卢钧正很有礼貌地解释着什么……刘兰英拨通卢钧的手机问道：“卢老师，今晚你有空吗？”

卢钧对着话筒小声地说：“有空，兰英，有事你尽管吩咐！”

“请你到我家去一趟，我有事要同你商量！”

刘兰英关上手机，仍然站在窗前惆怅地向外张望着，此刻她已没有闲情逸致再欣赏她所创建的那个昔日令她风光的“阳光”一条街了。和姚叔的见面使她真正感到了问题的严重性，一个单身女人实在是承受不了这么重的压力。她本想让邢志军拉她一把，给她出出主意，让她躲过这一关，也让大毛和小毛有个美好的未来，可邢志军已经变了，全然不顾及往日的恋情，绝情无义，让她非常失望……此刻也只有找卢钧出出主意了。

刘兰英约好晚上和卢钧面谈，她坐在客厅靠凉台的沙发上深思着，琢磨着如何和卢钧深谈。卢钧虽是她的老师，是信得过的顾问，但他毕竟不是一家人，好多事他也被蒙在鼓里。和姚叔的关系不一样，和他谈到什么程度还要反复斟酌……

门铃响了，刘兰英起身开门把卢钧迎进客厅。卢钧入座后单刀直入地问道：“兰英，有什么要事还非要到家里来谈？”

刘兰英郁闷地说：“卢老师，有些事我得向你通报一下……”

“别客气，有什么事，你尽管说吧。”

“咱们的两大融资员都出了事，您知道了吧？”

卢钧点点头。

“您有什么看法？”

卢钧爽快地说：“不是老天爷帮了我们的忙吗，都解决了，谁都难以找到咱们公司的头上！”

“您真这样认为？”

“我担心姚叔那边会出事，要出事也肯定先从那边出！”

“为什么?”

“他的动作太大了，动作一大，公安必定要追查到底。尤其是连死两个人，一个还是死在他们眼皮子底下的……”

刘兰英幽幽地说：“别怪姚叔了，他做这一切也都是为了我……”

“那如果牵动到了姚叔，他会咬出你来吗?”

刘兰英摇摇头。

卢钧松了口气说：“那好，只要他那边把门关死，要查你就没那么容易了……”

刘兰英叹了口气说：“卢老师，您知道，我从小就把您看作自己的父亲……”

卢钧笑道：“我知道，你比我亲女儿还好！我女儿不争气，连大学都没考上，是你出资把她送出去留学的……”

“她拿到绿卡了吗?”

卢钧点点头说：“拿到了，现在正在办移民手续。她说等办好了，再帮我们老夫妻俩办绿卡，我老伴常对我说，是你给了我们好的前途，要靠我们自己的力量，这些事想都不敢想的……”

刘兰英默不作声地从抽屉里拿出一张银联卡递给卢钧。

“这里有一百万美金，你让你女儿在那里买幢房子吧，把这个点儿建立起来，说不定哪天，我们都会逃亡到那里。”

卢钧望着她焦虑的眼神说：“阿英，你……为什么这样悲观?”

刘兰英苦笑道：“总要作好两手准备，不是我悲观，我总感觉，真到了那一天，可能要走也难!”

“为什么?”

“这在很大程度上取决于邢志军!”

“哦，我明白了……”

“卢老师，邢志军对您一向很尊重，您能不能帮我做做他的工作?”

“哪一方面的?”

“让他别再误解我……”

卢钧点点头说：“我明白了，我会做他工作的……阿英，我还有个提议。”

“你说!”

“你还得尽快交上一位律师朋友，如真遇到麻烦事，他们也好从法律的角度帮着出出主意，帮你钻钻法律空子！还有，现在也可让他们帮你从法律的角度补补漏洞!”

刘兰英点点头说：“你的提醒很重要，就是出了事，也可打一场糊涂官司来拖延点儿时间。”

“志军那儿的工作我会去做的，你放心吧。还有，曹明那儿要不要我也去走一趟?”

“你准备对曹明说些什么?”

“帮你说说话呗!”

刘兰英嘱咐道：“你若要去，也不要主动对他说我什么好话，这个人精得很，一听就知道你是去当说客的。”

“我明白，我只是去探探他的态度，他若问我你的情况，我再说。”

刘兰英点点头，她看了一下手表说：“好吧，时候不早了，您早点儿回去休息吧。”

卢钧点点头正欲离去，刘兰英又叫住了他：“卢老师!”

卢钧转身问道：“还有什么事吗?”

刘兰英看着他说：“这样吧，曹明那儿您先别去了，我们还没到求他的时候，以后再看吧。如果邢志军那儿的工作做好了，基本就没什么事了。”

卢钧点点头说：“好，我听你的!”

刘兰英把卢钧送到门口，不好意思地说：“卢老师，我不能开车把您送回家了，我这里还有些材料要看看，您就打个车吧。”

卢钧回到家，见妻子已睡在床上，他没有打扰她，自个儿依着床头呆呆地思索着和刘兰英的谈话。

卢妻还没睡着，翻过身来看了他一眼问道：“怎么啦？有心事?”

卢钧没有搭话，卢妻披上衣服坐了起来，靠在床头说：“又有什么难事了，人家托你的事没办好？你揽那么多事干什么？你要办好的事只有一桩，在阿英那儿多赚些钱，帮咱女儿在国外买幢房子，然后咱们一起出国定居!”

卢钧转过头去对老伴淡淡地说了句：“买房子的钱倒不缺了……”

卢妻惊喜地问道：“真的？阿英给你了?”

卢钧点点头，脸上却没有半点儿的喜悦之情。

卢妻却兴冲冲地说：“那你还愁什么？阿弥陀佛，你这个穷教师终于有了出头之日，我也可跟着你一起享福了。”

卢钧心情沉重地说：“你以为那钱好拿吗?”

“烫着你手了?”

卢钧长叹一声，没再说什么，只是催促她去休息。一会儿，卢妻就进入了甜美的梦乡，可他却睡意全无。他了解姚叔干的那些坏事，也真不知道下一步该怎么办，他突然感到自己的一只脚已迈进了陷阱，不能自拔，他心有余悸地一夜未眠。

姚叔在自己山庄的阳台上面对大海独自饮酒，他的管家来到他身边，轻声向他报告道：

“老板，钱庄里所有的外币我都通过地下通道汇出去了……”

姚叔问道：“都汇到阿英的名下了？”

“是，都照您的意思办的。”

“今天讨债队讨到多少债？”

“有一些，但不多，听说最近不少公安便衣到‘阳光’一条街暗访。”

“随他们去，他们也问不出什么来。你让你的手下多下点儿功夫吧，都跟他们讲明了吗？”

管家小心翼翼地说：“都讲明白了，我告诉他们要回来的钱百分之三十作为他们的遣散费，但您吩咐过，不能闹出事来，所以这事就难办些……”

姚叔低沉着脸说：“不能闹出事来是前提！不然的话，大家都跑不了！”

管家说了声“明白”，赶紧退了出去。

姚叔呆呆地望着大海，又端起酒杯一饮而尽。他醉意蒙眬、摇摇晃晃地起身，向远处的大海望去，黑夜中汹涌的海水击起大的浪花不时咆哮着撞击在近处的岩石上，重重地击打着他的心房，往日温柔美丽的大海变成一个个旋涡，向他袭来，他知道厄运很快将会降临到他的头上，而这黑压压的大海将是他的葬身之处……

刘兰英昨晚久久不能入睡，冥思苦想，谋划着如何走出当前的困境，避开风险，不要让人抓住把柄。她好不容易约见了邢志军，本想和他叙叙旧，谈谈久违的心里话。可邢志军既不讲情面，又不讲义气，更谈不上讲感情和恋情，使她很伤心。万般无奈下，她只好请卢钧出马去找邢志军谈一谈，如还不奏效，她决定再去找一次邢志军，把大毛、小毛的事和盘托出。她不相信当邢志军知道实情后还会无动于衷，还那么冷酷无情。不知什么时候，她迷迷糊糊进入了梦乡，梦见了她和邢志军领着大毛和小毛到海边游泳戏水，大毛和小毛亲昵地依偎在邢志军的怀里喊着爸爸，她的眼里充满了惊喜的泪光……闹钟把她惊醒，她才知道是做了场梦，她相信总有一天会梦想成真。刘兰英匆匆洗漱完毕，化了个淡妆，穿好衣服直奔办公室。

刘兰英刚进办公室就拨通了曹明的电话：“喂，我是兰英，十所希望小学的钱我已拨过去了。”

电话里传出曹明喜悦的声音：“我得代表贫困地区的孩子们好好感谢你！”

刘兰英笑道：“感不感谢无所谓，只是以后我有难处时，你不要撒手不管就行了！”

“哪会呢……最近你又听到什么流言蜚语了？”

刘兰英有点儿不满地说：“上面总讲让一部分人先富起来，可真有一部分人先富起来后，得红眼病的人就多了起来，让我们的日子不好过！”

曹明安慰她道：“别理睬他们，只要站得正，不怕影子歪嘛！有必要的话，可再开个新闻发布会！”

刘兰英不悦地说：“谢啦！再开也没有什么意义！只是我真有难处时你肯伸出援手就可以了，好，再见！”刘兰英说完，不等曹明说什么就挂断了电话。

此时，钱芳匆匆走进来，满面春风地说：“刘总，救大毛、小毛的那个人找到了！”钱芳说着递上陈敏的一张照片。

刘兰英看着照片极为欣赏地说：“大美人，比从电视里看到的更美，江南的美女真多！”

钱芳笑道：“不能跟刘总比！”

刘兰英看了她一眼：“话可不能这么说，我已老了，过两年走在马路上谁都不会再瞧我一眼喽！”

两人都笑了起来。

刘兰英继续欣赏着陈敏的照片说：“你看她，文雅秀丽！她是干什么的？”

“她是个律师，听他们所长说，她打起官司来可厉害呢！”

“别克车开去了？”

钱芳点点头说：“她看都没看一眼。”钱芳把和陈敏见面的经过向刘兰英描述了一遍：“我到东海律师事务所找到了王所长，王所长陪我到陈敏办公室见到了她。陈律师是个热情的人，我见到她就直截了当地告诉她，孩子的家长为了答谢你的救命之恩，让我带了点儿小礼物……陈敏律师风趣地说，今年春节不收礼，收礼只收×××！她的话把我们大家都逗乐了。我也趁机笑着说，那可不是×××，陈律师，你往楼下看一眼吧！陈律师顺着我指的方向，看到了楼下停着的那辆崭新的别克车。”

刘兰英迫不及待地问道：“她有什么反应？”

她看了眼车，淡漠地说：“古语说，救人一命，胜造七级浮屠！按照佛家的规矩，那七级浮屠是高僧造化后享受的最高待遇了，胜过此者的是一辆别克轿车吗？我靠打官司吃饭，以后有什么官司要打来找我吧，我保证打赢！当然，最好不要来找我！”

刘兰英听后脸上露出笑容说道：“这个女律师倒是挺有趣的，这样吧，这件事你算完成了，以后有机会我自己去会会她！于玲玲的事查清了吗？”

钱芳摇摇头说：“还是没有确切消息……”

“难道她真的与陈行长一起逃往国外了？”

“总之，江南看守所内都没有他俩的人影……”

“你去看过姚叔吗？”

“去过了，他让我告诉你，他已把所有的外币都存到你境外的账户上了，让你放心。”钱芳看了刘兰英一眼，面带难色地说：“刘总，我发觉姚叔那边的情况可能不太妙……”

“你是说……”

“姚叔可能已被盯上了。”

“这我知道，我还明白，连我的电话可能都被监控了，所以我让你以后有事别在电话里说。”

钱芳点点头说：“那我们也得早作准备。”

刘兰英镇定自若地说：“他们要动也会先动姚叔的，所以我让他能先跑就先跑，只要他那边封住门，我这边他们暂时还动不了！”说着，她从抽屉里拿出一张银联卡递给钱芳说：“我给你打了五百万美金，够吗！”

钱芳接过银联卡说：“谢谢刘总，够了！”

“大家都作好两手准备吧！”

钱芳点点头说：“我明白……刘总，我这儿你尽管放心。”

刘兰英两眼望着窗外，若有所思地拿起桌上陈敏的照片说：“今天你能不能把她的情况再搞清楚点儿？”

钱芳不解地问道：“你是想……”

“卢老师提醒我，我们应该有个信得过的律师，以后可能会有几场官司要打，现在不是讲法治吗？”

钱芳有所悟地说：“我明白了，出了问题就用官司来拖！”

“倘若那个陈敏可以为我所用的话，你尽快约她出来见个面。”

钱芳点点头说：“好，我这就去办！”

姚叔的讨债队正在孙海的办公室里逼债，讨债的头目是个肥头大耳、身材魁梧的家伙，他横眉冷对、凶神恶煞地对着孙海大声吼叫着：“姚叔给你的月利优惠到了百分之十二，你还拖延不交，像话吗？”

站在旁边的一个留着八字胡的矮胖子也在帮腔：“姚叔说了，这钱没法借了，你把本金还了吧！”

还有一个愣头愣脑的中年男人见孙海一言不发，气冲冲地威胁道：“今天拿不到钱，爷儿们就不走了！”

孙海知道来者不善，忙掏出一包香烟逐个散烟，面带微笑地说：“请你们宽容几天，我一定设法先把利息交了，现在我进了布料，成品还没出来，怎么能拿到钱呢！”

那帮人根本不买他的账，他们气势汹汹地说：“我们是奉姚叔的命令来的，今天拿不到钱就把你的办公室砸了！”说着几个人动手把办公室桌上堆的材料和样衣都甩到地上，用脚去踩，孙海一脸无奈地呆立在一边。

此时，邢志军开着警车正好路过东风服装公司门口，他看了看表，时间还早，想顺便找孙海聊聊。

一个守候在门口的讨债队队员看见了下面的警车，忙快步冲进里面去跟讨债队的头儿耳语着。

头儿转身对孙海说了句："今天先饶了你！如不赶快还钱，改天还会来和你算账的！"说完，他一挥手说了句："撤！"这帮人一下溜得无影无踪。

孙海正在奇怪时，邢志军出现在门口。

孙海忙迎上去："是你呀！怪不得那帮瘟神一个个都望风而逃了！"

邢志军看着办公室乱七八糟的样子，明白了几分，他朝孙海看了一眼："遇到麻烦了？"

孙海点点头。

"为什么不马上给我打个电话？"

孙海摇摇头："这事没法说！"他给邢志军倒了一杯茶，长长地叹了口气："现在的生意真不好做啊！"

邢志军喝了口茶笑道："现在哪件事情好做？我不也一样？"

"我刚接了个大订单，好不容易借到了钱，进了布料，但还没等成衣出来收到钱，债主就派人来逼债了……"

"那你是借了高利贷，对吗？"

"你怎么知道的？"孙海有点儿吃惊。

"外面都在传，像你这样一向办事稳妥的人都借了高利贷，是不是借到高利贷后这笔生意又没有接到？"

孙海摇摇头说："这倒没有，只是为了这个大订单，把名声都搞坏了。"

"不仅搞坏了自己的名声，而且……"邢志军说到此看了孙海一眼。

孙海神情有些疑惑："我知道你要说什么。你是无事不登三宝殿的，今天找上门来，是传讯我还是想怎样？"他心神不定地站起来说："我不为难你，带我走吧，反正我也过不了安逸的日子了！"

邢志军摆摆手说："坐下，坐下，别瞎想，你是个受害者，我哪能再来为难你呢？"

孙海苦笑着说："真感谢你，不仅帮我吓走了那帮瘟神，还能这么理解我……走，我请你吃饭去，咱俩喝几杯！"

邢志军笑道："你忘了我们的禁酒令？要让我脱警服啊！走，上我的车，咱俩找个僻静的地方喝茶去！"

邢志军把车开到海边离茶室不远处停下，俩人下车走到海滩。海风习习，阳光普照，蓝天白云，充满诗情画意。他俩感受着大海的辽阔、美丽，呼吸着新鲜的空气。

孙海深情地望着海边，感叹地说："大变样儿了！咱们小时候来这儿玩时还是一片荒滩，没多少年，都成了旅游胜地了！”

邢志军看看孙海说：“咱们不也都在变吗？”

孙海会意地点了点头，在靠里边的一角坐下来，俩人边喝茶边轻声交谈起来。

孙海叹了口气说：“志军，你说我冤不冤哪，要不是被那个于玲玲骗去了三千万元，我哪会去借这个高利贷呢！”

“三千万元，我让你报案，你干吗不报？”

孙海情绪低落地说：“那时有顾虑，怕报了案，你们抓了人，我这钱就要不回来了！”

“可现在呢？”

孙海摇摇头说：“想不到她会跟陈行长开溜了，无影无踪。”

“你想不到的事还多着呢！”

孙海一时无语，皱着眉头沉思着，不知该和邢志军怎么说，更不知下步棋该怎么走，心里一团乱麻。

邢志军看了孙海一眼，直截了当地说：“我知道你怕报了案，也会受到参与非法集资的牵连，对吧？但你该明白，你是受害人啊！不是我说你，你还比不上受骗上当后敢于出来上访的那些受害者，他们相信政府会替他们做主的！”

孙海似有醒悟，感慨道：“是啊，走错了一步，步步错啊！”

邢志军抓住机会，追问道：“可以说说吗，这借高利贷的事到底是怎么回事？”

孙海犹豫着，他不想说出刘兰英的名字，因为他觉得当初是自已找她帮忙的，她是好意，千万别牵连到她。邢志军见他不开口，有点儿火了：“你怎么这么木讷呢，事到如今，还有什么话不好说的？”

孙海被他的话一激，终于道出了实情：“志军，我走到这一步也实在是没有办法……我先是找的兰英，求她调调头寸，想不到她也有难处，于是，她把我介绍给了一个叫姚叔的人……”

邢志军听后一惊，他没想到此事和刘兰英有关，更重要的是那个姚叔。他沉住气问孙海：“后来呢？”

孙海低声说：“后来，我见了姚叔，他说看在兰英的面上，只要我百分之十二的月息。”

“这个高利贷你就借了？”

孙海长叹了一口气说：“没办法啊……”

“嘿，要了百分之十二还说‘只要’？你怎么这么糊涂呢？”

“当初说好的，等我这笔生意做成后连本带利一起还的，可谁知他们一下翻了脸，先是要月利，如果还不出，就要收本金了，你说让我咋办？这帮人真不好对付，天天来逼债，还威胁我说，当心我的家人……我要不是为家里考虑，也会跟他们翻脸的！”孙海说着，用恳求的目光看着邢志军说：“志军，你帮我出出主意吧！”

邢志军安慰他道：“你放心，他们狂不了多久的！但现在你得立即把这些情况如实写下来作为报案的材料，安排好厂里的业务，带着家人出去避几天，等我给你打电话后再回来。”

孙海犹豫着，没作回答。邢志军严肃地说：“我可以告诉你的是，这个案子非常复杂，但我不能对你多说，你也要向我保证不能向任何人透露今天我们谈话的内容！”

孙海点点头说：“这我可以保证！”

“只有这样，你才能渡过这一难关，否则，你就不单是受害者了，明白吗？你我都在部队里受过多年的教育，你该明白这件事情的严重性！”

孙海终于下了决心：“好，志军，我全听你的！”

邢志军从公文包中拿出纸和笔来说：“写吧，你就在这儿写！”

孙海接过纸和笔，伏案写了起来。

邢志军起身站在窗口望着海滩，海面不知什么时候起风了，平静的水面被掀起一阵波涛，邢志军的内心也如波涛般起伏不定。他怎么也不会想到刘兰英和姚叔连在一起，不仅通过于玲玲吃掉了孙海的三千万元，还动员他去向姚叔借高利贷……刘兰英为什么会走到这个地步？在这之前他还真不敢相信，也不愿相信，可孙海的话让他感觉到刘兰英一定有问题，他真想立刻去找刘兰英，把事情搞清楚，可自己现在的处境，是不可能随意和她接触的。

邢志军心里琢磨着，这回刘兰英还有救吗？孙海还蒙在鼓里，曹明呢？真希望他没有陷进去。想到此，邢志军的心情很沉重，他点燃一支烟猛抽了几口。此时，他的手机响起，是大杨打来的。他向邢志军汇报说：“邢队，我们查了几家有对外公款业务的银行，发现有人用不同的账户向海外刘兰英专设的账户汇款，数额巨大！”

“大概有多少？”

“据我们初步统计已有六千万美元！”

邢志军剑眉紧锁，下令道：“你们通知银行立即采取措施，阻止赃款外流！”

“邢队，这目前还有点儿难度，这样做会不会打草惊蛇，另外，银行有银行的规定，我们权力有限。”

邢志军思索片刻说：“对手早就明白已在我们掌控之中，你们赶快按银行的规定办好相关手续，依法执行！”

邢志军接完大杨的电话，手机又响起。这次是卢钧打来的，他说有点儿急事要见邢志军。邢志军说自己这几天很忙，抽空一定去看他，但卢钧坚持当晚要去邢志军家里见他。

邢志军推脱着，想和他作解释，卢钧却一下关掉了手机，他心里一阵纳闷。

孙海来到他身边，把写好的几张纸交给他说："写好了，你看看可以吗?"

邢志军递给他一支烟，接过材料看着。

孙海在边上抽着烟，注意着邢志军的神情。

邢志军看完材料，皱了下眉头，问道："为什么把刘兰英介绍你去找姚叔的这个情况删去了?"

孙海说："别扯上她好吗?"

"为什么?"

"你该比我更明白。"

邢志军把材料递回给他说："还是如实补上吧，清者自清，浊者自浊!"

孙海接过材料，有点儿不情愿地用笔加上删掉的一段，然后递给邢志军，邢志军又看了一遍后收好。

孙海不无忧虑地说："不会牵连到兰英吧？否则，如果她知道了，我的脸往哪儿放？况且，你和她……"

邢志军打断他的话，严肃地说："孙海啊，你让我说什么好呢？我不能放弃原则，还是那句话，清者自清，浊者自浊！一切都让事实来说话吧!"邢志军说完，看了孙海一眼问道："孙海，你知道卢老师最近的情况吗?"

"他一直在刘兰英的公司里帮忙，兰英封了他一个'顾问'，实质上办些杂务，兰英对我说过，她这样做是为了让卢老师退休后不感到失落……你问这干吗?"

"他刚才给我打手机，说晚上一定要来看我，我说我抽空去看他，可他执意找我，不知他会有什么急事?"

孙海笑道："也许是兰英请他来帮助破镜重圆的吧!"

邢志军苦笑道："是吗?"

孙海点了点头说："我觉得是，所以在对待兰英的问题上，你该小心谨慎些，至少，别伤到她，我们几个终归从小一起长大的……"

邢志军话里有话地说："不过这么多年过去了，她还念这个情吗?"

孙海摆摆手："不说了，你俩的事一直扑朔迷离，我管不了，也不想管。"

邢志军正想说什么，他的手机响起，是陈敏打来的。

邢志军赶紧避开孙海，到外面接听。

"邢队，我是陈敏，今晚能去你那儿吗？我有情况要汇报。"

“今晚……卢钧要来看我……你，急吗？如果急的话你先去周局那边等我，我接待完他后再来！”

邢志军接听完手机，返回对孙海说：“你就听我的，把公司的事赶紧安排一下，带家人一起出去几天，免得有意外，只需几天，明白吗？”

天渐渐黑了下来，迷雾笼罩在海面上，两人都默不作声。半晌，孙海叹了口气说：“志军，你知道刚才我在海堤边想些什么吗？”

邢志军笑道：“要永远不长大多好？”

孙海也笑了起来说：“你呀，总能一眼看透人的心思……”

邢志军摇摇头说：“有一个人我始终看不透……”

“兰英？”

邢志军点点头，两人又都沉默了……

二、孩子的身世

周峰正和张新研究逮捕姚叔的方案。

周峰神情严峻地说：“我已听取了志军的意见，他同意你的意见，我也向厅里作了汇报，不能再等了。对于姚叔，这个家伙已到了该抓又必须立即抓的时候了！”

“不会影响邢队那边的工作吧？”

周峰感叹道：“他不仅考虑到了此案的大局，而且看得很远，还从政治大局上去考虑问题，这点，连我都没想到……”

张新点点头说：“我在志军手下当过多年副手，我一向钦佩他有政治头脑！”

“说说吧，给你多少时间准备？”

张新想了下说：“三天！”

周峰摇摇头：“还可以快些吗？”

“别的没问题，据我们调查，姚叔这个家伙有私人游艇，而且是进口的，速度极快，一般的警艇追不上它，万一让他从海上逃跑就糟了。所以，我们必须想尽办法截断此路，这需要动点脑筋，花点儿时间！”

“这事我来办，让武警早作准备，届时协助你们包掉海上那条线！”

“这样的话，给我两天时间准备就可以了。”

“那好，就两天吧！还有那个讨债队也一并一网打尽，否则后患无穷哪！”

“周局你放心，我们的人早盯上他们了，动手时肯定把他们和姚叔一网打尽！”

周峰果断地下令：“那你们就准备行动吧。”张新领命后正欲离去，又转身问道："邢队他们目前的情况怎么样？"

"他们要比你这儿难些，这经济大案，虽然目标明确了，但要拿到充足的证据可不容易，且还有些背景尚不清楚，不是想抓人就能抓的！"

张新点点头说："是啊，邢队他们的难度和压力更大，我们会好好配合。"

周峰点了一下头说："好在志军也沉得住气，这几天他们装作若无其事地四处走访，这样不惊动对方，无形中也帮了你的忙。"说着，他从公文包中取出一份汇报记录来递给张新说："他们昨天走访了一天，这是汇报记录，你看一下吧，也好多了解些情况！"

张新看完汇报记录还给周峰，称赞道："我跟过邢队多年，他工作真细致！"

周峰赞同道："细致到都想到了'万一'！"

"什么'万一'？"

"昨晚，我在和他商量工作时，最后他提出了一个问题，万一他不能再继续办此案了怎么办？还让我早作准备……"

"还在考虑他与刘兰英的历史旧账？那不早解决了吗？"

"怎么早解决了？"

"你们局党委都作过决议，厅里不也同意仍让他主办此案吗？"

"我是问他与刘兰英的关系，是不是已成为历史旧账？"

"那当然！我跟了邢队好几年，从未发现他们藕断丝连过！"

"对邢队，我是绝对信任的！问题是……唉，为什么邢队总有这个预感？他可不是优柔寡断的人啊，更不会患得患失，看来，总有他的难处！"他看看张新又接着说，"人家都说你和邢队是我的左右手，今儿我先给你打个招呼，真到了那时，实在有难处时，你得给我站出来！"

张新一愣："真会有这个'万一'？"

"志军还提醒我，搞我们这一行的绝不能等出现万一时措手不及！"

"真希望志军那边不再有周折了。"

周峰神情严峻地说："这事跟你点到为止，不得外传。你目前的任务是必须拉好姚叔这条线的网，及早布网。一旦收网，一个也不能漏网！有什么难处及时报告。"

刘兰英正在办公室接听电话："喂，卢老师……去过志军那儿了？"

"我去找他了，可他出去了。兰英，我看今天就算了吧。"

刘兰英没等卢老师说完就打断了他的话："不，今天你一定要找到他，你该明白我的意思。好，再见！"刘兰英说完把手机关掉。

电话铃又响起，是曹明打来的。刘兰英情绪低落地问道："曹市长，又有什么吩咐？"

曹明从电话中听出刘兰英心情不佳，赶紧解释说：“兰英，我打电话是告诉你注意一下明天的报纸，我让他们为你宣传一下，表明一下市里对你的态度！”

“宣传倒不必了，我只是不希望做了好事，还惹上一身腥！”

“哪能呢！兰英，你是个见过世面的人，坊间的那些说三道四的事，别去理会它！只要我在任，我就会给你撑腰的！”

刘兰英有些感动，声音变温和了些：“阿明啊，在这个世界上只有你最了解我了，本来以为志军最了解我，可他……”

“怎么啦，他又让你生气了？”

“这个人……真不知他在想些什么……”

“你跟我说句实话，是不是还想和他破镜重圆？如果是，现在有条件了，我可以做点儿工作！”

“我现在还没想什么破镜重圆的事，你有空先去了解了解他是怎么想的，好吗？”

“好，我一定去找他一次！”

刘兰英放下电话，心情稍微平静了些，但她一想到邢志军对他的冷漠，一种难言的痛楚又涌上心头……

姚叔正在山庄海边的私家小码头上检查游艇。管家匆匆走来，低声问道：“姚叔，您一个人在忙？”

“是啊，我亲自检查一下，说不准什么时候能用上它。哎，今天债讨得怎么样？”

“还可以……”

“换成美钞了？”

管家把一只大信封奉上：“都换好了。”

姚叔接过大信封扔在一边：“外边情况怎样？”

“这两天总有陌生人在山庄四周走动，怕是……”

“别怕，到时候我带你一起走！”

管家连连点头：“谢谢姚叔！”

“家里都安排好了？”

“安排好了。”

“那好，咱俩出去后再想办法接你的家属出去吧！”

管家又说了声：“谢谢！”又问道：“要不要我把刘总她们也接过来……”

“她们的事不用你管！你赶快把能收回的钱收回来并全部换成美钞！”

管家领命后又说了句：“姚叔，这两天风声很紧，我怕刘总她们……”

姚叔有点儿恼火地说：“不要废话，叫你别管你就别管！”他把那个大信封递给管家说道：“你把这些钱再汇到海外刘兰英的账户上去吧！”

管家问道：“你手头不留点儿？”

姚叔一挥手说：“以后收回来再留吧！”

刘兰英和大毛、小毛、钱芳在宾馆小包房内一起用餐。刘兰英平时工作太忙，晚上社会应酬和交往也多，除了节假日，平时晚上很少与孩子们一块吃饭，大多是钱芳带他们到宾馆吃自助餐或到附近小餐馆吃晚饭。有时候钱芳也买盒饭陪大毛和小毛在家里吃。今晚，大毛、小毛能跟妈妈在一起吃晚饭，高兴地又笑又跳。

刘兰英嘱咐大毛、小毛说：“你们今后一定要乖，放学后不准再乱跑了，一定得等着阿芳姐姐来接你们，如果听话，妈妈下回还带你们来这里吃饭！”

大毛调皮地说：“我们不乖，妈妈就在家里给我们煮稀饭！”

小毛也做了个鬼脸：“我们要是不乖，妈妈就让我们吃萝卜干！”两人的话一下把刘兰英和钱芳逗笑了。

大毛表态说：“妈，我们一定听你的话，不过，我们有个要求？”

“什么要求？”

大毛朝小毛看了一眼说：“你什么时候把爸叫回来，好吗？”

刘兰英怔了一下，她没想到大毛会提出这个问题，还用了“要求”二字。刘兰英掩饰着自己的表情，拿出做母亲的威严说：“我跟你们说过多少遍了，你们的爸爸在国外开公司，忙得很，等你们再长大些，读中学了，就把你们送出去见爸爸！”

“可同学们说我们根本就没有爸爸，你是在骗我们。”

“什么？你们没有爸爸，那你们是从石头缝里蹦出来的？”

小毛说：“他们说我们是野种，有一个同学欺侮我俩，我和哥哥一生气把他给揍了一顿。”

刘兰英听后脸色骤变，大毛、小毛的话深深刺痛了她的心，她一时不知说什么好，钱芳胆怯地看着她，也不敢说话。

小毛毕竟是孩子，他全然不顾地扑到刘兰英怀里说：“妈妈，我们不要当野种，你快把爸爸叫回来吧！让他去参加我们的家长会。”

大毛也拥到妈妈的怀里说：“对，让爸爸好好亮个相！让他们看看我们的爸爸比他们的爸爸都帅！”

刘兰英听了大毛、小毛的话，心里一阵刺痛，她极力控制着自己的情绪，安慰他俩说：“会的，会的，总有一天你们的爸爸会出现在你们眼前的。”说完，她把两个孩子紧紧地拥在怀里，眼里噙着晶莹的泪花……

过了好一会儿，刘兰英的复杂心绪才稍稍缓和下来，她亲昵而又深情地对孩子们说：“你俩呢，现在什么都别想，一门心思把书读好，明白吗？”

大毛仰起小脸说："妈，老师总夸我们的作文写得好！"

小毛也说："这次又让我俩在全班同学面前诵读了！"

刘兰英一下高兴起来："是吗？你们都写了些什么？"

大毛说："老师的作文题目是——'感恩'！我就写了那位阿姨救我们的事。"

刘兰英点点头说："写得好！你们是该感恩！应该记住救你们的那位好阿姨，小毛呢，你写了些什么？"

小毛说："我写了你……"

"写我？写我什么？"

"我们从小到大都没见过爸爸，是你既当妈又当爸，一手把我们带大的，所以我们也要感谢妈妈对我们的养育之恩！"

大毛说："妈最伟大了，是我眼中最伟大的人！"

刘兰英既高兴又有些惆怅，不由得叹了口气。

小毛不解地问："妈，你叹什么气啊，不是这样的吗？"

刘兰英摇摇头说："妈没什么可以让你们夸耀的……可妈妈是非常爱你们的，妈妈一定把你们抚养成才，让你们活出尊严，不让人欺侮，活得开心幸福……好啦，咱们吃饭吧。"

吃罢晚饭，大毛、小毛吵着要刘兰英带他们去看电影。

刘兰英对钱芳说："阿芳，今天周末了，你带两个孩子去看场电影吧，我想一个人清静会儿！"

钱芳点点头，似乎有点担心地看了刘兰英一眼。

两个孩子却高兴地叫道："看电影了，看电影了！"

刘兰英转过身来嘱咐大毛、小毛说："妈有事不能陪你们去了，好好听阿芳姐姐的话。"

俩孩子点点头，跟着钱芳蹦蹦跳跳地走了。

刘兰英望着他们离去的背影，泪水再也忍不住地流了下来，她拿出烟来点燃了一支，默默地抽着，眼前闪现出刚才孩子们要见爸爸，被人叫野种的情景，她痛苦地拿起酒瓶倒了满满一杯酒，仰起脖子一饮而尽，又倒上一杯喝了下去……

三、寻求保护伞

卢钧开车来到邢志军家楼下，他抬头见邢志军家的窗户亮着灯，赶紧上楼。

邢志军正站在窗前，看见了卢老师开着私家车来，眼前闪过了他当老师时的贫困和淳朴，不禁摇了摇头。

门铃响起，他去开门，热情地把卢钧迎进客厅。

邢志军给卢钧倒了杯茶水，笑问："卢老师，这么晚了还让您来看我，该我去您那儿才对。"

卢钧谦恭地摆摆手说："不，不，是我有事要找你，你这么忙，我还来打扰你！"

"卢老师您就别客气啦，有什么急事尽管说，看我能帮点儿什么忙。以前您托我办的几件事我都没法去办，您是知道的，我这工作的性质……"邢志军还没把话说完，卢钧接过话茬儿说："志军，我知道你有难处，谁让人家都知道我当过你三年班主任老师呢，我当时是情面难却，只得当着人家的面给你打电话，其实我也不指望你去办的！"

"您理解就好！说吧，今天有什么大事让您亲自上门！"

卢钧笑道："其实也没什么大事，主要是好久没见你了，你师母也很关心你，说你刚丧妻，让我来看看你。"

邢志军用探问的口气说："干我们这行总是没完没了，一件案子完了，又一件……不过，我现在也聪明了，有的事睁一只眼，闭一只眼，随它去吧！"

卢钧听后心里轻松了许多，马上抓住机会说："这就对了，现在的事，谁都包打不了天下！"

邢志军笑道："卢老师啊，我可从来没想过要包打天下！"

卢钧笑笑转入正题，用关心地口吻说："志军，我知道你妻子走后，你心情很不好，但一切都要想开些。你妻子的事，你也已经尽力了！"

"我总觉得对不起她……"

"我今天来呢，一是向你表示慰问，望你节哀！二是要帮你解除一个误会！"

"误会？什么误会？"

"是你对兰英的误会！"

"我和她有什么误会？"

卢钧认真地说："你知道当初兰英为什么要突然离开你吗？"

邢志军摇摇头说："这事已过去多年，我不想再提它了。"

"不，你一直误会了她，你以为她另有新欢，攀高枝，其实根本不是这么回事。"

"那您就说说到底是怎么回事吧。"事到如今，邢志军突然想知道一下事情的真相。

卢钧见邢志军愿意听了，赶紧抓住机会，把刘兰英的遭遇娓娓道来："那一年，兰英家连续遭难，先是她的姐姐、姐夫出了车祸，双双离世，留下了一个十余岁的女儿。她的母亲一急之下得了重病……你知道，兰英的父亲早亡，她与母亲相依为命，长期以来一直由她姐姐、姐夫照料着这个家，这一来，所有的担子全压在了兰英的身上……”

邢志军听后愣怔了一下说：“可她当时怎么都没告诉我呢?”

“那时，我劝她向你求助，但她说志军在部队里只是一个小连长，告诉了他，他不但压力大，解决不了问题，反而会影响他在部队里安心待下去，他会不顾一切地跑回来的，那岂不成了逃兵?”

邢志军听后一时无语，他虽有些吃惊，但这个情况不足以作为她离开他的理由。

卢钧看出他的心思说道：“志军，你听我慢慢和你讲，你知道当时兰英在走投无路时采取了一个什么举动吗？谁都想不到，她竟当街卖身救母!”

邢志军一愣，这句话让他很震惊。

卢钧叹了口气说：“幸亏这件事没有再闹大，一个好心人很快揭下了她的卖身牌……”

邢志军吃惊地脱口而出：“有这种事？这真像电视剧。”

“你以为我在编造故事？我可以对天发誓，我绝没说半点儿谎话。”

邢志军忙摆摆手说：“卢老师，我相信您说的是实话，可我真不知道事情这么复杂。”

“是啊，你相信不相信我都无所谓，重要的是你该相信兰英!”卢钧说完这些，如释重负地长叹了口气。

“我今天来要讲的就是这事，兰英本想亲口和你说，可你根本不想听，所以我才替她和你说明。你可以去调查核实一下，你有这个方便！我只是希望你不要再在这件事上误会下去了!”说完，卢钧起身告辞。

邢志军把卢钧送到门口，有点儿不知所措地目送他离去，他万万没想到卢钧这次来访急着要见自己，原来是要告诉他这些让他出乎意料的事。

邢志军正想着，电话铃又响起，是曹明打来的。

邢志军去接听：“喂，是曹市长，有什么指示?”

电话中传出曹明的声音：“你看，你看，又来了！又是市长又是指示，志军哪，你什么时候能把老同学、老朋友放在首位呢?”

“那好，老同学，老朋友，有什么吩咐!”

“也不是吩咐！是问候！是祝福！什么时候让我做东，请请你和兰英，志军啊，你们的事不能再错过这个机会了！该到破镜重圆的时候了!”

邢志军听到破镜重圆这几个字一下子有点晕了，不知该说什么好。曹明却紧追不舍：“说啊，表个态吧，只要你一句话，剩下的事我来说，我来办!”

邢志军沉默了一会儿说道：“说说可以，但绝不可能破镜重圆，刚才卢老师来过，谈到我和刘兰英的误会。”

“那好啊，证明大家都在关心你，关心兰英，关心你们，是众望所归哪！”

“那你能帮我核实一件事吗？”

“你说，什么事？”

“你跟我说实话，卢老师说的是不是事实？”

“我以人格担保，卢老师说的完全是事实！”

“那你干吗不早告诉我？”

“你转业回来时，早已跟小蓉成了家，我还有说这事的必要吗？说了你又能怎么样呢？现在，卢老师可能与我都有同感，觉得是到了该说的时候了，志军啊，绝不要再错过了这个机会，否则，你也太对不起兰英的一片真情了！”

邢志军镇定下来，他想到周峰叮嘱过的话，说道：“请你转告兰英，我会考虑此事的！”

卢钧离开邢志军家，边开车边给刘兰英打手机。

手机打通了，却没人接听。

此时，刘兰英正独自一人坐在海堤上望着大海发呆，她根本没听到手机的铃声，脑海里不时闪现着小时候她和邢志军、曹明、孙海在海滩嬉戏玩耍的欢乐情景。

天渐渐黑了下来，刘兰英才想到回家，这时她的手机铃声又响了，她边往堤上走边接听。手机中传出卢钧焦急的声音：“阿英，你在哪儿呢，打半天你的手机也不接，你交代的事我已办完了，一会儿我就去你那里！”

刘兰英“嗯”了一声收起手机，上车前，又回头望了一眼大海，恋恋不舍地钻进车里。她刚回到家，门铃就响了，她开门把卢钧迎进客厅，给他倒了一杯茶。

卢钧呷了一口茶，迫不及待地向刘兰英报告去邢志军家的情况。

“兰英，看来这事对志军的触动还是很大的。”

“你怎么看得出？”刘兰英平静地问道。

“我走时，看他在发呆，连送我都忘记了，他平时可不是这样！”

“你没说孩子的事吧？”

卢钧摇摇头说：“我想还是别一下都说透了，这样他会受不了的，你们误会了这么多年，也得给他点儿思考、消化、接受的时间，况且他并不追根究底，连你的救命恩人是谁都没问！”

“你认为他是怎么想的？”

“志军从小就讨厌打听别人的隐私，这你是知道的。”

刘兰英点点头说：“这也是我喜欢他的一个原因。”

“在我教过的学生中，就他和你最让我喜欢了！我真想能把你俩撮合在一起……”

刘兰英苦笑笑，没说什么。

卢钧从刘兰英的神情中感悟到了她内心的痛苦。他安慰道：“兰英，你不要灰心，我有个直觉，志军并不是那种绝情的人，我在叙说你的事时，一直在观察着他，他听到心酸处，眼中还闪着泪花，虽然他立即控制住了自己，可这一细微的表情没逃过我的眼睛。”

刘兰英注意地听着，低声地问道：“真是这样吗？”

卢钧肯定地说：“没错，是这样，假如我们能把他拉过来，那真是珠联璧合了！兰英，你再下点功夫吧！”

刘兰英摇摇头说：“我对他还没多大把握……你今晚去过了，看看他的反应再说吧！”

此时，刘兰英的手机响起，她看了一眼号码，对卢钧说：“是曹明打来的！”说完马上去接听。

“阿明，你好！有什么好消息吗？”

手机中传出曹明兴奋的声音：“我给志军打过电话了，这回，他的态度倒还可以……”

“怎么个可以法？”

“他主动向我核实卢老师对他说的话是否属实，还让我转告你，对这件事他可以考虑……”

刘兰英惊喜地问道：“他说的这件事是指我卖身为母治病的事，还是……”

“这……我没明问，我想下面的事应该是你俩的事吧？不管怎样，兰英啊，你这儿也得主动地加把火！”

刘兰英关掉手机，把曹明在电话中说的话向卢钧又叙述了一遍：“卢老师，要真是像您说的，我和志军能够珠联璧合，那该多好啊！您让我再下点功夫，阿明让我再主动点儿加把火，看来还真有希望啊！”说着，她的脸上露出了少有的纯真笑容。

卢钧看到刘兰英的笑容，心里也十分高兴，他又说了几句鼓励和安慰的话，就起身告辞了。刘兰英一直把他送到楼下，目送着卢老师的车影消失在远处林荫道的车流中才转身回到家中。

她走进一间长年挂着窗帘密不透风的神秘小房间内，一个靠墙的长柜上，摆放着刘兰英父母、姐姐、姐夫的遗像，遗像前摆放着供品。

刘兰英虔诚地点香，跪在地下，默默地祈祷着……

她轻声地自言自语道：“爸爸、妈妈、姐姐、姐夫，如果你们在天有灵的话，该看在阿芳、大毛、小毛三个孩子的面上，保佑我能渡过这一关，我拜求你们了……”

此时钱芳悄悄进来，也跪倒在刘兰英的身边，双手合十，眼睛微闭地祈祷着。

刘兰英听到身边有动静，知道是钱芳来了，她俩经常在这里一起跪拜，这是她们的默契和习惯。她俩默默地跪拜了好一会儿，刘兰英作了作揖，起身慢慢站起，钱芳也跟着刘兰英站起来，坐到客厅的大沙发上。

刘兰英问钱芳："电影看完了？"

钱芳点点头。

"孩子们呢？"

"我帮他们洗过澡后已让他们睡了……"

"他们没吵闹？"

"嗯，我说你明天还会带他们去海边玩，他们听后就乖乖地睡了。"

"走，我去看看他们。"

刘兰英来到大毛、小毛的卧室门口轻轻推开了一条门缝往里看去，大毛和小毛已进入甜蜜的梦乡。

两人又回到客厅，钱芳向刘兰英汇报她去东海律师事务所了解陈敏的有关情况。

"中午，我请东海律师事务所的陈主任吃了顿饭，向他了解了一些陈敏的情况……"

"陈主任怎么说？"

"陈主任说陈敏是他的侄女，从海外留学刚回来，因为她学的是法律，她父亲就把她送回国内发展，让她的叔叔陈主任带她熟悉一下。"

"她已移民国外了吗？"

"没有，她拿的是绿卡，她父母是移民。"

"现在的青年人真聪明……阿芳，我托她给你办移民好吗？"

钱芳摇摇头说："不，我要跟你一辈子！"

刘兰英笑笑说："傻丫头，是小姨要跟你一辈子，明白吗？还有大毛、小毛，以后都需要你照顾呢！"

"你不是让卢师母和她的女儿办这事了吗？"

"傻丫头，我能依靠她们吗？她们只能靠着我，姚叔出去后，她们那里能成为他的一个落脚点就不错了！"

"到那时，你不跟姚叔一起过吗？"

"你又傻了，我只能报答他的恩情，但绝不是爱情，这你是明白的。阿芳，你尽快跟陈律师约一下，找个清静的地方，明天我请她吃饭！"

四、痴心妄想

陈敏正在向周峰汇报工作："周局，我在外围的调查摸底基本结束，刘兰英那里要打进去是很难的，她的核心很小，用的都是有特殊关系的人，一个是卢钧，是她中学时的班主任，退休后一直在她身边出谋划策，卢钧的女儿已被刘兰英送往国外，可能在那儿建立起了一个联络点，他们有可能会随时撤往那里……"

周峰认真地听着："这么说，他们早就找好了后路？"

陈敏点点头说："那个卢老师也是曹市长的老师，刘兰英同他当然还有更深的交往，关系非同一般。另一个是她的铁杆助手，叫钱芳。钱芳是刘兰英的姐姐的女儿，刘兰英的姐姐、姐夫在一起车祸中丧生后，刘兰英把钱芳留在自己的身边，好些事都由钱芳出面去办，除此之外，她公司里的人谁都不清楚其中的内幕……"

"那么，刘兰英跟那个姚叔的关系呢？"

"外面有两种传说：一是说姚叔是刘兰英的恩人，刘兰英之所以有今天，全靠姚叔的帮助和支撑；二是刘兰英一直充当着姚叔的小蜜，她的双胞胎儿子可能就是姚叔的。"

"你认为哪一种传说比较准确些？"

"很难说，可能两种传说都有……好在老天给了我一个机会，我无意中救下的两个孩子，现已证实，恰恰是刘兰英的双胞胎儿子大毛和小毛！"

周峰一喜："这么巧！"

陈敏点点头说："刘兰英把这两个孩子寄宿在一所高级私立学校读书，周一送去，周五接回，那天他俩不等钱芳去接，偷偷溜出去观潮了，所以就发生了那一幕……这事当时我根本没在意，想不到钱芳找到了我那儿，还要送我一辆别克轿车……"

"希望还能有下文！"

"我也是这样想的！"

"如果刘兰英自己出面，主动来找你，那就好了。"

"我如果收下那辆别克轿车，事情可能也就此结束了，我当然不会收，我想，她肯定还会来找我的。"

"想过了吗，如果刘兰英来找你，你如何应对？"

"我本想找邢队一起商量的，可他今晚还没给我电话。"她看看表说，"这么晚了，他还没应付完那个卢老师？"

周峰也看了看表说："再等他一会儿吧，他办完事会跟我联系的。"

陈敏心生疑虑地说了句："邢队那儿不会发生什么意外情况吧？要不要给他打个电话？"

周峰点点头说："好的，我给他打一个吧！"

卢钧走后，邢志军长叹了一口气，闷头喝了几杯酒，他心如乱麻。卢钧的话让他震惊，而且从曹明那得到了印证。本来这么多年他已和刘兰英断了线，如今这根线又被接连起来。可这不单是他与刘兰英个人之间恩恩怨怨的事情，他的任务是要通过接触刘兰英摸清她和姚叔的关系，他已感觉到刘兰英一定陷了进去，他不希望她陷得太深。他决定再找孙海问问。邢志军站起来感到一阵眩晕，此时，他的手机响起，他去接听。里面传出周峰焦急的声音："志军，你在哪儿呢？你那边的事谈完了吗？我和陈敏都在等你呢！"邢志军看了一下手表，才想起这事，忙解释道："周局，卢钧已走了，我有件事急需再核实一下，然后马上就到你那！"

"好吧，我们等你！"

邢志军踏着醉步踉踉跄跄地走下楼梯，三步并作两步地冲到门外，截了一辆出租车，直奔孙海家。

出租车风驰电掣般地在马路上行驶，不一会儿就到了孙海家门口，邢志军下车见孙海与家人正拎着大包小包准备上车，忙快步上前打招呼。

孙海见邢志军打的过来，吃了一惊，不知发生了什么事。

"阿海，你这是去哪儿啊？"

"你不是让我出去避一下吗？我就选了个晚上的航班。"

邢志军一拍脑袋说："对，对，有这事，我怎么糊涂啦？"

孙海奇怪地看着他问："志军，你怎么了？"

邢志军把孙海拉到一边用手指着他说："你……不够朋友？"

孙海莫名其妙地看着他："我哪儿不够朋友了？"

"你为什么不把刘兰英卖身救母的事告诉我？"

孙海听后松了口气笑道："原来是因为这事来找我，卢老师告诉你了？"

"你说，你为什么不早告诉我？"

孙海轻声叹了口气说："我知道这事也是在我复员之后了，那时你已和小蓉组成了家庭，我怕和你说了你会受不了这个打击，担心你做出不理智的事来，影响你的情绪和家庭。"

"可现在我不需要了，你们为什么又都和我说呢？反正，你不早说，就不够朋友……"

孙海上前扶住他说："好，好，算我不够朋友好吗？那你现在准备怎样？"

"我准备怎样，不用你管！我就是来向你核实一下。"

"你该知道我为什么在写材料时，要把兰英这一节抹掉吧？好在材料还在你手中，我们对她都得够朋友，不要去给她惹麻烦!”

孙海还想解释，邢志军却对着驶来的一辆出租车扬了下手，跳进车里。

出租车飞驰而去……

孙海无奈地摇摇头转身带着家人上车驶离……

孙妻不解地问道：“志军怎么了？他来找你谈什么事?”

孙海边开车边答道：“是了解刘兰英的情况，想不到，他跟兰英之间的心结一直解不开，这回……”

“这回能解开吗?”

孙海摇摇头说：“他们之间的事谁都搞不清，有点儿扑朔迷离……”

邢志军赶到周峰办公室作汇报，陈敏在边上听着。

“今天我会了两个人，一是东风服装公司的孙海，你们在材料中也看到了，有人反映他向姚叔借过高利贷，我今天向他核实情况时，嘿，正赶上姚叔手下的讨债队在向孙海逼债，我一到，那帮人就开溜了，在这种情况下，孙海也不得不向我和盘托出了内情，我让他写了份材料。”

邢志军说着从口袋中取出那份材料递上：“你们先看看吧，我不重复了!”

周峰接过材料和陈敏传递着看，两人很快看完了。

周峰兴奋地说：“这份材料很重要！刘兰英与姚叔的关系更明朗了！还有一个动向更值得我们注意，姚叔放的高利贷连利息都不要了，急于把本金讨回来，这是为什么?”

邢志军说：“我也在想这个问题，可见他要开溜的动向更明朗了!”

周峰点点头说：“你那位朋友可立了一功!”

邢志军摇摇头说：“我可怜他，可又不能明确告诉他真相!”

“为什么?”

“他让刘兰英手下的融资员于玲玲骗走了三千万元，还不知道罪魁祸首是谁呢？到了真要用钱时，还想请刘兰英帮忙调调头寸，却又让刘兰英顺水推舟，介绍他到姚叔那里去借高利贷。他呢，在被逼得走投无路的情况下，还念以往的情分，不想把刘兰英介绍他去找姚叔的事写出来，怕给刘兰英找麻烦……你们说，他可不可怜?”

陈敏直率地说：“相比之下，那个刘兰英太可恶了!”

邢志军摇摇头说：“刘兰英也有让人可怜的一面……”

周峰和陈敏都不解地看着他。

邢志军平静地说：“想不到卢钧找我只谈了一件事，而此事我又在曹明和孙海那儿都得到证实……”邢志军把卢钧和他说的情况说了一下，他叹了口气说：“刘兰英的爸爸如不早亡的话，刘兰英的姐姐、姐夫如不遭遇车祸，刘兰英也不会落到卖身救母这一步。我真没想到当初她是不想连累我才不得不走这一步的！更想不到，她以后的人生全变了……”

周峰和陈敏听后都沉默着。

邢志军接着说：“起初，尽管前来告诉我这些的是我小时候非常崇拜的班主任老师，尽管他还对天发誓说的全是事实，我还是趁曹明给我打电话时核实了一下，又去找了孙海核实。孙海说，卢钧说的全是事实，以前，他只是不想再让我掉入感情的旋涡，才没有告诉我的……这也是孙海希望我不要去惹刘兰英麻烦的原因。”

陈敏说：“孙海这人够讲义气的！”

“他从小就吃这亏！”

周峰站起来在室内踱步思索着，片刻，他停住脚步问道：“志军，你清楚卢老师来找你的目的吗？”

“他只是说为了消除我与刘兰英之间的误会……”

“你想过吗，怎么同时曹市长也打电话来跟你谈这事？”

“我想过，这绝不是巧合！可能都是刘兰英授意的！”

周峰点点头说：“是要试探你对她的态度，从中捉摸出一些信息来，还是真要想同你破镜重圆，以你为保护伞，帮她渡过难关？”

“我看两者都有……”

“你是如何回答他们的？”

“对卢钧我没有作正面回答，后来，曹明又来逼了一下，我想如我再不作答复的话，就会让刘兰英更警觉起来，所以我不得不作了正面回答……”

“你是怎么说的？”

“我让曹明转告刘兰英，这事我会考虑的。我的想法，一是得稳住刘兰英；二是我说的‘这事’指刘兰英曾经有过的让人同情的遭遇，而不是我与她破镜重圆的事！”

他看看周峰和陈敏问道：“这样回答可以吗？”

周峰点点头。

陈敏同情地说：“也太难为邢队了。”

周峰转对陈敏说：“你把了解到的情况也给邢队说一下吧。”

陈敏说：“这几天，我一直等着与刘兰英接触，但还拿不准如何从她那找到切入口。”周峰看看邢志军问道：“志军，你有什么好主意吗？”

邢志军说：“我的意见是，小陈实在打不进去的话，还是归队吧，让她出面来主办此案更合适。”

周峰和陈敏听后都一愣！

周峰见邢志军情绪有些低沉，关切地问道：“志军啊，你进来时我就看你有些不对头，说说吧，你内心有些什么想法？”

邢志军看看周峰："一定要说吗？"

周峰点点头："要说，闷在肚里会影响工作，而你又是这大案、要案的主办者！"

"那我就直说了，刘兰英不但害了不少人，而且挖了国家银行的墙脚，她已成了东都社会不安定因素的根源之一，对她的案子一定要彻查到底！她之所以会走到这一步，肯定是有不少原因的，其中我们已明白了的这一点，确实又让人同情……鉴于我与她以及周边人的特殊关系，让我来办此案我觉得越来越不合适了……我应该回避。"

"为什么？谁都没有怀疑你会以公徇私啊！"

"是的，如果让我继续把这案子办下去的话，我一定会秉公执法，铁面无私地彻查到底！但……我必须回避。"

邢志军摇摇头，又接着说："不用再多说了吧？我想你们会理解的！"

周峰问陈敏道："小陈，你理解邢队话里的意思吗？"

陈敏点点头说："邢队确实有他的难处，将来把这案办铁了，刘兰英、钱芳、卢钧这些人都被绳之以法了，社会上在拍手称快的同时，也有人会说邢队这个人太冷酷无情，连自己的老师、昔日的恋人，而且是处处为他着想的恋人都没网开一面……我是干这一行的，明白自己肩上的神圣责任，如果我不干这一行，我也不会再跟这种人接近的……"

邢志军摇摇头说："这我倒不太在乎，干了这一行，总该去尽责的。"

陈敏说："可在尽责的过程中所受的内心煎熬就难以言表了，公安机关是国家机器的一部分，可我们每一个公安人员，并不是机器，是有血有肉有感情的人！"

邢志军听后默然，只是长长地叹了口气。

陈敏看看周峰说："我刚才一直在想，假如我处在邢队这样的境况下，我能挺得过这一关吗？很难，真的，很难！但我相信，邢队能挺过这一关！"

周峰说："志军，小陈对你的理解切中要害了吧？"

"我感谢她的理解，但迄今为止，我还不敢接受她的结论和鼓励。"

邢志军说完，大家都沉闷起来。

周峰打破沉默说："今天就谈到这儿吧，志军，你先回去休息吧，对这事暂不作结论，让我好好想一想，你也好好想一下再定好吗？不过，在这之前，工作还要做下去！"

邢志军点点头说："这我明白！"他起身说："那我先走了！"

邢志军正欲离去，突然说道："还有件事，我得汇报一下。大杨和小胡去银行调查也大有收获，他们查出，有人用不同的账户向海外刘兰英的专用账户汇出去了巨额外汇约六千万美元！"

周峰和陈敏听后都一惊。

周峰说："看来他们真要溜了。"

"我已让大杨他们办理相关手续，依法通知银行立即卡住这口子！"

"对，绝不能让国家和受害者的钱外流！"

邢志军走后，周峰问陈敏："你对邢队的请求怎么看？"

"我认为是可以理解的，于公于私都有他的道理。"

"那你也趋向同意了？"

陈敏摇摇头说："不，我还是原来的意见，他的精神压力确实很大，但我相信他是能挺过去的！"

周峰点点头说："他刚失去小蓉，丧妻之痛尚未平息，我不忍让他精神上再受那么大的压力啊！况且，他就是胜利地完成了任务，把刘兰英逮捕归案绳之以法了，可能还会留下永远的精神创伤……这事，对他太残酷了！我们公安人员也是人哪！"

陈敏赞同道："周局，你讲的这些我都同意，这案子如让邢队继续再办下去的话，确实是有点残酷。不过，有几个问题请你考虑：一是邢队已把这案子办到这地步，也只有他挺着，才能顺顺当当地及时结案，办好！省里、厅里是下了死命令的，一定要在'两会'前结案的！如果现在换人马，当然也可以接着把案子办好，但时间上是否允许？至少，如果让我去担当，我保证不了时间！而且我们有其他能披挂上阵限时完成此任务的人选吗？还有，如果这个时候答应了邢队的请求，让他回避，就会引起对方怀疑，案子就更不好办了！再有，即使有人接替邢队能把此案限时限刻地办好了，难道邢队心中的创伤就没有了？"

周峰认真地思索着陈敏提出的这些问题……

陈敏接着说道："所以，只有让邢队继续办下去，我相信他，他会处理好坚持原则与人性化办案的关系，取得三赢！这样，才能让他感到仁至义尽而坦坦荡荡地过好以后的日子！"

周峰点点头说："你讲得有道理，该让邢队把此案办下去，我们都不要再犹豫了，不过，小陈，你得多做些工作……"

陈敏点点头，此时，她的手机响起。陈敏马上接听："喂，我是陈敏，请说……哦，是钱小姐啊！"

手机中传出钱芳的声音："陈律师，明天我们刘总想见见你，不知你是否有空？"

陈敏马上说："可以，你说什么时候？"

"那就明天上午十点钟，我来接你！"

"好，明天见！"

陈敏挂断电话后向周峰汇报：“钱芳说刘兰英明天上午十点钟要见我……”

周峰兴奋起来：“终于能切入了，把握好这个机会吧！”

陈敏起身说：“那我也走了，该回去准备一下！”

周峰送她出门叮嘱道：“尽快摸清刘兰英下一步的意图！”

陈敏点点头说：“邢队那边你多关心他一点儿。”

周峰笑道：“你好像比谁都关心他。”

陈敏付之一笑：“随你怎么说！”说完，她迅速离去。

周峰却陷入沉思中……

五、寻找突破口

卢钧回到家中，身心疲惫，心里很郁闷，见到老伴儿也没说话，靠在沙发上默默地抽着烟。

卢妻关心地问道：“怎么啦？不舒服啊？是不是跟志军没谈好？”

卢钧摇摇头说：“志军没表态，但看得出他是有触动的。后来，曹明也给志军打了电话，这回志军态度倒有了些变化。”

“他怎么说？”

“他说对这事他会考虑的……”

“对这事？这事是指什么？是指兰英卖身救母的事，还是志军与兰英之间的事？”

“兰英也问了这个问题……”

“我看有点儿悬！”

卢钧无语地低下头抽着烟……

卢妻温情地安慰他道：“老头子，兰英让你做的事你都做了，现在该想想我们怎么办了。如果兰英出事的话，你也会进去，到那时我们怎么办？”

卢钧没好气地说：“你想那么多干吗？迄今为止，连曹市长都还站在兰英一边呢，怕什么！”

“要是真能把志军拉过来就好了……至少可以争取点儿时间……”

卢钧不耐烦地听着老伴儿的唠叨，他岔开了话题，问道：“女儿来过电话吗？”

卢妻点点头。

“她有没有谈我们移民的事办得怎么样了？”

卢妻瞪了他一眼：“她说，这事急不得，国外干什么事都得讲程序……”

卢钧苦笑着说：“嘿，等程序走完了，我也进去了！”

“你还让我别怕呢，我看你比我还要怕！老头子，你可别去影响兰英，她的压力肯定比我们还大!"

卢钧长叹了一口气，摇了摇头说："早知今日，何必当初呢……穷就穷点儿，也不至于担惊受怕了。"

夜色深沉，海风习习，山庄海边的游艇上。姚叔边检查着船舱，边在打手机："杰克，你那边准备好了吗?"

此时，在靠近我国海域的公海上，一艘外轮正向我国海域驶来，驾驶室内的外国人杰克正在和姚叔通话："没问题，明天准能到达你指定的海域!"姚叔和杰克用跨海域手机通话，便于联络他们的行动计划。

姚叔走下游艇叮嘱杰克道："一到你马上通知我!"

"你放心，我这边绝对没问题!"

姚叔离开游艇，快步走进屋里，急急问管家："你手下有信得过的人吗?"

管家点点头。

"你让他带个手机立即去刘总那儿一趟，把手机给刘总，什么话也不用多讲。"

管家有点儿莫名其妙地从背包里拿出一部手机让给他开车的手下送去。

手下人领命后立即开车急速来到刘兰英的住处停下，正好刘兰英送钱芳出门，突然见车上下来一个人影朝他走来，吓了她俩一跳!

来人给刘兰英鞠了一躬，递上一部手机轻声说道："刘总，姚叔让我送部手机来，他让你用这部手机和他通话。"刘兰英一下明白了是怎么回事，接过手机说了声："谢谢!"转身急忙返回楼上。

管家得知手机已送到，赶紧报告姚叔，姚叔示意他先拨通号码。管家接通后对刘兰英说："刘总，请你等一下，姚叔要跟你通话!"说完他把手机递给姚叔，知趣地离开了。

"阿英，你好，我用的是管家的手机，放心吧!"

手机中传来刘兰英的声音："你啊，费这么大的劲干什么?"

姚叔轻声说："明天我就走了，我放心不下你……"他看看四周说："经营了这么多年，真舍不得离开这个地方，更舍不得离开你……"

"我也是……我永远不会忘记你这个救命恩人的……"

姚叔摇摇头说："不，现在看来，是我害了你……"

"怎么能这样说呢? 只能说我们都穷怕了!"

姚叔叹了口气："是啊，富了再想富，也会出问题……穷怕了不好，贪得无厌更不好……不说了，说也没用了，亡命天涯，顺其自然吧……"

"姚叔，我多次劝你，别这么悲观……你先走吧，我也会尽快脱身的，到了那边，咱们再好好聊，有的是时间! 我们以后还要好好过日子的!"

姚叔的声音有些哽咽："也有可能要等到来世了……好吧，你自重，再见！"

姚叔说完，不等刘兰英再说什么，一下把手机抛向了大海……

海边不远处，两个渔民模样打扮的侦查员正在监视着他的一举一动……

刘兰英握着手机呆愣了半天，姚叔不等她说什么就关机了，这个紧急的通话，让她心里一阵发悸，一种不祥之感笼罩在她的心头。但她又盼着姚叔能尽快脱身，将来自己也能在异国他乡和他相见。眼下，她要千方百计割断与姚叔的业务关系，而当务之急是要请到一位有经验的得力律师。她准备明天见到陈敏后好好和她谈谈，但愿她能助自己一臂之力。

周峰和陈敏谈过话后，合上卷宗，准备离开。电话铃响起，是刑侦队王山山打来的。

"报告周局，刚才技侦室监听到姚叔在与外轮联系，一个叫杰克的外国人正驾驶着外轮准备明天前来接应姚叔……"

"报告过张队吗?"

"张队让我向你报告，请有关方面给予协助。"

周局立即拨通邢志军的电话："志军，你睡了没有？过会儿我到你家去，有重要情况当面和你商量。"

邢志军正依在床头默默吸着烟，思索着一天来发生的事情，接到周峰的电话，他猛地站起，披了件外衣，坐在客厅等周峰，没多久，周峰就来了，邢志军忙打开门，把他迎进屋。

周峰歉意地说："睡了吧？又来打扰你了。"

"刚躺下，其实也睡不着！"

他正准备给周峰沏茶，周峰摆摆手说："不喝了，志军，看来我们要立即行动了！刚才技侦室监听到，明天姚叔就要溜了，从海上走，有外轮接应！"

邢志军一惊："动作这么快！"

"我已请求有关方面协助，布置好了天罗地网，明天那边一收网，你这条线上肯定会有大反应，先跟你通个气儿！"

邢志军本能地说："我会注意的！"

周峰点点头说："你走后，陈敏接到钱芳的电话，刘兰英明天急着要约见她，案情正在快捷地往前推，换一个主轮还不知道好使不好使呢?"

邢志军起身说："周局，我明白了，你放心，我会以大局为重的！"

周峰看看表说："时候不早啦，你也困了，赶紧睡觉吧！"他伸出手和邢志军紧紧相握！

邢志军把周局送走后，回到卧室很想好好睡一觉，但躺在床上没有一丝睡意，他的脑海里一直回想着周局对他的嘱咐，组织上对他的信任让他十分感动，他也会千方百计把这个案件办好，将犯罪嫌疑人绳之以法，他决定明天一早给老宋、大杨、胡林和刘刚布置任务。姚叔的罪行铁证如山，他想乘游艇从海上逃走，那是痴心妄想。周局和张队已撒下天罗地网，他不是被抓获就是被击毙，这是确定无疑的。可对付刘兰英就不那么简单了，还要内外夹攻，抓住她的把柄和证据，还要用攻心战术，想着想着不知什么时候，他迷迷糊糊地睡着了。

天刚亮，闹钟吵醒了邢志军，他看了下表急忙跳下床，洗了把脸，又啃了几口面包，便出门骑上自行车赶到办公室。

他刚打开办公室的门，老宋、大杨、胡林、刘刚就都跟进来了。

邢志军开门见山地说："我找你们来是有重要的事情，你们几个把昨天一天跑的情况谈谈！"

胡林递上一份整理出的重要材料说："晚上找你汇报时你不在，这是你嘱托我们整理的汇报材料……"

邢志军接过翻看了一遍，放在桌上说："你们调查了解的情况就这些？"

刘刚说："有点儿新线索，但没太大的进展。刘兰英的阳光集团肯定有问题，她与姚叔的关系也很神秘，她有后台，都说是曹市长，这三大问题在群众反映中比较集中，作为群众来说，也只能提出疑点，最多是提供一些可供我们调查的线索，具体查实的工作是大量的，还需我们去做！"

"你们说说如何进一步去切入？"

大杨说："可惜我们不能贸然去查她的账，要是能的话，她就会彻底露馅儿！"

邢志军严肃地说："现在我们掌握的铁证只有于玲玲的交代材料，孙海也提供了一些情况，可主要是针对姚叔的，姚叔的材料已足够。我要告诉你们的是，姚叔近日就可逮捕归案，这事由张队他们负责主抓，所以说，我们得积极配合，工作要抓紧！"

刘刚说："姚叔归案后，我们这边的事情就会好办多了！"

"我们不能把全部希望都寄托在姚叔身上，万一他封口不交代刘兰英的事呢！"

老宋点点头说："这完全有可能！据群众反映，当初刘兰英卖身救母时，那个神秘的买主就是姚叔……如果这是事实，姚叔肯定会把一切揽下而确保刘兰英母子的！"

邢志军听后心里一惊，夹着烟的手颤抖了一下，此时他心里更肯定刘兰英是陷进去了。

老宋说："要是张队他们在逮捕姚叔时，他拒捕抵抗呢？那就很可能会……"老宋只说了一半，胡林打断他的话说："要相信张队他们。"

“可从理论上说，击毙和自毙的可能不是没有。”

邢志军沉思着，没有表态，他转身问大杨：“银行那头办妥了?”

大杨点点头说：“赃款外逃的口子被卡住了，但还是晚了半拍，我们已查实的外逃款已近七千万美元了!”

邢志军心情沉重地说：“这事办迟了，我有责任!”

“邢队，这不是你的责任！锁定刘兰英这个目标，有个过程，在此之前，能去卡她的口子吗?”

邢志军认真地说：“我对你们提个问题好吗？如果真出现他们所分析的那种情况我们该怎么办?”

刘刚说：“邢队，我看我们应该趁早派人打入刘兰英内部，或者是各个击破，能把刘兰英身边的人分化出一个来!”

邢志军说：“前者，领导上早已作了安排，我现在只能告诉你们这些。”

刘刚与胡林相视一笑。

邢志军不解地问道：“你们笑什么?”

刘刚止住笑说：“自从那次我们见到刘兰英用车来接你走后，我俩就在猜……”

“猜什么?”

“邢队，该不是周局让你用了美男计吧?”刘刚半开玩笑地说。

邢志军却严肃起来：“别瞎说！你们记住，要在这条战线上干下去的话，千万别走邪门歪道，这种计谋不该是我们用的!”

刘刚和胡林立即收起笑容说：“是!”

“至于你们说的第二点，倒是可以考虑的……你们说说，刘兰英身边的左右手中，哪一个有可能先被我们击破?”

老宋问道：“你说的是卢钧和钱芳?”

邢志军点点头。

“老百姓们都把他们叫成‘狗头军师’和‘小棉袄’，想把谁拉过来都难!”

“为什么?”

“他们都陷得很深……而且，他们和刘兰英的关系都不一般!”

“这些我都知道……我是在考虑，如果我们要选择突破口的话，找谁比较容易些?”

大杨说：“相比之下，我认为卢钧容易些。”

“为什么?”

“一、他与钱芳相比，与刘兰英的关系还隔了一层，钱芳是刘兰英的外甥女，又是刘兰英一手带大的。现在名义上是刘兰英的助理，实际上是她的小管家，对刘兰英贴心贴肉，要想分化出她很难；二、从案情陷入的程度来看，现在虽尚未真相大白，但可以肯定，卢钧不会比钱芳陷得深，他自知有罪，还不至于是重罪和死罪，如一到我们手中，肯定会争取宽大处理，求得一条出路；三……”他看看邢志军，没有说下去……

“你接着说！”

“你也是他的学生，好做工作……”

邢志军赞叹道：“好啊，分析得不错！你不愧有‘小诸葛’的美称！”

刘刚问道：“你同意拘捕卢钧了？”

邢志军摇摇头说：“现在还没到时候，不能惊动刘兰英，到了他想进来时，会不请自到的！”

刘刚和胡林有点儿不解地看着邢志军。

邢志军说道：“你们等着吧，就在这几天了。”

老宋问道：“那这几天我们干什么？”

邢志军说：“这样吧，你带小刘和小胡再去审一下于玲玲，于玲玲和钱芳接触较多，你们尽量多掌握一些钱芳的情况，以后要让刘兰英就范，少不了钱芳这个角色，明白吗？”

老宋点点头说：“那我们就去了！”说完带着小胡和小刘领命而去。

邢志军转对大杨说：“大杨，你先想想，等张队他们采取行动后，我们紧接着该如何下手？我先去李政委那儿谈点儿工作，一会儿咱俩再好好商量一下。”

邢志军来到李阳办公室，李阳刚好给几个经侦队民警布置完面上的工作，见邢志军进来，李阳忙问道：

“你那边情况怎样？顺利吗？”

邢志军说：“老宋和大杨介入后，他们做了好多工作，小胡和小刘跟着学了不少经验，只是苦了你，手下又少了两员干将。”

李阳笑道：“我这儿都是面上的工作，一些小案子，你们办的是一号大案，理应集中优秀警力，争取早日破案！对了，有件事想顺便和你说一下，你知道吗，大杨的老婆最近在跟他闹离婚。”

邢志军一怔说：“以前，我只知道他们夫妻关系不好，怎么会闹到离婚这一步？”

李阳叹了口气说：“也难怪他老婆埋怨。大杨的老爸老妈一直瘫痪在床，他老婆既要照顾孩子，又要服侍公婆，大杨工作忙，常常顾不上家，他老婆实在难以支撑了，只希望大杨双休日能在家帮他干些事，可大杨也常常难以做到，久而久之，夫妻感情越来越淡漠。”

邢志军感叹道：“是啊，干我们这行的只有奉献的份儿！等我们这个案子结案后，放大杨一周假，我们出面多做些工作，解决好他的家庭矛盾。”

李阳问道：“周局已作出决定？”

邢志军点点头说：“先收姚叔那边的网！”

“这家伙作恶多端，该有报应了！那你这头呢？”

“我这边正在深入调查，情况更复杂些。”

“要不要再抽调些警力？”

邢志军摇摇头说：“人手够了，张队那边一收网，彻底捣毁了姚叔黑社会性质的组织，剩下刘兰英这边要收网，易如反掌！重要的是怎样能把那么多的赃款收回来，尽量减少国家和受害者的损失！”

“是啊，抓几个人容易，收回赃款难，这一向是经侦工作的一大难题。”

“这案子还有其特殊性，难题会更多。”

李阳用手指向上指指说：“上面有保护伞？”

邢志军说：“这还不是最难的，将来把材料一摊，看谁还敢撑起保护伞？”

“对，谁再撑，那么只能证明谁也有份儿，上面还有更上面，一定会彻查到底的！”

“那你还担心什么！”李阳有些不解地问道。

邢志军用信任的目光看着他说：

“我也说不清……李政委，你和周局是看着我成长起来的，你们都对我极其信任，请你们放心，我一定不会辜负你们对我的期望，但有好些事难以预料，万一在紧要关头，不得不需要有人替代我打完最后一仗时，你得做好大杨、老宋、小胡、小刘他们的工作，一定要好好支持新帅的工作。”

邢志军说完起身告辞，直奔专案组办公室。大杨正在埋头整理研究案卷，他倚在门口喊道：“大杨，你开车跟我一起去办件事！”

大杨不解地问道：“你不是说要和我研究工作吗？”

邢志军说：“先把这件急事办了再说！”

大杨整理好案卷跟邢志军出门，车开出市局，邢志军让大杨把车开到一家大卖场停下，他对大杨说：“你陪我去买点儿东西！”此时在离他们不远的一个拐弯处，有一辆黑色皇冠车在悄悄尾随着。邢志军挑选了几大包老人喜欢吃的食品，肉松、花生酱、牛奶、麦片等，大杨笑道：

“今天是什么日子，要去拍老丈人的马屁吧？”

邢志军付好款，把一大包东西往大杨手中一塞说：“拿着，陪我一起去看看你老爸老妈！”

大杨一愣，邢志军又亮了下手中的一盒化妆品说：“这是给你媳妇的，马屁都要拍周到，懂吗？”

大杨一时不知说什么好，他没想到邢志军说的办急事是关心他的家庭，心里很感动。

邢志军真诚地说："你家的事，李政委都和我说了，今天先帮你去灭灭火，等案子办完了，放你一周假，好好把家庭生活安排好，经济上的困难，组织上会帮助你的！"

邢志军和大杨从大卖场出来，走到他们的车旁。大杨把车门打开，邢志军正欲上车，大杨突然发现了不远处一辆小黑车的玻璃窗伸出一支枪，正对准着邢志军。大杨一看情况不好，忙丢下手中的东西，一下把邢志军推向车右侧，顷刻间枪声响起，大杨倒地。邢志军一愣，警觉地寻找目标，只见那辆小黑车仓皇逃离。邢志军跳上车迅速追击，小黑车在慌忙逃离中，撞上了路边的一棵大树，车翻倒地，邢志军和路旁的群众一起上前擒获了车内俩歹徒。

大杨被送到医院抢救，周峰和邢志军在外面等候，虽然经过医生的全力抢救，但是大杨终因伤势过重再没有醒来，邢志军痛苦地用双手捂着脸，泪水从手指缝中流出。

周峰给李阳打电话，把不幸的消息告诉了他并说："大杨的后事和他家的抚恤金工作你负责一下。"周峰刚挂断，张新的电话打了进来：

"报告周局，我们已审讯完残害大杨的歹徒，证实又是姚叔指使的，主要目标是针对邢志军的！"

周峰愤怒至极，大声命令道："立即行动，收网！"

第八章 收 网

一、捕获大鱼

刘兰英让钱芳在山庄饭店内安排了一桌高档次的宴席，盛情款待陈敏，一来是报答陈敏舍身救命之恩；二来是正式聘请陈敏为公司的律师，好为她摆脱当前的危险困境服务。

不一会儿，钱芳开着车把陈敏接来，她领着陈敏进饭店，七拐八拐来到了小包房。

刘兰英见到陈敏满脸笑容，热情地和陈敏握手，连声说道："恩人哪，大恩人，我太感谢你了！"

陈敏笑道："刘总，千万别这样说，这是我应该做的，也是我们有缘！"

"对，对，有缘，有缘！不过，我还是非常钦佩陈律师的，冒着生命危险救了我的两个儿子，对我的报答都分文不取！"

"我在国外已信奉了耶稣。耶稣为了世上受难的兄弟姐妹，不惜被钉上十字架。我呢，只是偶然间救了两个孩子，怎好收你别克轿车这样的大礼呢？以后上了天堂，让我怎么去面对耶稣？"

两人都笑了起来。

这时，服务生把一桌饭菜张罗上来，赶紧退了出去。

陈敏一看高兴地说："啊，这么多山珍海味，可全是我喜欢吃的！"

"好！我喜欢你这种性格！那就别客气，吃顿饭，你的耶稣不会责怪你吧！"

大家都笑了起来。

陈敏招呼钱芳："来，钱小姐快坐下！"

钱芳有礼貌地说："我还有事要办，你们慢用吧！"陈敏正想拉住她，刘兰英说："陈律师，她有事就不用管她了，咱们先吃吧，我跟钱芳说几句话，对不起，请稍候！"

刘兰英跟着钱芳走出小包房，来到走廊拐弯处停下。她轻声叮嘱钱芳说："你替我去看看姚叔，问问他准备得怎么样了，能走就早点儿走！"

"我现在就去！"

刘兰英叹了口气说:“我放心不下他,身边的人,也只有你了!但你一定要格外小心,注意千万别让人发现!”

“如果他那儿已被人监视呢?”

“你就回来!”

钱芳点点头离去。

刘兰英快步回到包房内陪着陈敏吃饭,她热情地给陈敏夹菜:“陈律师,别客气,喜欢吃什么就多吃点儿啊!”

陈敏笑道:“我在这种场合是不会客气的,我客气了,只吃一点点,亏待了自己不说,也总还是吃了你一顿饭。”

刘兰英听后哈哈大笑,说:“好!你太有趣啦,我就喜欢你这样直爽的人!这样吧,我们就直来直去,好吗?”

“如果你认我这个朋友的话,以后尽管直来直去!我在国外生活了好多年,不会转弯抹角地兜圈子!”

“陈律师,我有一个请求,那么就直说了!”

“尽管说!”

“我想聘你为本公司的法律顾问!”

陈敏一笑说:“法律顾问这头衔太大了,还是当你们的常任律师吧!我还年轻,做点儿具体工作,打打官司还可以。”

“你认为这儿的官司好打吗?”

“现在开始尊重法律了,我们当律师的活动空间越来越大了!”

“不会受外来因素的影响?”

“我们只对法律负责,只对雇主负责!我们有我们的职业道德。”

“不会受政治的影响?”

“刘总,这你放心,我若受聘担任你的常任律师,会一心一意为你的利益着想的!”

“好,那就这样,咱们就算敲定了!”两人碰杯,一饮而尽。

刘兰英喜形于色地又把两人的酒杯斟满说:“我办事喜欢爽快,来,干杯!”

她从包中拿出一张聘书和一张支票,推到陈敏的面前说:“这是给你的聘书和年薪,先付三分之一,可以吗?”

陈敏收下了聘书,把那张支票退给刘兰英说:“刘总,咱们还是做一件事算一次律师费吧!”

刘兰英笑道:“这也是国外的规矩?”

“不,是我给自己定下的规矩,无功不受禄嘛!刘总,你别客气,我既然当了贵公司的常任律师,以后有事就尽管吩咐!”

陈敏事前已作了充分准备，说话滴水不漏，所以很快赢得了刘兰英对她的信任。

刘兰英又斟满了酒说："那我就谢谢你的诚意了。我呢，想在加拿大设个分公司，准备设在温哥华，那里的华人多，好做生意。"

陈敏注意地听着。刘兰英看了她一眼说："法律上的事就请你多费点心了……"

陈敏点点头说："我会尽心尽力地去办！"

"那么我准备把我的助理钱小姐派过去，为了来去方便，你能不能先帮她办移民？"

陈敏爽快地说："可以，我能办成！刘总，除此之外，还有什么要办的吗？"

刘兰英思索片刻说："先把这事办了吧，其他的事，让钱小姐去实地考察考察再说……"

此时，她的手机震动了一下，刘兰英看了眼短信，是钱芳发来的："警进庄，叔海走。"

刘兰英一怔，随即又镇定下来，这个细微的变化被陈敏察觉到了。

刘兰英警觉地对陈敏说："那今天就先谈到这儿吧，我还有点儿事要办！很抱歉！"

陈敏装作若无其事的样子起身告辞："谢谢刘总今天的盛情款待，再见！"说完转身离去。

刘兰英一直目送她离去，直到从窗口看见陈敏上了出租车才松了口气。

她又看了一遍钱芳发来的信息，回复道："这里的事已完毕，很好。你速去海堤，我等你！"然后，她迅速走出饭店，上了自己的小车。

此时便衣警察已把姚叔的山庄围得水泄不通……

姚叔透过窗户观察着外面的异常情况……他的手机响了起来，里面传来管家慌张的声音："姚叔，不好啦！他们行动了，快跑！"

还没等姚叔说什么，听到对方手机里面传来："站住，不许动！"姚叔知道不妙，警察已制伏了管家。

钱芳开车来到离姚叔山庄不远的偏僻处停下车来，朝山庄那边望去，只见警察已开始行动，从四面八方围进了山庄，她大惊失色……

警察冲进山庄内包围了姚叔的那幢楼，突然，几条高大的狼狗从楼中窜出，凶狠地扑向他们。狙击手开枪击毙了狼狗，警察们冲进楼去，里面却空无一人。他们上上下下搜了个遍也没见姚叔的人影，而姚叔及其随从早已从暗道登上出海的快艇向外海驶去。快艇驰向远处，姚叔得意地一笑。

钱芳躲在车内观望，她看着快艇远去，松了口气……

姚叔亲自驾着快艇，飞速驰向公海，海面激起一片巨浪，他边开着快艇，边用手机和杰克联系："喂，杰克，准备好了吗，我快到了！"他影影绰绰地看见了远处海岸。

一艘外轮在游弋，杰克正和几个随从驾着外轮驶向姚叔的那条快艇。这时，杰克突然发现了姚叔后面的两艘警艇，上面全是荷枪实弹的警察。他一下慌了，忙回复姚叔道："姚先生，情况不好，我们难以接应你了。"

此时，两条警艇一直在公海边巡视着，警方已发现了姚叔的游艇，立即从两面向他包抄过来。周峰在指挥中心注视着大屏幕发令道："一号艇、二号艇注意了，赶快靠上去，尽量抓活的！"

姚叔的快艇一路亡命而逃，指挥人员发出了命令："注意了，注意了，目标已到位，按既定方案处置！"

随着指挥人员的命令，战斗人员全部进入了岗位，火力瞄准了快艇。

姚叔的快艇一下陷入了死海之中，他对着手机拼命地呼叫着："杰克，杰克，快向我靠拢，向我靠拢！"而杰克所在的外轮发现情况不妙，赶忙溜之大吉。姚叔见杰克的船溜走了，愤怒绝望地喊了声："杰克，你这个混蛋！"说完他丢掉手机，拿起了一把冲锋枪，准备负隅顽抗……

警艇上的指挥人员用高音喇叭向他喊话："快把船停下，接受检查！"

而姚叔全然不顾地加快速度，拼命向公海逃窜……

两艘警艇如箭头一般从两边相夹阻击，姚叔的快艇拼死挣扎，不怕撞击地想从箭头中突围。警艇上的指挥人员发出警告令，齐声对空鸣枪。指挥人员再次用高音喇叭喊话："快把船停下，如再顽抗，我们就开火了！"

姚叔把驾驶盘交给手下，自己拿起冲锋枪猛地向警艇开火，手下加快油门，继续向着公海方向逃窜……

眼看姚叔的船要撞向组成箭头的两艘警艇了，警艇上的武警群枪齐发，顿时把姚叔的船击破，快艇摇晃了几下，在海面上停了下来……

姚叔已身中数弹，倒在血泊中……两艘警艇靠近，武警纷纷跳上游艇……受了重伤的姚叔还想抓起冲锋枪作最后的挣扎，早已被扑上来的武警制伏！

周峰看着录像显示松了口气，站在他身边的邢志军兴奋地说："张队他们干得好，我去他那边看看，得抓紧审姚叔！"

周峰看着录像上被抓获的满身血迹的姚叔，点了点头说："你去吧，配合张队尽快审讯！"

海面上一片平静，风停浪止。两艘警艇拖着姚叔的船胜利返航。受了重伤的姚叔被担架抬上岸来，张新等人在码头上接应，把姚叔抬到救护车上飞速地驶向医院。

救护车内，医生们在为姚叔作紧急处理，两名荷枪实弹的战士监视着他，姚叔昏迷不醒。

张新命令医生："一定要把他抢救过来，我们要他的口供！"

不远处，钱芳一直躲在车内用望远镜观察着这一切，直至救护车驰离……她收起望远镜，飞速把车开走，驶向和刘兰英约好的海边。

此时，刘兰英开着小车飞速地驶向海边。她戛然停车后，打开手机看着钱芳发来的短信，心中十分慌乱，双眼凝望着海面，呆立在那里。

钱芳的车随后飞速赶到，在刘兰英车旁猛然停下，她下车后气喘吁吁地拉开刘兰英的车门，坐到副驾驶座上，一时不知说什么好。

刘兰英有气无力地问道："怎么样？"

钱芳摇摇头。

"没走成？"

钱芳点点头。

"死了？"

"没有，被打伤了……"

"重吗？"

钱芳带着哭腔说："是用担架抬下的，警方用救护车把他接走了……"

"很重？"

钱芳小心翼翼地说："我不清楚，看来是有点……重……"

刘兰英没再问什么，她的脸一下变得煞白，双眼紧闭，无力地靠在驾驶座上。片刻，她睁开眼点燃了一支烟，默默地抽着。遥望着海面，刘兰英眼前浮现出当年姚叔救她的一幕……当时她跪在地上，面前摊着一张"卖身救母"的大纸，下面写着歪歪扭扭的毛笔字："与我相依为命的老母病危，因车祸而亡的姐姐、姐夫留下一小女孩需我抚养，哪个好心人能助我治母病和抚养外甥女，我愿以身相托！一言九鼎，永不反悔！"

围观的好多人都用同情的眼光看着她，并交头接耳，这时，从远处走过的姚叔看到后，正欲上前询问时，警察赶来，把刘兰英带到派出所。

姚叔有点儿好奇地在暗中跟着观察，而当时的派出所所长正是周峰，他为刘兰英倒了一杯水，递给她说："喝点热水暖暖身子吧！"刘兰英低着头，抚弄着胸前的大辫子，一声不吭。

周峰看着那张纸关切地问道："你家的困难我们都了解了，正在与有关方面商量，帮你解决眼下的困难，希望你千万别用这种方式毁了自己。"

周峰说着从口袋中掏出所有的钱递给她说："你暂时先坚持一下，我们会尽快想办法，一定帮你解决困难好吗？"

刘兰英倔强地摇摇头没去拿钱，说了句："谢谢你们！"转身离去。

刘兰英从派出所出来，迈着沉重的脚步向家里走去，躲在一处的姚叔尾随着她。刘兰英转过拐角，边走边擦拭着眼泪。她惦记着母亲，盼望着有人把卖身契揭走，快点儿拿钱给母亲治病，挽救和她相依为命的老母亲一命，还有那个可怜的阿芳。

此时，刘兰英的母亲正奄奄一息地躺在病床上，小钱芳在喂她喝水。

刘母喝了一口，有气无力地问道："阿芳，饿吗？锅里还有个饼……你先去吃吧！"

小钱芳摇摇头："小姨说了，她回来给我带好吃的。外婆，你饿吗？要不，我先给你吃点儿？"

刘母摇摇头，叹了口气。

此时刘兰英回来了，站在门口一脸沮丧，瘦弱的小钱芳却高兴地扑上前，一把抱住了她，问道："小姨，给我带好吃的东西来了吗？"

刘兰英摇摇头，流下了两行泪水。

此时，门口突然出现了姚叔的身影，他身着朴素蓝襟大褂，戴着一顶旧草帽向刘兰英微笑着招了招手。

刘兰英疑惑不解地望着姚叔，走出门外。

姚叔问她："你那张纸呢？"

刘兰英说："给警察收去了……"

"那你……"

"晚上我再做一张，明天还到街上去。"

姚叔摇摇头说："你别做了，也别去了，好吗？"

刘兰英不解地望着他。

姚叔一脸慈祥又认真地说："算我揭下的，好吗？"

刘兰英看了一眼姚叔，一下跪倒在地，姚叔忙上前把她扶起……

想到此，她的心一阵痛楚，泪水再也忍不住地流了下来。

钱芳知道刘兰英在想什么，但她又不敢问，她知道是姚叔救了她们全家的命，可那时她太小，刘兰英抚养她，没让她受一点儿苦，靠姚叔，她们有了钱，可钱芳的淳朴却荡然无存了，对刘兰英内心深处的想法，她是理解不透的。

刘兰英默默地抽着烟。

钱芳壮着胆子问了句："小姨，你在担心他既走不了又死不了？"

刘兰英沉下脸说："你瞎说什么？你以为我怕他会招出我什么来？这点我不会担心！"

钱芳吓了一跳，这么多年她很少见到刘兰英对她发火，她胆怯地看了刘兰英一眼，没敢再吱声。

刘兰英缓和了一下口气说："我是在为他可惜……对于我来说，除了邢志军以外，最让我牵肠挂肚的就是他了……"

"邢志军那么无情，你还惦着他！"

刘兰英叹了口气："话不能这么说，是我欠了他俩的债……"

钱芳见刘兰英悲伤的样子，安慰她说："小姨，现在不谈这些了好吗？既然不管姚叔是死是活，你对他都是放心的，那么，你我都该想想下一步我们怎么办？"

刘兰英心情沉重地说："下一步？我们还有下一步吗？"

钱芳听后又不敢吱声了，片刻，她说了句："小姨，咱们回去吧！"

刘兰英从悲伤中振作起来，她看了看表说："这样吧，你去东海律师事务所看看陈律师，看她人在不在，在干什么？"

钱芳不解地说："你的意思……"

"从现在起，我们对任何人都得防着点，明白吗？"

钱芳点点头说："我明白了，在这种时候，如果陈敏是假律师，肯定不会再待在那里的。"

刘兰英点点头说："你去吧，一切正常的话，你就和她商量办移民的事，越快越好！"

钱芳正欲走，又有点儿放心不下刘兰英："小姨，你……"

"别担心我，我暂时还出不了事，我想去找找曹明摸一下底，另外，我得找卢老师商量商量下一步的事，咱们晚上再碰头吧！"

钱芳点头上车，刘兰英又叮嘱道："去过陈律师那里后再去医院看看，我一定要知道姚叔的死活，明白吗？"

钱芳有点儿为难地点了点头，刘兰英目送着钱芳把车开走。

钱芳按照刘兰英的吩咐，开车来到东海律师事务所，她没有进去，而是在门外观察着动向……

此时，陈敏正在与一位聘主商谈如何出庭辩护的事，钱芳悄悄上楼，在陈敏办公室门口侧耳静听。陈敏正在接待一位中年妇女。

"你放心，我会为你儿子作无罪辩护的，他是属于正当防卫，对方已死，罪有应得！"

"真能这样吗？"中年妇女声音颤抖地问道。

陈敏肯定地回答道："这是有法律依据的，你看看吧！"她翻开有关法律条文递给那个妇女。

中年妇女感激地向她连连鞠躬，起身告辞。

陈敏正欲起身去送，钱芳敲门进来。陈敏一怔说："钱小姐，是你。"

"陈律师，刘总让我来找你，哦，你正忙着。"

钱芳来找陈敏是想摸摸她的底细，看到刚才的一幕，也就放心了，她先和陈敏聊了一会儿家常后才提到了办移民手续的事。陈敏心中早已有数，详细地向钱芳介绍了申办移民手续所需材料，并满口答应一定帮钱芳尽快办妥，钱芳听后很高兴，起身告辞。

陈敏送钱芳出来又叮嘱道："钱小姐，你把所要的几份材料准备好，我一定会帮你尽快办好的，回去跟你们刘总讲一下，快点儿把钱准备好，现在移民的首要问题就是钱！"

钱芳说了声："谢谢陈律师，钱不成问题！放心。"说完向她招了招手，开车离去。

陈敏送走钱芳，也招手拦了辆出租车来到周局办公室。

周峰告诉她姚振海已被擒拿，陈敏高兴地说："太好啦！"

"张队那边确实干得不错，这一网打下去，大鱼小鱼一条没漏！说说你那边的情况吧！"

陈敏把刚才和钱芳接触的情况向周峰作了汇报："今天刘兰英请我吃饭，要聘请我担任她集团公司的法律顾问，还让我帮钱芳办移民手续！"周峰听完汇报说："钱芳让你帮她办移民手续，看来她们是想溜了！"

陈敏点点头说："刘兰英这边也准备开溜了……"

周峰赞同地说："她知道姚叔那边的情况后，可能还会加速开溜！我们得与邢队好好研究一下。"

陈敏看看表说："那我先回律师事务所了！姚叔那边收了网，肯定会触动刘兰英，或许她为了赶快开溜，又会来找我，我不在会引起她的怀疑！"

周峰点点头说："那你快回去吧，看看刘兰英那边有什么反应，我和邢队得立刻赶到医院，等晚上我们一起碰个头！"

陈敏起身告辞。

周峰正欲出门，谢厅长又打来电话，说要亲自来局里听他汇报。

周峰给邢志军打了个电话，让他立即到医院和张新接头。邢志军匆匆赶到医院，张新迎上。

邢志军问道："怎么样？救过来了吗？"

"医生说，活不过一两天，让我们抓紧时间问话。"

邢志军沉思片刻说："刚才路上周局打电话，让我们马上审讯姚叔，有情况立即向他汇报。"

二、惊天真相

张新带着邢志军来到抢救室。邢志军问医生："情况怎样？可以问他些事吗？”

医生摇摇头说：“时间不多了，要问快问吧！”说完，他把邢志军、张新和王山山带到姚叔床边。

张新和邢志军坐到已奄奄一息的姚振海面前，小王在边上准备记录。

张新单刀直入地问道：“事到如今，能说说你和刘兰英的关系吗？”

姚叔睁开眼睛看了看他们，他突然发现邢志军正两眼直直地盯着自己。

邢志军说：“没想到吧，我还活着！”

姚叔瞪着他说：“我那两个笨蛋又失手了？”

“不，是我的战友代我牺牲了，你满足了吧？”

姚叔冷笑道：“算你命大！”

“你现在可以告诉我，为什么要杀我，说吧！”

姚叔开口道：“我……可以说……但有个条件……”

“什么条件？你说。”

“我只……对你……一个人……说，可以吗？”

“为什么？”

“我说了……你就会……知道……”

邢志军一笑：“那就更不应该只我一个人听了！”

姚叔闭起眼来，不再开口，突然呼吸急促，不省人事，张新让小王赶紧把医生叫来抢救。

医生在全力抢救，急救室外，邢志军和张新、小王焦急地商量着让姚叔开口的措施。

张新建议，鉴于眼下姚叔的状况，答应他的条件，让邢志军单独和他谈话。

邢志军摇摇头说：“不行，姚叔的案子，是你们刑侦队主办的，不能违反审讯纪律！”

小王把微型录音机递上：“你把这个带上就是了。”

张新赞同地说：“对，我们到时候可以听录音！”

这时，一位医生出来，对他们说：“病人的时间不长了，你们抓紧吧。”

张新问：“救不过来了？”

医生点点头说：“最多两三个小时吧，我们尽力了！你们把最想问的话准备一下吧！”

说完，他又转身返回急救室。

张新问邢志军道：“邢队，你看怎么办？”

邢志军思索片刻说：“你向周局请示一下吧！”

张新忙拿出手机向周峰汇报：“周局，我是张新，医生说姚振海最多只能活两三个小时了，他又坚持只愿对邢队一个人说，可邢队……”

手机中传出周峰果断的声音：“依他提出的条件，让邢队一个人和他谈吧，你让邢队接电话。”

张新把手机递给邢志军，周峰用命令的口气说：“服从命令，同意姚叔的条件，由你一个人去审讯他，带上微型录音机！”他又加重语气说道：“时间不等人，谢厅在我这里，这也是谢厅的意见！”

周峰不等邢志军再说什么就挂断了电话，邢志军从小王手中接过微型录音机向张新示意了一下，迅速走进急救室。医生退出，急救室内只剩下了邢志军和姚叔两人，姚叔的身上插满了急救的管子。

各种急救仪器都启动着，两名护士隔着玻璃窗关注着仪器的指标。

邢志军坐在急救床的一边，姚叔睁开眼睛直视着他。

邢志军缓缓地说：“我们答应你的条件了，请说吧！”

姚叔用目光看看四周，确定只有邢志军一人，他放心地露出一丝笑容，说道：“你够朋友，知道我为什么要提这个条件吗？”

邢志军摇摇头。

姚叔表情失望地说：“你既然不明白我的……好意，肯定也达不到我的……目的……我不说……也罢！”姚叔说完，双眼微闭，又不说话了。

邢志军努力思考着。他知道这是一场特殊的战斗！此刻他面对的绝不是一个让人同情可怜的病人弱者，而是一个危害社会、穷凶极恶的歹徒。他已猜测到了他最后想说的肯定和刘兰英有关，正好也是一个彻底搞清他们之间真正关系的机会。他试探性地问道：“你想说的是要求我保护刘兰英吧？”

姚叔一下睁开了双眼，双眼中迸发出一种光泽：“是的，你是个……聪明人……”他用乞求的目光看着邢志军：“你能吗？”

邢志军镇定地说：“你得跟我说出个道理！说明白点儿。”

姚叔点点头：“我是得给你说出个……道理来……说个明白！”

“说吧！”

姚叔看看邢志军：“从哪儿说起呢？前面两位小兄弟一上来就逼我说和刘兰英的关系，你呢？我心里明白你也想知道，对吗？”

邢志军不置可否地点点头。

“那好，念着你不逼我，我就从刘兰英……说起……你知道……刘兰英……卖身救母的……事……了吗？”

邢志军点点头说：“知道，是卢钧最近才告诉我的。”

“你信吗？”

“起先不信，后来，我的两位老同学曹明和孙海都证实了。”

“他们说了揭下兰英卖身榜的……是谁吗？”

邢志军摇摇头。

“是我!”

邢志军一笑:“我想也是!”

“我知道，你是个聪明人……我愿意跟聪明人……交手……”

邢志军看他绕弯子提醒他说:“你也是个聪明人，你该知道你的时间已不多了!”

姚叔一笑:“你放心，我不把此事说完，我是……不会死的……死也会死不瞑目!我知道你恨我，你心中想说的是，我毁了刘兰英一生。”

“这可是你自己说的。”

“可你得知道，我可从没动过她……一个……手指头!否则今天我就没必要和你……说这些话了。”

邢志军怔了一下。

姚叔断断续续地说:“我小时候……父母都是……没钱……治病……而……早亡的……我同情……阿英……我们同病相怜……我知道你不相信我这种人也有恻隐之心。”姚叔说着，眼睛湿润了。

邢志军打断他的话:“你还是说清楚点儿好。”

姚叔声音微弱地说:“别急，我会给你……说清楚的……我可以告诉你，我是一个废人……废人……你明白吗?”

“废人?”邢志军有点儿不解地脱口而出。

“我那……玩意儿……早已废了……那时……为了活命……我……十五岁那年，就学……杀猪……人小……力气不够……一次杀猪时……被猪拱坏了……报应哪……我杀了那么多头猪，想不到猪也会报复我……”

邢志军微微摇了摇头。

“你不信?你……以后……验尸时……就会……相信的……”

邢志军听了姚叔的话，怔了一下，他没想到姚叔会和他说这些，他把话题引到正题上来:“说吧，说说你和刘兰英在非法集资、开地下钱庄、放高利贷上的那些事吧!”

姚叔冷笑道:“我知道这是你最想问的，我和刘兰英就算这……关系……其他的事……那都是别人瞎传……”

邢志军盯着他说:“多少年来，人们常说，群众的眼睛是雪亮的，多少年来好多常说的话都成了笑谈，而此话却真理常在!”

姚叔狡黠地问道:“真雪亮吗?”

邢志军肯定地点点头:“当然!”

“那么……有谁……看清了……她和你的……关系呢?”

邢志军坦然道:“那都是已经过去的事了!”

"真过去了?"

"你说呢?"

姚叔摇摇头说:"有的事，还没……全……过去……而且……也是……过不去的……"

邢志军有点儿不耐烦地说:"你就别和我绕弯子了。"

姚叔冷笑道:"我不想和你绕弯子才提出要找你一个人谈……的原因……"

"那我洗耳恭听!"

"那你听好，比如……她的……一对双胞胎……儿子……大毛……小毛……"

邢志军打断他的话，厉声道:"你扯这干吗?"

姚叔冷然道:"你……怕了?"

邢志军不以为然地说:"我怕什么?"

"你……不想知道……他们是谁的儿子吗?"

"我不想知道，那是她的隐私，也是你的隐私。"

"那我必须告诉你，也是你的隐私!大毛、小毛……是你的……儿子!"

当姚叔说出"儿子"两字时，邢志军听后大吃一惊，他怒斥道:"你这简直是胡说八道!"

姚叔却一点儿也不急，语速加快地说:"我知道你听后会是这个反应。这事，只有阿英和我知道……以前她让我……对天发誓……严守秘密……她说……你已经有了家……不能……再去干扰你的……生活……更不能……影响你的工作……"

邢志军开始镇定下来，怒视着他说:"你不是在编故事吧?"

姚叔冷笑道:"你……没忘记……兰英最后一次到军营去看你……那一夜的……甜蜜情节吧?"姚叔说着，双眼盯着邢志军:"如果你不相信……可以去做个……亲子鉴定嘛!"

邢志军一时无语，脑子"嗡"的一下差点儿晕倒。

姚叔却用话刺激着他:"我想……你们当……警察的……不至于连自己的……亲生骨肉……都不认吧?况且……你和郭蓉……一直没有……孩子。"

邢志军一下被触到了痛处，他控制不住自己的情绪，咆哮起来:"你为什么要告诉我这些?为什么现在要说这些?你说，你想达到什么目的?你是在陷害我!"

姚叔用得意的神色盯着邢志军:"对于你……太残酷了，是吗?我本来不想让你知道的，杀了你，既拖延了你们的办案，为兰英……争取些时间，当然也成全了……你的英雄……"

姚叔说到此，淡然一笑，微微闭上双眼，什么也不说了。

周峰正在向谢厅长作汇报，谢厅长问道："那个姚振海为什么只肯对志军一个人说?"

周峰思索片刻说："我想起了一件事。那时，我还在当派出所所长。"周峰向谢厅长详细汇报了当年刘兰英在街头挂牌，他找刘兰英谈话的情景……周峰觉得这事他没处理好。后来，刘兰英没再到街上去露面，他们也没有随访下去。

谢厅长听完问道："这跟姚叔有什么关系吗?"

"现在把几件事连起来看，当时那个伸出援手的人肯定是姚叔，后来姚叔又肯定掌握了刘兰英和邢志军的秘密！如今，他要向邢志军摊牌，讲条件作垂死一搏呗!"

谢厅长听后默然。周峰不无担忧地说："志军在这个案子中遇到了常人难以接受的种种困难和压力，我真怕他顶不住。"

"他和刘兰英真有什么难言之隐?"

"他一直说他有预感……志军可不是一个多虑之人……"

"咱俩一直力挺他，如果真有什么……咱俩受处分是小事，这社会上的影响可难以估量啊!"

"我还是信得过志军的！有什么事由我一个人担着!"

谢厅长用信任的目光看着周峰说："在这个案子上咱俩得掌握一个原则，这个案子已到了攻坚战的阶段，肯定还会生发出一些我们难以预料的突发情况，如果出现了，让我们措手不及了，我们先不去考虑个人该承担什么责任，而是要集中精力，渡过每个难关，目标还是原来定下的，少让国家利益受损，少让受害者受损!"

周峰点点头说："我同意，这是硬道理!"

"在突发事件面前，我们不能被常规束缚，应采取灵活的应变方式，其实，你也已经这样去做了，大胆地做下去吧!"

周峰点点头说："有你这话，我心中就有底了!"

"刘兰英那边控制好没有?"

"前些日子，由李阳派人监控着，专案组的人在集中精力收集她的罪证，出了大杨的事后，我已让专案组的人对接过了监控刘兰英的任务。"

谢厅长问道："大杨的追悼会什么时候开?"

周峰说："我们想等结案后再开。"

谢厅长点点头说："好吧，我尽快把追认他为英模的事办好!"他看看手表说："我就不等志军了，厅里还有个紧急会议要我主持，这里的情况你随时和我联系！另外，大杨家的抚恤工作你们一定要办好!"

周峰点点头说："谢厅请放心，志军审讯回来，有什么情况，我立即向你汇报。大杨家的善后工作已交李阳在办。"

周峰刚把谢厅长送走就接到了胡林的电话："喂，周局，你好！有个突发的情况，我们得请示，邢队的手机不知怎么关了。"

"邢队有特殊任务，有什么情况，你说吧！"

"我们一直监控着刘兰英，现在她到了市政府，接上曹市长走了，下边我们该怎么办……"

"你们继续监控下去！但要注意，你们监控的是犯罪嫌疑人刘兰英，而不是曹市长，明白吗？"

"明白，继续监控，监控刘兰英！"

张新在急救室门外默默地闷坐着，小王买来了一包生煎馒头递给张新一个："张队，垫补一下吧！"

张新拿了一个吃着。

小王边吃边说："这个姚振海也怪，为什么只愿对邢队一个人说……"

张新没吱声。

小王又问："张队，你听到外面的一些传说了吧？"

"什么传说？"

"这个大案中另一个主要犯罪嫌疑人刘兰英的事……"

"什么事？别神秘兮兮的，有话直说！"

"你真的不知道？刘兰英是邢队以前的恋人，他们是从小一起长大的，还有曹市长，东风服装厂的孙总，都是邢队的同学，我真怕邢队顶不住！"

张新一脸严肃地说："别瞎想，邢队带过我，也带过你，我们对他还信不过？"他看了一下手表问小王："他们谈多久了？"

"快一个小时了。"

张新摇摇头，不禁叹了口气。

小王轻声道："我知道你也在为邢队担心。"

张新点点头。

"要不要我进去看看？"

张新摇摇头说："周局指示过，不要去干扰他们，再等会儿吧！"

抢救室里，邢志军和姚叔的较量已到了白热化的程度。

邢志军见姚叔半天不开口，急了，大声地说："我让你说话，你说这些究竟想干什么？干什么？"

姚叔慢慢睁开眼睛，缓缓地说："我快……死了……我罪有……应得……求你看在……两个孩子……的分上吧……看在……阿英……对你……一片痴情的……分上……不要去……伤害她了……"

"如果她无罪的话，谁都伤害不了她！"

"我明白……你的……意思……"

"明白了就好，说吧，刘兰英到底和你一起搞了哪些违法的事？"

姚叔摇摇头说："你是个……好警察……但不是一个……好男人……"

邢志军厉声道："什么是好男人？你懂什么是好男人？你拉她一起犯罪，是好男人吗？"

姚叔摇摇头说："我……不是……所以……落得这么个……下场，那么……你呢？你懂她吗？"

"你不把事情说清楚了，我怎能答应你？"

姚叔冷然一笑："你想套我的话？……你别……拐弯抹角了……我可以……告诉……你。一切罪过都是我的，和她没任何关系！她只是……穷……穷怕了……你再想……从我……嘴中挖出点……什么来的话我还可以……告诉你……兰英这十年……可从未与别的男人……乱来过……一次……也没有……你起码也……该对她……负责……"

姚叔已开始神志不清，语无伦次了。说完此话，他就昏厥了过去。

邢志军赶紧喊医生进行抢救，张新和小王也冲了进来，室内一片忙乱……姚叔最终没被抢救过来，护士把一块白布蒙在了他的身上，姚叔那只伸出中指的手无力地荡在床边。

在医院隐蔽处的小车内，钱芳一直盯着，她突然看见护士推出推尸车，后面跟出邢志军、张新等人，她明白一定是姚叔已经走了，钱芳赶紧开车驶离医院。

此时，邢志军和张新、小王来到警车边。邢志军把微型录音机交给张新说："你把它赶紧交给周局。"

张新一愣："你……不是周局等着我们一起汇报吗？"

邢志军摇摇头说："你去吧。"

"你……为什么？"

"我想一个人待会儿……"

张新看邢志军脸色苍白，忙扶住他问道："邢队……你怎么啦？哪里不舒服？"

邢志军抹了把汗说："我累了，我要告诉你们的是，我肯定办不了这个案子了！"

张新和小王听后都一愣。

邢志军说了句："你们听过录音后自然会明白的！"说完，他转身独自离去。

张新和小王一下都呆住了。

邢志军早已走出医院大门，招手拦了辆出租车扬长而去……

三、不平静的夜晚

在阳光宾馆的一间小包房里，刘兰英正在请曹明一起吃饭。这次请曹明来，她也颇费了一番心计，姚叔已暴露，进入警方的视线包围圈里，她自己只能孤军作战，而曹明成了她目前唯一的支撑点，只能靠他闯龙潭了。她为曹明递上一杯酒，关切地问道："阿明，最近你瘦多了，太忙了吧？"

曹明喝了一口酒，笑道："还不是忙着筹备'两会'的事，兰英，你那'阳光'一条街无论如何要给我撑着！"

刘兰英摇摇头说："现在生意不好做啊，有拆台的，缺补台的。"

"撑过'两会'后再说，到那时再想办法！"

"撑肯定能撑下去，只是，外面的风言风语让人难受。"

"不都过去了吗？怕什么？"

"老调不重弹了，可还有新曲啊！"

曹明听出刘兰英话语中的弦外之音，忙问道："什么新曲？"

刘兰英叹了口气说："公安局对一个地下钱庄采取了行动，外面又在谣传我与他们有关系，真是莫名其妙！"刘兰英说话时显出一副委屈样，却观察着曹明的脸色。

曹明不以为然地说："这件事我知道，这个地下钱庄带有黑社会性质，所以把它打掉了，关你什么事？兰英，你得明白，官场上的事是很复杂的。这次，我提出要增补你为政协常委，肯定要占掉别人的位子，那么，也肯定有人给你放些风，抹些黑，最好把你挤掉！当然，你真有什么事，那就另当别论了……"曹明丝毫没有察觉刘兰英的内心不安，一口气说了一大串。

刘兰英掩饰地一笑说："如果我真有事呢？你就一点儿忙也帮不了？"

曹明笑道："那要看什么事了，是在底线上下呢，还是……哎，兰英，你不是在考验我吧？"

"我哪敢……只是说说玩笑话……"刘兰英说完"咯咯"一笑，又给曹明斟满一杯酒，"来，干杯！"俩人一饮而尽。

屋里的气氛一下轻松多了，曹明问道："最近见志军了吗？"

刘兰英摇摇头。

"你俩的事还没有进展？"

"我俩的事？我俩还能有什么事？都已经过去了！"

"你别骗我，我知道你心中一直还有他，大毛、小毛会不会是你们的障碍？你啊，一切都想得很明白，就是怎么会去生这两个非婚儿子？被人骗了？

还是……”

刘兰英脸色一下子沉下来，没好气地说：“不谈这个话题好吗？这是我个人的隐私！”

曹明觉得说漏了嘴，不好意思地忙表示歉意：“好，好，不谈，不谈，看我这酒喝多了……”

曹明看看表说：“我该走了，晚上八点钟还有个会。”刘兰英没再挽留，起身说道：“那我送你到市政府。”两人走出阳光宾馆大堂，刘兰英替曹明打开车门，请他上车。

刘兰英边开车边说：“你们当官的真忙！谁当你们的家属谁倒霉！”

曹明摇摇头说：“身不由己哪……你不跟志军也好，跟了他也没有好日子过的，整日整夜忙于破案，一件破了，又来一件，总有破不完的案子……”

刘兰英半开玩笑地说：“至少破不到我头上啊！”

曹明也笑了起来：“难说，这个人是六亲不认的！”

刘兰英怔了一下说：“你真这样认为？”

“你不是让我不扯他这个话题吗？”

刘兰英感叹道：“真想回到儿时，人长不大该多好！”

曹明笑道：“可谁都要长大，长大了谁都回不到儿时了！”

刘兰英话中有话地说：“难道儿时天真无邪的情谊也随着人的长大荡然无存了？”

“你得明白，人长大了就成了社会的人，每个人都得对他扮演的社会角色负责！”

“那人性呢？还有人性吗？”

“你说呢？”

刘兰英没吱声，把车开到市政府门口停下。

曹明客气地说了声：“谢谢！”

刘兰英笑道：“谢什么？快去忙你那开不完的会吧！”

曹明正欲下车，却突然转身对刘兰英说：“阿英，你能告诉我吗，当初揭你卖身牌的是不是……那个人？”

刘兰英心里一惊：“谁？”

曹明轻声道：“你该心中明白，如果是的话，如今，好多事就很难说清了……你得早作准备，真到那时我也帮不了你的忙了！再见！”

刘兰英目送着他走进市政府大院的背影，情绪顿时低落下来。她的胸口一下有种被堵得喘不过气来的感觉，赶紧掉转车头，飞驰而去。

而在她车后不远，刘刚和胡林的车一直跟踪尾随着她……

刘刚开着车，胡林坐在他的旁边紧盯着刘兰英的车子，轻声说道：“她的面子真大！连曹市长都随叫随到。”

刘刚笑道：“咱们邢队不也一样被她随叫随到？”

“邢队是有任务！曹市长也有任务？他是咱公安局长？”

刘刚摇摇头说：“这案子太离奇了……”

胡林提醒道：“跟好，别跟丢了，咱们执行好自己的任务就行了，别扯那么远！”

刘刚气呼呼地说：“他们又吃又喝，我们却饥肠辘辘。”

胡林调侃道：“他们的日子还不如我们好过呢！”

刘兰英开着车往住处驶去，她从反光镜中发现刘刚他们的车一直紧跟着她，心里一阵不安，她镇定了一下，警觉地开着车。

前面正好是红灯，她的车只好停下，刘刚的车也停在她的车后。

刘兰英突然跳下车，走到刘刚的车边说：“你们好厉害呀，连曹市长的梢也敢盯？”

刘刚一愣，无言以对。

刘兰英不等他俩说什么又走回到自己的车里，绿灯亮了，她不慌不忙地继续行驶着。

刘刚和胡林对刘兰英的做法没有准备，刘刚继续开着车，跟在刘兰英车后气呼呼地说：“这个女人可真不简单……我们被她发现了，咋办？”

胡林说：“继续盯，我们明白，看来她也明白……明白人就做明白事吧！”

刘刚语气坚定地说：“好！”

刘兰英把车开进了住宅小区，头也不回地径直走进楼门口，刘刚也把车开进了小区，停到一个墙角僻静处。

这时，钱芳驾车来到刘兰英家门口，匆忙下车，跨进了刘兰英家门。

监视车内的刘刚和胡林同时看到了钱芳，刘刚轻声对胡林说：“你看，钱芳来了！”

“她好像有急事。”

“看来，她们都成了热锅上的蚂蚁……”

胡林说：“这几只蚂蚁可比你我都肥多了！”

“再肥又有什么用？”说话间又一辆车驶进小区，停在刘兰英家楼下。

车上出来的是卢钧，只见他也匆匆进入刘兰英家。

刘刚惊奇地说：“卢钧也来了？”

“是啊，今晚好热闹！”

“顾问嘛，一到紧要关头一个要问，一个当然要顾！”

“我看未必，刘兰英让老师当顾问，只是照顾照顾他生活罢了！”

“嘿，人家都说卢老师和钱芳是刘兰英的左右手！”

“还有后台老板曹市长，今晚三个人她都见了，非同寻常哪!”

“姚叔那边一收网，就看这边了!”

“英雄唱罢，又有英雄上!”

“谁是英雄?”

胡林笑道：“这回该轮到我们了！不过我们可千万不能大意，今晚有重任在身!”

邢志军独自离开医院打了辆出租车，司机是位中年师傅，问他到哪儿。邢志军说了声：“随便，转市区。”司机听了很高兴，拉着他顺着大街小巷来回转。开了好一会儿，司机见拉的这位乘客一言不发，而车已经跑了不少路。他好奇地回头问了句：“喂，朋友，你到底去哪里?”

他指指路价器说：“已经跑了快百元了!”

邢志军从呆愣中惊醒，说了句：“去海边吧!”

司机把出租车开到海边，邢志军让他在一处沙滩地停下，丢下一张百元大钞后下车。

司机看着他走向海堤，喃喃自语道：“该不是想跳海吧?”他不放心地尾随而去……

邢志军在海堤上坐下，呆呆地望着大海，脑子里一片空白，头被海风吹得生疼。黑夜中的大海显得神秘莫测，邢志军一动不动地坐在那儿犹如一座雕塑。

司机在他一边儿悄悄坐下，摸出烟来递上一支，轻声说了句：“朋友，别想不开……”

邢志军诧异地看了他一眼：“你……”

司机给他点上烟说：“在这儿跳海的人很多，车队领导一再叮嘱我们，要留个心眼，尤其是晚上……救人一命胜造七级浮屠啊!”

邢志军轻声地说了声：“谢谢!”

司机像哄小孩一样地说：“咱们回去好吗？回程的车钱我免了!”

邢志军感激地说：“谢谢你这位大哥，我不会跳海，我是警察!”说着他掏出证件一亮。

司机一看是警察，忙站起连声说：“对不起，对不起，那我不打扰了，你执行任务吧。”

邢志军却一把拉住了他：“大哥，来，一起坐会儿吧!”司机在他旁边坐下。

邢志军和气地问道：“我可以问你一个问题吗?”

司机点点头说：“可以呀，你，你问，你问吧?”

“你有私生子吗?”

司机听后大吃一惊：“你……怎么知道的？我在云南插队落户时有一个，就像电视剧《孽债》里拍的，我还了一辈子债，都未还清……”

邢志军不好意思地说：“对不起，别慌，我只是随便问问。”

司机试探性地问道：“你们警察也会有隐私？”

“警察也是人哪！”

“我知道，你们公务员常会用这话去解脱自己……”说完，他起身告辞，逃也似的离去。

邢志军呆呆地看着他离去的背影，突然狂笑起来，惊飞了海面上几只海鸥。转而他又痛哭起来，他把多日来的郁闷、焦虑和憋在心里的东西一下发泄出来，哭够了，他一下瘫坐在沙滩上。

海浪汹涌而来，冲击着海滩。邢志军的内心如汹涌澎湃的大海在胸中翻腾着，他的眼前闪现出童年时和刘兰英、曹明、孙海堆沙器的欢乐情景和沙器被海浪冲毁的场面……想起和刘兰英恋爱时在海边散步的浪漫，刘兰英给他朗诵他写的诗词时的情景……巨浪打来，他的眼前一黑，又闪过姚叔说的那些话和他闭眼后那根合不拢的中指……他用海水冲了一下脑袋，让自己镇定清醒起来。此刻，他的脑海里又闪过周峰同他交谈时信任的目光，闪过庄严的警徽……

四、重压

刘兰英正与卢钧、钱芳一起商量如何应对当前的困境。钱芳和刘兰英说她上楼时发现墙角有辆车很可疑。

卢钧说：“我也发现了！”

刘兰英一笑说：“我已和他们打过招呼了。”

卢钧问：“是邢志军的人？”

刘兰英点点头说：“刚才我跟曹市长一起吃了顿饭，他们也一路跟着，你看，他们连曹市长的梢也敢盯！一切都挑明了！”

“跟曹市长谈得好吗？”

“我试探了他一下，如果我们真出了事，他是否会护着我们？”

“他怎么说？”

刘兰英摇摇头说：“他这人滑得很，看来，关键时刻，他也保护不了我们！”

钱芳插话道：“小姨，我当初就跟你说过，不要听他的指挥去花冤枉钱……”

卢钧问道：“要不要我再跟他说说？”

“说也没有用，现在看来，只有靠我们自己想办法了。我请你们来是想听听你们的意见，先谈谈情况，想想对策！”

钱芳说：“我见到陈律师了，她当时正在律师事务所接待来访者。”

“这么说，她是个真律师？”

钱芳点点头说：“她对我们的事很热心，提的建议很中肯也很内行，对她，我们应信得过。”

刘兰英点点头，又问：“姚叔那边的情况怎样？”

钱芳低声说道：“他……完了……”

刘兰英吃惊又失望地说了声：“完了？”

钱芳点点头。

三人一下都沉默起来。

刘兰英用颤抖的声音说：“阿芳，姚叔真的走了吗？”

钱芳哽咽道：“我看着他们把姚叔的遗体拉出来的……”

刘兰英听后泪水不禁而流，失声哭泣起来……

卢钧轻声安慰她道：“别难过啦，他没跑成，是天意，阿英，你别太伤心了，你该感谢老天在保佑你……姚叔一死，警方就断线了。”

刘兰英难过地说：“姚叔对我是有恩的，我了解他，也相信他，他就是没死也不会连累我的……”

“阿英，你应该振作起来，眼下咱们该好好商量一下下一步的行动！”

刘兰英抹了抹泪说：“警方的意图是非常明确的，他们先动黄一瓜，又动于玲玲，现在又动了姚叔，看得出，是在一步步收网啊！”

卢钧和钱芳都点点头。

“我们如果还稀里糊涂的话，下面就轮到我们全部落网了！”说完，刘兰英长长地叹了口气。

钱芳年少气盛地说：“小姨，怕什么？大不了鱼死网破！”

卢钧连连摇头道：“鱼死网破不是个好办法，我们得避开那张网！”

刘兰英点点头说：“卢老师，您和师母赶紧离开这里吧，明天就走，你们有绿卡，出去也没那么麻烦……”她又转对钱芳说：“阿芳，你办移民手续的事要抓紧点儿，也尽快离开！”

钱芳摇摇头问：“那你呢？”

“你们别管我……我明白，我是他们监视的重点对象，要走也没那么容易，况且还有大毛、小毛……你们别担心，目前他们还不会动我。”

钱芳执意说道：“先让卢老师走吧，小姨，我陪你！”

刘兰英苦笑道：“你陪我有什么用？”

“那我走了，你、大毛、小毛怎么办？”

刘兰英长长地叹了口气后说："也该翻开底牌，让他们的爸爸负点儿责任了……"

"你还想着这个人？姚叔临死前，他还在审讯姚叔呢！"

刘兰英一愣："你确定看清了？"

钱芳点点头说："邢志军是姚叔死后才从急救室出来的，所以我敢肯定地说，姚叔临死前，邢志军还在审讯他！对这样一个无情无义的冷血动物，你还能指望他什么？他是一门心思要彻底破这个案的！"

卢钧很有城府地说："不对呀，照他们的规矩，审讯人时，是不能一个人的！"

卢钧这么一说，倒提醒了钱芳："这倒也是……奇怪了，姚叔是刑队的人抓的，到了关键时刻，刑队的人不审他，而要让管经侦的邢志军去审他，而且是一个人审……"

刘兰英说："那只有一个可能！"

"什么可能？"

"姚叔只肯对他一个人说……"

"那又怎样呢？"

刘兰英说："你注意了吗，邢志军从急救室中出来后怎样？他去了哪里？"

钱芳想了想说："他把一样东西交给刑侦队的人后，就转身出了医院，招手拦了辆出租车走了……"

"什么东西？"

"很小的……像微型录音机……"

"他表情怎样？"

"好像……脸色很不好看……"

刘兰英沉思了一会儿，说道："看来，姚叔在临死前给他亮出了底牌！"

"揭发你了？"卢钧吃了一惊。

刘兰英摇摇头说："他跟我有过生死之约，什么都不会说的，他肯定说了大毛与小毛的事，以求一搏，让邢志军看在两个孩子的面上，手下留情。"

刘兰英说完泪水又不禁流了下来，她起身走进窗帘紧闭的小屋内，挂上了一张姚叔的遗像，卢钧和钱芳随后跟进来。

刘兰英恭敬地点香跪地给姚叔磕了三个头，卢钧和钱芳也跟着跪下磕头……

此时，胡林和刘刚还守在车中执行监视刘兰英的任务，两人在车里轻声交谈着。

胡林说："这么晚了，他们还没谈完？"

刘刚说："那你去催催他们吧？"

"要去你去，你去对他说，卢老师，这么晚了您老回家休息吧，我这儿有车，送您回去吧……"

刘刚调侃道："他发了，自己有车还要我送？"

胡林逗他说："那你让他送你回家吧！"

刘刚捂住嘴低声笑了，胡林伸手捅了刘刚一拳，拿出两瓶矿泉水和面包说："咱俩吃点儿东西吧。"

刘刚啃了口面包说："真想邢队，不知道他现在在哪儿？"

胡林说："是啊，手机也打不通，有点儿反常！"

"他可能去了大杨家。"

胡林摇摇头说："大杨家的事，他让李政委去办，还让老宋协办呢！"

刘刚叹了口气说："这案子一波三折，越办越离奇了……"

刘兰英跪拜完姚叔，对卢钧说："卢老师，按原计划，明天你先走吧！"她又转对钱芳说："你督促陈律师，尽快把移民手续办好，越快越好，花多少钱都无所谓！"

钱芳点点头。

卢钧却犹豫起来："兰英，我还是留几天再说吧。"

"为什么？"

"如果真有麻烦事，我还可以去同曹市长说说……"

刘兰英摇摇头说："真出事了，他也会撇得一干二净的，你还不了解他？他从小就只愿让人为他垫背，他可不会为任何人去垫背！"

见卢老师还犹豫着，刘兰英催促道："您走吧，您这把年纪了，怎能忍得住牢狱之灾？"

卢钧流着泪感激地拍了拍刘兰英的肩头，起身告辞道："那你保重吧，我们全家都等你平安相聚！"

刘兰英点点头说："放心，我们还会相聚的！"

卢钧突然向刘兰英跪下，磕了三个头："阿英，我代表全家感谢你了！"

刘兰英忙把他扶起说："卢老师，您千万别这样！阿芳，你送送卢老师吧！让我自己安静一会儿。"

钱芳送卢钧出门，把他送上车，转身上楼回到客厅坐在刘兰英身边。

刘兰英问了声："送走了？"

钱芳点点头说："卢老师这人，刚才弄得像生离死别似的，真不吉利。"

刘兰英苦笑道："老人有老人的做派，他可怜巴巴地活了一辈子，能有今天，他是从心底里感谢我的……先让他们一家去团圆吧！"

钱芳不满地说："小姨，你太善良、慈悲了，现在你遇到了难题又有谁来可怜你呢?"

刘兰英打断她的话说:"好了,先别谈这些了。走,咱们找邢志军去!"

钱芳一愣说:"找他?你知道他在哪里?再说啦,找他干什么?"

刘兰英摇摇头说:"我也不清楚,我只是想证实我的一个判断!"

钱芳不解地看着她,一时无语。

周峰和陈敏在办公室等待着邢志军和张新。

陈敏说:"我总觉得案情有点怪。"

"就看姚叔葫芦里卖的什么药了!"说话间,张新敲门而入。

周峰问道:"志军呢?他怎么没一起来?还在医院?"

张新递上微型录音机说:"他让我把这个送来。"

"他人呢?"

张新摇摇头说:"志军只说了一声,他肯定办不了此案了!让我把录音机转交给你,之后就离开了医院。"

周峰和陈敏听后都大吃一惊。

陈敏说:"难怪我给他打了几次手机都没接通,他到底去哪里了?"

周峰思索片刻,说道:"这样吧,我们几个先听一下录音再说!"

张新打开录音机,三人全神贯注地听了起来。姚叔临终前和邢志军两人的对话,让他们都很震惊,他们从开始的纳闷不解到后来的惊讶,好像一下经历了两个春秋,录音全部放完,三人均哑口无言地闷坐着。

周峰在听录音之前心理上虽然也作了充分准备,他知道邢志军和刘兰英以前是恋人也知道刘兰英被姚叔揭掉卖身契,知道他们的关系错综复杂,可没想到邢志军和刘兰英的关系更复杂,他打破了沉默,看看陈敏和张新:"说说吧,你们有什么想法?"

陈敏和张新相视一眼,都不敢先吱声。

周峰点燃一支烟,也不催他们,在室内来回踱步,之后转身指指陈敏说:"你先说说,有什么想法?"

陈敏听了录音,虽说也很受震动,但很快平静下来。她梳理了一下心绪,快言快语地说:"其实,也没什么大不了的事!我觉得,姚叔说的都是邢队婚前发生的事!那时,刘兰英是他的未婚妻,去部队看他,有这种事,也不犯法,况且,邢队对此从未向组织隐瞒过,尤其他接办了此案后,连我这个新来的助手,他都把属于他隐私的事一见面就说清了,说明他的襟怀坦荡。"

周峰说:"现在摆在我们面前的最大问题是,刘兰英的两个儿子……"

"那又怎么样?这事邢队以前也不知道的,现在他知道后,立即把录音带交给了组织,说明他遵守纪律。我为他有两个儿子而高兴,又为我在无意中救下他的两个儿子而庆幸！这是他婚前与未婚妻的行为，要不是刘兰英突然中止了他们的关系，不一切顺理成章了吗？又不是他婚后与小蜜、情妇的私生子！”

周峰打断她的话说：“你扯远了！”

陈敏长长地叹了口气说：“我是扯远了，那我扯回到我自己吧。我当初和我心爱的人，在他接受任务到一个贩毒集团卧底前的一夜，共度了良宵，相约等他完成任务回来后就结婚……没想到他却牺牲了。”

说到这，陈敏的双眼早已涌满了泪水。

张新摇摇头说：“这是两码事，不能相提并论！”

陈敏却针锋相对地说：“在你们男人看来，当然是两码事，而在我们女人看来，应该理解他们当初的感情。”

周峰严肃地说：“小陈，别感情用事，你应该清楚刘兰英现在是我们监控的对象！”

陈敏语气平缓地说：“周局，你听我把话说完！我刚才太冲动，话说得偏激了点儿。刘兰英若有罪，必须依法惩治，毫不留情，但我们应该继续相信邢队，你们都是他的老战友，一个是老上级，一个是老部下，你们应该比我更了解他！”

周峰和张新相视一眼都点点头。

“我认为不管刘兰英的罪有多大，她肯定也有值得我们同情的地方，我们可以多做些工作，让她走上自首之路，求得一个从宽处理的结果，当然难度也会非常非常大！”

周峰听后问张新：“你有什么看法？”

张新说：“我明天就去审讯姚叔的大管家，摸一下情况。”

周峰拍拍他的肩膀说：“不要顾左右而言他，我是问你，对小陈的想法怎么看？”

张新停顿片刻说：“我……同意陈敏的意见……不过，在现在这种新情况下，邢队适不适合再主办此案，可不是我们能说了算的……”

周峰问：“那你个人的意见呢？”

“如果领导上同意陈敏同志的看法和意见，能促使刘兰英走自首之路最好，而要做好这个工作，我认为，邢队和陈敏同志是最佳人选！”

“但如果领导上不同意陈敏同志提出的方案，那么……”说到此，张新停顿了一下，看了看周峰。

“别吞吞吐吐的，向小陈学习，有想法就直说！”

“那就不要再去折磨邢队了，尊重他本人的请求，换马上阵！不过，我得声明，对邢志军同志，无论在什么特殊情况下，我都信任他，他是我局难得的一位好同志！”

周峰点点头，又问陈敏："还有什么要说的吗？"

陈敏一字一顿地说："如果领导要把邢志军同志撤下的话，也把我同时撤下！"

"你又意气用事了。"

"不，周局，这不是意气用事！"

"那是什么？"

"我们都该明白，如果在这个节骨眼上，突然把邢队撤下的话，一是对破案、结案都不利；二是对邢志军同志也不公；三是可能从此会让他抬不起头来，毁了他……我作为他的助手，在这个时候不协助他，我就不是一个好助手。而且，以我的人格标准去衡量自己，我也不是个好警察！"

"我同意你说的一、二点，对第三点……"

他看看张新："张新，你说说，该同意吗？"

"你是在考我？"

"就算是吧！"

张新坚定地表态说："志军同志从部队下来后，我们一直在一起工作，我相信他在任何情况下都不会垮的！我作为他曾经的副手，在这节骨眼上不支持他，我自己的良心上也过不去！我的结论是，我坚信邢队垮不了，其他的都同意陈敏同志的意见！"

周峰点点头，看看他俩说："这样吧，明天你们该做什么仍做什么，由我去向省厅汇报后再作决定！"

陈敏关切地问道："那邢队那边呢？"

"我会找到他的，和他好好谈谈！"

张新说："你代我们向他……问好！"

"我会把你们的意见、情谊和信任全部转达给他的！"

张新和陈敏从周峰办公室出来，张新开车送陈敏，两人沉默着谁也不说话。这时，乌云压顶，天下起了雨，张新打开了车前的雨刷，雨刷左右摆动着，发出"吱吱"的响声。

雨夜里，路上行人稀少，陈敏呆呆地直视着车前玻璃窗，她的脑海里闪过她和邢志军的几次交谈，感受着他现在承受的重压，心里沉甸甸的。

张新看陈敏不吱声，他打破沉默说了句："小陈，想不到你这么敢说话！"

陈敏直率地说："我不喜欢言不由衷，更不喜欢吞吞吐吐，但凡在这种情况下，都是私心在作怪！"

张新笑道："你是说我有私心？不管什么结果，我都会把一切告诉邢队的。"

"谁要你说！我会对他说的！"

“看来你很欣赏邢队?”

“欣赏？何止呢！说实话，我很喜欢这样的男人!”

张新笑道：“那好，咱们一起去看看邢队好吗?”

陈敏摇摇头说：“周局不是说了，邢队那边由他去处理。”

“周局是周局，我们是我们……这样好吗，我送你去他家，你一个人去看看他，我很不放心他，你代我安慰安慰他吧!”

“老战友哪，到底不一样!”

“你同意了？我送你去!”

陈敏摇摇头说：“送我回律师事务所吧！邢队那边等周局有了明确的指示后再说!”

张新不解地看着她。

陈敏却认真地说：“我可绝不是一个感情用事的人！况且，在上级没有明确表态之前，谁去安慰他都是空话……”张新一时无语，心中有种对陈敏的敬佩，他把车停在律师事务所门口，下车把门打开，说了声：“早点儿休息!”

陈敏说了声：“谢谢！今夜无眠！谁都睡不好觉了!”说完头也没回径直走进楼门。

张新摇了摇头，把车开走……

此时周峰还没回家，他心里惦记着邢志军，想立刻找他谈谈，可打了几次手机，邢志军却关机了。他又打邢志军家的电话，也没人接！他焦急之中又拨通了郭父家的电话。郭父已经睡了，电话铃响了好几声没人接。他正准备放电话，里面传出郭父的声音：“是周局？有什么事吗?”

“老郭，志军在你那儿吗?”

“没有啊，他没到我这，平时他总是周六来看我的……有什么事吗?”

周峰连忙说道：“没事，没事，我忘了点儿事想问问他，打扰了，你赶快去睡吧!”

周峰放下电话，自言自语道：“怪了，他跑到哪里去了?”此时的他还真有点儿急了，于是又拨通了胡林的电话：“喂，是小胡吗？邢队和你在一起吗?”

“周局，我和刘刚在执行监视刘兰英的任务，邢队不是去张队那里了吗?”

“有什么情况吗?”

“他们活动很频繁，看来已知道我们今天对姚振海采取的行动了。卢钧、钱芳都聚集在刘兰英家里，卢钧刚走！钱芳和刘兰英好像也要出动了。”

“继续监视，有什么情况和邢队汇报。”

“邢队关机了，家中也没有人，我们以为他在你那儿呢!”

“那好吧，有紧急情况可向我直接报告，你们辛苦了!”

周峰放下电话呆愣着，寻思着，他准备亲自驾车到邢志军家里去。

第九章　野火烧不走他

一、明天继续战斗

钱芳开着车拉着刘兰英在雨中行进，向海堤方向驶去，刘刚他们的车一路尾随，死死盯着刘兰英的车。

胡林问道："她们要往哪个方向去？"

刘刚说："好像是海边。"

"去海边干什么？不会是投海吧？"

"那咱俩可得留点儿心！赶紧和周局汇报一下。"

胡林说："好的，我这就给周局打电话。"

钱芳顺着海堤开着车。她看了眼后视镜说："那辆盯梢车在后面跟踪我们呢！"

刘兰英心不在焉地说："随他们去吧！"她的双眼在海堤上不停地寻找着什么。

钱芳领悟地说："你是在寻找他吧？"

刘兰英没有说话。

雨越下越大，狂风卷着巨浪咆哮着，大雨中邢志军仍坐在靠沙滩的海堤上，一动不动，像座雕塑。

钱芳开着车，雨刷不停地刮着前窗玻璃，发出呆板的轻微响声。刘兰英透过车前灯突然看到了不远处海堤上坐着一个人，通过熟悉的背影她很快确定是邢志军，她喃喃自语道："我就知道他准在这儿……"刘兰英忘乎所以地正欲下车，钱芳提醒她道："后面有车跟踪我们！"

刘兰英通过后视镜看到了刘刚他们的车。这时，胡林突然发现了海堤上的邢志军，他惊奇地说了声："邢队？是邢队！"

雨刷不停地刮着前窗的玻璃，胡林和刘刚睁大眼睛透过雨帘向海堤望去，都看清了坐着的那个人正是邢志军。

两人相视一眼。

刘刚说了声："赶快向周局报告吧。"

胡林点点头，拨通了周峰的手机："周局，我是小胡，我们跟踪刘兰英到了东海边，发现了邢队……”

此时，周峰正在去往邢志军家的路上，他惊喜地说：“你们都别惊动他，我的车马上到了！”

钱芳从车后视镜中发现不远处又驶来一辆车，她警觉地对刘兰英说：“又有车来了，我们赶紧离开这儿吧！”

刘兰英无奈地点了点头，钱芳迅速把车掉了一个头向另一条路驶去。胡林打手机请示完周峰后对刘刚说：“周局让我们继续执行任务！”

刘刚说了声“明白”，启动车子赶紧跟踪刘兰英的车而去……

周峰把车停在海堤边不远处，邢志军仍然在雨中呆呆地坐着……

周峰来到他身边，轻轻叫了声：“志军，我可把你找到啦！”

邢志军一下回过神来，看到雨中站立的周峰，一把抱住他痛哭起来。

雨声、哭声敲击着周峰的心。他知道，“男儿有泪不轻弹！”这么多年，他看到邢志军两次痛哭，一次是小蓉过世，这次是遇到双重的打击和压力！他太理解邢志军此刻百感交集的心情了。过了许久，周峰轻轻拍了拍邢志军的肩头，关切地说：“志军，上车吧，我送你回家去，咱俩好好聊聊！”邢志军默默地跟着他上了车，小车迅速地驶离海堤……

公路上，钱芳和刘刚的车一前一后在雨中奔驰着。

钱芳边开车边注意着后视镜，她不安地说：“小姨，我们的车一直被跟踪着……”

刘兰英不以为然地说：“随他去！”

“小姨，你发觉了什么吗？”

“发觉什么？”刘兰英心情很郁闷，她一直陷入沉思中，显得很木讷。

钱芳说了句：“姚叔真厉害！”

刘兰英不解地看了她一眼。

“他肯定临死前把大毛、小毛的事对邢志军说了！”

刘兰英点点头。

“你也真厉害！”

“我厉害什么？”

“你料事如神，知道邢志军会到这里来。”

刘兰英淡然一笑说：“我只想证明我的判断，”她长长地松了口气，说：“看来，姚叔临死前什么都没说，只说了大毛、小毛是邢志军的儿子，这下，我们都放心了！”

“看来，这事深深地触动了邢志军，你看他那个失魂落魄的样子……”

刘兰英苦笑道：“不，他是在寻找以前的刘兰英，可以前的刘兰英已经死了……”

钱芳看刘兰英眼神游离，脸色苍白，忙安慰道：“小姨，你可别瞎说呀！”

刘兰英冷冷地说：“你放心，在没有看到你平安撤离前，在没有安排好大毛、小毛前，现在的刘兰英不会消失的！”

钱芳惊恐地看了一眼刘兰英，她的手一颤抖，车差点与对面驶来的车相撞，她忙拨正方向盘，避开了一劫。

刘兰英和钱芳回到家中，钱芳站在窗前用红外线望远镜察看着雨中停在一处的监视车。

监视车内，刘刚和胡林在啃面包。

钱芳把望远镜递给刘兰英说：“那两个小警察在啃面包，也挺可怜的……”

刘兰英把望远镜放在窗台上，冷冷地说：“真正可怜的是我们自己！阿芳，你快走吧，走得远远的，忘掉这块伤心之地，忘掉小姨吧！小姨对不起你的爹妈，没把你带好……”

钱芳一下抱住刘兰英，哽咽道：“小姨，别这么说，我永远不离开你！小姨别着急，曹市长还会帮我们忙的……”

刘兰英哭着摇了摇头说：“谁也帮不了我们！”

钱芳替刘兰英擦擦眼泪说：“小姨，我不想走了！”

刘兰英一怔：“为什么？”

“不放心你和大毛、小毛，我的问题不大，只要我在，就能照顾好他俩……”

刘兰英摇摇头说：“就算保住了你，你们以后的日子也不会好过的……你还是走吧，能走掉就走！以后，等你在外面站住脚闯出一片天地，再想法子把两个孩子也弄出去吧！”

“这事，我想卢老师一家也会办的，小姨，我放心不下两个孩子啊，他们是无辜的！”

刘兰英痛下决心地说：“你还是走吧，明天就去办！至于两个孩子，你放心，邢志军他可以不管我，但两个孩子他总要管吧？好了，时间不早啦，今晚就和我睡会儿吧，明天还要干事呢。”说完，刘兰英把被子铺开，把灯关掉，两人都默不作声了。不一会儿，钱芳就发出了轻微的鼾声，刘兰英却难以入眠，一夜都没合眼。

夜深了，卢钧和妻子还在收拾整理出国行装。卢钧心事重重，卢妻却埋怨着：

“干吗要走得这样急？整理东西都来不及！”

卢钧气不打一处来：“你懂什么？再不走能走掉吗？你要那么多东西干什么？人能出去就万幸！”说完他抓起一把东西扔出箱子。

卢妻不解地说："这些东西到了那边都是用得着的。"

"只要有钱什么都可以重买！还是什么都不带的好！"卢钧说着，拉她在沙发上坐下，"你想想，我们大包小包地出门，不是明明白白地告诉人家我们要走了吗？"

卢妻呆看着他说："你今晚这是怎么啦？大惊小怪的，我们的钱是阿英给的，干吗像做贼似的？"

卢钧叹了口气说："有些事你不明白，她的公司被一些人牵连上了。阿英让我们不动声色地赶紧离开这儿。明天我俩假装去逛街，看看有什么尾巴，有尾巴就设法甩掉，然后再去机场！"

卢妻一脸惊讶地说："我听你的……但我不信志军会抓她！"

"信不信由你，抓不抓由法啊！"

周峰陪着邢志军回到家中，推他进浴室先冲个澡，他自己忙着切姜丝，烧热水，为邢志军冲姜茶，等忙完一切，邢志军也冲洗完毕，他换上干净衣服后从浴室出来。

周峰把一碗热姜汤端到他手里说："快趁热喝了吧，去去寒！"

邢志军摇摇头说："寒气在心中哪，难以去尽……"

周峰笑道："你的寒气是不小，喝吧，先喝了我们再一起去你心中的寒！"

邢志军感激地从周峰手中接过姜汤，一口气喝完。姜汤让他浑身顿感温暖，他的脑海里涌现出了大雨中给刘兰英家犁地的情景。

穿着军装入伍第一年回家探亲，邢志军挽着裤腿，浑身泥水地在为刘兰英家犁地。当时他正患感冒，被雨水一浇，浑身直打哆嗦。

刘兰英撑着伞，提着一瓦罐姜汤过来，关切地对邢志军说："歇会儿吧志军，喝点儿姜汤，去去寒。"

邢志军停住犁耙，来到田埂边，捧着瓦罐一口气把姜汤喝完，心里充满了温暖。

刘兰英嗔怪道："这么大的雨，叫你别下地了，你还是来了。"

邢志军笑道："明天我要回部队了，一定得把你家的地犁完！"

"我妈妈躺在病床上都在为你担心呢！"

邢志军一笑："不要紧的，这点儿感冒算什么！我们在部队里经常下雨天训练呢！"

"志军，舒服些了吧？"周峰的一句话打断了邢志军的回忆。

邢志军摇摇头说："更难受！"

周峰不解地问："为什么？"

"那年，我从部队回家探亲，临回部队那天患了重感冒，为了帮刘兰英家犁完地，冒着大雨下地了……刘兰英在雨中也给我送来了一瓦罐热姜汤……

她幼年丧父，母亲一手把她带大，谁料刚长大了，姐姐、姐夫又惨遭车祸，母亲常年多病，她一人又要照顾母亲，又要抚养外甥女……这些我当时竟然一无所知。”

邢志军说着，摇了摇头：“穷哪……穷则思变，但真想不到她会变成这样！你说我难受不难受？”

周峰给他递上了一支烟，轻声说道：“我知道你有更大的难受之处……”

“你听过录音了？”

周峰点点头说：“我和张队、陈敏一起听的，听了三遍……”

“你以为录音中的内容让我难受了？”

“你说呢？”

“当然也有这个成分，两个孩子是无辜的……我为孩子难受……说真心话，也为刘兰英难受……但我更大的难受，是为你！”

周峰一怔。

“更为我们东都市公安局的声誉！”

周峰呆呆地看着他。

“我当初提出回避此案，你和局党委对我那么信任，郑重地开会决定，相信我能秉公办好此案。现在，竟弄出这么个事来……主办人却和主要犯罪嫌疑人有一对双胞胎私生子，你说，社会和百姓对此会有什么想法和看法？嘿！不都是一锅黑吗?！我跳到黄河洗不清倒也罢了，但作为公安战线的一名老兵，怎么可以让大家一起为我背黑锅呢！”说到此，邢志军泪如雨下，难以控制自己的情绪。周峰拍拍他的肩头，长长地舒了口气，说：“志军同志，你可让我放心了……”

邢志军不解地看着周峰：“让你放心？不，周局，对不起，我让你也跟着我放到火上烤了！”

周峰摇摇头说：“志军，我们原以为你知道大毛、小毛是你儿子时，对你打击太大，怕你一时受不了，会产生退却的想法，想不到，你想得更多的是我们的整体，这点让我放心了！”

邢志军轻声叹了口气说：“可落到实事上，好多问题让谁都会觉得棘手的！”

“可陈敏不这样认为，想听听她怎么看这些问题吗？”

“陈敏？她怎么说？”

周峰把陈敏的观点全盘说了一遍，邢志军默默地听着，心里很受感动。

“你看，陈敏分析得多好，大毛、小毛的事是历史，要评价这件事，只有放到那个特定的氛围中去评价，这样才是公正的，也会得出正确的结论。那时，你们是恋人，将要步入婚姻的殿堂。那时，你还没进公安局。刘兰英也没成为犯罪嫌疑人……总之，无论从哪方面来说，都挨不上你所担心的为咱公安人、公安局抹黑的边！陈敏谈的第二点意见，我本人，包括张队，也都同意，就看你的意见和省厅的决定了。”

邢志军回答道：“我服从组织的决定！”

“首先，你得从心底里认同，不然的话，就是组织决定了，你实施起来心里也会疙里疙瘩的。”

“省厅会同意做刘兰英的工作，争取她自首吗?”

“我会去做工作的……”周峰说着，长长地叹了口气，“志军啊，咱们得向陈敏这代人好好学习，他们的观念既超前，又符合我们公安工作的宗旨，既要打击凶恶的罪犯，保障社会治安，又要尽一切力量去挽救人！我们这代人是从‘阶级斗争’过来的，这根弦在潜意识中还是绷得很紧。”

“这条路能走得通吗?”

“就看我们下一步的工作怎么做了，当然，如果刘兰英他们执迷不悟的话，我们就坚决打击！明天我去省厅汇报，张队他们要审姚振海的大管家，你参与一下，好吗?”

邢志军点点头。此时，门铃响起，邢志军和周峰面面相觑，只听门外传来郭父的声音：“是我，志军，你回来了?”

邢志军松了口气，忙去开门，只见郭父拎着湿淋淋的雨伞，站在门口。

邢志军赶紧让郭父进屋：“爸，有事吗？快进来!”

郭父见周峰在，忙说：“不进来了，你们有事先谈吧。你回来了，我就放心了!”说完转身离去。

邢志军看看周峰，心里很不是滋味。

周峰解释道：“我找不到你，以为你去了你老丈人家，就给他打了个电话，没想到老爷子不放心找来了，他真关心你啊!”

邢志军微微地摇摇头难过地说，“可让我怎么去面对他老人家?”

周峰安慰他道：“你放心，你老丈人那边的工作由我来做，我相信，他也是一个通情达理的人！我也理解你所有的难处，更理解你一直在为大局着想，无论是陈敏，还是张新，加上我，都相信你能挺过这一关!”

邢志军坚定地说：“我服从组织的一切决定，请局领导和厅领导都放心!”

周峰高兴地说：“有你这句话我心中就有底了！不要再多想此事了，先好好睡一觉，明天继续战斗!”

二、整理头绪

早晨一上班，周峰把李阳找来，把邢志军遇到的困难和他进行了交谈，并征求他的意见。

李阳说："邢志军是位襟怀坦荡的好同志，我们没有任何理由不相信他！"

周峰点点头说："我马上去厅里作汇报，抽空你再做做邢志军的工作。另外，大杨的丧事及对其家属的抚恤工作你多关心一下，局里已向省厅打了报告，要追认他为英模，省厅也向部里打了报告，等批复下达后，再开追悼会。你们暂且不要去惊动两位老人是对的，先去慰问一下他的妻子，转达局领导的问候！"

"周局，请放心，我会转达的，邢队也已经表示以后大杨的家也是他和全队民警的家，大家一定会帮助大杨一家渡过难关的。"

李阳从周峰办公室出来，和邢志军、老宋一起来到经侦支队一间办公室。大杨的灵堂已布置好，民警小林在为他守灵。邢志军和老宋身着警服在大杨遗像前深深地鞠了三躬。邢志军问李阳："他家里都安置好了吗？"

李阳说："两位老人瘫痪在床上，再也经不起打击了，所以我们暂且没告诉他们，经与大杨妻子商量，我们把灵堂设在这里。"

邢志军问道："他妻子状况怎样？"

老宋说："大杨在时，她吵着要离婚，而当她知道大杨因公殉职后却哭得死去活来，说她太不理解大杨了……她还向我们表示，她不会离开这个家的，一定好好抚幼养老，把这个家撑好！"

邢志军感慨道："我们的警嫂都是好样的！"他深情地望着大杨的遗像说："大杨，你是为我牺牲的，以后你的家就是我的家，我和全队民警一定会照顾好你的父母、孩子和弟妹的！"

李阳走后，邢志军把老宋叫住说：

"大杨为了保护我而牺牲了，我由于自己的原因，可能很难被谁保护住。我出局后，专案组目前只剩下你和小胡、小刘三人了，小胡他们还年轻，你该多负点儿责任！"

老宋点点头说："邢队你放心！"

邢志军神情严峻地说：

"你得记住两条，一是不管以后由谁来主办此案，你和小胡、小刘一定要全力支持！还有一条是，这个案子付出了血的代价，一定要把它办好！而办得好不好的标准，一要看政治效果；二要看是否把国家利益和受害者的利益损失尽可能地降到最低限度，唯此而无他！这个标准，希望你能坚持下去！"

老宋用坚定的目光看看邢志军说："我明白，一定坚持！"

邢志军走后，老宋来到李阳办公室问道："李政委，这案子怎么会办出这个结果来？"

李阳摇摇头说："我也想不到啊……"

“邢队赔了夫人又折兵，风里来雨里去，受了那么多折磨，眼看快要结案了，怎么反而会惹火烧身？”

“这把野火烧不走他……”

老宋点点头说：“我们一定要保护好邢队！”

曹明正在办公室翻看报纸，他看到了报上刊登姚叔死亡的消息吃了一惊，他思索片刻，按了一下响铃。

沈秘书推门而入：“曹市长，找我有事吗？”

曹明看了他一眼问道：“上回你去政协，关于推荐刘兰英为下届市政协常委的事是怎么说的？”

沈秘书不解地说：“你不是吩咐我说是你的意见吗？”

曹明不悦地说：“下午你再去一次，就说我说的，她不适合当下届市政协常委，先放一放吧！”

沈秘书感到很纳闷，他知道曹明平时对刘兰英是很关照的，刘兰英也为市政建设、希望小学作了很大贡献，也给曹明增了光，现在曹明突然变脸了，究竟是怎么回事呢，让人百思不得其解。他正想问几句，曹明则不耐烦地挥了挥手说：“你赶快去联系一下，到时把推荐刘兰英的材料要回来吧。”

沈秘书应声离去。

曹明起身望着窗外，陷入思索之中。姚叔的事发生前，他想起刘兰英找他的几次谈话，他隐隐约约发现他们之间的关系很复杂且诡秘。万一刘兰英陷进去，那么肯定会牵扯到他。虽然他没有参与他们之间的任何事情，可自己为了政绩，去掉代市长的“代”字，让刘兰英捐了不少钱。如果这些款项有问题，不仅自己的前途受影响，说不准还得受处分。曹明想到此，心情突然沉重起来，他希望刘兰英在经济上和姚叔没关系，更希望刘兰英不被姚叔牵连进去……

张新和邢志军正在审姚叔的大管家，小王在作记录。

张新直视着大管家厉声道：“你知罪吗？你知道你们罪孽深重吗？”

大管家点点头说：“我一定老实交代……”

“好吧，你先说说地下钱庄的事！”

“姚叔办的地下钱庄，做的都是大生意，针对的是那些民营中小企业，他们贷款有困难，接到了生意，资金有了问题，只得求我们……”

邢志军问：“你们的月利多少？”

“一般是百分之十五，熟人可以低一些。”

“最低是多少？”

“不低于百分之十二。”

“这属于什么性质？”

“高利贷，高利贷……”

“你们地下钱庄有多少底金？”

“已滚到近十亿元了。”

“这些钱从哪里来的？”

大管家看看邢志军，犹豫了一下。

邢志军追问道：“快说，如实说！”

“阳光集团的老总刘兰英筹来了大部分。”管家说着用两眼的余光扫了邢志军一眼，观察他的表情。

邢志军沉着冷静、不动声色地问道：“这些账目你都保存着吗？”

大管家低头，声音有些颤抖地说：“以前都保存着，但姚叔前几天已吩咐我烧掉了，还是他看着我烧的……”

邢志军厉声道：“果真这样吗？你要老实说！”

大管家沉默了一会儿，试探性地问道：“如果我还保存了一份的话，算立功表现吗？”

邢志军点点头。

大管家似乎看到了一丝希望赶紧说：“我担心干这行迟早会出事，所以，我一开始就把账目做了两本……”

“另一本呢？”

“我用塑料纸封好后，藏在家里的花台下，你们可以去取出来！”

“好，你已经走出了立功赎罪的第一步，希望你能继续走下去！”

大管家连连点头说：“我一定，一定……”

“那你知道，地下钱庄里还有多少钱？”

“除了一部分姚叔让我换成外币打到刘兰英的海外账户外，大部分都还在。”

“刘兰英在海外有账户？”

大管家点点头说：“是姚叔让我办的，全部账目我都清楚。”

“那好，你如实说说。”

大管家停顿了一会儿，把一笔笔账目都交代了出来，邢志军向张新使了个眼色。

张新领会地点点头，对大管家说：“今天你的态度还可以，向坦白从宽、立功赎罪的道路上走出了第一步，回监舍后，你再好好回忆一下，把想到的所有问题都如实写下来，听明白了吗？”

大管家点点头说：“是，我听明白了，听明白了……”

张新神情严肃地说：“我们说话是算数的，对坦白立功者一定会从宽处理的！”

他把小王的记录递给大管家说："你看一下，有什么出入可提出，没什么出入签名捺个手印。"

大管家接过记录看看，签了名并捺了手印，被小王和法警押了下去。

卢钧夫妇俩拿着简单的行李走出家门，他们来到一条小街装作逛街，卢钧的眼睛一直注意着是否有人在跟踪。当确认没有人跟踪后，他突然扬手招了辆出租车，两人迅速上车。卢钧吩咐司机去机场，司机拉着他俩向机场方向驶去。

半小时后，车在候机室前停了下来。

卢钧夫妇从出租车上下来，卢钧看看后面，见无人跟踪，便带着妻子快步进入候机室。

在候机室里，卢钧办完登机手续后给刘兰英打手机，告诉她已顺利安检。

刘兰英嘱咐他千万别大意，登机后再告诉她一声！

此时，卢钧夫妇俩的一举一动都已在胡林和刘刚的视线中，而卢钧已放松了警惕，悠然自得地在角落坐椅上翻看着报纸。

这时机场两名便衣警察悄悄走了过来，坐到他的两边，其中一人轻轻拍了一下他的肩头。

卢钧一怔。

便衣警察拿出证件在他眼前亮了一下，低声说："你是卢钧吧，我们是警察，跟我们走一趟吧！"

卢钧顿时大惊失色，两名便衣警察悄然把他们夫妻俩带到机场派出所，刘刚和胡林已在审讯室等候他们。没几个回合，卢钧就交代了他出国的目的及刘兰英为他们出资的情况。

审讯完大管家后，邢志军和张新交换意见，由张新派刑警立刻到大管家的家里搜查那个账本。张新刚离去，邢志军就接到了胡林的电话。胡林报告说卢钧在机场已被截住，他交代说刘兰英让他登机后报个平安。邢志军即刻请示周峰，周峰指示敲打刘兰英一下，现在该是时候了，当务之急是立即审讯卢钧。

此时，刘兰英正在忐忑不安地等待着卢钧登机的消息。她看了一眼墙上的时钟，飞机应该早起飞了……看来，卢钧是凶多吉少了……刘兰英正坐立不安时，钱芳兴冲冲地走了进来说："小姨，陈律师已帮我办完一切手续了，她说你以后有什么事尽管找她！"

钱芳见刘兰英呆呆地坐在那里，一脸的焦虑，忙问道："小姨，你怎么啦？"

刘兰英木然地说："卢老师那边肯定出事了。"

"你怎么知道的？"

“他说会在起飞前来电话的。”

钱芳看看表安慰她道：“也许是飞机晚点了，或许他上机后来不及打电话，再等等吧，等班机到达了再说，他若再没有来电话，我会问卢老师女儿的。”

邢志军回到经侦支队办公室，老宋和胡林把卢钧带了进来。

卢钧一见邢志军，表情显得很复杂，有意避开他的眼光。

邢志军起身迎接道：“卢老师，对不起，我们用这种方式把你请来了……”

他为卢钧泡了杯茶，把茶杯端到他面前的茶几上说：“喝杯茶吧，咱们好好聊聊，好吗？”

卢钧苦笑笑，摇摇头说：“想不到，真想不到啊，老师成了学生的阶下囚！”

邢志军感叹道：“是啊，我也想不到，我们会在这种场合见面。”

卢钧怒视着邢志军说：“都是你一手导演的，还说想不到？我是从小看你长大的，一直以为你是一个诚实的人，想不到你戏还演得这样好！”

邢志军心平气和地说：“卢老师，我和您可从来没有逢场作戏。”

卢钧一拍桌子，站起身来指着邢志军说：“我有绿卡，我们老夫妻到境外去探望爱女，你们为何要把我扣下？我要控告你们践踏人权！”

胡林被惹怒了：“你装什么蒜？你心里最清楚为什么拘捕你！”

邢志军忙摆了一下手，制止胡林说下去。他让卢钧坐回椅子上，温和地说：“卢老师，刚才您说到了师母和师妹，您不为自己着想，也该为她们多想想。”

胡林接过话头说：“你是个有知识的人，你该明白我国早已加入了国际刑警组织，谁犯了罪，即使他逃到天涯海角，也会有红色通缉令把他抓捕归案的！”

卢钧听了此话，心理防线一下崩溃了，他的内心充满了斗争，如果真把刘兰英的问题都交代出来，刘兰英肯定会被他们抓进监狱，他们也无法到国外去和女儿团聚了，一切都破灭了……

邢志军见卢钧呆呆地沉默着，知道他内心很矛盾，作为曾经的老师，他既痛心也很冷静，他有足够的耐心一定让卢钧说出内情。

邢志军给卢钧杯中添了点儿热水递给他说：“卢老师，您知道姚叔的地下钱庄已被我们捣毁了吗？”

卢钧从呆愣中惊醒，接过水杯点点头。

“您还知道黄一瓜、于玲玲的事吧？”邢志军追问道。

卢钧又点点头说：“知道一些。”

“您知道些什么？”

“黄一瓜在香港被人杀死了，于玲玲逃往国外了。”

邢志军一笑：“您怎么会知道黄一瓜在香港被人杀死了？”

卢钧自知失言，忙解释道：“我是听人说的……”

“听谁说的？”

卢钧一时无语。

邢志军追问道：“在公共汽车上听来的，还是从小茶馆里听来的？我想，都不是吧？恐怕是刘兰英告诉您的吧，对吗？”

卢钧在邢志军咄咄逼人的追问下只得默认。

“那您是怎么知道于玲玲逃往国外的？”

卢钧这下理直气壮了，盯了邢志军一眼说：“报上不都登了，还用谁来告诉我？”

邢志军示意胡林放录像，胡林把邢志军他们分别审讯陈行长和于玲玲的录像放给卢钧看。

卢钧看后一下目瞪口呆。

邢志军看了一下表说：“卢老师，还有好多精彩的内容我会慢慢告诉您，您不交代也没关系，什么时候想好了再找我。”

卢钧的心理防线彻底被攻破了，他突然给邢志军跪了下来，哀求道：“志军，恕我枉为人师，事到如今，我什么都说，可千万别连累我的老妻和女儿啊！”

邢志军一怔，忙扶起他说：“卢老师，别这样，我们从小就受您的教育，人的膝盖是不能太软的……”

卢钧痛哭流涕地说：“可我拜倒在金钱脚下了啊……我也是穷怕了啊……”

邢志军长长地叹了口气，神情十分复杂。

卢钧交代了刘兰英的一些内幕。他叹了口气说：“现在回过头来想想，刘兰英真昏了头，骗了那么多钱，怎么不想想以后如何收场？曹明也不好，为了他的政绩工程总是让刘兰英投钱……哎，我这个老师有责任哪！”说完，卢钧又流下了悔恨的泪水。

邢志军见卢钧脸色苍白已很疲惫，示意小王把他带走。

办公室里只剩下了邢志军和担任记录的胡林。

胡林指指一厚叠记录纸兴奋地说：“邢队，卢钧交代的这些东西太重要了！”

邢志军苦苦一笑，摇了摇头说：“可我一点儿也高兴不起来……”

胡林一愣：“为什么？”

邢志军痛心地说："卢老师也教过你，你想想，一个教了一辈子书，教学生如何做人的老师，到头来却落得向他的学生交代罪行的下场，交代出的主要对象，也是他的学生，并且都是我从小长大的同学，你说我心里是什么滋味？"

胡林也低下头，一时无语。

邢志军拍了他一下肩头说："振作些，你把其中的重点整理一下给我，等周局回来后我得向他汇报！"

胡林点点头，拿起记录离去。

邢志军转身问老宋："你看下面应该怎么办？"

老宋说："乘胜追击，一举拿下刘兰英！"

"怎么个拿法？"

"跟拿卢钧一样？"

"先扣起来，然后再晓之以理，动之以情！"

邢志军摇摇头说："她的情况比卢钧可要复杂得多！"

"你是说她万一死不开口怎么办？"

邢志军说："她即便开口了，所有的赃款拿不回来又怎么办？"

老宋一时无语，邢志军思索片刻对老宋说："这样吧，你先负责把刘兰英监控好，现在刘刚在那边，你和他联系一下，和他替换一下班。"

三、攻坚战

老宋走后，邢志军打电话让陈敏到他办公室，把卢钧交代的问题告诉她。

陈敏高兴地说："好啊，今天一天，案情就有了突破性的进展！"

邢志军平静地问道："你那里情况如何？"

"钱芳又来催办出境的手续了，她把有关材料都带来了，看得出她们采取的措施是能逃则逃！"

"死的死，逃的逃，刘兰英真的想孤军奋战了？"

"她当然也有她的考虑……你是认为，她想去除证人，死无对证？"

邢志军点点头说："不能排除这个因素。"

"但也不排除刘兰英人性未泯！"

"你真这样认为？"

"卢钧是她老师，钱芳是她外甥女，她不想连累他们……"

"但愿如此……"

"你是说，如果这样，她还有被挽救的可能？"

邢志军点点头。

“邢队，我理解你的心情，这也是为什么我一开始就想争取‘三赢’中的一赢。我们办案的目的，也应该把挽救犯罪嫌疑人包括进去，何况此案中，只有做好这一点，才能顺利地把所有赃款追回！”

邢志军看了她一眼，诚恳地问陈敏：“如果厅里决定此案不再让我继续办下去，你能完成我的承诺吗？”

陈敏摇摇头说：“说实话，我没有这个思想准备。”

“你是说让我不再办此案，还是让你完成我的承诺？”

“两者都有……”

邢志军长叹了一口气说：“那我的话算是白说了！”

陈敏忙解释道：“邢队，我一定会协助你完成你的承诺！我估计，当刘兰英知道卢钧没走成后，她一定已明白，钱芳肯定也走不成的！她唯一的救命稻草，一是在我这里，让我帮她打官司，这样，我更能接触她，做她的工作了；另一方面在你，她对你还存有希望……”

邢志军若有所思地说：“我明白，如果此案让我办下去的话，我是越来越难办了！小陈啊，你就不能替我接下这副担子吗？”

陈敏直率地说：“不，我只想好好协助你！”

“可从理论上讲，完全有这个可能让你接我担子的！”

陈敏用十分坚定信任的目光看着邢志军说：“那就看吧！但我还是坚信不会发生这种可能的！”

“我已作好了有这种可能的准备，而且已经和周局、李政委和老宋都谈过了，他们都会支持你的工作，所以你必须作好两手准备！”

陈敏听后叹了口气，突然她冲邢志军大声喊道：“别再跟我说这些了好吗？我不想听了！”

邢志军一下愣住了，他没想到一向对自己温顺的陈敏会发这么大的火。陈敏动情地说：“我未婚夫打入毒巢时，临别的那天晚上，他也反复和我讲了这话，让我作好两手准备！结果……我不想再听这话了，懂吗？尤其不愿再听我喜欢尊重的人再对我说此话，我想和你说的是，你不仅要三赢，而且要四赢、五赢！要赢得自己的成功，赢得我的希望！不要再多虑了！”

陈敏说完，转身离去，邢志军一人又呆愣了半天，他没想到陈敏年纪轻轻居然经历了这么多的坎坷，而且对自己这么理解和信任。他暗下决心，只要组织信任他，他会舍弃一切去完成历史赋予他的使命！邢志军拨通老宋的电话问道：

“你那边情况怎样？”

“我刚接替刘刚的班！小刘说钱芳到刘兰英家后至今没什么动静，有什么情况我会随时向你汇报的！”

"好的，外围李政委也布置了几个人，有什么紧急情况你先通知他们协助，根据情况可以先斩后奏，绝对不能再发生意外！"

"请邢队放心。周局去省厅汇报还未回来？"

"还没有。我估计就在这几天内，我们也该收网了，如何收，只等上面一声令下，在这之前，我们得做到万无一失！"

周峰此时正在省厅小会议室向厅领导作汇报：

"案情的进展既迅速又复杂，我们之所以想让刘兰英走自首之路，除了她的特定情况，希望她能走从宽之路的各种因素外，还有一个原因，经侦这一块的案子特别难办。就拿刘兰英一案来说，她的非法集资手段非常狡猾，她自已从不出面，靠的是手下黄一瓜和于玲玲两员大将，现在，黄一瓜已死，于玲玲虽已掌握在我们手中，但单凭她的证词，要一下结案也有难度。现在，姚振海也死了，他临死也没说出一句对刘兰英不利的话来，反让邢志军处到了尴尬的地位……总之，目标已明确了，但要形成证据链还有一定的难度。我们如果立即把刘兰英抓起来，她要抵赖或者什么也不说的话，这案也很难一下了结……"

众省厅领导都认真听着他的汇报，陷入了深思。

周峰接着说："所以，我们采取的策略是逐个击破，扫清外围，缩小包围圈，逼刘兰英缴械投降！现在是到了攻坚战的时候了，是强攻还是软攻，希望省厅领导指示，帮我们一起拿主意，因为此案还涉及上层领导，情况也很复杂！"

周峰说着，看了一眼谢厅长，谢厅长示意他讲完。

周峰继续汇报说："如果省厅领导能批准我们攻心战的方案，那么，我认为还是让邢志军同志来担当主攻手。我想，大家都明白，目前再没有比他更合适的人选了！我的汇报完了，请省厅领导指示！"

谢厅长看看与会者说："周局汇报得很详细，案情的进展，准备采取的方案，措施包括由谁来担当主攻手，全都包括了，大家说说，有什么意见！"

王副厅长首先发言提出："如果硬攻，邢志军同志是否还适合主办此案？"

周峰答道："这个问题我们也考虑过，如果刘兰英不悔悟，软攻攻不下，那只能硬攻了！那么，由谁来主攻，倒是一个难题……"

"为什么？"

"如果为了避嫌把邢志军撤下来，其后果，给志军同志造成的伤害太大了……"

"让他继续办下去啊！这是对他最好的考验，你们不是要提他当副局吗？过了这一关，谁都会服气！"

"我相信，如果把办此案看作对邢志军同志的考验，是我们考察干部、选拔干部的一个途径的话，他肯定会经受得起考验的！但在此案中，在眼下特别有利的条件下，根据刘兰英的特殊情况，我们完全有可能促使她走自首之路，这对刘兰英和她周边的人以及两个孩子，都是有益的，也可让邢志军同志做到既坚持原则，依法办事，又仁至义尽，人性化办案，同时，也充分体现我们公安机关坦白从宽，立功赎罪的政策。”

王副厅长笑道：“周峰同志，我们公安机关可不是慈善机构！”

“是的，我们要对人民负责！现在，姚振海已把不少钱都转移到国外去了，我们面对刘兰英在非法集资中的那么多债主怎么办？还有不少是从国家银行骗贷来的钱，怎么去收回？当然，我们可以想尽一切办法去追赃款，但成本肯定是非常大的，时间也会拖得很长，而且能否追回还是个问题，这是我们在办此案时应该采用何种手段所必须考虑的！对国家，对社会，对人民负责不是一句空话！各位领导，我们让邢志军继续办案就是想利用邢志军和刘兰英的特殊关系追回海外的赃款，把东都市群众的损失降到最低。”

王副厅长听后不作声了。

陈副厅长发言道：“我觉得周峰同志所说的这些，都是值得我们考虑的。”

政治部柳主任赞同道：“我同意周峰同志的意见！”

王副厅长又插话道：“周峰同志的这些说法，确实有一定的道理，但听起来总让人感到有点另类……”

大家听后都笑了起来。

周峰恳切地说：“王副厅长，您放心，我不会丢掉我们公安系统的光荣传统的，不会去走邪道的，我只是在思索如何把此案办得更好，能取得一个最佳的结局，仅此而已！”

不少人点头赞同。

谢厅长看看表作小结：“周峰同志的不少想法，都启发我们去思考一些新的问题，而我们这条战线有它的特殊性，我们既不能丢掉光荣传统甚至违反纪律，也不能一成不变，在新形势下墨守成规，故步自封，我们在每前进一步时，还是要多作思考、多作比较为好。今天的会，已不是一个单纯的对某个大案的评审会了，而开成了在新形势下如何把我们公安工作做得更有成效的学习会。好多话题，对我来说，也都是新课题！上午的会先开到这里，大家先去吃午饭，休息一下，可多思考思考，也可私下互相交流一下意见，下午两点钟，会议继续进行！”

周峰和听取汇报的领导们都在省厅小食堂内分别用餐，三三两两边吃边议论着上午的会……

谢厅长和周峰坐在一个角落里边吃边聊。

周峰直言道：“谢厅长，我今天的汇报是不是有点儿跑题？”

谢厅长笑道："你的汇报很好，我不是说了吗，你提出了不少新的课题。"他看看周峰，认真地问道："哎，你对攻心战到底有多少把握？"

周峰实事求是地说："这很难说，但有一点我可以肯定，两者相比，软攻的把握肯定比硬攻大，且效果会更好！"

谢厅长思索片刻说："我基本同意你的意见，只是担心……"

"万一攻不下怎么办？"

谢厅长点点头。

周峰正想回答，他的手机响起，谢厅长示意他去接听。

周峰接听完手机，兴奋地说："谢厅长，志军他们又攻下了一座堡垒，卢钧愿意与我们合作。他交代了许多问题！"

谢厅长高兴地一拍饭桌："太好了！"

下午，省厅领导班子会议一直持续到傍晚。谢厅长在作总结发言。他说："今天的会开了整整一天，大家都知道，这不仅是对一件要案、大案的评审会，也是一个学习会。我们公安系统的经侦部门，是随着国家把重点转移到经济建设上来后，设立和逐步完善起来的，对于我们来说是一个新课题，一门新学问。东都市所发生的这些案件，涉及好多问题，需要和值得我们认真研究和探讨。第一，它与刑事案件纠合在一起，在刑事上也是大案，需要刑侦部门的配合侦查。同时，又涉及境外，需要国际刑警组织的协助，也涉及个别高层领导，还需纪检部门的支持，更涉及社会上好多受害者的利益，弄不好会引起群体性的社会问题。在这样复杂的案情下，在一线工作的周峰和民警们沉着冷静，妥善处置，做好了受害者的工作，稳定了他们的情绪。同时，先把刑事部门的问题解决，打掉了一个具有黑社会性质的地下钱庄，而在经侦主线上，逐个击破，分化瓦解，已把包围圈缩到最小，只待瓮中捉鳖，他们为此作出了很大的牺牲，有的同志还献出了生命！他们的工作是卓有成效的！"谢厅长说到此停顿片刻，会议室响起一阵热烈的掌声，掌声充满了与会者对东都市公安局的敬意！

谢厅长接着说："第二，在这起案子的侦破中，一线的同志，尤其是邢志军同志承受了巨大的压力，有着很多的无奈。而在这种情况下，他始终襟怀坦荡，任劳任怨，以大局为重，对这样的好同志，周局说得好，不仅要信任，更要无微不至地去爱护他！第三，剩下的问题，是我们如何去瓮中捉鳖了。我同意周局的意见，办经济大案，要考虑到能否取得更多的赢面，不要案子告破了，该打击的对象被绳之以法了，但国家的钱、受害者的钱仍然追不回来，留下不少遗憾和隐患，这样的教训，我们难道还接受得少吗？第四，周局提出了人性化办案的问题，更是值得我们深思的！我们不能只管破案，结果就万事大吉，而没考虑到受害者的利益是否能得到补偿。我们不能只管破案率而不管一线同志所承受的种种压力，我们在打击罪犯的同时，也要根据其具体情况，能挽救的尽量挽救，能促使他们走自首道路的尽量为其创造条件……总之，人性化办案是可以体现在方方面面的，这是社会文明的进步和要求，是我们在以后的工作中必须认真意识到和考虑到的一个新课题！”谢厅长向与会者看去，众人都点头表示同意。

谢厅长接着说：“所以，我同意周峰同志的最后结论，根据此案结合的具体情况和现有的特定条件，优先考虑攻心战，迫使刘兰英走自首之路！当然，这更是一场攻坚战。这个案子还是由周局挂帅，而一线的主攻手，可以考虑仍然由邢志军同志担当。”说到此，谢厅长扫视了众人一眼，加重语气说：“人民群众的利益是我们公安机关办案的出发点和最终目的。我同意通过邢志军和刘兰英的特殊关系把赃款追回，大家还有什么不同意见吗？”

谢厅长话音一落，会场出现片刻的寂静，周峰有点儿紧张地看着大家，众人也一起朝他望去，报以热烈的掌声。周峰长长地舒了口气，起身向大家敬了个礼！

散会后，会议室只剩下了谢厅长和周峰两人。谢厅长看着周峰笑道：“你的目的全部达到了，回去实施时还有什么困难吗？”

“谢谢厅领导的理解和支持，至于实施的困难当然会有……”

“怕志军会有顾虑？”

“关于这个问题，谢厅，我还得替志军说说话，在办此案的过程中，因涉及他与刘兰英的关系，有些顾虑是难免的，但他的顾虑不是为了他个人，而是为了大局，他曾与我透彻地交过心，让我很感动……”

“他的确是位久经考验的好同志……我之所以下这个决心，这是很重要的因素，我们把这一点去除，你看看还有其他困难吗？”

“如果曹市长在其中作干扰怎么办？”

谢厅一笑说：“放心吧，他已干扰不了了！”

周峰站起，声音洪亮地说：“那好，我回去后连夜传达省厅的指示和决定，立即布置任务，保证把此案办得让大家都满意！”

四、后顾之忧

傍晚，经侦支队办公室里灯火通明。

胡林、刘刚等人正紧张地用计算机逐一核对着从大管家的家中取出的账本。

邢志军为大家送来了热气腾腾的盒饭。

胡林看着盒饭调侃道：“邢队，大管家的账本真管用，上面记得一清二楚，只要拔一根毫毛给我，我就立马成为大财主！”

邢志军笑道：“没见过这么多的钞票吧？来，来，大家先吃饭，吃过晚饭后再做财主梦！”

胡林打开盒饭，高兴地说道：“哈，从八块钱增加到十块一盒的了，邢队，你也成了财主？”众人都笑了起来。邢志军打开盒饭回敬道：“别说我铁公鸡一毛不拔就是了！”

刘刚说：“咱们搞经侦的就是要成为铁公鸡！不让犯罪分子乱拔国家和受害者的一根毛！”

胡林讥讽道：“刘刚啊，你这个马屁拍到邢队的点子上了，邢队，明天立马提拔他当副支队长！”

邢志军摇摇头笑道：“小胡啊，你这张嘴真厉害！”

胡林圆眼一睁说：“刘刚不形象地说出了我们搞经侦工作者所肩负的重大责任吗？有这么高水平的人，不提拔他，提拔谁？”

邢志军也不无玩笑地说：“你这样一说，我要提拔刘刚也不好提拔了，要提拔你呢，更不好提拔了。”

众人大笑，小王高声说道：“邢队，那就提拔我！”大家都跟着起哄。

邢志军摇摇头，笑道：“哎呀，我怎么领导的都是一群财迷、官迷呀！”

大家又都笑了起来。

这时邢志军的手机响了，是周峰打来的。说省厅会议已结束，让他和陈敏八点钟到他办公室。邢志军接听完后对大家说：“周局从省厅开会回来了，有重大决策要向我和另一位同志传达，我得八点钟准时去他办公室，你们的核算结果能出来吗？”

胡林说：“快了，还有个尾巴。你放心去吧，结果出来后，我们马上打电话向你报告！”

邢志军点点头说：“我等着你们的确切数据，周局可是十分认真的！还有一点，我预先向大家提个醒，不管省厅有如何重大决策，不管你们想得通想不通，都得坚决执行！”

刘兰英和钱芳在一起吃晚饭。钱芳见刘兰英心事重重，默不作声，一时也不知道说什么好，两人都埋头吃着饭，没有一点儿滋味。

刘兰英吃了几口，把饭菜推到一边，神情黯然地对钱芳说：“你打个电话问问，那趟航班到了吗？如果到了，你再问问卢老师的女儿，接到他了吗？”

钱芳看看手表说：“时间还早呢，按正常情况，还得等会儿。”

刘兰英心神不定地问钱芳：“你看会有问题吗？”

钱芳摇摇头：“说不准！我觉得无非有两种可能！如果卢老师他们走不掉，我也不用再去办移民手续了，好在这儿陪你！”

刘兰英走到窗前，呆望着远处的大海，心情很不平静，她突然有种不祥的预感。

钱芳看看表，到窗户的另一边拨打越洋电话。打毕，她神情不安地走到刘兰英身边，轻声地叫了声："小姨！"

刘兰英已察觉事情不妙，冷静地问道："那边的消息怎样？"

钱芳轻声说："卢老师的女儿没接到人，正在着急。"

刘兰英长长地叹了口气，对钱芳说："我们不能坐以待毙，还要想办法。"说完，刘兰英拨通了曹明的电话："喂，曹市长吗？我是兰英，你在哪儿？我有点儿事想找你谈谈。"

电话中传来曹明的声音："我在省党校学习，今天刚去，要去一年的时间。"

刘兰英听后一愣问道："那'两会'的事？"

"由新来的代市长筹备……"

刘兰英沮丧地说："哦，我明白了……再见！"

她放了电话，呆若木鸡地站立一边，两只美丽的大眼睛显得暗淡无光。

钱芳气愤地说："小姨，我早说了，这个家伙不靠谱！"

刘兰英淡淡地说："我们已成了丧家之犬，在这当口，谁还能靠谱呢？"

"你还是找孙总商量商量吧，他至少还是仁义的。"

刘兰英点点头又拿起了电话打给孙海，约他一小时后在附近的一家咖啡馆见面，孙海痛快地答应了，刘兰英心情好了些，她换了件衣服，补了补妆，开车到咖啡馆与孙海见面。

刘兰英在离咖啡馆不远处停好车，转身进入咖啡馆，见孙海已在靠窗口的位置坐着，她走过去坐在孙海的对面，服务生端来两杯咖啡。

孙海笑道："喝吧，你最喜欢喝的香草拿铁。"

刘兰英说了声"谢谢"，用小匙搅着咖啡，品尝了一口："味道不错！"

孙海爽快地问她："兰英，这么晚了把我叫出来，有什么事说啊！"

刘兰英直视着他说："姚叔的事你听说了吧？"

"他的事谁没听说？这几天咱东都街头巷尾都在议论他的事呢！"

"有哪些议论？"

"嗨，这不是罪有应得吗，不是不报，时辰一到，统统要报啦！"

刘兰英苦笑道："没扯上我吗？"

孙海急急地说："兰英啊，说实话，为这事，我正想找你，却又不敢直说……"

"为什么？"

"我担心你是不是也陷在姚叔的地下钱庄里了？"

刘兰英一时无语。

孙海看看她说："可我又想，你是个聪明人，不会上姚叔这条贼船的！兰英，别担心，人多嘴杂，只要你坐得正立得稳，别理睬社会上的那些议论！"

刘兰英突然说："可我确实也上了姚叔的贼船……"

孙海听后一愣。

"他钱庄中的钱，也有我帮他融资来的，我和你一下说不清。"

孙海听至此，长叹了一声问道："你能如实告诉我吗，你非法集了多少资？"

刘兰英神情沮丧地说："具体数额我也说不准，但足够判死刑的！"

孙海一怔："那……你准备怎么办？"

"我很清楚，志军他们早盯上我了……"

"我是问你，你准备怎么办？"

刘兰英摇摇头说："我也不知道，所以才来找你。"

孙海思索片刻说："我建议你能否好好跟志军谈一次？"

刘兰英说："我想也只有这个办法，可志军他一直把门关得很紧，连让我能对他敞开心扉说话的机会也不给，就是偶而似乎有了，在关键时候，他也会顾左右而言他……他哪里知道，我这些年是怎么过来的。"说完，她两行热泪直流。

孙海递给她一张纸巾说："别难过，我给你创造一个机会吧！一会儿，我给志军打个电话，帮你说说情，我了解志军，他是讲情义的。"刘兰英擦了擦眼泪，用感激的目光看着孙海，内心里又燃起了一线希望……

陈敏先赶到了周峰办公室，周峰给她倒了一杯茶问道："小陈，你那边情况怎样？"

"今天钱芳又来催办出国的手续了，还有邢队也找过我。"

"邢队怎么说？"

陈敏半开玩笑地说："我也吃不准，他好像在给我交代后事似的！"

周峰笑道："省厅已作了重大决策，志军不会再给你交代后事啦！"

陈敏笑道："其实，邢队想得很周到，他把一切可能发生的事都想到了！"

周峰感叹地说："是啊，有时，他想得比我还要细！小陈，在你们年轻人看来，这是不是属于多虑？"

"不！干我们这一行的，必须如此！"

周峰笑道："小陈啊，你可真是邢队的知音！"

陈敏开玩笑地说："你是想说红颜知己吧？"

"这可是你说的！"

陈敏笑了笑，转而又认真地说："周局，现在这案子双方都已心照不宣，我们要收网，对方要走人，我们必须马上采取行动，也要保护好赃款。一刻也拖不得了，厅里到底有何重大决策?”

周峰严肃地说：“我找你和志军来就是要向你们传达厅里的意见，两句话，一是同意先搞攻心战，就是你说的软攻，旨在获得你所说的‘三赢’的目的，并争取最大的赢面！二是仍由邢队主攻，你副攻!”

陈敏竖起大拇指说：“英明!”

“待会儿邢队来时，你先得做我的副攻手!”

陈敏一愣，随即明白他所说的意思，笑道：“周局啊，你可犯了越级提拔的大忌了！我可只愿做邢队的副攻手!”

话音刚落，外面传来敲门声，邢志军推门而入，看看手表说：“我没迟到吧?”

周峰也看看手表说：“正好是八点，你从来都准时，坐吧，你的红颜知己把茶都给你泡好了!”

邢志军看看陈敏，不知所以然。

陈敏赶紧解释说：“周局是在开玩笑，刚才我向周局说了你找我的事，还告了你的状。”

邢志军笑道：“周局怎么说?”

“他称赞你考虑问题很周到，我说干我们这一行的必须如此，他就说我是你的红颜知己了。”

邢志军看看周峰说：“她是够厉害的，批评我时比你还尖锐!”

说到此，邢志军把话转入正题，严肃地说：“周局，听候指示，交代工作吧!”

“忙得怎样?”

邢志军抹了把汗说：“卢钧的堡垒攻下后，我们就转到审核大管家交出的账本上……”

“审核得怎样?”

“结果快出来了，支队的同志们正在加班，他们让我先向你汇报，听你指示，结果出来后马上打电话向你报告!”

周峰说：“你们辛苦了，代我向大家表示感谢!”

陈敏努了努嘴说：“唯有我不辛苦，不死不活地待在那个律师事务所里，也不能上一线。”

邢志军笑道：“你更辛苦，现已取得了刘兰英的信任，周局肯定会有重任压在你肩上的!”

周峰笑道：“你们的任务确实不轻，志军，你要有个思想准备，你的任务更重!”

邢志军苦笑笑："我是死猪不怕开水烫了，你压吧！"

"不，我们不能让刘兰英成为死猪不怕开水烫！"

邢志军和陈敏都认真地听着。

周峰严肃地说："省厅领导听取了我的汇报后，认真地讨论了一天，决定同意局里的方案，优先考虑软攻！"

陈敏问道："逼迫刘兰英自首？"

周峰点点头说："还要争取，逼迫与争取两手一起抓，软硬兼施，仍由你们两人分别担任主攻手和副攻手！"

邢志军看看陈敏说："好，我会协助小陈的。"

周峰说："不是协助，仍由你担当主攻手！"

邢志军一怔说："周局，我完全同意局里和省厅的决定，但此案，仍由我来担当主攻手，这太不合适了。"

"不合适在哪儿？"

邢志军苦笑着说："这不明摆着吗？"

周峰认真地说："省厅领导，对要不要实施软攻，要不要仍由你来担当主攻手，都有过争论，而现在的决定，是经过大家一天认真地反复推敲后所作的决定！"

邢志军只得表态说："我是人民警察，上级的命令我应该执行……"

"不，首先你内心要想通。这个决定，是从以下几个因素考虑的，一是根据刘兰英的特定情况；二是根据此案的特定情况；三是根据你的特定情况。我们在这个案子的破案和结案上要争取到最大的赢面……"

此时，邢志军的手机响起，邢志军看了下屏幕显示，对周峰说："是胡林打来的。"周峰示意他去接听。

手机中胡林向邢志军作汇报："邢队，地下钱庄的总资产有近十亿元，都是姚叔本人的资产……"

邢志军问道："这些钱，账本上有没有显示现在的去向？"

"其中有一亿两千万元是刘兰英融资的，已换成美元转到洋行。"

"两千万元已转到海外！"

"刘兰英营造阳光一条街用去了近一亿元，是从姚振海那边转来的。"

邢志军复述道："阳光一条街用去近一亿元。"

"姚叔那边其他钱大多被他转到了刘兰英的海外账户上了。"

陈敏在一边记录着，周峰神色严峻地听着。

邢志军严肃地说："小胡，你们再重新核实一遍！"

"我们已反复核实了，保证没有差错！"

"那好，你们辛苦了，告诉大家，可以回去休息了！"

邢志军接听完电话，心情沉重地向周峰和陈敏重复了一遍小胡的电话内容。

周峰语气加重地说：“志军，你该明白了吧，我们办经侦大案，重要的问题还是要把赃款追回来，不然，如何向国家和受害者交代?”

周峰的话，让邢志军感到震动，他的眼前闪现出群众来公安局群访、陈行长的忏悔交代、老妈妈向他跪求等场面，他大声地说了句：“我怎么会不明白呢？如果追不回赃款，我们无法面对受害的父老乡亲，也愧对人民警察这个光荣称号啊!”

“所以大家一致认为，从各种因素考虑，你仍然是能完成此任务的最佳人选!”

“谢谢同志们的信任……”

“怎么个谢法呢?”陈敏不失时机地追问一句。

邢志军向陈敏看了一眼，笑道：“你也帮着周局来逼我就范了?”

陈敏笑道：“谁都没逼你就范，而谁都想给你个办完此案也可心安理得的机会!”

邢志军听明白了她的话，心里很感动。

周峰问道：“有什么难处吗?”

邢志军下决心地说：“我一定努力去完成任务!”

周峰摇摇头说：“不单是努力……”

“那好，我保证完成任务，不辱使命！不过，我得把有些话说在前头!”

“你说!”

“我要去完成这个任务，接着肯定要经常和刘兰英接触，只有做好了她的工作，争取她自首，转移到海外的钱才能安全地收回。”

周峰点点头。

邢志军接着说：“卢钧到案后，外围的逼迫这一手已做到极致了，再一逼迫下去，刘兰英就不是自首的问题了，我知道她的性格，她很有可能会横下一条心来，走自绝的路！而且会为了孩子以后的生存去保住这些钱!”

周峰点点头说：“完全有这个可能!”

“所以，已决定软攻，我觉得当务之急，该把重心放到争取她走自首之路上来！由于我和刘兰英曾有过特殊关系，所以，我得把丑话说在前头，在我实施争取的过程中，请别对我的行为说三道四，但有一点，我向组织保证，我会坚守我们这一行的底线的!”

周峰看看陈敏。

陈敏说：“我认为邢队的要求是合理的，不然，他就没法去开展工作……”

周峰点点头说："志军，组织上一向信任你，也是非常爱护你的。能把此案办好是所有人的希望，你呢，能心安理得，刘兰英服法也能心服口服，那是最好的结局！大胆去实施吧！"

"还有个问题……"

"你说！"

"在最后的关头，刘兰英肯定会去找曹市长，如果曹市长干扰的话，事情就难办了，前不久，他就给我打过电话……"

"他怎么说？"

"这人滑得很，他的话里既有替刘兰英说情的一面，也有想与刘兰英撇清关系的意思。"

"这你放心吧，谢厅告诉我，曹明已干扰不了这个案子了！面子工程，花了近一亿元，他也该付出应有的代价了！"周峰说完，看了看表说，"时候不早了，志军，你把陈敏送回去，顺便交流交流。"

陈敏随邢志军走出周峰办公室，车驰离市局，邢志军问陈敏："送你回律师事务所？"

"你不想给我这个副手安排任务了吗？"

"我怕太晚了不方便。"

"又会有人说三道四？"

邢志军笑道："其实我心里还有好多解不开的纠结，正想请你帮忙呢。"

陈敏笑道："你什么都好，就是可能在军营待的时间太长了，考虑的问题总是三大纪律八项注意！"邢志军被陈敏的话逗乐了。

陈敏爽快地说："我可只坚信一条，人正不怕影子歪！你对周局说那些话时，我真为你脸红，什么在实施过程中请别对你说三道四哪，什么我会'坚持住底线'啦，一个堂堂正正，有血有肉的大男人，说这些话干吗？"

邢志军苦笑着说："看来，我有时也会患得患失……可我们身处的环境太复杂了……"

"对复杂的环境，我应付的办法是越简单越好，行就行，不行就不行！不跟谁去拖泥带水，你要复杂也复杂不了！"

"按常规来说，这是个好办法，但有些事，你说不行，能行吗？"

"你又扯到这案子上来了！"说话间，车子开进邢志军住的小区，两人下车后，邢志军把陈敏让进了客厅，给陈敏沏了一杯茶说："我这儿没什么吃的，抱歉啊！"

此时，邢志军的手机响起，是老宋打来的。他向邢志军报告说，刘兰英约了孙海在一家咖啡馆见面。

邢志军下令继续监视。

陈敏环顾着四周，见屋里凌乱不堪，叹了口气说："有谁会知道，像你这样在社会上也算有点儿地位的人，过的是这种凄苦的生活……"

邢志军转了个话题说："不探讨这个问题好吗？我对这软攻心中可一点数也没有呢！为什么要这样做，我是明白的，也是深表赞同的，可如何去做好呢？周局还一定要让我保证去做好！我说努力去做好也不行。"邢志军说着看看陈敏："你是软攻的'始作俑者'，说说你的打算吧！"

陈敏胸有成竹地说："我会给你打好边鼓的，在现在的情况下，刘兰英肯定还来找我，我会从律师的角度给她提些有益于我们软攻的建议。"

"那我呢，当下该做些什么？该怎样去做？"

"我认为你该先去看看两个孩子，让刘兰英知道，你对俩孩子是关心的，也会负责的，这样就可消除她的后顾之忧……"

"那她怎么知道我已知道了孩子的身世呢？在这之前，我去关心两个孩子，不显得莫名其妙吗？"

"你可以通过第三者去传达这个信息。"

邢志军思索着。

"有没有这样的人选？"

"有倒是有一个……"

"那就好，这问题不就解决了吗？接着，通过孩子的纽带，你就好同刘兰英直接接触了。"

邢志军叹了口气说："难就难在以后的问题……"

"这有什么为难的？还有什么心理障碍，你得明白，你是在挽救她呀！"

"其实，对她来说，挽救也已晚了……她涉嫌非法集资的款额，按照法律都到了判死刑的分上了！"

"我不这样认为，如果她能自首，能把全部赃款退回，只要不判死刑，我们办案的人性化也就体现了对她的挽救！"

"她会领这个情吗？"

"到了生死攸关，无路可走的地步，她还不领这个情？"

邢志军说："这倒也是，老宋刚才来电话说，刘兰英连孙海也去找了，你认为刘兰英还有救？"

"我原来是学法律的，我知道，只要她自首，有主动赎罪的表现，把全部赃款退回，我看还是可以免予死刑的！"

"那我最后的一个心病就解除了！"

"你是怕你做了大量的工作，刘兰英听了你的话自首了，最终又被判死刑，会让众人唾骂？"

"我首先得唾骂自己一辈子……"

“我明白了，你还是一个有真性情的男子汉……”

“干我们这一行的，有真性情也难以显示啊……”

“我明白，我明白……我说你患得患失是错怪你了……”

“我们常处在行规与人情的两难之中，就是患得患失，也是在权衡为警与为人的利弊，既要当一名好警察，又要让大家都公认你还是一个好人，有时是不容易的……”

“你又提出一个值得我们思考的新问题……我们所在的机构是国家机器的一个重要部门，而我们，是不是也是机器？”

此时，邢志军客厅的电话铃响起，邢志军去接听。电话是孙海打来的，他说有急事想见邢志军，太晚了是否方便？

邢志军一反常态爽快地说：“你来吧，不要紧，我是夜猫子！好，我等你！”

邢志军放下电话对陈敏说：“说曹操，曹操就到！”

“你说的曹操是谁？”

“就是你说的可以传递信息的第三者，就是那个孙海，我们儿时常在一起玩的一个朋友。”

“他也是刘兰英的朋友？”

邢志军点点头说：“是个老实人，很可能是来为刘兰英传递信息的，刘兰英不刚找过他吗？”

陈敏起身说：“那我就先告辞了。”

邢志军抱歉地说：“我就没法送你回去了，要不你开我的车回去吧！”他把车钥匙递过去。

“不用了，我自己打个的也方便！”说完，陈敏快步离开客厅，走出门口。邢志军转身追出去，早已不见了她的人影。邢志军赶快走到阳台，探头朝走出楼门的陈敏喊道：“开我的车吧！”说完，不等陈敏答话就把车钥匙丢到楼下，陈敏只得接住，朝他摆摆手，把车开走。

邢志军望着远去的车影，百感交集，为自己能有这样一个好助手而充满信心。

第十章　最好的结局

一、不见棺材不落泪

孙海跟邢志军通完电话后，高兴地对刘兰英说："你看，志军答应得很爽快！"

刘兰英有些疑惑地问："他知道你是为了我的事？"

孙海指指窗外的一辆监视车说："你已经一直在他们控制之下了，他会不知道我现在是和你在一起？"

刘兰英望了一眼窗外的监视车长叹了一口气。

孙海看了一下表说："我得去志军那儿了，你还有什么话吩咐？"

刘兰英低声说："孙海，我对不起你……"

孙海摇摇头："不说这个了！"

刘兰英喃喃地说："那……我只希望志军能对两个孩子负责……"

"这你放心，不会有问题的！你明天等我的消息吧。"说完，孙海快步走出咖啡厅。

刘兰英目送他离去，钱芳走了进来，问刘兰英："小姨，你们谈得好吗？"

刘兰英淡淡地说："孙海答应去跟邢志军说说，我们先回去吧。"

两人上车后，钱芳边开车，边问道："会有效果吗？"

"就看邢志军的态度了……"

钱芳愤愤地说："小姨，这些年来，我一直看在眼里，无论在什么情况下，你对邢志军总是一往情深，要是他真对你铁面无私，我一定饶不了他！"

"别，别这么想……是我先负了他……后又不争气……是我害了大家……这债，看来，是到了该还的时候了！阿芳，你放心，我不相信邢志军会见死不救！我们从小一块儿长大，况且大毛、小毛还是他的孩子！"

钱芳看了她一眼说："你总是那么好心肠，曹明不也是从小和你一块长大的吗？嘿，用得着你时就捧你，有事了，就撇得干干净净。"

"看来，他自身也难保，哪还能顾得上我？可我相信邢志军不是这样的人。"

"你是不见棺材不落泪！"

“就是邢志军抬口棺材给我睡，我也不怨他……”

“我可是第一次见到一个女人对一个男人这样痴心的……”

钱芳的话刺痛了刘兰英的心，她望着窗外的大海，心里一阵憋闷，让钱芳开车带她到海边兜兜风。

钱芳把车开到海堤边停下。

刘兰英脸色苍白地从车上下来，走到海堤上，她遥望着海面，脑海中闪现着童年时与邢志军、曹明、孙海在一起堆沙丘的情景，她突然觉得自己不管怎样，都是对不住邢志军的，大毛、小毛总会有人管的，走到今天还有什么不能放弃呢？

刘兰英精神恍惚地从海堤上走下，一步步走向海边，坐在车上的钱芳发现了刘兰英的异常行为后一惊，赶紧下车追过去……

刘兰英木然地在往事的闪现中一步步走近大海……

钱芳追过去一下拦住她的去路，上气不接下气地说：“小姨，你……想干……干什么？”

刘兰英止住了脚步，笑笑说：“小时候跟志军他们在这儿学游泳，没少喝过海水，我想再尝尝……”

钱芳张开双臂拦住她说：“小姨，别犯傻！你可还没走到这一步！”

刘兰英笑了笑：“真走到这一步时，你可别再拦我，好吗？”

钱芳扶着她说：“咱们回去吧，明天听过孙总的回音后再想办法……”

钱芳刚把刘兰英扶到车上，刘兰英的手机响了，刘兰英接听，里面传来卢妻的声音：“阿英啊，我刚被放回家，老卢出事了，你知道吗？”

刘兰英镇定地说：“卢师母，您别急，卢老师不会有事的，我正在托人打听消息呢。”

“阿英，老卢这么大年纪了，再也经不起折腾了，你……一定要想办法把他救出来啊！”说完她大哭起来。

刘兰英问道：“你给曹明打过电话吗？让他过问一下！”

“曹市长让我告诉你，说你明白此事！让我找你。”

刘兰英忙安慰她道：“师母，你急，我比你还急呢，你放心，我一定会把这事搞清楚的。”

她放下电话，长长地叹了口气，对钱芳说：“听见了吧，曹明把球又踢给我啦，这样吧，明天你赶紧去找一下陈律师！”

钱芳不解地问道：“还去催办我移民的事？现在还有必要吗？”

刘兰英摇摇头说：“你去找她，让她准备替卢老师打官司！明天你给我办三件事，一是把大毛、小毛接回家；二是去陈律师那儿；三是去公安局报个案，说卢钧失踪了，看他们如何答复！”

钱芳说："好吧，对了，明天不是周末，去接孩子？"

"我想他们了，我跟他们在一起的时间也许不多了……"

孙海开车来到邢志军家，邢志军热情地把他迎进屋："阿海，这么晚了，有什么急事找我？"

孙海笑道："我知道你们一举摧毁了姚叔的地下钱庄后，就从外地回来了，我得来向你报到，道个谢吧！"

邢志军笑道："老实说，刚才和谁在一起？"

孙海摇摇头说："你这个人啊……一句谎话也得被你揭穿，那好，我实话对你说了吧，刚才，是刘兰英找我……"

"现在，又是她让你来找我？"

"不错，你全猜对了！那么，今晚你能不能也对我实话实说？"

"那要看让我说什么？"

"姚叔的事出来后，你们准备对她怎样？"

"让我怎么说呢？"

"你不会又说，这是保密的事，不得泄露，你究竟是在干什么？"

邢志军一笑："我们只干该干的事……"

"把自己的老师也抓起来了，对吗？"

邢志军一怔："你怎么知道的？"

孙海不语。

"是刘兰英跟你讲的？"

孙海默认着。

"你以后会知道我该不该放卢老师走……"

"那你也不该把卢师母也一起抓啊！"

"你误会了，那是对她所采取的保护措施，我已让人送师母回家了！"

邢志军给孙海倒了杯茶，接着说："我可以告诉你的是，卢老师跟我们合作得很好！"

孙海直视着他说："他出卖了兰英，他的学生？"

"不，是刘兰英害了他，她不也害过你吗？阿海啊，你可不能犯糊涂啊！"

孙海叹了口气说："我只是不想投石下井……"

"你以为我是吗？阿海，你能实话告诉我吗，她都对你讲了些什么？"

"她说了自己的问题……"

"怎么说的？"

孙海迟疑着。

"她是让你来说情的？"

"也不全是，她让我来问问你该怎么办？"

“她是怎么想的?”

“她很绝望，如临世界末日一般……志军，帮帮她吧，有一件事我如今不得不告诉你了，她的双胞胎儿子大毛、小毛是你的骨肉。”

邢志军平静地点点头说：“我知道了……”

“那你还这么无动于衷，总该看在孩子的面上救救她吧？兰英出事了，当你大义灭亲时，谁还敢做你的朋友?”

邢志军冷静地说：“但当我假公济私时，谁还认你是人民警察?”

孙海摇摇头起身说：“那好，人民警察同志，我们朋友一场，也只能到此为止了!”

孙海说完，头也不回地往门口走去，邢志军大声地说：“你给我回来!”

孙海转身吃惊地看着他。

邢志军用缓和的语气说：“阿海，坐下，听我说！我有个两全其美的办法!”

孙海回到座位坐下，两眼紧紧盯着邢志军：“什么两全其美的办法?”

“我们一起劝她自首吧!”

孙海默默地听着，一时没法理解。

“只有这样，才能救她一命……”

孙海摇摇头说：“自首可能也救不了她的命……她的涉案金额太大，连她自己都说免不了一死……”

“她有这个顾虑?”

孙海点点头。

“那我们一起帮助她打消这个顾虑。”

“你能保证她可免于一死?”

“但要有两个条件!”

“什么条件?”

“第一是赶快自首。第二是把转移到海外的赃款全部追回来。这些赃款都是国家和受害者的，你也清楚，对吧!”

“如能追回当然最好……”

“那你还有什么顾虑?”

“可是兰英做到了这两条，到头来还是不能免于一死啊!”

“你担心还会判她死刑?”

“坦白从宽，立功赎罪的案例不是没有过，如还是判她一死的话，不要说你难做人，连我也会自责一辈子的!”

“我们确实有过食言的教训，但这次，我相信不会出现意外的。”

“问题是你说了也没有用。”

邢志军一时不知如何回答他，确实，此时他说这话也有点儿苍白无力。

孙海不客气地说："如果会出现这个结局的话，还是你去大义灭亲吧！你也当上了英雄，卢老师的家属和大毛、小毛也可留下一笔钱度日，这是另一个两全其美的办法！"

"阿海啊，你不要用话激我，让我怎么说呢？我不想用大道理去责怪你，如果出现你所担心的结局，到那时，我邢志军确实也无法再做人了！"

孙海用信任的眼光看着他说："你真的有心要救兰英一命？那我听你的，你让我做什么我就去做什么！让她自首坦白，立功赎罪。"

"我只要求你一条，把我今天说的这些话去转达给兰英！告诉她还是有生路的，千万别自绝于社会，否则的话，后果对谁都不好！"

孙海点点头说："我明白了，一定配合你做好她的工作。"

二、思想斗争

清晨，旭日东升，"光明"学校操场上正在进行升旗仪式。这天正好轮到大毛、小毛当旗手，他俩手捧国旗来到旗杆处，在庄严的国歌声中开始升旗……大毛、小毛敬着队礼，注视着国旗慢慢升起。

邢志军站在学校的花墙外一直注目着大毛和小毛，心情很不平静……

升旗仪式完毕，学生们列队回教室，可大毛和小毛仍站在操场，邢志军正在纳闷，突然发现一个老师带着钱芳边说话边来到两个孩子身边，钱芳手中拎着两个书包，俩孩子极不情愿地跟着钱芳向校门口走去。

邢志军本能地也向校门口走去，钱芳带着两个孩子来到车前，俩孩子叫喊着不肯上车。

"今天是星期三，带我们回家干吗？"

"误了功课怎么办？"

"我们不回家！"

"我们要上课！"

钱芳劝说着他俩："今天是你妈妈让我来接你们的，她说要带你俩好好玩玩。"

"我们不信，妈妈忙得很，不可能！"

钱芳正想说什么，此时，邢志军走上前，礼貌地说道："钱小姐，还是让他们回去上课吧！"

钱芳抬头一看，是邢志军，不禁一愣。

邢志军温和地说："孩子说得对，不能耽误了功课。"

钱芳没好气地说："不用你管！"

邢志军笑道：“你该清楚，我还是有一点儿权利说这话的！”

钱芳愤愤地说：“现在你说这话了，可你尽过义务吗？”

在他们说话间，两个孩子早已从钱芳手中抢回书包，一溜烟儿奔回了学校。

邢志军认真地说：“我会尽我该尽的义务的，请你告诉刘兰英，我会对两个孩子负责的！”

钱芳一时无语。

“能告诉我吗？干吗今天突然要把两个孩子领回家？”邢志军用恳求的语气问钱芳。

钱芳气呼呼地说：“嘿，‘明知故问’！你不用装什么好人了，你是个无情无义的人！”说完她转身上车，一把关上车门，迅速把车开走。

邢志军摇摇头，无奈地转身离去。他没走出几步，钱芳的车却又折了回来，在他身边戛然停下。

邢志军一怔。

钱芳从车窗中伸出头来不客气地喊了声：“邢队长，我忘了告诉你，我们刘总让我向你们报警，本公司的顾问卢钧昨天去海外与家人团聚，不知什么原因突然在机场失踪了！”

邢志军一笑：“你们真的不明白失踪的原因？”

“不明白！”

“孙海没对你们刘总说？”

“没有啊！”

“那好，你去告诉她吧，孙海会找她说明白的！”

说完，他独自离去。钱芳火了，猛地朝邢志军身后撞去。在快要撞上他时，她却突然又来了个急刹车。

邢志军并没被钱芳失礼的举动所惊吓，仍然平静地继续朝前走着……

钱芳见邢志军镇定自若，心里突然对他产生出一种敬意，也有点儿理解刘兰英为什么对他那么痴情。

她感叹地摇了摇头，迅速掉头把车开走了。

此时，孙海来到刘兰英的办公室，刘兰英热情地为他沏了杯绿茶，放到他面前。

孙海看她一脸的憔悴，关切地问道：“昨晚睡得好吗？”

刘兰英苦笑着说：“我能睡好吗？”

孙海安慰她道：“放松点儿，以后你会睡好的！”

刘兰英看看孙海：“这么说，志军还是愿意帮我的？”

孙海点点头说：“可能不是你所希望的，但他确实也给你指明了一条生路……”

孙海把与邢志军见面所谈的事和刘兰英一一道来。

刘兰英双手端着茶杯，小口小口地品着茶，认真地听着。

孙海劝说着她：“兰英，听志军的话吧，快点儿去自首，快点儿协助他们把那些钱弄回来，志军确实是在为你和两个孩子考虑，同时，也涉及钱芳、卢老师和他的家属！”

刘兰英听后默不作声。

孙海有点儿急了：“兰英，现实明摆着，他们要把你抓起来是很容易的！为什么暂时不抓你呢？就是想给你一条生路！”

刘兰英摇摇头说：“邢志军很清楚我的性格，如果抓了我，他们就休想追回那些钱了，暂时不抓我，劝我去自首，是为了让我协同他们把钱转移回来，而到了那时，我还不是砧板上的一块肉，随他们任意宰割！”

孙海笑道：“兰英，我也想到了这问题，认真地给志军提出来了！”

刘兰英扬起头来问道：“他怎么回答你的？”

“他对天发了誓，说如果出现这样的结局，他这个公安局长也没脸见人了，他不会食言的！”

“他真这样说？”

孙海点点头：“他让我把他说过的话都如实告诉你！”

刘兰英沉默着，思想激烈地斗争着，翻腾着……她还拿不准邢志军真实的想法，不相信他有这个能力，能把她从死亡线上拉回来，还能把大毛和小毛抚养好。她心里的石头依然是沉甸甸的，压得她喘不过气，但她内心也有一丝温暖，那就是邢志军还不是个绝情的人！

周峰正在办公室批阅文件，邢志军敲门走了进来。

周峰惊喜地说：“志军，你怎么来啦？”

“周局，有个问题，我必须要向你汇报！”

“你说！”

“昨晚我和陈敏离开你这儿后又把下一步实施的细节商量了一番。”

“发现问题了？”

“没有，我们都有信心去完成任务。”

“那又有什么新问题？”

“后来，孙海来找我，他是奉刘兰英之托连夜到我那里去的……”

周峰认真地听着。

“我也做通了孙海的工作，他愿意帮我们一起去做刘兰英的工作。”

“那不更好了吗？”

"但他向我提出了一个问题，是我们以前没考虑到的。"

"你说，什么问题?"

"他说，如果刘兰英自首了，并与我们配合，把转移到海外的赃款全部追回，检方还是坚持要判她死刑，法院也这样判了怎么办？我现在还没法承诺，若真如此，我们都难以做人了……"

周峰专心致志地听着，心中在琢磨着。

邢志军接着说："孙海也用话激我，说如果出现那种结局的话，还不如让我去硬攻，大义灭亲，成全我做英雄，刘兰英也可舍命把那笔钱为卢老师家属和大毛、小毛所用。我认为，这可能也是我们以后在做刘兰英工作时，难度最大的一个问题，她定会考虑并难以下决心的一个问题!"

周峰思索着点点头说："你说的确实是个问题，我们是侦查办案机关，以后怎么判，我们是说了不算数的，我们得动动脑子，好好考虑考虑这个问题。"

"是啊，如出现这样的情况，我个人的信誉是小事，公安机关的信誉可是大事！而最后的判决我们做不了主……"

"这也是一个值得我们公、检、法三方思考和研究的新问题……从我们这方面来说，不能为了早日破案，让犯罪嫌疑人早日坦白交代，说得花好稻好，结果他们坦白交代了，判起来又是另一回事，这样长此下去，我们公安机关的公信度就会有问题!"

"这里面可能有两种情况，一是我们不能为了破案，而承诺过头儿；二是根据实际情况，我们的承诺是适度的，经过与检方和法院的协商是可以实现的，但因事先沟通少，而出现不该出现的结局。"

"你说得有理，以后有些特殊的案子，为了取得尽可能好的结局，我们应该早些与检方和法院通通气，志军，你提醒了我，这事我今天就去办!"

邢志军心情沉重地说："从昨天对刘兰英监控的情况看，她的心情矛盾得很，我不愿在关键时刻因某个因素而得不到最好的结局!"

周峰点点头说："我明白你的意思，一定要与检方和法院沟通好!"

陈敏正在办公室接待钱芳。钱芳随意地向陈敏了解她办理移民手续的进展情况。

陈敏耐心地对钱芳解释说："移民的事，你别急，一个程序走下来，总要些时间……"

钱芳摇摇头说："陈律师，我不急，这事先别办了。"

陈敏故作吃惊地问道："为什么?"

钱芳说："最近公司出了点儿事，我们的顾问卢老师去国外与家人团聚，在机场被扣了……"

“有这事?”

钱芳看了一眼陈敏说：“我的移民就是办成了，可能在机场也会被扣。所以，先要解决卢老师的问题，刘总让我来，是想请你担任卢老师的辩护律师!”

陈敏爽快地答应道：“可以，既然你们刘总信任我，我非常乐意效劳。”

此时，钱芳的手机响起，钱芳在一边接听完后对陈敏说：“陈律师，刚才是我们刘总打来的电话，她说她想见见你，亲自跟你谈。”

“好，在哪里见面?”

“就在海边的一个茶室，我现在就带你去。”

三、绝笔信

钱芳开车把陈敏带到海边茶室二楼靠窗的一个单间，刘兰英已坐在那里，正眺望着远处的大海。见到陈敏，她起身热情地向她打招呼。

“陈律师你好，我们真是今生有缘，承蒙你救了我两个孩子，不知如今能不能再救我一命?”

陈敏故作吃惊地问道：“刘总，此话怎讲?你真会开玩笑。”

刘兰英苦笑笑说：“这不是玩笑，我遇到了很大的……麻烦，今天特意请你来，是想请你帮我出些主意，不知你愿不愿担任我的律师?”

陈敏笑道：“这是我们当律师的职责，有什么事你尽管说，但有一条，得跟我说实话!”

刘兰英淡然一笑说：“那当然!”说完，她长长地叹了口气：“说起来，话可长着呢，要不要从头说起?”

“你说吧。”

“那我今天就直说吧，我与一个人原本相爱，可我突然发生了一场家庭变故，支撑我家的姐姐和姐夫在一场车祸中丧生，留下了一个年幼的女儿，就是坐在你眼前的钱芳。”陈敏向钱芳望去，只见钱芳泪眼蒙眬地低下了头。

刘兰英接着说：“父亲在我三岁时就病故了，老母亲为此事又急出了毛病，我那时二十二岁，既要为母亲治病，又要带外甥女，我不愿去拖累我的未婚夫，在万般无奈的境况下，我上街挂上了卖身牌……有个叫姚叔的人私下里揭了我的牌，他是一个无性能力的人，从没碰过我一下，只让我为他做一件事……”

陈敏认真地听着。

刘兰英平静地说：“姚叔经营着一个地下钱庄，让我为他融资……我说我是一个身无寸金的穷光蛋，又没有任何社会关系和背景，哪能干得了这活儿?

姚叔就教给我了一套办法……我听后，起先还犹豫着，我虽然不懂法，却也明白，那是在非法集资。姚叔说，你还没穷够？如今哪个发大财的人不得冒点风险？在他的软硬兼施下，我听从了他的劝说，走错了一步。跨出了这一步，就再也没有回头之路了……"

刘兰英一口气把自己所有的事向陈敏和盘托出后，她长长地出了口气说："陈律师，我全告诉你了，你认为我还有救吗？"

陈敏用肯定的语气说："有救！"

"真的？"刘兰英眼中现出一线希望。

"但你不能有侥幸的心理！你别以为你手下的两大融资员死的死了，跑的跑了，别以为姚叔也死了，似乎已死无对证了！我可以明白地告诉你，如果让我为你辩护的话，辩护空间是不大的，你换个律师，他们也会对你这样说的！"

"为什么？"

"且不说那个于玲玲是否真的跑得脱，也且不说姚叔是否真的死前没说出过对你不利的话，现在，卢老师已归案，他会拒不交代你们公司的情况吗？还有，姚叔手下的大管家已归案，他不会咬出你来吗？"

刘兰英听着，一下呆住了。

陈敏趁热打铁地打心理攻坚战，说道："刘总，非常感谢你对我的信任，对我说了这么多心里话，根据我的判断，警方对此案的行动部署肯定是十分清楚的，先攻破外围，缩小包围圈，对你，只是引而不发而已，至于为什么引而不发，你谈了昨夜你与孙总会面的情况，你应该明白警方的苦口婆心了！"

刘兰英的幻想彻底被打破，她直视着陈敏问道："那么，如果我立即去自首，并协助警方把那些赃款追回来的话，将来判刑时，真会从宽？"说到此，刘兰英的表情又变得复杂起来，有点儿焦虑不安。陈敏正欲说服她，此时，她的手机响起。

陈敏看了一下手机屏幕，见是邢志军打来的，抱歉地说："对不起刘总，我出去接个电话，你先再冷静地考虑一下吧！"

陈敏出来走到楼下一角接听电话。邢志军问陈敏情况怎么样？

陈敏低声说："我现在和她们在一起，刘兰英请我当她的律师，把什么情况都告诉我了……"

邢志军问："她准备打官司？"

"她的幻想被我打破了，可还是那个老问题，她在犹豫不决，怕自首后还是没有好结果。"

"你还得说服她，给她信心！"

“是的，我正在说服她！”

“我和周局刚与检察院、法院沟通过，周局正在我身边，让他跟你说吧！”

片刻，手机中传出周峰的声音：

“情况我都知道了，小陈，你告诉刘兰英，只要她及早自首，协助我们追回全部赃款，立功赎罪，我们能承诺对她从宽处理！”

陈敏听到周峰的指示，非常兴奋，高兴地说：“好，有你这个承诺，我保证做通她的工作！”说完，她收起手机转身快步上楼，迈进茶室，可令她吃惊的是里面已空无一人，不见了刘兰英和钱芳的人影，她环顾四周，只见桌上留有一张纸条，压在她的茶杯下。

她赶紧拿起纸条，只见上面写着：“陈律师，我和你讲的那个我曾经爱过的人正是经侦支队长邢志军，我无脸再见他了，我知道你是个好人，我走后，你救下的两个孩子就请求你把他们抚养长大吧。卢老师的女儿会按月将抚养费寄给你的，拜托啦！刘兰英绝笔。”

陈敏看后大吃一惊，急奔向服务台，大声询问道：“刚才和我在这里喝茶的那两个人呢？她们到哪儿去了？”

服务员朝后门指了指说：“刚才见她们从这个门出去了。”

陈敏忙冲出后门，举目向四周看去，只见钱芳搀扶着刘兰英正向远处的大海走去。

陈敏拔脚追去，边追边大声喊道：“刘总，刘总……”

钱芳挽着刘兰英已走入大海，她俩虽听到了陈敏的呼喊声，却头也不回，继续向深海移动，陈敏猛追过去，边追边喊着：“刘总，刘总，你站住，听我说！”说完，她跳入海中，奋力向前游去……

海水已淹到刘兰英的胸前。危急时刻，陈敏终于追了上来，她一把拽住刘兰英，气喘吁吁地说：“刘总，你听我说！千万别这样！”

刘兰英却面无表情，毫不动摇地执意要向深海走去。

陈敏和刘兰英两人在海水中拉拽着，刘兰英拼命地推开陈敏大声喊道：“你走开，别管我！”

陈敏又转身求助钱芳：“钱小姐，你快帮我一把！你这样年轻，干吗也要轻生呢？”

钱芳也无动于衷，呆呆地立在水中。

陈敏急了，突然一甩手，用力打了刘兰英一个耳光，嚷道：“你个混蛋，你知道多少人在拉你吗！”

刘兰英被陈敏一记耳光打醒，一下呆住了，她脸色苍白地看着陈敏。

陈敏大声质问刘兰英道：“你这样就对得起邢志军了？你知道吗？邢志军也一直在为你争取生路啊！”

刘兰英一怔，突然，她的眼中闪烁着泪光……

陈敏压低了嗓音，动情地说："我现在告诉你，我不是什么律师，我是一名警察！你听好了，刚才是邢志军打来的电话！周局和他让我向你转告他们的承诺，只要你立即自首，协助追回全部赃款，立功赎罪，一定给你从宽处理，起码会免于一死！"

刘兰英听后呆住了，她不敢相信自己的耳朵。眼前的温情女子竟然是名警察，还是救了自己孩子的恩人！

陈敏温和地说："他们是刚与检察院和法院沟通后立即给我打电话的！这下你总该相信了吧！"

刘兰英动情地一把抱住陈敏，痛哭不已……钱芳也在一旁跟着哭泣……哭声惊吓走了海面的海鸥，释放着刘兰英内心许久的压抑。

陈敏和钱芳把刘兰英扶坐在海滩上，刘兰英止住哭声，哀求道："我想见一下邢志军，可以吗？"

"可以，我马上联系。"

四、自首之路

陈敏拨通邢志军的手机，向他简单作了汇报，邢志军经征求周局的同意后回复，一小时后和刘兰英见面。刘兰英听后很感动，此时，她已浑身无力，悲喜交加的她头一阵眩晕，差点儿晕倒，陈敏赶紧扶住她掏出一盒清凉油给她抹了抹太阳穴，刘兰英一下好多了。陈敏和钱芳搀扶着她上了车，三人一块回到刘兰英家中。

刘兰英从衣柜中取出一套衣服让陈敏换上，她自己和钱芳也都换了衣服。三人在客厅里坐定，钱芳煮了两杯热咖啡端上，不一会儿，外面传来敲门声，钱芳去开门，见是邢志军，她很客气地把他迎进屋。刘兰英见到邢志军万感交集，什么话也说不出。陈敏打破尴尬局面，马上安排让邢志军和刘兰英在客厅里交谈，自己和钱芳到另一间屋里去聊天。

刘兰英和邢志军面对面静坐着，两人谁都没想到会在此以这种方式会面。

邢志军打破沉默说："你要见我一面，我来了，还有什么顾虑，你说吧。"

刘兰英心情慢慢平静下来，缓缓地说："你放心，这次，我不求你了……"

邢志军诚恳地说："你不求我，我也得救你，兰英，至今你还明白不过来？"

刘兰英低沉地说："明白过来也为时已晚了，我是无可救药了。"

"是晚了点儿，但还来得及……"他叹了口气说，"早知今日，又何必当初呢？"

“是啊，当初我只是穷怕了……我一直在想，哪一天，等我把两个孩子培养出来了，有出息了，再拉到你面前对你说，这就是你的孩子！可……”

邢志军听后震动很大，他的内心充满了复杂难言的痛楚，一下子不知道说什么才好……

两人陷入沉默之中。

邢志军振作一下打破沉默说：“那你就不应该再想到去死……”

刘兰英看了他一眼苦楚地说：“我想过，我死了，让两个孩子再去见你，就没有障碍了……”

邢志军打断她的话说：“你想得太多了……”

“是的，我是想了很多……我一直在想，要不要告诉两个孩子，你是他们的父亲？我也一直在想，要不要告诉你，两个孩子是你的，为了让孩子不失去妈妈，而请求你手下留情？”

她看看邢志军，心里琢磨着这后一句话说得是否合适……

邢志军只是听着，没有说话。

刘兰英看了他一眼说：“后来，我想明白了，如果这样，连你也要受牵连，也会完蛋。到那时，孩子的爸妈都没有了！”

“那你也不应该往死路上走啊，还有其他的路可走！”

“还会有什么路可走，我是罪有应得！所以我选择了自己去死，把钱留给孩子，他们以后还要活下去……”

“可你想过没有？孩子长大后，当他们知道你是用什么钱把他们抚养大的，他们会怎么想？内心的创伤会留一辈子的！”

刘兰英一时无语，她琢磨着邢志军话语的含义，内心有所感悟……

邢志军接着说：“兰英，我现在可以明白地告诉你，我两者都要！我一直在争取这个赢面！”

刘兰英一怔：“你……”她声音有些哽咽，说不出话来，双眼中噙着泪水……

“孩子我要！并且也要让孩子有妈妈！但要有个先决条件，你得走自首之路，你得彻底明白你所犯的罪行给党和人民群众造成的损害，协助我们把所有的赃款尽最大限度地追回！让政府和受害者少受损失！”

“这我完全可以做到，但……”

“我知道你的顾虑，刚才周局和我一起去了检察院和法院作了沟通，他们已原则上同意我们的意见！兰英，只剩下这个机会了，这是你唯一的机会，也是你唯一能走通的路！”

刘兰英舒了口气，如释重负地点了点头说：“志军，真不知道该怎么感谢你，你是在为两个孩子和我着想，对不起，太难为你了……”

“我得感谢你独自一人带大两个孩子，并也能为我着想。”

刘兰英突然伸出双手说：“我自首！请把我带走吧！”

邢志军说：“你已答应了孩子，再带他们去海边玩一次吧，这件事我已和领导申请过了。”

陈敏也和钱芳交谈了他们准备对刘兰英采取的行动计划，钱芳表示愿意配合她俩一起把大毛、小毛接回家中。

钱芳把大毛、小毛接回家中让他俩先到活动室里玩会儿，经过客厅门口时，大毛探头向里面看了一眼，见一位叔叔和妈妈在说话。

大毛好奇地问道：“跟妈妈说话的那个叔叔是谁？”

钱芳说：“以后你们会知道的。”

“为什么要以后？”小毛问。

钱芳苦笑笑没说话，陈敏接话说：“也许你们现在就会知道！”

大毛高兴地一拍手说：“真的？那你告诉我！”

“你妈妈现在正在和那位叔叔谈你们两人的事……”

大毛和小毛不知是怎么回事，茫然地看着钱芳。

这时，邢志军和刘兰英已谈完事从客厅出来。大毛、小毛一下跑过去拥到刘兰英怀里。刘兰英抚摸着他俩的头说：“你们换换衣服，妈妈和这位叔叔一起带你们到海边去玩！”大毛、小毛高兴地回屋换衣服去了。这时，邢志军和陈敏也收到了接头暗语的信息，周局他们已在海边茶室等候。大毛、小毛换好衣服，刘兰英把他俩带上了邢志军的车，陈敏坐着钱芳的车也跟随着来到海边。两辆车开到海边停住。邢志军带着刘兰英和大毛、小毛向海滩走去，两位女民警带着钱芳上了警车。陈敏默默目视着这一切，慢慢走进了海边的茶室。周峰和胡林、刘刚、老宋正在里面等候着她。

此刻，他们的心情都很不平静，几人用眼神交流了一下，把目光转向大海。阳光下的海面平静如镜，蓝色的海面上闪烁着金黄色的光斑。

边上停着几辆警车。

坐在警车上的钱芳双眼也透过车窗望着海边，她边上坐着两名女警察。

孙海已先期到达。他和刘兰英、邢志军带着大毛、小毛在堆砌沙器。他们把童年时堆砌过的沙器重新堆出。大毛和小毛高兴地喊叫着，感受着从未有过的快乐……

陈敏坐在茶室里看着玩得那么开心的大毛和小毛，既高兴又难受，悄悄地抹去眼角的泪水……

周峰默默地抽着烟，胡林和刘刚、老宋在一边也默不作声。

这时，一辆小车从远处飞驰而来，戛然而止，停在海堤上。大家一起向外望去，只见从车上走下曹明，他朝海滩看去，心情复杂地一步步走下海堤……

周峰看了陈敏一眼，说：“不知曹明怎么也知道了这场戏的结局。他给我打了电话，我告诉了他。”

“他怎么说？”

“他说他也要请假送送刘兰英……”

“省党校同意了？”

周峰点点头说：“他问我是不是同意？”

“你怎么说？”

“我说悉听尊便！”

“他也有良心发现的时候？”

“还有一种可能，是故作镇静！”

海滩上，大毛和小毛见沙器已堆砌而成，欢快得又跳又叫……

曹明立足望着这一切，想过去，但脚却迈不开步。

邢志军看看表，和刘兰英交换了个眼神，刘兰英领悟地点点头。

邢志军和孙海拉起大毛和小毛说：“走，咱们下海游泳去！”

大毛、小毛朝刘兰英看看，刘兰英点点头说：“去吧，好好跟着他们，别乱跑！”

邢志军和孙海拉着大毛、小毛走向海里。两个孩子高兴而忘情地在海水中戏耍。

邢志军看着他们，心潮起伏，他回头朝海边看去，见陈敏带着胡林和刘刚走到刘兰英面前，把她押上警车，几辆警车悄然而去。警车内，刘兰英一直回头望着海边，泪流满面……

邢志军目送着刘兰英被押上警车离去，有意用身子挡住大毛、小毛的视线。

突然，大毛、小毛扑向邢志军，双手搂住了他的脖子，亲切地叫道：“爸爸，爸爸，你就是我们的爸爸，对吗？”

邢志军一把搂起了两个孩子，眼泪哗哗地流了下来。曹明也看到了眼前发生的一切，默默回到车里驶离海滩。邢志军拉着大毛和小毛重新回到海滩。海风轻轻吹起，海鸥在自由飞翔。他突然想起当兵时写的一首歌词——《海之恋》，这首歌当年刘兰英很喜欢，曾多次唱给他听过：

我出生在令人神往的大海之滨，
儿时和伙伴们在海边嬉戏玩耍，
从小就眷恋着蓝色迷人的海洋，
大海炼就了我钢铁般的意志，
风暴中像海燕般展翅翱翔。

当兵时日夜为渔民们出海护航，
从警后时刻守卫着百姓的安康，
大海啊，大海，我梦魂牵绕的地方，
大海啊，大海，我终生思念的故乡！

“爸爸，妈妈呢?”大毛的叫喊声惊醒了他。他拉起大毛和小毛的手边向海边上走边回答道：“你们的妈妈和阿芳姐有点急事，出门了。”而此时他想，刘兰英大概已被押进看守所了。他心情沉重地带大毛和小毛上了车。孙海启动车后低声问道：“今晚他俩咋办?”

邢志军想想说：“先把他们送回家去吧，我得再去做做卢钧的工作……钱追不到手，此案结不了……”

“那以后……两个孩子……”

“陈敏自告奋勇，会照料他们的。”

车到刘兰英家门口，邢志军下车向大毛和小毛挥手道别，陈敏已在等候，邢志军和她打了个招呼。

他打了一辆出租车来到看守所审讯室，刘刚正在审讯室等候。

邢志军对卢钧说：“我来告诉你，刘兰英也走自首之路了……”

卢钧苦笑笑说：“这恐怕是最好的结局……”

“还没有到‘最好’的时候，我们希望大家都有最好的结局!”

“我明白，还得把海外的那些钱追回来……”

“你明白就好……”

“说吧，让我怎么协助?”

“有两个方案，一是让卢师母与我们一起去你女儿那儿，做通你女儿的工作……二是由你给你女儿写封信，我们带去……”邢志军说着看看卢钧，“现在，我们正在征求卢师母的意见。”

此时，他的手机响起，是陈敏打来的，邢志军接听后对卢钧说：“我们已征求过卢师母的意见了，她同意留下来好好照顾你!”

卢钧点点头说：“好吧，我这就给我女儿写信，一定配合你们。”

清晨，陈敏带着大毛和小毛去上学。大毛问道：“陈阿姨，妈妈和阿芳姐姐到底去了哪里?”

陈敏说：“去了她们该去的地方。”

小毛问：“该去的地方是哪儿?”

陈敏答：“等你们爸爸回来后他会告诉你们的!”

大毛问：“爸爸去了哪里?”

小毛说：“他也去了他该去的地方?”

陈敏摸摸小毛的头，亲昵地说：“哦，小毛真聪明，一个人从小到大呀总是在他该去的路上走……”

此时，一架国际航班拔地而起，机舱内坐着邢志军、老宋和国际刑警中国国家中心局的两位警官。

由于刘兰英和卢钧的配合，邢志军和老宋及国际刑警中国国家中心局的警官前往国外，在国外警方的大力支持和协助下，终于追回了全部赃款。

市局礼堂，经侦支队正在召开归还“阳光”案被骗款项的大会。

周峰、邢志军和陈敏坐在主席台上，受害者们个个面带喜色，媒体记者云集。陈敏宣布会议开始：

“现在请邢志军支队长讲话。”

会场顿时肃静下来。

邢志军目光炯炯，声音洪亮地说：“在国际刑警中国国家中心局的大力支持和协助下，‘阳光’案犯罪嫌疑人转往国外的一亿二千万元赃款已被我们悉数追回，今天足额发还给各位受害者。感谢大家支持和协助公安机关破获此案，有关犯罪嫌疑人已移送检察机关，将会受到法律的审判和惩处！”邢志军话音刚落，那些受害者们情不自禁地热烈鼓起掌来，孙海也激动得热泪盈眶。

陈敏给大家敬礼：“现在请东都市公安局周峰局长向受害者归还被骗款！”

受害者们又是一阵热烈鼓掌。随着周峰宣读受害者名单和被骗款数，受害者们逐一上前领取被骗款，他们激动地流着泪，深深地向台上的公安民警们鞠躬致谢……礼堂内响起邢志军写的《经侦之歌》：

我们是经侦战线上的尖兵，
豪情壮志，赤胆忠诚；
我们目光炯炯，剑指顽凶，
护卫着人民财富的安宁！
面对风云变幻，金融风暴，
我们沉着应对，意志坚定。
我们以青春创建祖国的繁荣昌盛，
我们用行动迎接中华民族的伟大复兴！

歌声铿锵有力，回荡在礼堂的上空……

二零一零年八月初稿
二零一四年元月定稿